中国科普作家协会资助项目

王晋康文集
第16卷

养蜂人

王晋康　著

科学普及出版社
·北　京·

图书在版编目（CIP）数据

养蜂人 / 王晋康著 . -- 北京：科学普及出版社，2023.2

（王晋康文集；16）

ISBN 978-7-110-10466-8

Ⅰ. ①养… Ⅱ. ①王… Ⅲ. ①幻想小说 – 小说集 – 中国 – 当代 Ⅳ. ① I247.7

中国版本图书馆 CIP 数据核字（2022）第 121285 号

策划编辑 王卫英
责任编辑 王卫英
封面题字 张克锋
装帧设计 中文天地
责任校对 焦 宁 张晓莉 邓雪梅 吕传新
责任印制 徐 飞

出　　版 科学普及出版社
发　　行 中国科学技术出版社有限公司发行部
地　　址 北京市海淀区中关村南大街 16 号
邮　　编 100081
发行电话 010–62173865
传　　真 010–62173081
网　　址 http://www.cspbooks.com.cn

开　　本 710mm × 1000mm 1/16
字　　数 7460 千字
印　　张 470.25
插　　页 1
版　　次 2023 年 2 月第 1 版
印　　次 2023 年 2 月第 1 次印刷
印　　刷 北京中科印刷有限公司
书　　号 ISBN 978-7-110-10466-8 / I · 641
定　　价 2888.00 元

目　录

养蜂人 / 001
亚当回归 / 011
有关时空旅行的马龙定律 / 025
50 万年后的超级男人 / 058
百年之叹 / 088
黑钻石 / 101
观察记录：母爱与死亡 / 119
一掷赌生死 / 145
义犬 / 170
哥本哈根解释 / 199
孪生巨钻 / 212

养蜂人

副研究员林达的死留下许多疑问。警方从一开始就不相信是自杀，但调查几个月后仍没有他杀的证据，只好把卷宗归到“未结疑案”中。他在单身公寓的电脑椅上服用了过量的安眠药，引起怀疑的主要线索是留在电脑屏幕上的一行字，但这行字的意义扑朔迷离，晦涩难解：

养蜂人的谕旨，不要唤醒蜜蜂。

很多人认为这行字说明不了什么，它是打在屏幕上的，不存在“笔迹鉴定”的问题。因而可能是外人敲上的，甚至可能是通过网络传过来的。但怀疑派也有他们的推理根据：这行字存入记忆的时刻是 13 日凌晨 3 点 15 分，而法医确定他的致死时间是 13 日凌晨 3 点半到 4 点半，时间太吻合了。在这样的深更半夜，不会有好事者跑到这儿敲上一行字。警方查了键盘上的指纹，只发现了林达和他女友苏小姐的。但后来了解到，苏小姐有非常过硬的不在现场的证据——那晚她一直在另一个男人的床上。

这么着就只有两种可能：或者，这行意义隐晦的字是林达自己敲上去的，可能是为了向某人或警方示警；或者，是某个外人输进去的，但他绝不会是游戏之举，而是怀着某种动机。不管哪种可能，都偏于支持“他杀”的结论。

调查人第一个询问的是科学院的公孙教授，因为他曾是林达的博士导师，林达死后又曾在同事中散布过林达是“自杀”的猜测。调查人觉得，先对观点与自己相左的人进行调查是比较谨慎的，可以避免先入为主的弊病。当然这只是原因之一，是那种比较讲得出口的原因。实际上呢……人们都知道警方的一条原则：报案人的作案可能性必须首先排除。

公孙教授的住宅很漂亮，他穿着白色的家居服，满头白发，眉目疏朗。对林达之死他连呼可惜，说林达是他最看重的人，一个敏感的热血青年。他还算不上最优秀的科学家，因为他太年轻，但他有最优秀的科学家头脑，属于那种几十年才能遇上一个的天才，他的死亡是科学界的巨大不幸。至于林达的研究领域，他说是比较虚的，是研究电脑的智力和“窝石”，他的研究当然对人类很重要，但那是从长远的意义而言，并没有近期的或军事上的作用，“绝不会有敌对国家因为他的研究而暗杀他的肉体”。

谈话期间他的表情很沉痛，但仍坦言“林达很可能是自杀”。因为天才往往脆弱，他们比凡人更能看穿宇宙和人生的本质，也常常因此导致心理的失衡。随后他流畅地列举了不少自杀的科学天才，名字都比较怪僻，调查人员未能记录但保存有录音，只记得提到一人是美国氢弹之父费米的朋友，他搞计算不用数学用表——那时还没有计算机，因为数学用表上所有的数据他都能瞬时心算出来，这个细节给调查人员的印象很深。但此人30余岁就因精神崩溃而自杀。公孙教授说：

“举一个粗俗的例子，你们都是男人，天生知道追逐女人，生儿育女，你们绝不会盘根究底，追问这种动机是从哪儿来的。但天才能看透生命的本质，他知道性欲来自荷尔蒙，母爱来自黄体酮，爱情只是‘基因们’为了延续自身而设下的陷阱。当他的理智力量过于强大、战胜了肉体的本能时，就有可能造成精神上的崩溃。”

调查人员很有礼貌地听他说完，问他这些话是否暗示林达的死“与男女关系有关”。很奇怪的是，公孙教授的情绪在这儿有了一个突然的变化，他不耐烦地说，很抱歉，他还有课，失陪。说完就起身送客。调查人员并未因他的粗暴无礼而发火，临走时小心地问，他刚才所说的电脑“窝石”究竟是什么东西，“那肯定是极艰深的玩意儿，我们不可能弄懂，只是请你用最简单的语言描绘出一个大致的轮廓。”

公孙教授冷淡地说：“以后吧，等以后我有时间了再说吧。”

第二个被调查者是林达的女友苏小姐。她相当漂亮，非常性感，那时天气还很凉，但她已经穿着露脐装，超短裙，一双白皙的美腿老在调查人的眼前晃荡。两个调查者对她的评价都不高，说她绝对属于那种“没心没肺”的女人，林达尸骨未寒，她已经谈笑风生了，连点悲伤的外表也不愿假装，甚至有调查人在场的情况下，她还在电话里同某个男人发嗲。

苏小姐非常坦率，承认她和林达“关系已经很深”，不过早就想和他拜拜了，因为“他是个书呆子，没劲”。不错，他的社会地位高，收入不错，长得也相当英俊，但除此之外一无可取。幽会时林达常皱着眉头走神，他的思维已经陷入光缆隧道之中，无法自拔，那是狭窄、漫长而黑暗的幽径。他相信隧道尽头是光与电织成的绚烂云霞，上帝就飘浮在云霞之中。林达很迷恋他的女友，迷恋她高耸的乳胸、修长的四肢、浑圆的臀背及其他种种妙处，即使在追踪上帝时，他也无法舍弃这具肉体的魅力，公孙教授的分析并不完全适合他，但幽会时他又免不了走神。“我看近来他的神经不正常，肯定是自己寻死啦！”

关于林达死于“神经失常”的提法，这是第二次出现，调查者请她说一些具体的例证，苏小姐说，最近林达对白蚁啦，蚂蚁啦，黏菌啦经常挂在嘴边。比如他常谈蜜蜂的“整体智力”，说一只蜜蜂只不过是一根神经索串着几个神经节，几乎谈不上智力，但只要它们的种群达到临界数量，就能互相密切配合，建造连人类也叹为观止的蜂巢。它们的六角形蜂巢是按节省材料的最佳角度，符合数学的精确。对了，近来他常到郊区看一个放蜂人……

调查者立即联想到电脑屏幕上的奇怪留言，不用说，这个放蜂人必定是此案的关键。他们请她尽量回忆有关此人的情况。苏小姐说：“我真的不清楚，他是一个人骑摩托去的，大概去过三次，都是当天返回，所以那人肯定在京城附近。林达回来后的神情比较怪，有时亢奋，有时忧郁，说一些不着边际的话，什么‘智力层面’等等，我记不住，也没兴趣听。”

调查者当然也盘问了案发那晚她的活动，确信她不在现场，便准备告辞。这时苏小姐才漫不经心地说，“噢对了，林达有一件风衣忘在我家，里边好像有放蜂人的照片。”听了这句话，调查人的心情真可以用喜出望外来形容。衣袋里果然有一厚沓照片，多是拍的蜂箱和蜂群，只有一张是放蜂人的。那人正在取蜜，戴着防蜂蜇的面罩，模样不太清晰。但蜂箱上提供了宝贵的信息，上面有红漆写的地址：浙江宁海桥头。

调查进行到这儿可以说是峰回路转。老刑侦人员常有这样的经历：看似容易查证的线索会突然中断，看似山穷水尽时却突然蹦出一条线索。三天后，调查人已经来到冀中平原，坐在这位放蜂人的帐篷里。四周是无边无际的油菜花，闪烁着耀眼的金黄。至于寻找此人的方法，说穿了很简单。他们知道这些到处追逐花期的放蜂人一般都不自备汽车，而是把蜂箱交火车或汽车运输。于是，他们在本市联运处查到了浙江宁海桥头张树林在 15 天前所填的货运单据，便循迹追来了。

不过见面之后比较失望。至少，按中国电影导演的选人标准，这位张树林绝对不是反派角色。他是个矮胖子，面色黑红，说话中气很足，非常豪爽健谈。可能是因为放蜂生活太孤单了，他对两位不速之客十分热情，逼着客人一缸一缸地喝他的蜂糖水，弄得调查人老出外方便。帐篷里非常简陋，活脱一个 21 世纪的中国吉卜赛。一只行军床上堆着没有叠起的毛毯，饭锅是用三块石头支在地上，摔痕斑斑的茶缸上保留着“农业学大寨”的红字。他的唯一同伴是他的小儿子，一个非常腼腆的孩子，他向调查人问声好，就躲到外边去了。

放蜂人的记忆力极好，20 天前的往事像照了相似的，记得纤毫不差。一看到那叠照片他就说没错，是有这么个人找过他几次，姓林，三十一二岁，读书人模样，穿着淡青色的风衣和银灰色毛衣，骑一辆嘉陵摩托。“我们俩对脾气，谈得拢！聊得痛快！”

问他究竟谈了什么，他说都是有关蜜蜂生活习性的，便滔滔不绝地说下去。调查人接受了这番速成教育，离开时已经变成半个蜜蜂专家了。老张说：蜜蜂靠跳“8”字舞来指示蜜源，“8”字的中轴方向表示蜜源相对太阳的角度；蜜蜂中的雄蜂很可怜，交配后就被逐出蜂巢饿死，因为蜂群里不养“废人”；养蜂人取蜜不可过头，否则冬天再往蜂箱里补加蜂蜜时，它们知道这不是它们采的，就会随意糟蹋；蜂群大了，工蜂会自动用蜂蜡在蜂巢下方搭三四个新王台，这时怪事就来了！勤勉温顺的工蜂突然变得十分焦躁，它们不再给蜂王喂食，并成群结队地围着它，逼它到王台中产卵，王台中的幼虫就是以后的新蜂王。新王快出生时，有差不多一半的工蜂跟着旧王飞出蜂箱，在附近的树上抱成团，这时放蜂人就要布置诱箱，否则它们会飞走变成野蜂。进入新箱的蜜蜂从此彻底忘了旧巢，即使因某种原因找不到新巢，宁愿在外边冻死饿死也决不回旧巢，就像它们的记忆回路在离开旧巢时咔嚓一下子给剪断了！这时旧巢中正热闹呢，新王爬出王台后，第一件事就是寻找其他王台，把它咬破，工蜂会帮它把里边的幼虫咬死。不过，假如两只蜂王同时出生，工蜂们就会采取绝对中立的态度，安静地围观着这场决斗，直到其中一只被刺死，它们才一拥而上，把失败者的尸体拖到蜂箱外。“想想这些小生灵真是透着灵气，不说别的，你说分群时是谁负责点数？那么大的数可不好点哪，它们又没有十个指头。”

林达与放蜂人并肩立在如雪的杏花里，白色的蜂箱一字儿排在地头，黄褐相间的小生灵在他们周围轻盈地飞舞。它们有自己的社会，有自己的数学和化学，有自己的道德、法律和信仰，有自己的语言和社交礼仪。一只孤蜂不能算是一个生命，它绝不可能在自然界存活下去。但蜂群达到一定数量后，就产生一种整体智力。所以，称它们为“蜂群”不是一个贴切的描述，应该说它们是一个叫作“大蜜蜂”的生物，而单个蜜蜂只能算作它的一个细胞。智力在这儿产生突跃，整体大于个体之和。林达对着养蜂人礼拜，林达对着蜂群自言自语，他说这些小生灵可以让我们彻悟宇宙之大道。他认真地追问老张，蜂群“分群”的临界数量是多少，但他又反过来说，精确数值是没有意义的，只要人略了解有这么一个“数量级”就行。放蜂的老张弄不明白这些话。

调查人员第二次听到“临界数量”这个词。这个词听起来有点神秘，也多少带点危险性，他们都知道核弹爆炸就有一个临界质量。但他们针对这个词的追问得不到放蜂人的响应。老张只是夹七夹八地扯一些题外话，他指着那张戴面罩的照片说，“这张照片是林先生特意给我照的，林先生说要寄到我家，不知道寄了没有。本来不是取蜜期，他非要我带上防蜂罩为他表演。他说我带上它像是带上皇冠，说我是蜜蜂的神，蜜蜂的上帝。这个林先生不脱孩子气，尽说一些傻话。”

调查人很敏锐，从这句平常话中联想到苏小姐说的“神经失常”，便调头紧追下去。老张后悔说了这句话——他不想对外人讲林先生的“缺点”。在再三追问下他才勉强说，对，林先生的确说过一些傻话。他说过，“老张你干涉了蜜蜂的生活——你带它们到处迁徙寻找蜜源，你剥夺了它们很大一部分劳动成果供人类享用，你帮它们分群繁殖，如此等等。但蜜蜂们能察觉这种神的干涉吗？当然这肯定超出它们的智力范围，但它们能不能依据仅有的低等智力感觉到某种迹象？比如，它们是否能感觉到比野蜂少了某种自由？比如，当养蜂人在冬天为缺粮的蜂群补充蜂蜜时，它们是否会意识到有一只仁慈的上帝之手？它们糟蹋外来的蜂蜜，是否是一种孩子式的赌气？”“林先生把我给逗笑了，我说它再聪明也是虫蚁呀，它们咋能知道这些。我看它们活得蛮惬意的。不过，”他认真地辩解着，“林先生绝不是脑子有问题，他是爱蜂爱痴了，钻到牛角尖里了。”

调查人对谈话结果很失望，这条意外得来的线索等于是断了。他们曾把最大的疑点集中在“养蜂人”身上，但是现在呢，即使再多疑的人也会断定，这位豪爽健谈的张树林绝不是阴谋中人。两人临告辞时对老张透露了林先生的不幸，放蜂人惊定之后涕泪滂沱，连声哽咽着：“好人不长寿，好人不长寿啊！”

调查人又到了北大附中，林达的最后一次社会活动是来这里给学生做了一场报告。当时负责接待的教导处陈主任困惑地说，这次报告是林达主动来校联系的，也不收费。这种毛遂自荐的事学校是第一次碰上，对林达又不熟悉，原想婉言谢绝的，但看了那张中国科学院的工作证，就答应了。至于报告的实际效果，陈主任开玩笑说“不好说，反正不会提高这次期中考试的成绩”。

他们用随机抽样的方法喊来了五个听过报告的学生，两男三女，拘谨地坐在教导处的木椅上。这是学校晚自习时间，一排排教室静寂无声，窗户向外泻出雪亮的灯光，光怪陆离的霓虹灯在远处的夜空中闪亮。学生们的回答不太一致，有人说林先生的报告不错，有人说印象不深，但一个戴眼镜女生的回答比较不同：

“深刻，他的报告非常深刻，”她认真地说，“不过并不是太新的东西。他大致是在阐述一种新近流行的哲学观点：整体论。我恰好读过有关整体论的一两本英文原著。”

这个女孩个子瘦小，尖下巴，大眼睛，削肩膀，满脸稚气未脱，无论年龄还是个头显然比其他人小了一号。陈主任低声说，“你别看她其貌不扬，她是全市有名的小天才，已经跳了两级，成绩一直是拔尖的，英文程度最棒。”调查人请其他同学回教室，他们想，与女孩单独谈话可能效果更好些。果然，小女孩没有了拘谨，两眼闪亮地追忆道：

什么是整体论？林先生举例说，单个蜜蜂的智力极为有限，像蜂群中那些复杂的道德准则啦，复杂的习俗啦，复杂的建筑蓝图啦，都不可能存在于任何一只蜜蜂的脑中。但千万只蜜蜂聚合成蜂群后，这些东西就自然而然地产生出来了——为什么如此？不知道。人类只是看到了这种突跃的外部迹象，但对突跃的深层机理毫无所知。又比如，人的大脑是由 140 亿个神经元组成的，单个神经元的构造和功能很简单，不过是根据外来的刺激产生一个冲动。那么哪个神经元代表“我”？都不代表，只有足够的神经元以一定的时空序列组合在一起，才会产生“窝石”……

调查人又听到“窝石”这个词，他们忙摆摆手，笑着请她稍停一下。“小姑娘，请问什么是窝石？我们在调查中已经听过这个词，不会是肾结石之类的东西吧，从没听过脑中也会产生结石。”

小女孩侧过脸看看他们，有笑意在目光中跳动。她忍住笑耐心地说，那和石头没关啦。“我识”就是“我的意识”，就是意识到一个独立于自然的“我”。人类婴儿不到一岁就能产生“我识”，但电脑则不行，即使是战胜卡斯帕罗夫的“深蓝”，它也不会有“我”的成就感。“这是说数字电脑的情形，自从光脑、量子电脑、生物元件电脑这类模拟式电脑问世以来，情况已经有了变化。林先生在报告中也提到了‘标准人脑’和‘临界数量’……”

调查人员相对苦笑，心想这小女孩怕是在用外星语言谈话！他们再次请她稍停，解释一下什么是“标准人脑”，这个名词听上去带点凶杀的味道。女孩简单地说，这只是一个度量单位，就像天文距离的度量可以使用光年、秒差距或地球天文单位一样。过去，数字电脑的能力是用一些精确的参数来描述的，像存储容量比特、浮点运算速度次每秒等。对于模拟电脑这种方式已不尽适合，有人新近提出用人脑的标准智力做参照单位。这种计算方法还没有严格化，比如对世界电脑网络总容量的计算，有人估算是 100 亿标准人脑，有人则估算为 10000 亿，相差悬殊。“不过林先生有一个非常精辟的观点，他说，精确数值是没有意义的，不管是多少，反正目前的网络容量早已超过临界数量，从而引发智力暴涨，暴涨后的电脑智力已经不是我们所能理解的层面……”

调查人员很有礼貌地打断她的话，说很感谢她的帮忙，但是不能再耽误她的学习时间了，再见。然后他们苦笑着离开学校。

他们还询问了死者的祖父母——林达的父母不在本地。按采访时间顺序来说他们排在第三位，但调查报告中却放到最后叙述。这可能是一种暗示——暗示写报告者已倾向于接受林达祖父对死因的分析。那天他们到林老家中时，客厅里坐满了人，一色是 60 岁以上的老太太，头上顶着白色手巾，都在极虔诚极投入地哼哼着。林老急忙把两人让进他的书房，多少带点难为情地解释道，这都是妻子的教友，她们在为死者祷告。林老说，他和妻子留学英伦时都曾皈依天主，新中国成立后改变了信仰，但退休后老伴又把年轻时的信仰接续上了。“人各有志，我没有劝她，我觉得在精神上有所寄托未尝不是件好事。可惜妻子所接触的老太太们都只有‘低层次’的信仰，她们不是追求精神上的净化，而是执迷地相信上主会显示神迹，这未免把宗教信仰庸俗化了。说实话，我没想到我的老伴能和这些老太太搞到一起。”

他对爱孙的不幸十分痛心，因为他知道孙子是一个天才，知道他一直在构筑一种代号“天耳”的宏大体系，用以探索超智力，探索不同智力层面间交流的可能性。但在谈到林达的死因时，林老肯定地说："是自杀，这点不用怀疑，你们不必为它耗费精力了。因为林达死前来过一次电话，很突兀地谈了宗教信仰问题，可惜我没听出他的情绪暗流，事后我真悔呀。"

林老说，近两年他老伴一直在向孙子灌输宗教信仰，常向他塞一些印刷精美的宣传册，不过她的努力一直毫无成效，看得出来，孙儿只是囿于礼貌才没有当面反驳奶奶。但在那次奇怪的电话中林达突兀地向爷爷宣布，他已经树立了三点信仰：上帝是存在的；上帝将会善意地干涉人类的进程，但这种干涉肯定是不露形迹的；人类的分散型智力永远不能理解上帝的高层面的思维。"我不知道他为什么突然获得了宗教的感悟，也不知道他为什么讲给我听，而不是他奶奶。"林老缓缓地摇着头，苦涩地说，"我不赞成他信教，但我觉得这三个观点倒是可以接受的，它实际上正符合西方国家开明放达的现代宗教观。不过孙子当时的情绪相当奇怪，似乎很焦灼，很苦恼。他在电话里粗鲁地说，'正因为我确定了上帝的存在，我才受不了所说的这个鬼上帝。我不能忍受有一双冥冥在上的眼睛看着我吃喝拉撒睡，就像我们研究猴子的取食行为和性行为一样。尤其不能忍受的是，我们穷尽智力对科学的探索，在他看来不过是耗子钻迷宫，是低级智能可怜的瞎撞乱碰。这样的人生还有什么意义！'我当然尽力劝慰一番，可惜我没听出他的情绪暗流，我真悔呀。"林老摇着白发苍苍的头颅，悲凉地重复着。

调查人怀疑地问，"他真的会仅仅为这种异想天开而自杀？"林老说："会的，他会的，我们了解他的性格。"林老自嘲地苦笑道，"这正是林家的家风，我们对于精神的需求往往甚于对世俗生活的需求。"调查人告别他下楼，看见他妻子在门口同十几位教友们话别，教友们认真地说，"上帝会听到我们的祷告，一定会的，咱们的达儿一定会升入天堂。"两位调查人扭头看看林先生，林先生轻轻摇头，眸子中是莫名的悲哀。

那个星期六晚上，戴眼镜的小女孩做完作业，迫不及待地趴到电脑屏幕前。那是父母刚为她购置的光脑。一根缆线把她并入网络，并入无穷、无限和无涯。光缆就像一条漫长的、狭窄的、绝对黑暗的隧道，她永远不可能穿越它，永远不可能尽睹隧道后的大千世界。她在屏幕上看到的，只是“网络”愿意向她开放的、她的智力能够理解的东西。但她仍在狂热地探索着，以期能看到隧道中偶然一现的闪光。林达在台上盯着她，林达盯着每一个年轻的听众，他的目光忧郁而平静。这会儿没人知道他即将去拜访死神，以后恐怕也没人理解他这次报告的动机。林达想起了创立“群论”的那位年轻的法国数学家伽罗瓦，他一生坎坷，关于群论的论文多次被法国科学院退稿——那时世界上还没有一个人能理解它。后来他爱上一个不爱他的女人，为此在一场决斗中送命。他在决斗前夜通宵未眠，急急地写出群论的要点。至今，在那些珍贵的草稿上，还能触摸到他死前的焦灼。草稿的空白处潦草地写着：来不及了，没有时间了。来不及了，没有时间了。

他为什么在死前还念念不忘他的理论？也许只有他和林达能互相理解。

林达说，蜜蜂早就具备了向高等文明进化的三个条件：群居生活、劳动和语言（形体语言）。相比人类，它们甚至还有一个远为有利的条件：时间。至少在 1.2 亿年前，它们已经建立了有效的蜜蜂社会。但蜜蜂的进化早就终结了，相对于人类文明而言终结于一个很低的层面上。为什么？生物学家说，只有一个原因，它们的脑容量太小，它们没有具备向高等智力发展的物质基础。如此说来，我们真该为自己 1400 克的大脑庆幸——可是孩子们啊，你们想没想过，1400 克的大脑很可能也有它的极限？人类智力也可能终结于某个高度？

没有人向女孩转述过林达的遗言：不要唤醒蜜蜂。不过，即使转达过，她也可以不加理会，因为她年轻。

亚当回归

“地球通讯社 2 月 30 日电：在全体地球人翘首盼望 202 年之后，第一艘星际飞船夸父号已于昨日即公元 2253 年 2 月 29 日回归地球。地球人委员会已决定，授予机长王亚当以‘人类英雄’的称号。”

七天后地通社播发一篇专栏文章，作者雪丽小姐，新智人编号 34R–64305。

“夸父号星际飞船于 2050 年 11 月 24 日发射，目的是探索十光年外的 RX 星系的类地文明，历经 202 年又 3 个月后返回地球。飞船为等离子驱动，乘员在途中采用超低温冷冻的方法暂时中止生命。飞船上原有四名乘客，其中三名不幸逝世，埋骨于洪荒之地。地球人委员会已追认他们为人类英雄，愿他们在茫茫宇宙中安息。

“近代科学揭示，若人脑冷冻期超过临界值（70 ~ 80 年），则其人解冻后无一例外地会出现一个心理崩溃期。可惜 200 年前人类尚未认识这一规律，未能采取必要的预防措施，因而在 RX 星系严酷的自然环境中造成三名乘员的非正常死亡。

“机上原科学顾问王亚当博士却以其卓绝的意志力和智力，艰难地挣出这道心理迷谷。他接任机长职务，克服难以想象的困难，单枪匹马地把飞船驶回地球。对于他的功绩，无论怎样评价都不为溢美。

“至于这次星际探索的结论则早已众所周知。非常遗憾，距地球至少十光年的范围内，肯定不存在任何类地生命。也许地球人是茫茫宇宙中仅有的一朵璀璨的生命之花，是造物主妙手偶成不可再得的佳作。这使我们在骄傲之余不免感到孤单。”

早上 7 点钟，王亚当努力睁开眼睛。他已经回到地球 9 天了，仍感到浑身乏力，心神恍惚，他知道这是一百年冷冻的后遗症。在 RX 星球上出现过更严重的痴迷状态，那时他们简直是麻木地眼睁睁地走向死亡，却像野兽怕火一样逃避思维和行动。后来是什么终于唤醒了他？是中国人特有的坚韧？灵魂深处隐隐有回荡五千年的钟声……这次，这种痴迷状态又出现了。不过，有了上一次的经验，再加上雪丽小姐的心理训练，他差不多已经从这道心理迷谷中爬出来。

他想起登机前的另一位心理训练老师，一位美貌的日本女子美惠子小姐。她的话语和热吻都是不久前的事。天哪，怎么可能已经跨越了 200 年？伊人何在？

“进入冷冻期对于你们只是一场梦。”美惠子小姐曾谆谆告诫，“一觉醒来，你们已到达 10 光年外的陌生世界，不过这次不会在心理上造成太大的冲击，因为 RX 星球上不会有任何时间参照物，你们只会感到空间差而觉察不到时间差。等到第二觉醒来，你们将回到地球但却是 200 年后的陌生地球，这必将使你们受到强烈的心理震撼。你们的所有亲人都已作古，包括你面前这位红颜女子也将变成一堆白骨。”她黯然看了王亚当一眼，“至于 200 年后的社会还有人类本身会如何变化，是难以真切预测的。你们会像几位未开化的俾格米人闯进 2050 年那样，惶惑地面对 2250 年。”

逝者如斯夫……亚当默默地注视着房间。他下榻在北京长城饭店，屋内设施一如往日。雪丽小姐告诉他，只有全球几家最著名的五星级饭店才保持几百年前的旧貌，也坚持不用机器人侍者。“人的怀旧心理是不可理喻的，不是吗？在 200 年前的核能时代，你们不也是在酒店里挂着兽头，点着蜡烛？”雪丽小姐用完美的汉语说道。她的笑容像蒙娜丽莎一样神秘。

他按响电铃，一个穿红色侍者服的老人推着餐车无声无息地走进来，把一份儿熟悉的中国式早餐摆在他面前。老侍者满头银发，面容慈祥，举止大度。这几天，王亚当一直在好奇地观察着他，总觉得老人身上有一种只可意会的帝王般的尊严。

老人推着餐车出门时，正好雪丽进来。她侧身让开，老人点点头走了，雪丽目送他离开。亚当在她的目光中也读到了隐而不露的尊敬，他与雪丽已经熟不拘礼了，就把这种看法告诉她。她微微一笑：

“很高兴你已经恢复固有的洞察力。”她略一沉吟，“你的观察完全正确。这位老人不是普通的侍者，他是世界上最受尊敬的人，叫钱人杰，是地球科学委员会终身名誉主席，三届诺贝尔奖的得主，新智人时代的到来多半得之于老人之赐。不过，请你务必用对待普通侍者的态度同他交往，这才是对他真正的尊敬。至于他的详细情况，明天我再告诉你。”

照例，雪丽要到室内游泳池裸泳片刻。她袅袅婷婷地走过来，用毛巾擦干金发，斜倚在亚当对面的长沙发上。与往日不同，今天她用一块雪白的毛巾盖住隐处，这块毛巾反倒唤起了亚当的饥渴，一股火焰从小腹处升起。他以中国人的克制力，勉强抑止了拥抱她的愿望。

这一切逃不脱雪丽的目光。“心理全面复苏的重要标志，性心理已经复苏。”她想。

“亚当博士，今天是最后一天心理训练，我们随便聊聊好吗？”

“好的。”

“问一个奇怪的问题，你为什么叫亚当？你是否准备在200年后返回地球时，面对一个蒙昧的世界？”

亚当心头掠过一阵苍凉，用同样的玩笑口吻回答：“不，我只料到我会变成未吃智慧果前的蒙昧的亚当，赤身裸体回到伊甸园，受耶和华庇护。”

雪丽撩人的一笑：“第二个问题，电脑资料显示你没有结婚。那么你有情人吗？她漂亮吗？”

“有，是我另一位心理导师。”他不禁想起那位贞静贤淑但在床上又热情如火的女子。他们相爱很深。自然，他们从不言嫁娶之事，因为登机的那一天便是生离死别的日子，他们只有用疯狂的做爱来驱散这种感伤。“她……非常漂亮。”

“那么我美吗？”

王亚当用目光仔细刷过她的身体。不，她甚至不能称作美貌，应该说是完美。她的风度像服装名模一样冷艳，金色长发柔软飘逸，目光清澈，乳房挺立，皮肤如象牙般白润。还有浑圆的臀部和膝盖，小巧玲珑的双足，无一不是古往今来的雕塑家们梦寐以求的完美。她甚至过于完美了，让人觉得不真实。真见鬼，他想，尽管雪丽小姐一直在恰如其分地表达一个妙龄女子对人类英雄的仰慕，为什么在潜意识中，他对雪丽小姐常有一种仰视的感觉呢？

雪丽小姐用光滑的手臂攀住他的脖子，他低下头把热吻印在她的嘴唇和乳峰上。柔软的肉感和美惠子一样醉人，只有一点不同，是什么呢？他想起第一次吻美惠子时，那位女子浑身如电击一样战栗。而雪丽小姐则大度而平静，更像母亲亲抚自己的儿子。

午饭时，老侍者照例沉默地走进来，摆好饭菜。知道了老人的真正身份，王亚当很难心安理得地接受老人的服务，不过想起雪丽的谆谆告诫，他尽量克制自己不使感情外露。

老人在递过餐盘时，投过来奇怪的一瞥，但什么都没说，推着餐车出门。亚当敏锐地对此做出反应，在青花瓷碗下发现一张纸条：

“你愿意同一位老人谈谈吗？请单独到北京自然博物馆恐龙陈列室，下午 5 点。”

自然博物馆仍保持着旧日风貌，高大的恐龙骨架默然肃立，追思着它们作为地球之尊时的盛世。老人坐在一张木制长椅上沉思着，目光睿智而平静，超越了时空，连亚当的到来也没惊扰他。

他示意王亚当坐下。“你是中国人吧，”他缓缓地说，“我也是中国人。不是指血统，我只有百分之六十左右的中国血统；也不是指法律意义上的国籍，我出生时国界已经消亡了。在孩提时代，我从曾祖父那儿接受了一套过时的儒家道德，九十年来，它一直在冥冥中控制着我。那些操守如一、刚直不阿的中国士大夫，像比干、屈原、苏武、岳飞、张巡、文天祥、史可法、方孝孺等，一直是我的楷模。尽管他们的奋争不一定能改变历史，甚至显得迂腐可笑……当然，今天我邀你来不是为了回顾历史。离开地球前，我想你一定看过一些二三流的科幻影片吧，比如机器人占领地球之类的悲剧。作为一个严肃的科学家，你肯定认为这些幻想浅薄而荒谬。那么，我告诉你——”

王亚当本能地感到恐惧，类似于进入超低温速冻时的感觉，冰冷麻木感从四肢末梢迅速向大脑逼近，老人的声音也变得十分遥远："我告诉你，这种悲剧实际上已经发生。打开潘多拉魔盒的，就是你面前这位罪孽沉重的老人。"

很久，王亚当才从震惊中清醒。他迷茫地注视着老人平静又苦涩的表情。他感觉到老人的话是真实的，这些话唤醒了几天来他潜意识中的不安：对他不露痕迹的隔离；雪丽小姐过于完美的身体——400 型带性程序的机器人？……

老人显然熟知他的心理过程。"并不是你想象中的那种情形，"他说，"雪丽小姐的雪肤花貌下没有任何集成线路之类的东西。她完全是人类的身体，虽然也采用体外授精、DAN 修补的改良方法——可惜，仅仅是人类的身体。"

"这要从 35 年前说起。我领导的一个小组试制成功了生物元件电脑，其材料与人脑互容。第一代产品的综合智力即达到标准人脑的 100 倍，即 10 的平方，我们用 2BEL 级表示。它的体积很小，可以用一次十分钟的手术植入人脑。植入后经过短时期的并网运行，人就会习惯它，就像人们感觉不到左脑和右脑的差别一样——或者说，它很快熟悉自己的寄生载体并能指挥自如，似乎更为恰当。"他苦笑着说。

"公元 2218 年 10 月 13 日，我们做了第一例手术，称之为第二智能输入术。为了稳妥，被植入者是一名白痴。手术获得完全成功，直到现在，我仍能感受到成功带来的狂喜。愚蠢的喜悦啊！"

老人摇摇头，接着说：

"具有讽刺意味的是，这位白痴以其卓绝的第二智能开辟了新时代，历史书上已命名为'新智人时代'，宣告了旧时代即自然人时代的结束。而他当之无愧地成为新智人之父。

"要知道，在自然人时代，人类改变世界时，其主体即人脑的物质基础是进展极微的，这就注定外部世界的变化只能以算术级数进行。而新智人时代中，其主体即人脑中的第二智能也在飞速发展，主客体相互震荡，波峰叠加，世界就以阶乘速率进展。35 年来的变化是原人类难以想象的，一个极有说服力的例子就是你面前这位老人。坦率地讲，他曾是历史上最杰出的科学家之一，素以自己远超常人的智力自负。今天呢，他的智力已经根本不能接受科学的新发展了，就像猿猴的脑子不能理解微积分一样。所以我坚决辞去地球科学委员会主席的职务，来这儿做侍者，这样多少可以满足一个痴呆老人可怜的自尊心。”

老人停顿下来，让王亚当来得及咀嚼一番。他凝望着恐龙，少顷，用目光向王亚当探询：可以继续吗？王亚当点点头。

“现在第二智能已发展到 13BEL 级了，即人脑的 10^{13} 倍，一个不祥的数字。人脑与之相比，不仅信息存储、快速计算等能力不可同日而语，就是人类素常自负的创造性思维、直觉、网络互补能力也瞠乎其后。第二智能唯一缺乏的是感情程序，包括性程序。然而非不能也，新智能人只是更愿意在这方面保持自然人原貌，就像二十世纪的人们喜爱土风舞一样。

“尽管长期以来也一直在用种种方法改变自然人本身，并取得很大进展——正如雪丽小姐近乎完美的躯体——但其进展相对是很慢的，尤其是自然人脑。你可以想象，如此强大而日新月异的第二智能同柔弱停滞的自然人脑共存是什么局面。可以说，机器人借助于人体，在人脑的协助下，已经占领了地球；而我们像愚蠢的螟蛉一样，在自己身体上孵出蜾蠃的生命。”

老人的痛苦、自责和无能为力的愤怒，经过三十年的冷冻已经不那么灼人了。不过唯其平静，亚当更能感受到它的沉重。

“其实，早在植入成功之前我就清楚地看到了这种危险。”老人苦涩地说，“老实说，如果我能相信我的死亡可以中止这个进程，我会毫不犹豫地烧毁全部资料，开枪打碎这颗过于聪明的头颅。可惜我知道，即使我死了，或迟或早总会有另一个人打开这个潘多拉魔盒，我能做的是尽力为人类挖几道坚固的屏障。你知道著名的‘第二智能三戒律’吗？那是我起草的，在第一例植入术的当天即由地球人委员会通过。”

老人以平缓的语调背诵了在人体内植入第二智能三戒律：

一、任何第二智能的被植入者必须年满 15 岁，在完全清醒的情况下签字确认本人自愿植入第二智能，并由至少一位处于自然人状态下的完全清醒的成年直系亲属副签；

二、植入人体的第二智能必须具备这样的功能：在运行十年后应能自动关机，使其载体处于完全的自然人状态，并保持该状态至少一百天以上。第二智能是否重新启动应由被植入者自行决定；

三、自然人和植入第二智能的新智人有完全平等的社会地位，可以通婚，但受孕时双方必须同时处于自然人状态。

老人说：

“我想通过这三条戒律，至少保持自然人不至于被强迫成为新智人，保证他们植入第二智能后有回归自然人的自由，并使新智人在法律上永远是自然人的后裔。应该说，新智人以机器的精确，严格得近乎苛刻地执行了三戒律。单是有关‘完全清醒的自然人状态’的判断，其法律条文的信息容量就相当于几十套大英百科全书。如果不得不同新智人对簿公堂，我们也只能延请新智人律师才能胜任！”

两人相对苦笑。王亚当想插问一句，欲言又止。老人继续说：

“你大概想问，这些戒律是否确实对自然人起了保障作用？没有。因为自第一例植入术以来，几乎没有人不愿植入第二智能，更没有一个人在百日回归之后不愿启动第二智能。人类已经像迷恋毒品一样不可自拔，三戒律也就成为空设。现在，世界上残余的自然人不过百名，他们全是我的同事，是当年一流的物理学家、科学学家、生物学家、未来学家。只有这些人的卓绝的自然智力和对世界深刻的洞察力，才能认识到第二智能对人类的致命危险。顺便说一句，这一百人中华裔占了半数，大概民族性使然吧。他们目前难堪的境遇也大致同我相似。”

老人疲乏了，沉默下来。波涛后留下寂静的海滩，海滩上是历史大潮抛下的孑遗物，只有恐龙的骨架同情地陪伴他们。亚当凝思无语，心灵深处，那种回荡五千年的钟声仍在响，缓慢、遥远，但执着苍劲，他挽着老人的手臂，低声说：

“中国有句古话，知其不可为而为之。老人家，你有什么托付请讲吧。”

“不，我没有什么好讲的。”老人苍凉地说，“我不相信一个人能改变历史，更不相信自然人的智力能与新智人抗衡。但无论任何，我们都老了，你是世界上唯一的年轻的自然人。我把这一切告诉你，也就尽了自己的责任。你好自为之吧。”

整整一天一夜，亚当把自己关进屋里，脑海中一片惊涛骇浪。他充分意识到自己处境的无望，那无异于一只猩猩向人类挑战。不过，他不能退却。在RX星球的荒漠上他真正感受到作为万物之灵的自豪，人类绝不能受机器人的奴役。甚至对雪丽小姐他也负有道义上的责任，他有责任把这样美丽的胴体从机器的控制下解放出来。

用什么方法？也许老人的话中已经暗示——只有在获得第二智能后才能对付新智人。这种近乎卑鄙的方法恐怕是老人们不愿为之的，而他至少不缺乏必要的权变。但是天哪，他怎样才能做到这一点而不致引起新智人的怀疑呢？也许他计划周密的行动，在雪丽小姐的眼里只是像偷吃黄油后舔嘴唇的猫儿那样笨拙？

晚上，雪丽小姐翩然而来，照例裸泳之后躺在长沙发上。她笑容灿烂，拉过亚当的手放在自己的胸脯上：

“已经十天了，你是否面对我的身体一直无动于衷？那我可太伤心了！即使你是以死板闻名的中国人。”她揶揄地说，“来，让我吻吻你。但愿一个美貌姑娘的亲吻是一帖有效的镇静剂，因为我现在要告诉你一件事，你料想不到的事情。”

亚当的身体有刹那间的僵硬，她敏锐地感觉到了，不过仍不动声色地讲下去：“昨天我答应过，告诉你那位老人的详情……”

她简明扼要地讲述了新智人的历史，对王亚当复杂的心理过程装作视而不见。她说：“我们不会让人类英雄处于蒙昧状态。地球人委员会已决定为你植入最新的14BEL级的第二智能——你是第一位。你可以在瞬间获得到今天为止人类所有的知识。当然，根据三戒律，首先要看你是否自愿。希望你充分考虑后再回答。”

王亚当绝对想不到事情的发展如此顺利。他尽力控制住感情庄重地说：“太突然了，这样重大的问题，我一定充分考虑。不过我想我一定会同意。”

雪丽小姐把他揽进怀里。“问题是三戒律的制定者没考虑到你的特殊情况。三戒律要求同意手术者至少有一名直系亲属副签，但你的所有直系亲属都已作古。当然……除了妻子。”她低声说，“你能接受一个崇拜者的爱情吗？”

王亚当紧紧拥抱她，心情十分复杂：对这位美貌女子的爱恋，对她头脑中第二智能的畏惧，让爱情为阴谋服务的内疚……这一切都被欲火暂时烧毁了，他揭开雪丽身上的毛巾。

“啊，不！”雪丽笑着捉住他的手，“请等一下，马上到零点了。这是我一生最重要的时刻，我想与你共享。”

她披上毛巾，按一下电铃，老侍者无声无息地走进来，把一盒生日蛋糕放到桌上。他和王亚当不动声色地对望一眼，悄然退出。

雪丽小姐正专心地用火柴点燃蜡烛，鲜艳的蜡烛花周围是 25 根小蜡烛，中央是一根硕大的红蜡烛。“你的 25 岁生日？”亚当问。

她正点燃最大的那根，笑着摇摇头：“不仅如此。”

亚当从她的目光里看到紧张的期待，这一瞬间，他才真正承认雪丽小姐是个女人。他突然大悟：

“你的回归日！”

时钟正敲响 12 点。她的目光忽然一阵迷茫，像是一道闪电瞬间击碎她的意识。片刻之后，目光又逐渐澄清。她吁一口气，微笑着用英语说：

“请不要用汉语，从现在起我只能用 15 岁以前的母语了。不错，这是我的第一个回归日，我现在也是一个自然人，同你一样。”

王亚当在刹那间很难理清自己的思绪。雪丽小姐在 100 天内不会有第二智能了，自己不必对她的“第三只眼睛”心存疑惧，从现在起她是一个在智力上和自己平等的真正女人。他激动地把她抱起来，放到床上。

一阵狂风暴雨之后，雪丽安静地偎在他的胸膛上，亚当心体舒泰，轻声问：“你感觉怎么样？”雪丽茫然抬起头，亚当笑了，换了一个话题并改用英语说：

“你们在植入前有什么感觉？害怕吗？”

“恰恰相反。我们急切地盼望这一天，只有在植入后，当我们瞬间获得如此沉重的知识后，才感觉到心灵的重负。所以我们非常理解那些老科学家拒绝植入第二智能的固执。”

王亚当沉吟片刻，小心地问：“那么，是否有人愿意恢复自然人状态？”

雪丽活泼地回答：“当然了！哪个人不想无忧无虑地乐一阵子呢。不过，如果永远做一个傻孩子，那就太幼稚、太不负责任了。”

王亚当沉默了，他抚摸着雪丽光滑的脊梁，望着天花板。过一会儿他轻声笑道：

“还要问几个傻问题。毕竟这是我生死攸关的大事，我又是 200 年前的自然人，智力低下是情有可原的，对不？”

雪丽在他耳边笑着：“不要忘了我现在也是自然人。200 年来自然人脑并无显著的变化，不必过分谦虚。”

“你们难道不担心，比如说，某一天所有的第二智能都被输入一个程序，使人类服从于某一个狂人？”

“地球人委员会对此有最严格的保护措施，与之相比，自然人保护核按钮的程序不值一提。即使如此，历史上也没有哪个狂人能引发核大战啊。”

“但你们要对付的对手也不同。”

雪丽安详地说：“即使河水中有一湾回流又有什么关系？自然人实际上也能被输入程序呀。比如法西斯的狂热，就在一段时期内输入到多数人的头脑中。”

亚当再度沉默了。

凌晨四点，雪丽知道这是计算机选择的最佳受孕时刻。“来吧，”她悄声说，“我要为你生一个最聪明的孩子。”

这一瞬间浮现在亚当脑中的是三戒律第三款：

“受孕时夫妻双方必须处于自然人状态。”这使他的欢乐多少打了折扣。

50 天后。亚当夫妻签署了如下的文件：

“王亚当，30岁，已婚。在完全清醒的状态下确认，我自愿输入第二智能。

“雪丽，女，25岁，新智人编号34R–64305，系王亚当合法妻子。在完全清醒的状态下确认，同意我丈夫植入第二智能。”

文件的副文是大法院关于两人清醒状态及自然人状态的认可证书，长达103页，证书编号46S–27853。

离开长城饭店前往医院时，亚当瞥见老侍者远远地目送他，神色悲凉。“风萧萧兮易水寒，壮士一去兮不复还。”他想，一场胜负未卜的搏斗至此开始了。

十年后。

这一天，各报以通栏标题报道地球科学委员会终身名誉主席钱人杰博士逝世的消息。普通人多数反应平淡，他们把这条消息储存于体内二级或三级检索信息库中。

王亚当独自站在窗前望着夜空。从270层楼上鸟瞰就好像置身于星际，他感到深深的孤单。儿子让雪丽接走了，她正处于第二个回归期。一般来说，在回归期内的母性本能要强烈得多。

后来他才知道，他与雪丽的婚姻是中心计算机精心选定的。这个选择很成功，他们生下一个神童，其自然智力的智商高达220，健康指数95，都创造了新纪录。

至于婚姻本身则早已破裂。对破裂原因，亚当总是淡淡地说：“我比她早出生了207年，207年的代沟自然较深了。”

亚当的第一个回归期马上就要结束。在这100天中，平时忽略的一些思绪和感情都复苏了。这并不奇怪，这是一种心理上短暂的“返祖”现象，为此他写过不少有影响的专著。但钱博士逝世以后，这种感情回潮越来越强烈，几乎把他淹没。他自嘲地想，这只能归结于他做过三十年中国人。对于中国人来说，历史的回音太强了。

墙壁上，钱博士和美惠子的巨幅照片平静地凝视着他。桌上放着一本线装《汉书》，这 100 天中他常常阅读这本书，尤其是其中的苏武传。

十年前他植入了第二智能。他的感觉就像一下子扯掉蒙面的黑布，看到了世界的真相，尽管真相有些残酷。他明白了，他和钱博士兢兢业业的努力，实际上完全是按照新智人的设计——所谓“亚当回归”计划进行，就像两只蜜蜂被蜜糖引进迷宫——具体洒蜂蜜的就是雪丽小姐。但在察觉上当的同时，他也理解了新智人的苦心。他明白拒绝植入先进的第二智能是何等幼稚可笑。自然人消灭了猿人，新智人消灭了自然人，这是不可违抗的。他和钱博士的所作所为，就像世界上最后两只拒绝用火的老猴子。

他现身说法，顺利地说服残余的自然人，特别是那些执拗的中国血统的老人，为他们植入第二智能——只有一个人除外。钱博士极度的固执使他啼笑皆非。他很可怜老人。

但回归期间，意识上不知怎么有些错位。他像李陵不敢正视苏武一样，对老人怀着歉疚。他能充分理解李陵不得不归属异类的五内俱焚的心情。他看了李陵《答苏武书》，很感慨即使李陵已死心塌地地归属匈奴，他这篇喋喋不休的辩解书仍是为他的故族而发……如今钱博士已经死了，他也像李陵送别苏武一样，失去了最后一个可以听自己辩解的同类，即使那人肯定不会原谅他。

电话铃响了，是雪丽打来的。

“亚当，明天我把儿子送来。”

“好的。”

“孩子过得很愉快，真舍不得送走。”

“是吗？”

雪丽沉吟片刻：“你的回归期马上要结束了吧。亚当，我有一个建议你是否考虑一下。我们可否把回归期都延长一些，当我们都作为自然人时也许能重温旧情。”

亚当沉吟一会儿。他知道重温旧情是不可能的，雪丽这种难得的温情不过是回归期间的感情回潮而已。他彬彬有礼地说：

“很感谢你的建议。我最近很忙，一个月后我们再进一步商谈，好吗？

再见。”

她在回归期间积聚的荷尔蒙能不能保持一月之久？他有点刻薄地想。这时，儿子的声音在电话里传过来：

“爸爸，我想钱爷爷……”话语中带着哭声。亚当想安慰儿子，但他自己也哽住了。静默片刻后他轻轻挂上电话，开始为报纸赶写一篇纪念文章。

第二天报上刊登一篇文章，作者是地球科学委员会本年度主席王亚当：

地球上最后一位自然人与世长辞了，终年104岁。他在最后的十年中一直与我、我儿子生活在一个中国式的小家庭中，他的去世又恰逢我的一个回归期，因此我的悼念有双重含义，是儿子对父亲、自然人对自然人的悼念。

我曾是他的抵制派的坚定成员，不惜牺牲自己，以骗取第二智能的方法试图恢复自然人的时代。由于这样的阴差阳错，我才没有落后于时代。

钱博士则始终抵制第二智能，就像清朝时代的中国人抵制铁路一样。钱博士始终自认是中国人，其实，历史上中国人不乏大度开明的态度。在几次民族大融合时期，他们着眼于文化之大同，不计较血统之小异。新智人与自然人之异同不正与此类似吗?

我并不敢评判钱老前辈。他是一代科学之父，新智人之祖。他孤身一人坚持自己的信仰，至死不渝，这种节操使我们钦服。值得欣慰的是，晚年的钱先生已承认现实，在心境怡和与天伦之乐中安度余生。他自始至终保持着敏锐的自然智力，保持着令人不敢仰视的尊严。我多么希望在九年的共同生活中，我儿子身上会烙下他祖父的印记。

世界太复杂了，越是深刻了解世界，越是对造物主心怀疑惧。谁敢自封为历史的评判者？也许一个孩子能看到大人不能自视的后背，也许低等智能中一个佼佼者的直觉能胜过高等智能复杂而详尽的推理判断。不管怎么说，至少我们新智人已丧失了很多自然人的生趣而多了一些机器的特性。我们不得不尊重计算机的选择去向某位姑娘求爱；我们在男欢女爱的同时，清醒地了解荷尔蒙与激情的数量关系——这实在是过于痛苦的清醒；我们在科学上的贡献很大程度上取决于植入智能的BEL级别，以及输入知识的结构类型，就像吃蜂王浆的工蜂会变成蜂王，这无疑是一种新的不公正……

只有一点是肯定的，我们将沿着造物主划定之路不可逆转地前进，不管是走向天堂还是地狱。与恐龙不同的是，人类将始终头脑清醒地寻找路标，拂去灰尘，辨认字迹，然后一步步走向自己的归宿。

20分钟后我将启动第二智能。届时，今晚这些暂时的心理迷乱和无用的感伤会烟消云散。谨以此文表示真诚的哀悼，愿科学之父的灵魂在天安息。

有关时空旅行的马龙定律

一

大二那年，一个盛夏的满月之夜，又恰逢我的20岁生日。身材伟岸、英俊倜傥的体育系硕士生、富家子马龙已经定在今晚，要用9999朵玫瑰、9999支蜡烛外加99首中国古典情歌，在外语系女生宿舍楼下向我公开求爱。我却独自一人去攀登物理实验楼的楼顶，打算向我心仪的男人开始正面进攻。

杨书剑，物理系硕士生，他还有一个身份：大马的铁哥们儿。

物理实验楼是一幢即将报废的建筑，白天人都不多，晚上更是空无一人。昏黄的走廊灯下，墙角堆放的旧设备像一群丑陋的魔鬼。我今晚是一身性感打扮，露脐的吊带小背心，紧箍臀部的超短裤，漂亮的皮拖鞋。在暗影幢幢的大楼里，这可算不上是安全的穿戴。好在月亮已经升起，银辉从窗户里洒进来，伴我爬上六楼。从这儿再上楼顶就只能攀爬墙外的一段铁梯了。我从楼道窗户里探身向外看，月色下的六楼显得比白天更高，让我心中忐忑。当然这影响不了我的决心，我咬咬牙，从窗户里跨出去，紧紧抓住头顶上的铁梯横档。

实验楼与我住的外语系女生宿舍成丁字形排列，两楼怀抱处是一座音乐喷泉广场，上百个黄铜喷头汇成喷泉之林，强劲的水柱会伴着音乐欢快地跳舞。不过它只在节日开启，现在，广场上三三两两散布着乘凉的男生女生。我瞥见一辆华贵的红色跑车亮着大灯开过来，在广场处停下。司机先下来，然后一位高个男人从右边潇洒地跳下来，两人一块儿开始卸货。我认出那是大马的身影，不用说，他们此刻搬卸的就是那9999朵玫瑰和9999支蜡烛了。

虽然我根本没打算在他的99首古典情歌后露面，但实打实说来，这会儿我心中仍涌出一股异样的热流。

我爬上七楼楼顶，努力跨过女儿墙，还有意响亮地咳嗽一声。大马早就说过书剑有一个怪僻：凡是晴朗的夏夜，尤其是月圆前后，他总是独自一人到这儿的楼顶上进行月光浴。因为来这儿必须攀爬墙外铁梯的缘故，轻易不会有外人来打扰他。其实他的爱好并非是月光浴，而是“敞开怀抱，让每个毛孔与星空息息相通”，在这种状态下他的思维最敏锐，最放松。大马时常向人吹嘘说，就在他的铁哥们儿光着屁股沐浴月光时，一座理论大厦已经顺利奠基。那座大厦叫“时间量子理论”，一旦建成，就能把相对论和量子力学统一起来，到那时，杨书剑的名头儿会比爱因斯坦和波尔还要大一号。而且，最令人振奋的是，时间量子理论的成功还能直接带来一项神奇的发明——时间机器。

虽然大马的话一向颇有水分，但这些话大致不差。剑哥确实是一个不世出的天才，是当代理论物理学的希望之星，这是物理系的教授们公认的。

我今晚来这儿找剑哥是一场赌博：如果剑哥不在这儿，而是在音乐广场帮他的铁哥们儿上演那场求爱秀，我就输了。不过，以我的直觉，他——因为某种隐秘的心理——今晚不会去那儿，而我的直觉一般相当灵验。我果然赌赢了，楼顶中央躺着一个瘦小的身影。

我想我的示警足以让他穿好衣服了，就慢慢走过去。但我想错了，等我走近时，那家伙仍从容自得地躺在地上，枕着双手，两腿交并，足尖轻轻摇晃着。月光沐浴着他的身体，活脱是一位浪里白条。他的双眼在月光下灼灼闪亮，当我走近时，那双目光慢慢转到我身上，“厚颜无耻”地盯着我，一动不动。这个场面让我未免尴尬，也有点恼火。虽然今天是我擅自闯进他的私人领地，但他如此这般也算不上绅士风度吧。不过我在半秒钟内就弄明白了——这位仁兄虽然一眼不眨，实际并没有看见我，他肯定深深陷在他的思考中，还没从中跳出来呢。我又是好笑又是着恼，大喝一声：

“杨书剑！”

以下的过程让我忍俊不禁。在我的断喝声中，他目光中的“一片清明”忽然被震碎，变成一片混沌，然后又逐渐澄清——他惊叫一声，像蚱蜢一样敏捷地跳起来，匆匆抓起地上的衣服，背过身去穿好。我忍住笑向旁边走了几步，给他留一点私人空间。等我转过身来，那家伙已经穿戴整齐，虽然仍多少有些尴尬，但总的说已经恢复了往日的从容。他笑嘻嘻地说：

“是丁洁小妹啊，失礼了失礼了。我刚才只顾思考，没有看见你，真的没看见。”

我讥讽地说：“你不必解释，我绝对信。否则，我这身打扮只换来一个男人死鱼样的眼神，我的自尊心会受不了的。”

他用目光刷过我的全身，衷心地夸道：“真的，你这身打扮非常漂亮，非常性感，活脱一位月亮女神。哪个男人对此目无涟漪，一准是太监——这也是一条有力的反证，证明我刚才确实没有看见你。你……是为一会儿的露面做准备吧。大马说你已经答应了，在他唱完 99 首古典情歌后，你会像七仙女一样从空中冉冉而降。”

我干脆地说：“那是他自说自话，我只是没有明确拒绝罢了。我根本没打算在那个场合出现。”

剑哥一愣，沉默了，目光复杂地盯着我，显然把我这个表态看得很严重。过一会儿他笑着说：“小妹，千万不能这样啊。你已经‘考验’过他两次，今晚如果再闪他，大马肯定受不住的。”他虽然面带微笑，但口气非常认真，含着明显的责备。“听！恐怕他已经开始了。”

夜风送来时断时续的歌声。仔细听，确实是大马带磁性的声音，唱的是《跑马溜溜的山上》。这位帅哥的歌喉确实不错，他曾后悔自己选错了专业，本该学声乐的。这会儿剑哥轻轻揽住我的肩膀，推着我来到女儿墙边。远处的广场上，大马的求爱秀的确已经开始了。他一边唱着歌，一边倒退着走，在地上摆放玫瑰和点着的蜡烛。烛光已经画出了小半个巨大的心形。刚才我看到的红色跑车不在现场，应该是被他打发走了。晚读的学生都被吸引过来，挤在心形烛光之外，挨肩擦背的，有几百人。大马唱完了那首歌，立起身来，展开双臂，对着女生宿舍放声大喊：

“丁洁丁洁我爱你！”

围观的好事者们大笑应和，汇成滔天的声浪。

大马再次弯下腰，边唱歌边摆放玫瑰和蜡烛，动作潇洒而舒展。这会儿他唱的是另一首:《在那遥远的地方》。他的位置太远，这边听不太清，但歌声像从云中飘来，伴着清风明月，朗朗星空，别有一番动人的意境。剑哥立在侧边悄悄观察我的表情，小心地说：

“小妹你看，大马确实是真心的。”

我讥讽地说：“是吗？你看他摆放玫瑰和蜡烛多熟练，据我所知，这样大场面的求爱秀，对他来说应该不是第一次吧。反正以他的家世，不在乎多买几千支玫瑰和蜡烛。剑哥你坦白告诉我，他的动人歌喉打动过多少姑娘？我是他女友名单上的第多少位，两打之后？”

剑哥对我的话使劲摇头：“小妹，你这样说对大马是不公平的，很不公平。他过去确实比较浮浪，换过不少女友——其中也不乏是女方贪图钱财、贴身进逼。但他自打一年前喜欢上你之后，确实动了真情。没错，他是生在豪富之家，但富有本身并不是罪过。昨天他还对我说，知道你对纨绔子弟素有成见，这次他要用‘金钱之外的东西’‘人生最宝贵的东西’，来表达他的真爱。我不知道他指的是什么，但他说这话的口气是非常认真的。”

我淡淡地说：“他再认真也没有用。我的心早就放在另一个男人身上啦。”我瞟了他一眼，“可惜那人对我的秋波总是视而不见，不知道是真傻还是装傻。”

我的坦率让他很尴尬。在这之前，类似的交锋已经有过两次，他一直装糊涂。但这次他考虑一会儿，显然决定正面回应。他笑着说：

“我又不是弱智，咋能看不到你的秋波。且不说那双大眼睛勾魂摄魄，杀伤力超强，男人一不小心陷进去，就万劫不复了！但我一直在小心翼翼地避开它，你想知道是为什么吗？——事先要请你原谅我的坦率。”

“好，我原谅，无论什么难听话我都原谅。你尽管讲吧。”

“如果你一开始就直接向我表示好感，我会非常高兴地接过它，甚至会主动向你进攻，哪怕和我的铁哥们儿展开竞争也在所不计。但自打我们相识以来，你一直维持着‘大马女友’的身份，至少没有公开拒绝它，你只是在这种架构下不动声色地盯着我。对你这种做法，我只能退避三舍，否则就对不起我的哥们儿。而且从内心说，对你的……玩世不恭，我也难免有戒心。”他歉然说："这句话恐怕过重了。务请原谅啊，今天我想把话说透。"

我觉得脸上发烧："这种状况是某些因素凑成的，比如，与大马结识是在认识你之前。但我不辩解，我错了。请告诉我，我该怎样从头开始？"

剑哥想了想，再度揽住我的肩膀。他的搂抱很温柔，话语很温和，但我却感受到内在的凛冽寒意。"小妹，恐怕有点晚了。关键是——大马在你那双眸子里已经陷得太深啦。别看他外表刚猛，内心实际很敏感，很脆弱，很重情——他的性格既有点浮浪又十分重情，这两者并不矛盾。总的说，这个富家公子本质善良，咱们可不能伤害他。"他叹息着，微责道，"小妹不是我说你。如果你决心拒绝他，就不该同意至少不该默许他这次的公开求爱。场面弄大了，弄撑了，很难收场。"

"剑哥你知不知道，我这次为什么没有明确拒绝？"

"不知道。"

"我是想看你的态度！想看看你到底是会帮他，还是回避。按说，依你俩的铁交情，此刻你该屁颠屁颠地跟在他后边，帮他摆玫瑰啦点蜡烛啦，没准还帮他唱几首情歌哩，可是你却独自一人躲在这楼顶上。这到底是为什么？我不想听你粉饰，把你的真实想法晾出来！我敢说你是在逃避某种东西。"

在我犀利的追问下，他有点尴尬，片刻之后坦然承认："对，我是在逃避某种感情上的纷扰。不过也可以这样理解——我是在逃避不该做的，做我应该做的。小妹，我真心希望你能珍视大马的感情，这样的真情是可遇不可求的。"他在语气中再次加上微责，"不管你是什么动机，反正你这次的做法不合适，可能对大马伤害很深。小妹你记住一句老话：有些东西只有在失去后才知道珍贵。"

我闷声说："好啦好啦，我的主意不会变，但我不让你作难。今天不说了，等我彻底了结与大马的关系后，再回头来找你。"

剑哥在月光下认真看看我，沉默着。也许他正陷于内心的斗争？但片刻后他决绝地说："不，到那时你也别来找我。除非你是来发请柬，邀我参加你和大马的婚礼。"

我没想到自己的"正面进攻"会闹出这个结局，心中很恼火。不过剑哥没有说错，事情走到这一步只能怪我自己。他说我“玩世不恭”，这话很刺耳，但仔细想想，我也没法反驳。我俩沉默着向楼下看，几千只粗大的蜡烛已经拼出一个完整的心形，烛光映红了夜幕。蜡烛之内则是一圈玫瑰，两个套合的心形围住了整个广场。大马独自立在心形中央，围观者都远远隔在烛火之外。这会儿他刚唱完《达坂城的姑娘》，正直起身体对宿舍楼高呼：

“丁洁，这已经是第 40 首啦！等我唱完第 99 首，你就该从云中降临，扑到我的怀抱里！”

围观者仍然大笑着为他帮腔，激起又一波声浪。

剑哥看着我，分明是催促我赶紧下去。我没好气地说：“剑哥，你可是皇帝不急太监急，还有 59 首情歌呢，够他唱一个小时的。你不妨耐心一点儿——没准过一会儿我会改变主意哩。咱们先回头说说你吧——我刚才上来时你在想些什么，那会儿你够痴迷的。”

这句话显然挠着他的痒处，月色下两只眼睛顿时亮光闪闪：“没错。刚才我正在头脑中做爱因斯坦那样的思想实验，今晚我有了最重要的顿悟。我敢说，时间量子理论中最难的一步我已经走通了。”

“就是那个能让时间倒流的理论？”

“没错，就是它。”

我又刺了他一句，“那就难怪你能对一个女孩儿视而不见了。不过我要说句实话你可别嫌扫兴：我相信你的天才，但压根儿不相信有什么机器能回到过去，那完全违反直觉。你不妨趁这会儿给我讲讲，用最简洁的语言，看能不能说服我。”

“好，我用最简洁的语言讲一讲。众所周知，宏观的时间是不能倒流的，但如果把时间尽量细分，细分到 10^{-43} 秒，即所谓的普朗克时间，也就达到了量子化。在这样小的时间片断内，时序已经没有意义，物理学上的因果关系也不复存在。这其实意味着量子态时间既可正流也可倒流。然后，借助于某种科学手段，我们可以把量子态的时间倒流进行整合，让它表现为宏观态的时间回溯——当然啦，是在严格的边界条件下……”

我皱着眉头打断他：“算啦算啦，你这最简洁的语言对我也像番僧念经。

不如让我来提问吧。大马说，你的时间量子理论一旦取得突破，就能导致时间机器的实现，对不对？”

“没错。这一点毫无疑问。”

“人们能驾着它任意遨游过去未来？”

“不，只能回到过去，不能到未来——除非光速被突破。但我的理论是建基于相对论的，仍然受大自然的光速自限……”

我忽然莞尔一笑，换了话题：“剑哥我给你提个要求，你一定得答应。”

他警惕地看看我：“什么要求？你说吧，只要你别……你说吧。”

“既然今晚是你取得突破的特别时刻。希望你牢牢记住它。等你的时间机器研制成功，你，带上我，加上大马也行，一定要回到这个时刻看一看。”

剑哥有点犹豫：“初期的时间机器恐怕载不动三个人……好吧，我答应你。我一定想办法。”

“而且必须回到此刻之前，比如，回到我刚刚爬上楼顶的时候。”

剑哥对这个要求有点茫然，也有点警惕，兴许他认为我是在恶作剧，比如，让他重演刚才裸体时的尴尬。但他想了想，慨然说：“好，我答应。”

“不会食言？”

他笑道：“我杨书剑是何许人也，怎么会食言？决不会的。”

我到这儿忽然来了个急转弯，非常干脆地说：“那你的时间机器肯定不会成功！如果你成功了，也没有食言，确实乘时间机器回到了此刻前的过去，那么，你我现在就会有一个看到时间旅行者的经历，对吧。但很可惜，我什么也没看到。”

剑哥对我的驳难没有太在意，笑着说：“原来你守在这儿等着我呢。你说得不错，你的驳难从本质上说就是众所周知的‘外祖父佯谬’，从逻辑上我确实无法驳倒它，全世界没有一位智者哲人能驳倒它。不过你应该知道，逻辑上的悖谬并不总能阻挡物理过程的实现——兔子会超过乌龟，绝不会在乌龟之后的无限小处止步；相距数光年的孪生光子也一定会保持同步相关性，不管物理学家能不能解释超距作用。科学界有一个共识：对于逻辑上暂时说不通但实际上有可能做到的事情，只能采取一种办法：先尽力爬过深涧，再到逻辑的断裂处架桥！我这会儿不和你进行驳难，你等着坐上时间机器后，再亲自寻找答案吧。”

“这么自信？”

“当然。”

“那你就带上我，回到咱们认识大马之前吧。能做到吗？我想肯定能。那样，我和你就会真正从头开始，不让大马掺和进来——毋宁说，大马会非常高兴地为咱俩祝福。”

剑哥笑着，回避了这个问题。他朝楼下看看，“只顾和你神侃，说不定大马的 99 首情歌已经唱完了呢。小妹，听剑哥的话，咱们快点下去，哪怕你最终不接受大马的爱情，今天也必须给他一个台阶。说到底，这个场面是你惹起来的，至少你有 50% 的责任吧，你有责任把它挽个结。走吧，好不好？”

“好吧。”我勉强地说，“我们下去，把围观者打发走，然后我单独和他谈话，今晚就把话说透。”

剑哥正要走，听到这句话站住了，犹豫一会儿，认真劝我：“如果你确实不……那也至少给他一星期的时间，让他在心理上有个缓冲，行不？”

“好——吧。剑哥，你对自己的哥们儿，啧，真是义气干云哪。”我讥讽地说，实际心中已经被他感动了。

临下楼前我们又向下边看了一眼。在那个巨大的烛火和玫瑰之心中，大马独自伫立着，这会儿他没有唱歌，而是高高举着左臂，像是在庄严宣誓。但我有点奇怪，因为宣誓没有举左臂的。心形外面是密密麻麻的人群，人们好心地帮他呼喊：“丁洁丁洁快下来！丁洁丁洁快下来！”看着这个大场面，我确实有点后悔早先的轻率。剑哥轻轻推着我，笑着说：

“走，下去吧，解铃还须系铃人。走吧。咦——”他忽然短促地喊一声，停住脚步。顺着他的目光看去，心形中的大马不见了。不，他还在，但不是站着，而是躺在地上了。周围的群众还在大声笑着，没有看出异常，但不知为什么，我，还有剑哥，却突然感到一阵凛冽的寒意。我俩瞪大眼睛紧张地看着，躺着的人影仍然没动，周围的人大概感受到异常，笑闹声忽然平息，广场上刹那间静得瘆人。终于，有一个人试探着跨过心形的边界，来到大马身边蹲下来查看。那人忽然蹦起来喊了一嗓子，人群像被火烧的蜂群，哄地骚动起来。听见有人高喊：“割腕！快打120！快送校医院！”

我和剑哥一下子跌进冰窖中——突然联想到大马的那句话：今晚他要用金钱之外的、人生最宝贵的东西来表达真爱，现在我们才领悟到话中蕴含的不祥。我俩没有耽搁，我踢飞了皮拖鞋，剑哥拉着我，两人用最快的速度爬下那段铁梯，再跑下六层楼。当我俩气喘吁吁地快速蹦跳着下楼时，剑哥刚才说过的一句话像铁锤钉钉一样，一下一下钉着我的心房：

恐怕有点儿晚了……恐怕有点儿晚了……恐怕有点儿晚了……

我们喊着“大马大马”，挤进那个庞大的人群。大马不在这儿，地下只留下一摊鲜血，异常巨大的一摊，它让我俩的心一下子冷透了。人们说大马送校医院了，我们立即扭头往校医院跑。等我俩赶到校医院，大马已经被市里的急救车接走。我们飞奔到校门口截了一辆出租，赶到急救医院。我的赤脚不知道什么时候割破了，在医院光滑的地面上留下一串血迹。

但我们最终只看到大马惨白的遗体。

后来，当时在场的好友小倩向我复述了她看到的场景：当大马唱了第99首情歌——刘三姐的对歌“哪个九十七岁死，奈何桥上等三年”后，他的女神却千呼万唤不出来。大马没有尴尬，也没有发火，似乎对这个结局早有准备。他高声喊道：

“丁洁，我知道你一向鄙弃金钱，现在，我要用我人生最宝贵的东西，来向你表达我的真爱！”

然后他笑着，高高举起左臂——小倩痛哭失声地说：关键是人们都离他太远了，没一个人看见他割了腕，没人看见鲜血正顺着他高举的左臂汹涌奔流。大家被他轻松的笑容麻痹了，想不到他会这么欢快地召唤死神。围观者仍在笑着起哄，用一波一波的声浪催促女神快下来。就在这笑声中，大马流尽了鲜血，支持不住，倒在地上。直到这时围观者才发现了异常，但已经太晚了。

小倩没忍心责备我，同学们也都没责备我，因为那些天我一直哭得死去活来。葬礼上我见到了大马的父母，他们没有责骂我，但执拗地决不看我一眼，这种目光的真空更让我心如刀割。就连剑哥的目光也一直浸着森森冷意，恐怕他不光是责怪我，更深的是自责——依他看来，如果那天他不是聊得太出神，能早几分钟带我下楼，大马就不会送命了。

但说这些都晚了。在哀乐和氧气炮的轰鸣声中，大马静静地躺在水晶棺中。对于他一米九五的魁伟身体来说，这具水晶棺实在过于狭窄了。他脸颊红润，当然这只是化妆师的功劳；面色平静安详——但他在抱憾离开人世时真的平静吗？我死死盯着他，泪水如雨，洒落在水晶棺面上。

剑哥说得对，有些东西只有失去后才会觉得珍贵。现在，我愿意拿我的青春、美貌、生命，一切的一切，来换大马回到人世，弥补我的罪责。可是，我知道办不到的。命运已经关上了这扇门，不会再打开。

——也许剑哥认为他能办到？他在与遗体告别时，神情肃穆，声音清晰地说：

“大马你耐心等着吧，我一定去找你。”

听到这句话的人都不由侧目看他，大家以为他是在与铁哥们儿定下来生之约。但我知道，他说的肯定不是那个意思。他许诺的是今生之事。

二

在我 45 岁生日的前一天，我从网上淘来的那辆珍贵的老爷车终于运到了。它是我为这次生日特意准备的——不是送给自己的礼物，而是为书剑做演示的道具。我为这辆车加燃油、加机油、充电，试驾了一次，随即给杨书剑研究所打了电话。电话是阿楚接的，她是书剑的助手兼恋人。这是一个很老套的故事：热情奔放的年轻女研究生爱上了睿智深沉的导师，苦恋多年，但至今未能收获爱情。因为那个男人心中一直装着另一个无法爱他的女人。

我。

但阿楚和我远非情敌。我对她早就把话说透了。我说，早在我 20 岁生日那天，当一位高个儿男生在烛火玫瑰的环抱中流尽鲜血之时，我的爱情之花就完全枯死了，即使是南海观世音的杨柳玉净瓶也不能让它复生。所以，我与阿楚在某种程度上倒是亲密的同盟军——努力让书剑忘掉早已枯死的爱情，接受活着的爱情。

我们在电话上互致了问候，我说："明天是我的生日，请转告书剑，我想邀请他，还有你，一块儿来我家玩。"

阿楚为难地说："啊哟不行，明晚正好是时间舱的第一次载人返回试验！丁姐你知道的，此前已进行过三次不载人试验，都很成功。但这次试验才是最重要的，杨先生要亲自驾驶。而且试验的准备工作已经就绪，日期没办法更改。"她又说，"丁姐我知道明天是你的生日，杨先生正是把试验特意定在这一天。"

这些情况我都知道，"对，我知道这次试验对书剑来说非常重要，不过，恐怕并非因为它是'第一次载人'，而是第一次以'人'为试验目的。说白了，他想亲自回到旧时空中把一个人救回来。我猜得对不对？"

阿楚稍稍迟疑后笑了："其实杨先生没打算瞒你，瞒也瞒不住你。但对外界必须严格保密，原因你知道——这在伦理上属于禁区。更准确地说，这虽然是伦理上的禁区，但禁区的栅栏此刻尚未修好。杨先生想抢在这个时间，了结他的终生夙愿。"

"我会严格保密，但我务必要在试验前见他一面。阿楚你一定想办法劝他答应。你们明天赶早坐直升机来一趟，不耽误你们晚上试验。"我坚决地说，"如果时间实在错不开，宁可推迟试验。"

阿楚是个聪明人，立即领悟了这次邀请的分量——我要做最后一次努力来阻止这次试验。在这件事上她从来不是我的同盟军，但我料到她，还有书剑，会给我这个面子的，毕竟试验推迟一天也没什么大损失。考虑片刻后，她没向导师请示就痛快地答应了。

第二天一大早，一辆小型直升机降落到我的乡居，阿楚在驾驶位向我笑着招手，书剑先从机舱内跳出来，低着头躲避旋翼的气流。我已经有七八年没有见过他，他明显发福了，不过动作仍保持着年轻人的弹性。他穿着便装，怀中抱着一束硕大的百合，走过来，用一只胳膊同我拥抱，笑着说：

"阿楚说你已经订了生日蛋糕，我就送一束花吧。"

“谢谢。”我微笑着接过花束。直升机的旋翼慢慢停下来，阿楚也下了飞机，提着裙子走过来。她今年 36 岁，虽然容貌平常，但体态婀娜，自有成熟女人的妩媚。书剑一直没有接受她的爱情，但依我看来，她看书剑的目光已经是“妻子”的眼神了。我们来到客厅。客厅中央，影像机正在连续播放激光全息像。当下的一帧是大马与我和书剑三人的合影，大马咧着嘴，笑得十分开心，正是我当年讥为“没心没肺”的傻笑，是大马的招牌表情。旁边的我体态娇小，穿着裙装，裸露着浑圆的肩头和胳臂，颈间挂着洁白的珍珠项链。后边是当年的杨书剑，小个子，瘦不拉叽，穿着长裤和长袖衬衫，同样咧着嘴巴傻笑。三个人影缓缓旋转着，淡化消失，换成另一帧照片。

旁边的高茶几上放着一尊小小的香炉，一只细香正燃着，青烟袅袅上升。这是献给大马的，今天既是我的生日，也是大马的忌日。书剑看看我。我俩的目光中有同样的落寞。悲伤和疚痛经过 25 年的磨蚀已经不那么尖锐了，但其沉重并不稍减。他不声不响地走过去，燃起一支香，插在香炉中，口中喃喃地祝祷着，声音很低，但我能猜出他的话：

“大马你别急。快了，我马上就要去找你了。”

阿楚也走过去，神情肃穆地为大马献了香。这时自动影像机打出另一帧全息像，是在学校文艺晚会上我与大马对唱，两人都穿着漂亮的演出服，那次演出是我俩的初识。阿楚想冲淡屋里的伤感氛围，笑着说，“丁姐我知道你当年是学校的校花，那时你多漂亮，多性感！丁姐我要批评你一句，你现在的穿戴实在太保守了，对不起你的好身段。”我笑笑，没有接她的话头，顺手关了影像机，让年轻的大马和我消散在时空中。我说：

“知道你们的时间宝贵，不在这儿耽误了，现在请随我到后院。”我领他们到后院。“知道我为什么执意邀请你们来吗？生日倒是次要的，主要是我淘到一辆很珍贵的老爷车，想向你们显摆一下。你们看！”我指着那辆旧式的美军威利斯军用吉普。这种车在二战中非常著名，它的设计朴拙而强悍，车身线条见棱见角，简陋的方向盘上是四根铁辐条。平直的挡风玻璃，七条竖直的散热器格栅。车厢是蒙布的，车身伤痕累累，军绿色油漆已经大半脱落。它虽然破旧但气势犹存，就像一个满身伤痕、行将就木的老将军。

书剑问道："小妹你淘到它，花了多少银子？"

我没直接回答："反正够可观的，物以稀为贵嘛。"

"从没听说你有这个癖好啊。"

"算是我的新爱好吧。"

"怎么样，这辆车还能开动吗？"

"当然！动力还很强劲呢。请二位上车吧，我让你们也体验一下剧烈颠簸后酣然入睡的滋味。"

阿楚悄悄看我一眼，跟着书剑上了车。她肯定在怀疑，我的这次邀请既然有重大原因，为什么这会儿却尽干这些不着边的事儿。我不和她解释，开车带他们来到附近的山区，又特意找了一段最崎岖的山路，这会儿路上没有行人车辆。我停下车，说：

"等我挂上全轮驱动，我要全速冲过这段山路。"

"慢着慢着！"右座的书剑连忙制止，侧过脸怀疑地看看我，"你……不至于这样外行吧。这种越野车，全轮驱动只能在泥泞路面上使用。如果在硬路面上使用，会把车桥齿轮别坏的。"

我回以平静的微笑："真的吗？那我倒要试一试。"

我挂上全轮驱动，猛踩油门冲了过去。实际上我知道书剑说得对，这种越野车上配置的分动箱是早期型号的，前后桥驱动之间是刚性连接，没有桥间差速器，如果在硬路面上使用全轮驱动，由于前后桥之间必然有路程差，这个差值又不能通过泥泞路面加以消化，结果就造成前后桥之间的功率循环，产生附加扭矩，最终造成车桥损坏。这是一种自激反应。它与时间旅行虽然风马牛不相及，但就"自激反应"这一点，两者在本质上是一致的——时间旅行者如果硬要撬动已经"刚性化"的旧时空，同样会引发自激反应。

这正是我今天想让书剑亲历的场面。我花了这么多银子，就是想让他有个强烈的直观印象。

书剑大概已经悟到我的用意，不再劝说，任凭我把吉普开得如一匹疯马，他在右座上仍然一声不吭。后座的阿楚也同样保持沉默。吉普在山路上激烈颠簸着高速行驶，功率循环果然出现了，车身开始出现不正常的震动，一窜一窜的，发动机艰难地吼叫着。我不管它，仍然猛踩油门。最后，随着桥包中咔喳喳一阵脆响，这辆宝贵的老爷车彻底趴窝了。我气喘吁吁地趴在方向盘上，扭头看看他俩，神经质地笑着：

“书剑说得对，真出事了。可惜了，这辆有历史意义的老爷车。”

书剑和阿楚互相看看，都没有埋怨我。书剑掏出手机要通了修车公司，那边问了方位，说拖车大概一个小时后能赶来。然后我们三人下了车，爬上一道石坎，坐下，漫视着山坡上零碎的野花，闲听着沟中潺潺的水声。我没有再绕圈子，直截了当地说：

“杨书剑先生，请你认真听我下边这番话，尽管我是科技外行，但正如一句老话所说：当局者迷旁观者清。我知道，你的时间机器已经成功进行了三次不载人试验，分别回到 50 万、100 万和 2000 万年前，取回了当时的岩石和大气标本。岩石的古磁性及大气成分都确认了时间旅行的成功，并得到科学界的公认。我也相信，既然不载人时间旅行能够成功，载人旅行同样会成功。”

书剑看看他的女助手，心平气和地说：“你说得不错。”

“你今晚就要亲自驾驶时间舱进行返回试验。你打算回到 25 年前，大马死亡的那个夜晚。你想修改历史，把他从历史中救出来，以弥补你终生的负罪感。你为这一天已经盼了 25 年，努力了 25 年，今晚是一偿夙愿的时候。我说得对不对？”

书剑这次没有回答，扭头看看我。我们都从对方眸子中看到了如烟往事，看到了深埋心中的酸苦，两人的悲伤之钟发出悠长的共鸣。但我抛开感伤，尖刻地说：

“其实就是没有大马，你同样会找一件类似的事去干。因为你已经有了能返回过去的时间机器，当然忍不住去破解外祖父悖论。这个诱惑对你而言是致命的，你绝不会在此停步不前。”

对我这番尖刻的话，书剑只是微微一笑：“没错。小妹，不管你是不是外行，反正你对我知之甚深。”

“剑哥，你想把大马从历史中救回来，我何尝不想？那同样是我终生的企盼！而且自打有了时间机器，救回他应该很容易啊，你只用回到25年前那个夜晚，提前警告我一声就行啦。”我苦笑着摇头，“但我仍然坚决地、顽固地认为你的打算不会成功。不不，你先不要反驳，不要从技术层面上解释。我的这个判断不是基于技术层面，而是哲理层面。我认为，那样的事——把一个死者从历史中拉回来——是畸形的，别扭的，反直觉的，反自然的，无论如何，我不相信它会实现！即使你的时间机器已经成功，我也不相信它能实现！我坚信宇宙深处有某条自限法则，有某个不露形迹的管理者，会有效阻止它。”

他温和地说：“小妹，你的怀疑很有力量，科学界，包括我，也都有同样的怀疑。这正是我亟盼验证的啊。时间机器已经成功，已经返回过去取回了无生命体。从本质上说这也是对‘过去’的修改。现在我急于验证它能否做出另一种修改，即涉及人的命运的修改。”

“但你想没想过验证伴随的危险？也许大自然的自限会以这样的形式出现，”我指指石坎下那辆坏了的吉普，“你会引发一次自激反应，最终导致局部时空的坍塌，甚至引发更大的灾难。”

我最后一句话是暗指一位科学家的观点，他说时间旅行引发的自激反应可能引发时空坍塌，而针尖大的时空坍塌就有可能扫平整个太阳系，乃至全宇宙。不过大多数科学家把此斥为疯话。这会儿听了我的警告，书剑和阿楚互相看看，微笑着没有反驳，但分明在轻轻摇头。我知道，这两位勇敢的科学家根本不信服我的警告。依他们看来，在三次不载人返回全都成功的今天，再无端怀疑这一次试验会引发灾难，只是科盲的古怪想法，是市井老妇可笑的迷信。不过这两位都很宽厚，没有直接驳斥我。很长时间，三个人都不说话，盯着那辆趴窝的吉普。最后书剑笑着说：

“小妹，非常感激你的提醒，我会加倍注意……”

“但你的决心不可更改？”我苦笑着说，“既然如此，那我提出一个要求：让我来干‘第一次’，行不？即使是赎罪，也首先该我去做啊。”

阿楚开了口：“丁姐，非常感激你对杨先生的关心。但你去显然不合适，你没有足够的训练和知识。”她转过头说，“杨先生，我再次请求，让我去吧。

我自信有能力完成这次试验。”

书剑笑着，绕过了我俩的要求：“谢谢你们二位，真心感谢。我一定会加倍小心的。要不这样吧，小妹你也去试验基地，亲眼观看这次试验，这样你会放心一些。”

眼看我精心准备的最后努力没起任何作用，我真想痛痛快快哭一场。我对这次“反自然”的试验一直有阴郁的预感。我当然渴盼能救回大马，但我的直觉顽固地耳语着：不要干，不能干，会出事的。现在，既然试验无法阻止，我不想让自己的阴暗情绪影响他们，便努力平静了自己，说：

“好吧。我去。”

试验的指挥大厅在沙漠的边缘，而真正的试验基地远在 500 千米外的沙漠腹心。这当然是为了安全。这说明，书剑对“时空坍塌”的危险并非毫无警惕。不过，如果真的激发出时空坍塌，500 千米的安全距离可是太微不足道了。

书剑已经乘直升机赶往沙漠腹地，阿楚陪我来到指挥大厅。一位头发花白的男人正在指挥试验前的准备工作。大厅正中是一个超大屏幕，显示着 500 千米外的试验场的情景。那儿是一望无际的高大沙丘，其中有一块区域被人为推平，面积有几十个足球场大。这片平坦场地被巨大的半球形天篷遮盖着，在满月的银辉下，天篷显得光彩闪烁。但镜头深入天篷内部时，全透明的天篷则几不可见。

天篷中央的一个基座上，安静地卧着那座时间舱。与巨大的场地和天篷相比，它就像一枚小小的鸟蛋。镜头推近，它确实呈完美的蛋形，全透明的外壳，前部是驾驶舱，周围有简洁的手柄和按钮。后部是乘员舱，是两个人的座位。我忽然想起当年剑哥的一句话：“初期的时间机器恐怕载不动三个人……好吧，我答应你。我一定想办法。”蛋形舱的下边是巨大的黑色基座，体积有蛋形舱的十倍大，从视觉上就能感到它的坚硬和沉重。阿楚说它由最好的铁磁体组成，通电后能产生 100 万高斯的极强大的磁场。这个强磁场将撕裂时空，造成它的量子化；或者说，挖通一条连接过去和现在的时空通道。

镜头中未显现的另一个重要设备是巨大的超导环，它就埋在时间舱基座的下边。超导环里已经储存了巨量的电能，一旦合上开关，其瞬时功率将达到全世界正常用电的总功率。

书剑可能是从地下通道里进入天篷的，此刻他与一个助手出现在时间舱附近。助手打开舱盖，扶他进去，小心地关好舱盖。后舱的两个座位空着，阿楚说，为了安全起见，杨先生早就决定这次试验只去他一个人。现在助手退出天篷了，书剑微笑着朝镜头摆手。

大厅里回响着总指挥浑厚的男中音：

“现在进行点火前最后一次检查。时间坐标复核。”

“复核完毕。”屏幕上打出一个熟悉的时间，那正是25年前的今天，晚上9点整。是我爬上物理实验楼楼顶而大马开始唱第一支情歌的时刻。

“空间坐标复核。”

“复核完毕。”屏幕上打出了精确的经纬度和标高。我知道那肯定是在母校的音乐广场，大马摆放蜡烛和玫瑰的地方。

“动力单元检查。”

“检查完毕。”

……

“时间舱检查。”

几百千米外传来书剑平静的声音：“自检完毕。”

“现在开始点火前10秒钟倒计时。10，9，8，7，5，4，3，2，1，点火！”

我和阿楚屏住呼吸，紧紧盯着驾驶位上的书剑。他的表情非常平静，唇边含着微微笑意，但我相信此刻他的内心也是波涛汹涌。他马上就要返回到25年前了，然后会突然出现在大马面前。他确实能改变历史吗？在基座下，电力洪流正汹涌流入铁磁体，然后转化为超强的磁场。忽然，基座周围开始弥散蓝色的柔光，那个蛋形时间舱，连同舱内的书剑，都变模糊了，变虚浮了，变得半透明，并有微微的抖动。这个过程可能只有不到十秒，但在我的印象中它就像持续了几个小时。阿楚感受到我的紧张，小声解释道：

“丁姐你不要紧张，这种虚散状态表明时空正在量子化，是本时空转向目标时空的过渡态……”

她的话还没说完，时间舱忽然彻底消失，蓝光也渐渐变得稀薄，直到完全消失。屏幕中只剩下沙面中伫立的黑色基座，还有天篷外的清冷圆月。

指挥大厅里的气氛有了明显的变化，紧绷的弓弦一下子放松了。总指挥侧过身，同周围的人轻松地交谈着。阿楚侧身看看我，笑着拍拍我的右手，示意我松开。刚才在极度紧张中，我下意识地抓住阿楚的左腕，那儿被攥出了明显的红印。阿楚说：

“最关键的一步通过了。你尽管放心，一切正常。咱们静等时间舱返回吧。”

她向我解释，时间舱在返回过去后，按说能在任意时刻返回现在，比如，在消失的瞬间就返回。但那样会增加对时空不必要的干扰，所以除非十分必要，他们都采用“正常时序”模式，也就是说，你在过去的时空里停留多长时间，那么时间舱就在多长时间后返回。

时间舱进入目标时空后无法与本时空保持联系，这类似于太空舱返回大气层时的“黑障”。所以，指挥大厅此刻无事可做，只能静静地等待。不过有了前三次的成功，人们对它的第四次返回毫不怀疑，厅内充盈着发自内心的轻松，就连阿楚也是如此：轻松，兴奋，目光明亮，充满殷切的期待——杨先生究竟会去怎样修补历史？他能否带着一个年轻的、幸福得发晕的大马回到今天？那个大马会不会与年长了 25 岁的丁姐延续当年的爱情？这个事件无疑是“违反逻辑”的、“反自然”的，是出现在平坦时空上的畸变和裂缝，冥冥中的上帝又如何让它复原和弥合呢。

我看着阿楚跃动的目光，暗暗摇头。尽管我与阿楚关系甚洽，但我知道我俩其实不属同一个“种族”——她和书剑属于“科技种族”，而我属于“科技外种族”。他们绝对相信科技的力量，即使技术会导致明显的反自然的后果，他们也坚信科技之车会轻易越过断裂，永远向前。

我羡慕他们的乐观精神，可惜我做不到。我无法抹掉内心深处的担心。我看着墙上的大时钟，在心里紧张地模拟着书剑的行踪：现在，他已经到了母校的音乐广场——不，他一定是先到物理实验楼的楼顶，喊上丁洁——20

岁的丁洁一块儿下去，否则大马不会轻易改变主意的……现在，在物理实验楼楼顶，年轻的杨书剑和丁洁面前，忽然出现了一个时间旅行者。不过他俩可能并不惊奇，两人对时间旅行有足够的知识和心理准备。让他们震惊的是时间旅行者带来的“大马要自杀”的噩耗，于是两人跳起来，匆匆跟着时间旅行者下楼……时间还很充足，算来大马刚唱完第 40 首情歌《在那遥远的地方》，他的烛光心形也尚未摆好……大马呼唤的女神忽然提前出现了，围观者顿时欢呼起来，但也有人看出异常，因为那位女神鬓发散乱，赤着脚，气喘吁吁。她向大马扑过去，不是拥抱，而是强行搜身。她果然搜出了一片吉列刀片，刀片的包装已经除去。她瞪着刀片的寒锋，面色惨白，忽然抱着大马放声大哭。大马先是被幸福弄晕，又被她的大哭弄得手足无措，围观者也被弄糊涂了。后边有两个男人过来，把悲伤欲绝的丁洁拉过来，轻轻揽入怀中慰劝。围观者认得其中一位是物理系的才子杨书剑、大马的铁哥们儿。另一位是谁呢？面貌与杨书剑很相似，年龄有四十七八岁，体态较胖。难道他是杨的父亲？……

我的想象到这儿卡住了。我不知道按试验的预定计划往下该如何做。也许最稳妥的办法是撇下已经获救的大马，撇下大哭不止的丁洁，撇下那个既高兴又稍稍有点吃醋的年轻杨书剑，赶紧一走了之，回到本时空。但即使如此还是不行，因为时间干涉的痕迹已经留下来了，留在“这个”世界——既然如此，在这 25 年中，被救活的大马为什么没有出现在我的生活中？我的记忆中为什么没有相关的经历？说到底，这个悖谬仍然无法填平，我相信它根本无法填平……

我摇摇头，不再白费脑汁，只是被动地等下去。我相信不会等太久的，书剑在完成他的夙愿后一定会尽快回来，因为他知道，这儿还有一个女人正焦灼地等待着大马的消息，也在焦灼地祈盼旅行者的平安……预报铃声响起，大厅里的人立即回到工作岗位。大屏幕上，那个黑色的基座上忽然出现了一团稀薄的蓝色光影。光影慢慢变稠，变得清晰和稳定。我下意识地再次攥紧阿楚的胳膊——我已经辨认出驾驶舱中的书剑，一瞥之下我的心脏猛跳了一下，因为他的表情似乎极为焦虑！但我没时间细看，我的视线立即被后边的几个人影吸走了。首先看到的是个子魁伟的大马，他弯腰窝在狭窄的乘员舱内，咧嘴笑着，笑得“没心没肺”；然后是我，年轻的我，袖珍型的身体被大马的左臂紧紧搂着，脸上仍未脱去悲伤；最后一个是……书剑！年轻的杨书剑，他的姿态和表情比较奇怪，身体被大马的右臂紧紧箍着，奋力昂着头，张着嘴，似乎在喊什么。三个人挤在两个座位上，把本来就不宽绰的乘员舱挤得满满当当。

旁边的阿楚震惊地“咦”了一声，显然这个结果并不符合原定的试验计划。那一刻我更是目瞪口呆，如果说书剑把“获救的大马”带回现在还勉强可以理解，他绝对不该把年轻的丁洁甚至还有他年轻的自身都塞到时间舱里，一股脑儿带回来。这是对时空的超强干涉，是非常极端的“反自然”的行为。不说别的，只说今后这五个人——大马，两个丁洁，两个杨书剑——该如何相处？那简直就像是一个乱伦家庭。

刹那间我对杨书剑燃起熊熊怒火。他已经接近知天命之年，又是这个项目的总负责人，按说不该这样轻率！我愤怒地瞪着他，在那一刻我忽然读懂了他的表情：焦灼、悲凉、无奈，他定定地看着我们，似乎在祈求我们的原谅……然后这一切都在几秒钟内抹平了。这几秒的情景一直在我脑海里慢速播放：时间舱，连同里边的四个人，忽然开始膨胀，非常平稳而迅速地膨胀，天篷内充盈着蓝色的强光。舱内的四人也在膨胀，变成高与天齐的金刚，从云端俯视着我们。然后天篷被轰然撑破，亮晶晶的碎片四散飞迸。我悲凉地注目着，知道这次时空爆炸将很快越过 500 千米的沙漠，吞噬指挥大厅，还可能继续吞噬地球，吞噬太阳系，吞噬宇宙……但我想错了。那片蓝色区域已经开始缩小，非常平稳而迅速地缩小，转眼之间缩为一个蓝色光点。四个巨大的金刚同样疾速缩小，流星一般坠落到那个光点内。在众人的日瞪口呆中，这个光点慢慢熄灭。

天篷内恢复了原来的宁静，孤零零的黑色基座静卧着，平坦的沙面上铺满了亮晶晶的碎片。天上的圆月冷静地俯视着，无悲无喜，一如它几十亿年来的样子。

我知道，一切都结束了，无可挽回。勇敢而睿智的杨书剑失败了，败得很惨，败得莫名其妙，赔上了一条宝贵的生命。只是，这次时空坍塌没有扩延成更大的灾难，算是不幸之中的万幸吧。

三

阿楚确实是个好女人，心地善良，心思周密。尽管她本人也陷在失去了导师、恋人和偶像的巨大悲痛中，仍然经常抽时间来看我，安慰我。后来她被任命为该项目的总负责人，实在没时间来看我了，就改为打电话。我已经习惯了每周同她聊一次，我想，这样的交谈对她同样是一种安慰、一种感情上的宣泄吧。不过，我在电话中从不过问她的工作。我对时间机器这种“与上帝拧着干”的邪恶发明，已经滋生出生理上的厌恶。她体会到我的心情，在谈话中一直避开有关话题。

在那次时空坍塌中，书剑永远消失了，连同刚刚获救的大马，连同年轻的丁洁和年轻的书剑。我不愿再想与时间旅行有关的任何事情，但有一枚硬刺一直在我心里悄悄搅动着：

既然在这次灾难中，丁洁的生命线已经自 20 岁生日那天被掐断，我为什么还活着？我从哪儿延续而来？

我不愿多想它，又忍不住老去想它。我似乎觉得，这点无法解释的悖误中埋着一枚小小的希望之种子——但它究竟是什么，我又不知道。

三年之后，在我 48 岁生日那天，阿楚突然造访我的乡居。仍是乘那架直升机来的，带着一个精致的生日蛋糕。她今年 39 岁，仍然未婚。三年前那次灾难，还有她的新职务，让她迅速成熟了，变得冷静练达，沉稳有度。她同我拥抱，寒暄，为大马和书剑的全息遗像献香默哀。他俩全都死在我的生日啊，我简直是一个不祥的女巫。默哀的时候，悲痛在她的眉间跳动。三年的时光并未冲淡她对导师兼恋人的思念，但今天的阿楚已经学会把悲哀埋在心里。

我猜测阿楚这次拜访恐怕不光是礼节性的，肯定有重要的事情。果然，象征性地吃了一块儿生日蛋糕后，她拉着我到客厅的沙发上坐下，认真地说：

“丁姐，我来找你有重要事情。这三年来，我总算把一件事搞清楚了，但另一件事始终没搞清。”

尽管我不愿再听到有关时间机器的事情，但我无法拒绝她这样的客人。“请讲吧。”

“好的，我说给丁姐听。三年来，研究小组终于弄明白了一点：就像‘光速自限’一样，大自然对‘跨时空干涉’同样立有自限，即只允许弱干涉，不允许过度干涉。很多用时间机器看似轻易能做到的事，实际是做不到的，冥冥中有一只无形之手在阻止它。这个自限无时不在，无处不在，运行得非常有效且不露形迹。至于它是如何‘技术性地运行’的，科学界尚无一点头绪；但它确实存在，这一点已经没人怀疑。所以，我非常佩服丁姐你超人的直觉。你是最早指出这一点的。可惜，杨先生和我当时没有听信你的话。”

我摇摇头：“我只是凭直觉，但直觉这玩意儿，有时和神灵附体差不多。”

阿楚笑着：“哪里话哪里话，丁姐你不是在骂我吧。今天的我确实已经认识到直觉的宝贵，我这次来，就是想求助于你的直觉。”

“不，我是说真的。我自己也不完全相信那玩意儿。”

“咱们往下说吧。杨先生遇难后，我们用二号时间舱又进行过十次试验，我亲自参加了五次。我们取回了数千万年前的岩石标本，甚至古生物活体，都没出什么问题。那么，什么才是超过大自然自限的过度干涉？有些科学家比照量子力学中的一条规则——有意识的观察将导致量子态的塌缩——而提出，时空旅行不能对‘有意识的生物’，即人，做出任何修改。但这个观点似乎并不正确。因为，在这十次试验中，我曾在人身上进行过尝试——”

“你尝试过修改人的命运？在那次时空坍塌之后？阿楚，你真是悍不畏死啊，赶上你的导师了。”我尖刻地说。

阿楚有点难为情，连忙解释：“当然是非常弱的干涉，比如，一位老人心肌梗塞，抢救迟了一点，死了。我们返回到他发病前的时刻，警告了他的家属。这位老人预先得到治疗，被救过来，又活了五年。这次‘跨时空干涉’很顺利，没有引起什么意外。”

“噢，是这样。你只是让一位‘可能死也可能不死’的老人多活了几年，这事听上去不算别扭。”

“丁姐你真厉害，一下就说到点子上了——这正是我们用以判别过度干涉的方法！即：完全依靠人的直觉，只要从直觉上觉得这件事别扭，不自然，那就不能干。像杨先生那次，把三个25年前的人，甚至包括他年轻的自身，都一股脑儿带回现在，就明显是别扭的，不自然的，结果导致时空的坍塌。”她笑着说，“我们实际上是剽窃了丁姐的办法，应该付专利费。”

我付之一笑，“那倒不必。反正我也没报专利。”

阿楚的表情转为严肃，“我下边一句话可不是开玩笑。我有一个强烈的感觉：上述有关时间旅行的认识，很有可能上升为一个重要定理。如果真是那样，我将建议用你的名字来命名。”

我笑着说：“你不妨继续开玩笑。即使有了什么定理也不要冠我的名，我对此毫无兴趣。”

她没在这件事上多谈，说这事以后再说吧。我说：“不过，仅仅依靠直觉来判定——这肯定算不上严格的标准。”

“当然很不严格，所幸很实用，实施起来简单而有效。这三年来，我们就是这么走过来的，从没出过差错。”

我沉默一会儿，问：“阿楚，你说还有一件事情一直没搞清？”

“对。”

“是不是这件事——书剑在那次时间旅行中，为什么会临时改变原计划，带三个25年前的人回到现在？他并不是轻率莽撞的人。”

“你说得对。其实在那之前，对于过度干涉旧时空的危险，杨先生并不是一点儿也没意识到。不错，他坚持要抢在‘伦理栅栏’修好之前从历史中救回大马，但他是明知有风险的，是为了弥补良心上的负罪感，同时想做吃螃蟹——破解外祖父佯谬的第一人。这从心理脉络上说得通。可是，他从旧时空中带回另外两个人，尤其是带回他年轻的自身，就说不通了。这既不符合试验预案，也不符合他的智慧。”

“嗯，确实说不通。”

“所以，我……”她看着我，缓缓地说，“打算亲眼去看一看，要把这个疑问搬清。”

我皱起眉头：“再回到那个时刻？再对时空来一次过度干涉？”

“不，这次我只去看，不会采取任何行动。”

“那么，你要眼睁睁地看着书剑，还有大马，‘再次’一步步走向死亡？”

我们相对苦笑，感受着深沉的宿命的悲凉。阿楚的回答很平静，但平静中多少有无奈：“即使我采取行动也是徒劳啊，那肯定又是一次过度干涉，只会导致又一次时空坍塌，救不出杨先生，只会把我再赔进去。所以，我只能狠下心，做一个旁观者。”她坚决地说，“但不管怎样，我还是要去看一看，看一看我才心安。”

我到这时猜到了她的来意：“你……想要我和你一块儿去？”

阿楚恳切地说：“这正是我的盼望啊。我非常相信丁姐超人的直觉，你跟着去，我会觉得心理上有强大依靠，关键时刻我可以指望你的睿智。当然，我知道这对你又是一次折磨，我们得把已经沉淀的悲伤再搅起来，重新品尝一番——而且事先知道结局无法改变。”

我不愿去，我不想与这种“邪恶发明”有任何牵扯，更不想把已经沉淀的悲伤再搅起来品尝。但阿楚真诚的目光让我无法拒绝——其实我无法拒绝的真正原因是：有两个与我心心相印的男人被禁锢在时空监狱中，我纵然不能救他们，也想去探视一次。也许对阿楚来说，这也是她的真实目的？……我长叹一声：

“好的，我去。两人去品尝痛苦，至少每人可以分担一些。”

“那好，现在就跟我起飞吧，试验就定在今晚。还有——衷心地谢谢丁姐。”

时间坐标：一号时间舱抵达之前半个小时。

空间坐标：我的母校，音乐广场附近的一个树丛后。

我们乘坐的二号时间舱悄悄现身，我和阿楚没有出舱，这一次旅行根本没安排出舱。我们通过望远镜和高精度拾音器，悄悄观察着那边的动静。

大马已经在那儿了，烛光之心刚开始摆放，他正在唱《跑马溜溜的山上》，这是第一首情歌，时间还早着呢。再看物理实验楼，隐约见一个白色的人影在楼道内蹿动，很快，一个娇小的身影从六楼窗口探出身，抓住墙外的铁梯向上攀登。这是28年前的我，她青春跃动的身影让年近半百的我暗暗心痛。那个少不更事的丁洁正在拉开悲剧的大幕，而她却浑然不知，反倒满怀对爱情的幸福憧憬。

时间舱里的我和阿楚苦涩地看看她，再苦涩地交换目光。当然，按照事前的约定，我们不会去阻拦她。

她攀上了七楼的楼顶，身影消失在女儿墙之后。由于这道墙的阻挡，我们无法再看到和听到她，以下的情景只能由想象来填补了——不，不是想象，而是真切的回忆，那些场景在我记忆里栩栩如生：楼顶中央平躺着的浪里白条；他被撞见裸体时的尴尬；他狠下心拒绝“丁洁小妹”的求爱；他对小妹坦率的责备；他对时间机器的自信和憧憬……旁边的阿楚悄悄拉拉我，是书剑乘坐的一号时间舱现身了。它停在离我们不远的另一个树丛里。书剑跳出时间舱，没有去音乐广场，而是立即赶往物理实验楼，这正符合我此前的猜想。他上了六楼，通过那道铁梯翻到七楼楼顶。在那儿，他肯定向两位年轻人讲述了即将发生的悲剧。片刻之后，三个人匆匆翻过铁梯，急速下楼。望远镜头中，年轻的丁洁焦灼如狂，赤着脚在前边飞奔。音乐广场这边，大马刚刚唱到“上邪！我欲与君相知”，这是第20首情歌，时间还早着呢。当女神提前降临时，大马，还有上千名围观者都愣怔片刻，然后是一片欢呼。但丁洁的神情表现却与周围非常不协调，她推开大马的拥抱，对他强行搜身，搜出一张保险刀片。她举着刀片怒视大马，忽然抱住他放声大哭！大马被弄得神魂颠倒，既惊喜，也尴尬，但更多的是幸福。那两位杨书剑也都赶到了，年轻的那位走上前去，把号啕大哭的丁洁从大马怀中拉出来，搂到怀里轻声劝慰着。

这些场面，上一次试验中只是我的想象，这次我用目睹证实了。我和阿楚把望远镜头从三个年轻人身上移开，对准那位时间旅行者。这次时间返回的失败，起因于他临时改变试验预案，把在场的三个人都拉回到“现在”，结果导致时空的坍塌。但他怎么可能做出这样愚蠢鲁莽的决定？我俩今天要找出原因。现在，时间旅行者救下了大马，当那三位朋友在幸福和痛哭时，他悄悄向人群外后退，回到他的时间舱里。他准备离开这里了——这正是试验预案中的原定安排。正在这时，广场周围忽然有了变化，整个空间，包括近千名围观者，都被柔和的蓝光笼罩，景物和众人变得虚浮，变得半透明，并且微微抖动着。这个异变是原试验预案中没有估计到的，但作为几次试验的目击者，我们对这个景象已经非常熟悉了，这表明该区域的时空开始量子化，向另一个时空过渡——不，不是正常的过渡！蓝光慢慢增强，抖动也在加剧，空间中的一切开始缓慢地膨胀。它是要发生坍塌！一定是这次过度干涉引起的！而在场的人，包括几位主角，也包括近千名围观者，都将在这片蓝光的膨胀与收缩中被抹去。

杨书剑正要关闭一号时间舱的外盖，忽然停住了。显然他也察觉到危险，或者说，领悟到单单他的离去并不能消除这种危险。在那片摇曳的时空泡里，年轻杨书剑也敏锐地发现危险，他环视周围，大声喊了两句，似乎是："时空坍塌！快撤出！" 20 岁的丁洁同样反应敏捷，她肯定凭直觉悟到，"重新复活"的大马才是时空异变之源，便拉住大马冲出人群，一直冲到一号时间舱旁边。时间舱的上盖尚未关闭，她用力把大马推入时间舱，悲凉地喊：

"你们快离开！"

以下的进程完全出乎我们的预料。跌入时间舱的大马意识到丁洁将与他永别，便以运动员的敏捷，把娇小的丁洁一把捞到舱内，紧紧搂在怀里。年轻的杨书剑随后也赶到了，用力往外拉丁洁，想阻拦大马的莽撞。但大马正好不想放弃这位铁哥们儿，便陡然用右臂发力，把他也拉到舱内。听见大马快乐地喊了一嗓子：

"快点火，哥儿仨一块儿到未来！"

忙乱中大马把人数算错了——驾驶位上还有另一位杨书剑呢，书剑此刻的表情正是我在指挥大厅屏幕上看到的：焦灼、悲凉、无奈，他定定地看着我们，似乎在祈求原谅。显然，他知道过载的时间舱不可能平安返回，但如果能带他们离开，也许能挽救在场的近千名围观者。那边的异变区域逐渐向外延展，时间不允许他再做周密思考，他咬咬牙，果断地关了舱盖，按下启动钮。一号时间舱周围开始量子化，而且，他的行动好像同时关闭了另一个开关，广场周围的异变开始减弱。

我和阿楚面色苍白，心痛如绞。我俩明知道一号时间舱无法正常返回，舱内四人即将在时空坍塌中被抹去。但——正如我们事先的约定，我们不能采取任何行动，不能再来一次过度干涉。但在那个电光石火的瞬间，我突然做出一个新的决定。我声音嘶哑地命令阿楚：

“快，返回到30分钟前！”

阿楚马上猜到我要干什么，急急地说：“不能！那同样是过度干涉！”

我厉声说：“听我的！快！”

阿楚咬咬牙，决定把命运托付给我的直觉。她迅速调整好时间坐标，按下起动键。时空摇曳，我们的二号时间舱返回到30分钟前。我打开舱盖，跳出去，做好准备。广场里人声嘈杂，烛光闪动，大马带磁性的声音正在唱着《跑马溜溜的山上》，唱得荡气回肠。随后这个痴情男儿还会割开脉管，以此来证明他对我的真爱。但我忍着泪水，硬起心肠，不去想那边的事。那个时间经历已经发生，不可能再改变了，对任何人来说，命运都只会开一次门，不会开第二次。我现在能做的，是尽力消弭它的次生灾难。

阿楚悲凉地看着我，恐怕已经做好了陪我赴死的准备。她觉得我们要干的事同样是对时空的过度干涉，同样会引发不可控的灾难。但我的观点比她跨前了一步。我在刚才的瞬间突然悟到，我将要做的与书剑做的有本质的不同，他是在改变“已经存在的历史”，而我是在部分恢复“改变前的历史”，我的做法肯定比较合乎“管理者”的本意。那位冥冥中的管理者是仁慈的，谨慎的，它倾向于让时空在遭遇震荡后尽量回落到“改变最小”的位置。只有这样才能解释，书剑的第一次过度干涉为什么并未引发大尺度时空坍塌；还有，丁洁的生命线既然已经在20岁中断了，为什么我仍安然活着？显然是那位管理者干的，它悄悄抹去了这一段中断。

所以，现在我要做的，并不是继书剑之后试图第三次撬开命运之门，而是在书剑鲁莽地撬门时，在半开状态就抢先把它关住。

在附近的树丛中，书剑的一号时间舱悄然出现，他打开舱盖，匆匆跳出来，准备奔向物理实验楼。我立即冲出树丛，抱住他，把他硬拉到我们的时间舱，用最简洁的语言向他讲述了一切。此时的书剑并不知道我和阿楚会乘二号时间舱出现在这儿，也不了解他将引发的时空坍塌。但他毕竟智力过人，在最短时间里从理智上认可了我的话。

于是我们待在二号时间舱里，无奈地观察那个历史事件的重演，这已经是第三次重演了，准确地说是两次半吧，有些细节不同。大马唱完了 99 首情歌，他呼唤的女神却始终不见现身。大马——在望远镜的镜筒里我们看得清清楚楚——不为人觉察地取出暗藏的刀片，在左脉门上轻松地划了一刀，然后高高举起左臂，笑着喊道：

“丁洁，我知道你一向鄙弃金钱，现在，我要用我人生最宝贵的东西，来向你表达我的真爱！”

鲜血悄悄沿着他的左臂奔流。懵然的围观者一波一波地为他助威。远处，物理实验楼的楼顶上，丁洁还在从容不迫地同杨书剑进行哲理辩难。然后大马颓然倒下。一片惊呼声。人们抬着大马去校医室。丁洁疯狂地跑过来，赤脚上血迹斑斑……再次目睹这一切，我觉得自己就像高加索山顶上的普罗米修斯，尖锐的鹰喙啄食着我的内脏，一次复一次。

但我们无法可想，只能当旁观者。泪水在我们三个的脸上漫流。广场中的人群慢慢散去，这段历史落幕了。阿楚抹去泪水，启动了时间舱。

在旁观这幕悲剧第二次半重演时，我一直紧紧拉着书剑的手臂，驾驶舱的阿楚也时时扭头盯着他，我们生怕他再度从这个时空消失。大马的悲剧无法挽回了，因为那是时空没有受到干涉之前的“原生经历”，对它的改变肯定是过度干涉，不会成功，只会引发时空坍塌。但书剑的死亡是可以避免的，它只是那次过度干涉引发的次生灾难，我们可以在命运之门半开之时抢过去把它关住。还好，我的猜想是正确的。二号时间舱启动，顺利返回基地，时空在摇荡了片刻后正常地实体化，我们走出时间舱——直到脚下有踩着沙子的质感，我才相信自己这次赌赢了。我们三个抱成一团，喜极而泣。尤其是阿楚，她完全抛掉了此前的冷静沉稳，紧紧抱着死而复生的导师兼恋人，和着泪水狂吻，一点儿不在意旁边的“第三者”。书剑被她的狂轰滥炸弄得皱眉蹙额，满脸尴尬，要知道这一切画面都在直播当中，他又不忍心把她推开。旁观的我简直忍俊不禁。

我们从地下通道走出天篷，乘直升机返回指挥大厅。总指挥和全体人员热烈地迎接我们，候在现场的各大媒体记者簇拥着我们采访。他们祝贺“第一次载人时间旅行”圆满成功，追问我们在外祖父悖论上是否建成了理性之桥。我们三位倒被弄糊涂了——我们的时间舱里凭空多出一个“死而复生”的杨书剑，竟然没有一个人觉得奇怪！当然我们很快悟到了原因，书剑悄声对我俩说：

“什么都不要问。小妹，你说对了，时空在遭遇震荡后，确实会自动回落到改变最少的位置。”

所以，多余的经历被一只看不见的手悄悄抹去，两个时空尽可能圆滑地接合了。在世人的记忆里，这是杨先生的第一次载人试验，目的是观察 28 年前的一次校园殉情事件。同行者是助手阿楚，和一位圈外人丁洁，她与殉情事件有特殊关系。但遵从“不对时空过度干涉”的准则，狠着心肠没有进行干预。如此等等。更奇怪的是，我们乘坐的二号时间舱在返回本时空后，舱外的编号竟然自动变为“一号”！稍后我们调来了试验档案，包括试验前的培训档案，上面白纸黑字，确实记录着“正确”的历史，训练记录中甚至有三名培训人员的逐日签字，包括我自己的！看着这些不知怎么就出现了的亲笔签字，我颇有点哭笑不得，同时内心深处滋生出深深的敬畏——对那只看不见的手，对那位冥冥中不露形迹的管理者。

现在，唯有我们三位亲历者保留着与世人不同的记忆，这算是两个时空圆滑接合后唯一可见的“接缝”吧。说不准连这个接缝也会在某一天消失，那时我们三个的记忆会彻底被周围同化。

我在 48 岁一不小心成了书剑和阿楚心目中的英雄——想想吧，一位科技圈外的小女人，仅仅依靠直觉，在生死间发的时刻果断采取了正确行动，救出了“理当”死去的时间机器发明者！书剑对我的感激之情溢于言表，而阿楚看我的目光简直带有仰视了。但具有讽刺意味的是，我以自己的不世功绩反而证明了，我一向非议的书剑的“过于强烈的革命乐观主义”竟然是天然正确的。书剑笑言：

“小妹，我的直觉也不是一无可取啊。我从来不相信那个唬人的理论，宇宙又不是肥皂泡，它既然已经存在 150 亿年，足以自证它的强悍生命力，哪会因为一个‘针尖大的时空坍塌’就全盘完蛋呢。其实，当时我救下大马后迅速撤走就没事了，时空在震荡后会自动回落到安全位置，虽然‘大马被救’这个修改肯定会被抹去，但那一千名围观者绝不会出事。可惜我当时慌了，反而采取了更加过度的干涉。小妹我不如你，你临大事有静气，处事果断。下次试验一定让你当头儿，我甘愿为你拎包当助手。”

我哼了一声：“别跟我油嘴滑舌！你这次从鬼门关上逃回来，已经是万幸了。我不愿再见到你的廉价乐观。”

“我要永远乐观但不要廉价。现在我要做的，是把你加上我再加上阿楚，然后除以三。”

他说的是三人世界观的融合：乐观主义与敬畏自然；坚硬的理性与神秘主义；坚实的技术与玄妙的直觉；等等。对他的说法，阿楚先是笑着点头，但随之眼神中飘过一丝黯然。我敏锐地猜到她的隐秘心理——书剑这句话不免让人联想到一首著名的古代情诗：

“把你我打碎了，加水重和过。再塑一个你，再塑一个我。哥哥身上也有妹妹，妹妹身上也有哥哥。”

但在那首诗的世界中只有两个角色，没有第三个。现在，经历了这次生死之变而且大马的复生希望已经彻底破灭之后，丁姐“已经枯死的爱情之花”会不会重新复活？这三个人的关系该如何妥善摆平呢？阿楚既珍惜自己的爱情，也同样珍重丁姐的幸福。

我对她的彷徨心理淡然一笑。我有个奇怪的感觉：在失去书剑的那三年里，阿楚身上曾经迅速地多了坚硬、冷静甚至霸气，就像隆头鱼，在鱼群中失去雄性头鱼时，有一只雌鱼会自动转化成雄性，接过首领的角色。但现在那条雄性头鱼又回来了，于是阿楚又回归了原来的从属地位。这个联想有些不伦不类，但确实是我的真实感觉。

书剑的境界毕竟比我和阿楚高。当我俩还陶醉在喜悦之中或忙碌于试验后的善后工作时，他已经不声不响地往前走了。两天后，书剑把我俩叫到跟前，拿出两张纸，分别给我和阿楚。他平静地笑着，笑容中略带疲惫：

“我可能把那座桥建好了，你们看看它是否仍有裂缝。”

我迅速浏览一遍，原来，他已经把我们此前的一些模糊认识或直觉升华成表述严密的定理，并且——竟然冠以我的名字！

时空回溯三定律，又称丁洁定律：

一、大自然允许对旧时空进行干涉，但存在强度自限。凡超过自限的过度干涉，其修改痕迹将被自动抹去，转化为局域时空的坍塌。

二、时空在局部坍塌后将自动回落到“改变最少”的低能态位，但可能残留畸变，畸变大小与过度干涉的幅值成正比。

三、对过度干涉的判定：在时空回溯中，凡对“有意识客体”的历史轨迹做出实质性修改的，即为过度干涉。

我问：“你说的‘有意识客体’……”

“说白了就是：人。所以这一条的意思是，时空旅行中不能对人的命运做实质性修改。不过为了表述严密，我只能用这么拗口的词——还要预先留下一些位置呢，比如留给100年后有自主意识的电脑智能。怎么样，你俩同意这三定律吗？”

我俩都点头。我说：“但你别把我扯进来，我根本不是搞理论的料，我连读通这个劳什子定律都吃力呢。非要用我的名字为它命名，就像在凤凰头顶插一根野鸭毛。”

书剑笑了：“不要过谦。谦虚过度是虚伪。这三条定律确实是对你的直觉的总结。我的贡献，仅仅是把本来很直白的东西说得艰涩一点，把它弄得像是理论物理界的行话。阿楚，你说呢？”

阿楚笑着点头：“没错，这三个概念都是丁姐最先提出的。我历来佩服丁姐的直觉，可以说五体投地。”

看着她的表情，我忽然想起又一个被抹去的事件：在失去书剑的那段时间里，阿楚差不多已经攀上了发现时空三定律的高度。巧合的是，她当时也曾建议以我的名字命名。现在，历史被不露形迹地改变了，失去的雄性头鱼回来了，于是阿楚错过了首先发现时空三定律的机会。这对她来说是不是很不公平？我想了想，说：

“谢谢书剑，但我真的不感兴趣。如果真要冠以哪个人的名字，就把它给大马吧。”阿楚迅速看我一眼，没有说话。我知道她不大赞成，便解释道，“当然，大马没有为这个定律贡献任何劳动和思想，但可以这样理解：我们对时间旅行三定律的认识，客观上是大马用生命换来的。”

书剑与阿楚交换了目光后，爽快地说：“可以啊，我们听你的。既然大马不能复活，就让他活在这个定律中吧。”

“谢谢，我替那个世界的大马谢谢你们。”我忽然有点失态，眼圈红了。我的情绪在他们心中同样激起了涟漪，书剑长叹一声：

“哪儿啊，其实我该替大马谢你才对。不说他了，回到咱们的理论上吧。到此为止，‘外祖父佯谬’可以说已经破解，大自然一个封固严密的黑箱被揭开了——但里面还有新的黑箱！比如说：为什么那个客观上帝如此喜欢跟人过不去，绝不允许改变任何人的既有命运？他老人家又是如何具体实现那个自限和回落？对于这些，我们还是一无所知。”

阿楚温和地说：“书剑，你先别急着往前赶了，总得休整几天吧。你说过，科学永远无法穷尽自然界的黑箱。即使像相对论和量子力学这样成熟的理论，至今也留有黑箱啊，比如，为什么宇宙中速度有自限？为什么必须是‘有意识的观察者’才能导致量子态的塌缩？同样没人解释得通。”

我说：“哈，我发现了一点：阿楚这是你第一次称呼‘书剑’，而不是称呼杨先生。”

阿楚有点脸红，但那是幸福的晕红。对我的调侃，书剑微笑着没有回应。

一星期后，三人去沙漠腹地的试验场，这是我临行前的告别。站在巨大的天篷里——当然它从来没有在时空坍塌中崩碎，立在黑色的基座和透明的时间舱之前，我对两人说：

“再见——说不定是永别了。我客串了一次表演，这个经历对我已经够了，从此再不会与时间机器有任何牵扯，我今天就走，回到乡居，带着对大马的回忆度过余生。”

书剑对我的决定很难过，摇着头责备道：“小妹，这番话太暮气了，你还没到 50 岁呢，不能活在自我囚禁中。”

他说话的神态让我心中一酸——忽然想到 28 年前他对我的责备。如果当时我就……我摇摇头说：“这不是自我囚禁，而是一种新的、心境怡然的生活，你们别为我担心。书剑，阿楚是个好女人，好好待她。早点结婚，你也不年轻了。”

书剑看看我，看看阿楚，很爽快地答应了。阿楚对这个结果当然很喜悦，但也同样不舍。她红着眼圈同我拥抱，央求我多来看她和书剑，看他们即将建立的家庭。我不忍让她伤心，含糊答应了。

然后我同书剑拥别。我想最后一次告诫他：慎用这项技术。但想了想，没有多嘴。书剑已经有了足够的经历，不会再贸然行事了。何况我们已经确信：冥冥中有一位管理者在掌控着大局，让每一次时空震荡都回落到“改变最小”的安全位置，不会造成大的灾难——但如果是太过鲁莽的干涉呢？如果连“回落”之后残留的“最小畸变”也足以抹平地球呢？

眼下书剑正在兴头上，我不想多说。我想，以后我会把这点担心慢慢渗给他，渗给阿楚。

我在直升机上与两人再次挥别，飞离了这片沙漠。驾驶员礼貌地同我寒暄着，但我一直在向后注目，直到那座光彩闪烁的天篷渐渐隐到地平线下。

50万年后的超级男人

那位女士一进雅间，我顿觉眼前一亮，看起来她比照片上更为出色。伊尹女士，35岁，据朋友介绍是一位有名的妇科大夫。她身材匀称，略显单薄，大衣里面是一身线条简洁的西服裙。肤色微黑，略施粉黛，目光沉静如水。她不是那种外露式的、过于张扬的美貌，但只要仔细看她一眼，你就会把目光深深陷落进去。

她落落大方地向我点头致意，在我的服侍下就座。我立在她身后时，甚至担心自己咚咚的心跳声被她听见。我想，“完了，这回我被丘比特的神箭射中，跑不掉啦。”

一个月前，远在巴西办实业的父亲来了一封传真，措辞极为严厉：“如海吾儿，你已经38岁，切莫再荒唐下去。即使你没有决心去干一番事业，至少也要找个好女人，生儿育女，完成你对人生的义务。”传真后是母亲的长途电话，数落和着泪水：“海儿，你要理解父亲的严厉，他是为了你好……”

母亲没有想到，实际上，父亲的话正合我意。我在游手好闲、白相朋友、脂粉裙衩中虚度了20年，已经过腻这种生活。那就像是一场延续20年的盛宴，觥筹交错，流光溢彩，醉生梦死……等醒过来回头看看，只有满桌的残肴和地上的呕吐物。

我愿意开始一种新的生活，也许这个女人是上帝派来帮助我的。

皇宫饭店里弥漫着轻柔辽远的宫廷音乐，四位美貌女侍一字儿排在身后。她们的个子一律为1.78米，穿着开叉极高的枣紫色的旗袍，举手投足间带着名模的风度。伊尹看看这四名女侍，略略皱起眉头。我立即敏锐地觉察到，她并不喜欢这种富贵情调。

“对不起，”我尴尬地说，“我把约会地点放到这儿，是想表示对你的尊重。如果你不喜欢奢华，我们可以换一个地方。”

伊尹宽厚地笑着，摇摇头：“不必了，谢谢你的细心周到。不过，让她们出去吧。”

我用目光向女侍示意，她们悄无声息地退出去，仅留下一人，把菜谱递到我手里。我笑着转给伊尹，她没有客气，低下头飞快地点了几个菜——全是路边的鸡毛小店里都有的家常菜。女侍没有收回菜谱，不动声色地望着我。我略微犹豫后爽快地说：

“就依伊女士的意见吧。”

这顿饭吃了有一个小时。一般来说，陌生男女的第一次见面容易冷场，但我们谈得相当融洽。我们很随意地交谈着，询问了共同的朋友，问候了对方的父母——当然都回避了对方的婚姻。在交谈中，感情的洪涛一次次拍击着我的胸膛。这些年来我的身边并不缺乏女人，但只有眼前这位才能使我产生如许的触电感。也许，这就是我等了半生的“那一位”？

但我的心慢慢变冷了。很显然，我是在单相思。伊女士的谈话很随意，很亲切，但明眼人能看出，她是礼貌性的，她的感情显然没有与我共鸣。她甚至有点心不在焉——尽管她很有礼貌地掩饰了这一点。这会儿，她微微侧过脸，以一种不被人察觉的动作看看手表。我知道，她就要告辞了，从此不会再进入我的生活。

我不是一个轻言放弃的人。情急之中，我冲动地说：“请稍候，伊女士！”我咽口唾沫，困难地说，“伊女士，请先不要说再见。也许我下面的话太莽撞了，但从看见你的第一眼起，我就觉得，这正是我等了半生的女人……我不敢求你作出什么允诺，只希望咱们还能再见几次面，好吗？”说到这儿，我才多少恢复了一点儿自信，用玩笑口吻说，“我虽是个一事无成的纨绔子弟，但身上还是有很多优点的。你总得给我机会让我表现表现吧。”

这番表白看来感动了伊尹，她轻轻拍拍我放在桌上的手背：“不要自卑噢，”她也用玩笑的口吻说，“至少我对你的印象很好。”她迟疑片刻，说，“你既然这样坦率，我也实话实说吧，因为我不想给你留下虚假的希望……我有个交往 15 年的男朋友，甚至可以说是我的丈夫。坦白说，这次相亲就是他逼我来的，但我心里已放不下别的男人了。陈先生，非常抱歉，我本不该来的。”

恰如一盆冰水浇到头上，我死死地盯着她，看她是否是在说谎。不，她不像在说谎。在说到“交往 15 年的男友”时，她的眸子中闪过一波忧伤，忧伤得让人心碎。毫无疑问，她说的是实情。虽然再纠缠下去就太不绅士了，我仍忍不住追问：“那么，你能否告诉我，你的男友为什么逼你来？你们为什么不能结合？”

伊尹叹息一声，没有回话，眸子中深藏的忧伤再次浮出水面。我心疼地看着她，忽然感到一阵冲动，一阵兄长般的冲动，便豪爽地说：“好了，你这么一说，我就死了那条心了，我再也不会提这档事儿了。可是小伊，所谓百年修得同船渡，咱们今天能在这儿见面也是一种缘分。当不了男朋友，就让我当大哥吧。告诉我，那个负心男人是谁，我一定揪着他的鼻头来向你认罪。说吧，我没什么别的优点，就是对朋友热心，天生的滥好人，我答应的事没有办不到的。”

伊尹被逗笑了。她显然对我的自告奋勇不以为然，但很小心地不去刺伤我。“没用的，谢谢你的热心肠，不过没用的。”她轻声说。沉默一会儿，似乎在一时冲动下说出下面的名字：“我的男友是宇文平。”

宇文平？这个名字似乎有点耳熟。我努力回想着，也许他在我的朋友圈子中偶然出现过——忽然我像被踩了鸡眼似的惊叫一声，从座位上跳起来。被我赶到门外的服务小姐很快探头看看，又礼貌地缩回去。

“是他？是他？”我震惊地连声追问。伊尹微微一笑，表示认可。她的笑容里既有忧伤也有自豪。

宇文平。当代名声最响亮的科学家，艾滋病疫苗的研制者。他的名字我当然耳熟，没人会不耳熟。恰恰因为这个名字太响亮了，我才没料到他会这么随随便便地闯入我的生活圈子里。

20 世纪的 1981 年，美国亚特兰大疾病控制中心宣布，在加州洛杉矶市，发现五名年轻的同性恋者都得了一种“绝对异常”的病，消瘦，腹泻，身上长满卡波济氏肉瘤，病人很快全部死亡。

从此，艾滋病（获得性免疫缺陷综合征，简称 AIDS）在人类社会登台亮相。说来具有讽刺意味，艾滋病毒是自然界中结构最简单的生物之一。它甚至没有 DNA 而只有 RNA（核糖核酸），它侵入细胞后的逆转录过程既缓慢又不精确，常常拷贝出有缺陷的后代。但恰恰是因为这种缺陷，因为遗传的易变性，使艾滋病毒成了最难制服的超级杀手。科学家殚精竭虑，一种种很有希望的新药问世，又一个个在它面前败下阵来。从葛兰素威康公司生产的 AZT，百时美施贵宝生产的 VIDEX，到牛津大学、内罗毕大学、开普敦大学等机构研制的 50 多种艾滋病疫苗，都撼不动这个凶魔的营寨。只有美国何大一教授的鸡尾酒疗法多少强一些，但也很难令人满意。

从 1981 年到 2038 年，57 年间，艾滋病患者超过两亿，死亡 4500 万，已远远超过人类历史上为害最烈的天花和腺鼠疫。多少次希望破灭后，病人们已经丧失希望了，麻木了。所以，当一个名不见经传的年轻人，宇文平，宣布他研制成功“真正有效”的艾滋病疫苗后，几乎没人相信这条消息。但随之而来的神奇疗效让人疯狂了！绝对有效！就像琴纳医生的牛痘对于天花！艾滋病，这个杀不死的凶神，在数年之间就从人世间消失了！

宇文平成了当代最红的名人。他获得了诺贝尔生理学或医学奖，联合国授予他“世界第一公民”的称号，34 个国家的科学院聘他为院士……但他是个相当乖戾的家伙，顽固地拒绝任何人采访。听说他其貌不扬，身高只有可怜的 1.5 米。“像一只性格暴躁的小猴子。”我亲耳听一位记者朋友说。这位老兄为了拍到一张轰动的照片，曾溜到宇文教授的研究所，偷拍到他的几张生活照和工作照，但旋即被发现，宇文平破口大骂着扑了上来。“确实是破口大骂，”那个记者朋友笑着，很认真地说，“那些粗话绝不是一个科学家所能骂出口的。他还夺下我的相机摔在地上，蹦跳着跺踏，那样子实在太可笑了！”朋友忍俊不禁地说。

我问他，为什么不把宇文平这些行为曝光，朋友笑而不答。不，没人忍心向这位人类英雄身上泼脏水，也没人敢。谁如果对宇文平出言不恭，一定会成为民众公敌。何况，宇文平并不是专横跋扈，仗势欺人，他的举动只是缘于他的率真性情。“更何况，三天后他还派人送给我一架更漂亮的尼康相机呢。”记者笑嘻嘻地说。

这些年来，宇文平一直成功地躲避在媒体的焦距之外，近两三年他的行踪更为隐秘，从没有任何记者在任何地方看过他——谁能想到，他会成为我的情敌呢?

“惨啦惨啦，”我惨兮兮地喊着，“这下我是彻底没戏啦。就是借我个胆子，我也不敢跟宇文先生争老婆啊——请原谅我语言粗鲁。我实在是癞蛤蟆想吃天鹅肉，和宇文先生相比，我算个什么东西哟。”

伊尹被逗笑了，笑纹在她脸上迅速绽开，使她显得更加光彩照人。“不必自暴自弃嘛，”她笑道，“实际上……你的性格蛮可爱的。”

我索性彻底放开了：“算了，我知道你是在颁发安慰奖。自己有几斤几两我最清楚——可是，他为什么不和你结婚？这么好的女人天底下哪儿找去！是他另有新欢？”

伊尹目光中的笑意熄灭了：“不，他是孤身一人。我们不能结合的原因不在这里。”她苦涩地说：“你不要追问了。”

她的目光幽幽的，像是怕冷似的缩着肩膀。我心疼地看着她，吹嘘道：“小伊，别难过。无论什么事儿，在你陈大哥这儿没有摆不平的。我一定会想办法劝得他回心转意——咦，你不会怀疑我的动机吧？真的，我绝不会痴心妄想了，但是今后我一定要拜访你，多陪陪你，让你开心。行不行？给点面子吧，行不行？”

我的死缠硬磨终于把她逗乐了，开心地伸出右手。我握着她略显发凉的手，心中充满长兄般的怜爱之情。

从那天起，只要伊尹一有空，我就约她出去玩。我不敢保证在潜意识中确实不存一丝奢望，但至少在我的显意识里，真正只剩下大哥的角色。老天让我和她结识，一个惹人疼惹人爱怜的好女人，偏偏她遇上一个操蛋男人——哪怕是宇文平我也要骂他，竟然硬把她往别的男人怀里推，你说可气不可气？

这个自我认定的“大哥”角色对两人的交往很有利——既然是做一个好心的大哥而不是情人，我也不必费心去掩饰自己的粗俗浅陋了。所以，展现给伊尹的陈如海虽然是个低档器皿，但很干净很透明，叫女士放心。我甚至有意扮演《红楼梦》中刘姥姥的角色，只要我的插科打诨村言傻语能逗得她发笑，那就是对我的最高奖赏。我告诉她，“什么时候对这位傻兄长厌烦了，尽管下逐客令。不不，不要那么直接，多少给我留一点面子嘛。你只需推说头疼发烧碍难赴约，我就会很知趣地消失不见。行不？”

伊尹笑着回答：“行啊。”

我们的交往延续了一年。看得出来，伊尹似乎很喜欢至少不讨厌我的拜访。不过，她一直闭口不谈宇文平。

初春的一天，我约伊尹去城外踏青。这次伊尹在电话里似乎略微迟疑了一会儿，然后爽快地答应了。汽车刚出郊外，我发现她闭目仰靠在座背上，眉头微蹙，脸色显得苍白。我忙问她怎么了，伊尹无力地说：“昨天感冒了，头疼发烧。不过我估计不要紧，又不想让你误会——你不是说‘头疼发烧’就是厌烦你的借口吗？”她勉力微笑着说，“所以我只好应约了。”

我气得连声骂她傻瓜，调转车头把她送回公寓。这是我第一次走进她的卧房。这是座低档公寓，屋里的摆设也异常简单。我觉得迷惑不解。作为一位著名的妇科医生，她的收入相当可观，也绝不缺少审美情趣。那么，她怎么住在这间尼庵似的公寓里，她的钱都到哪儿去了？

我服侍伊尹在床上躺下，便要去打电话：“我有几个朋友都是著名的内科医生，让他们来给你看病。”伊尹忙摆手制止：“千万别！这么点小病还用喊什么著名医生，你是不是太看不起我的医术啦？”

我想她说得对。忙乱中我只把她看成受人照顾的小女人，忘了她本人就是著名的医生。我嘿嘿地笑着，服侍她吃了药。伊尹倚在床头，闭上眼睛。初春的阳光映着她长长的睫毛，黑亮的头发披散在雪白的枕头上，就像是羊脂美玉雕成的仕女像。我看呆了，愣愣地站着，努力屏住呼吸。

伊尹睁开眼，疲乏地说：“请拉张椅子坐下吧，就坐在我旁边。”我顺从地坐在她身旁，心醉神迷地听她绵长细密的呼吸。过了一会儿，伊尹轻声说：

“谢谢这些天你对我的照顾。你真是一个心地豪爽的大哥。”

我的脸红了：“多谢你的恭维话。”我努力保持玩笑的口吻，“但我答应你的事还没开始做呢。那个负心男人……只能怪你一直不让我们见面。”

伊尹忽然问：“这会儿……你想和宇文平通话吗？”

我愣住了。这些天我一直自告奋勇去当说客，伊尹却拒不告诉我宇文平的地址和电话。现在为什么突然改变主意？事到临头，我心里多少有些发慌，虽然宇文平比我小两岁，但在他这样的大人物面前，我怕是连话都说不囫囵了，我能说服他吗？

当然我不能在伊尹面前露怯，便点头同意。伊尹从床头拿过手机，熟练地拨了一串号码，手机屏幕立即亮了。屏幕上是一个宽敞的大厅，空荡荡的，只有沿墙处摆了几台电脑。一个男人正沿着大厅对角线急匆匆地走着。不，不是走，简直是像袋鼠那样的一蹿一跳。每走过电脑转椅，他就用力拨一下，于是转椅就滴溜溜地转起来。不用说，这当然是宇文平，他的身高几乎不超过转椅的椅背。这时他大概听见电话铃声，快步朝屏幕走过来。我看见一个非洲狮王般的头颅，怒张的发须使脑袋显得特别大，与矮小的身体配在一起，给人以“不堪重负”的感觉。虽然没人说“小个子”不能长“大胡子”，但两者结合在一起，确实叫人觉得古怪滑稽。不过他的目光却异常锋利，衣服也十分整洁合体。

他先看见躺在床上的伊尹，皱着眉头说：“尹尹，生病啦？”

伊尹的声音显得十分温柔：“一点感冒，不要紧的。平，”她迟疑地问，“你想通没有？”

宇文平粗鲁地说：“扯淡！”他把目光对准我，“你就是那个陈如海，对不对？一个浪荡公子，心眼儿倒不坏。不过，你配不上伊尹。”

我忘了生气，只是发窘：“宇文先生，不……我不是……”

伊尹在屏幕之外轻轻触触我，制止了我的辩解。宇文平又用命令的口吻对我说：“你能让她高兴，这就好。赶紧结婚，要好好待她！”

我更窘了，急于把这事解释清楚：“宇文先生，你误会了，我不……”

伊尹又触我一下，我只好狐疑地把下面的话咽回肚里。宇文平扫了一眼伊尹，干脆地说："尹尹，不必痴心妄想啦，我是绝不会改变主意的。关机吧！"

伊尹轻轻关了手机，闭上眼睛，一滴清泪从眼角处慢慢滚下来。这一次闪电式见面让我堕入五里雾中，忍不住问："小伊，你们到底是怎么回事？他说什么事决不改变主意？是你们的婚姻吗？"

伊尹摇手止住我："以后再说吧，以后我会告诉你的。"

她闭上眼，不再说话。我悄悄凝视着，看她被睫毛覆盖的眼帘，看她脖颈上微微跳动的血管。我实在忍不住想吻吻她，不过我不敢，也觉得自己的想法很不高尚——不是说把伊尹当妹妹吗？不是想玉成她和宇文平的婚事吗？怎么暗地里打着这么卑鄙的主意！我在心里骂着自己，轻手轻脚地拉上窗帘，熄了灯，带上房门。

我在汽车里枯坐了半个时辰，才启动汽车离开伊尹的公寓。

第二个星期天，伊尹主动约我，这是第一次，她说要带我去看一个"很值得一看"的地方。汽车出城又走了 100 多千米，进入一片荒凉的丘陵地带。又走了一会儿，一座极为现代化的建筑突兀地立在眼前，就像是蛮荒世界里突然飞来一座美轮美奂的仙宫。伊尹让我开到大门前停下。这里的主体建筑是一座穹隆式大厦，半圆形的薄壳屋顶在阳光下闪亮。大门口有一块很小的谦逊的铜制铭牌，上面写着：中国科学院第三疾病研究所。

门口警卫森严，但伊尹肯定在这儿享有特权。警卫没有查问，热情地导引我们进门。我们把车停在薄壳大厦的旁边，一位中年人迎上来同伊尹握手。两人低声交谈了几句，我听见他在说："……没有改变主意……我了解他的性格……"中年人又礼貌性地同我寒暄了两句，说："让小伊领你参观吧，她对这儿的一切都很熟悉。"说完就告辞了。

伊尹领我走进大厅，我发现我们是站在环绕大厅的走道上，离深陷的地面有两层楼高。半圆形的薄壳屋顶透射出柔和的绿光，照着下面另一个半圆形的巨大的蛋壳。它通体透明，显露出蛋壳内部的一个巨大的扁平容器，足有四个游泳池大，盛着琼脂般的东西，因为离得远，看不清楚。透明蛋壳内没有人，蛋壳外有十几个穿工装的员工在忙碌，衬着这巨大的建筑，他们就像一群蓝色的蚂蚁。

这儿的气势震撼了我，我入迷地观看着。伊尹伫视良久，回头对我说：“看吧，这就是宇文平制造艾滋病疫苗的地方。这儿的人都戏称它为‘宇宙蛋’——这个词儿太夸大了，对吧？不过，它确实是一个神奇的未来世界。”

她着重念出最后四个字：未来世界。但我只是到以后才了解这四个字的含义。过了一会儿，下面的工作人员消失了，巨大的厅堂里只剩下我们两人。伊尹双手扶住栏杆，略带忧郁地凝视着下边，追忆道：

“我目睹了宇文平研制疫苗的全过程。虽然我不大懂他的专业，也没有参加具体工作，但非常巧合的是，他有两个最关键的灵感都与我有关。我并不想居功，那纯粹是幸运，是偶然。但不管怎样，宇文平经常说我是他的幸运女神。他甚至让我去斯德哥尔摩领诺贝尔奖，当然我不会去，于是他也不肯去，结果只好由科学院派人去代领。”

宇文平拒领诺贝尔奖这件事我从报上见过，原来还有这么一点内幕故事。我没有说话，等伊尹讲下去。她说：

“读医科大学时我们是同校不同届的同学，那时我们就是恋人了。一对外貌不大般配的恋人，对吧？不过，我们从来不在意这些世俗之见，我是被他的才华吸引。我俩的恋爱也没有多少花前月下，卿卿我我。从个头上，他像是我的弟弟；但在理性思维领域中，他几乎是我的神灵。他常常以传教士般的热忱，向我宣扬‘自然界赖以运行的深奥的内部机制’……知道吗？他是 XYY 型。”

“什么 XYY 型？”我被弄糊涂了。

“人类的性染色体嘛。人类有 46 条染色体，其中有两条是性染色体。女性为 XX，男性为 XY。进行生殖前，先进行减数分裂，变成有 23 条染色体的性细胞。所以，女性的卵子都是 X 型，男性的精子则有一半是 X 型，一半是 Y 型。然后精卵相遇、结合，组合成几率相等的 XX 型和 XY 型，这就是下一代的男性和女性。这些常识我想你肯定会知道。”

“我知道。”

“但在极例外的情形下，也会产生一种 XYY 型的男人。这种人一般都很聪明，富有创造性和冒险性，但性格不稳定，富于侵略性，容易冲动和犯罪。宇文平就是 XYY 型。”她再次强调道。

我开玩笑地说：“这么说，人类很幸运。因为这个 XYY 型的男人把精力用到科学研究上，所以我们有一个才华横溢的科学家，而不是一个危险的罪犯。”

没想到伊尹竟郑重地说：“你说得不错！”

这个结论让我吃一惊，我甚至后悔开这样一个玩笑。无论如何，把一位泽被苍生的大科学家和“罪犯”连在一起，未免太不恭敬了。伊尹看看我，继续说：

“上大学时他的思维就大异于常人，他常常随口说出一些无君无父的论调，但这些论调又常常包含残酷的真理。我忍不住想听，又常和他发生争论。他研制艾滋病疫苗的第一个灵感，就是从我和他的一次争论中萌发的。想听我讲讲吗？”

“当然当然！快讲下去吧。”

对着空旷的大厅，伊尹的思绪回到 15 年前。

上午，医科大学组织低年级学生参观了城外的艾滋病医院，晚上两人约会时，伊尹还沉浸在强烈的情绪波动中。这些病人太可怜了！一个 40 岁的男子，已是晚期病人，身上到处是溃烂的肉瘤，惨不忍睹。他已把生死置之度外，只是一遍一遍地念叨着：他不幸生在艾滋病肆虐的时代，所以一向洁身自好，从来没有婚外性关系，没有输过血，没有使用过不洁针头。唯一可能传染上艾滋病的经历，是一次去理发店修面时，被剃刀划了一道浅浅的血痕。“我真悔呀，我为啥要到理发店去刮胡子呢。”另一个病人是个五岁的女孩，经母婴垂直感染途径得病，母亲已经死了。她正在非常投入地和布娃娃玩，轻声轻语地安慰布娃娃：“好好吃药，让我给你打针，医生伯伯说，你不会死的……”

科学家太无能了！伊尹愤愤地说。研究了 40 年，还是没找到真正有效的艾滋病疫苗。现在，最好的治疗也只能延缓病人的死亡！在伊尹的激情倾诉中，宇文平一直不动声色地听着。那年他 23 岁，正在读硕士，专攻基因治疗技术。他的络腮胡子已经十分旺盛，那天刚刮过，腮帮周围泛着青光。这时他突然截断伊尹的话头："你难道没有想到，正是这些治疗放慢了自然选择的速度，把人类的痛苦期拉长了？"

愣了一会儿，伊尹才理会到他的话意："你是说，应该放弃治疗，听任病人死去，从自然选择的筛眼中留下有抗病突变基因的人？"虽然早已听惯男友的"残酷的真理"，伊尹还是十分气愤。她高声嚷道："你太残忍了，你根本不配做一个医生！"

"请不要歇斯底里。"宇文平讥讽地说，"也许我得帮你回忆一下历史。历史上为害最烈的天花病，曾杀死 2500 万欧洲人，使欧洲十室九空，但幸存下来的人们大都具备了对天花的免疫力。还有，白人才进入澳洲时，他们带去的感冒病毒使澳洲土人大批死亡，但今天的澳洲土人已不怕感冒了。再凶恶的病毒也有克星，中世纪的人类以 2500 万人的代价，换来对天花的免疫力。现在呢，艾滋病死亡人数已经超过 3600 万——一点也不比过去少。但由于医药的愚蠢干涉，人类的抗病基因至今没能演变成优势种群。我说的是不是事实？"

伊尹哑口无言，停了一会儿，她不服气地说："反正你的办法行不通。医生不可能眼睁睁地看着病人去死。假如……假如是我得了艾滋病，你能放任不管吗？你说！"宇文平笑而不答，伊尹胜利地喊："哈哈，承认错误吧。"

宇文平平静地说："你是在使用强词夺理的归谬法，我不和你辩论。"

伊尹也在认真思考宇文平的话，她担心地说："万一……某种病毒是不可战胜的呢？想想吧，病毒的繁殖是以小时为单位计算的，人类的基因变化速度怎么能赶得上？从数量上说，病毒又远远多于人类。"

"这一点倒不必担心。病毒和人类的交锋，实际上不是在'人'的数量水平上，而是在细胞水平上，是人的防御细胞如淋巴细胞、巨噬细胞、白细胞等对致病微生物的搏斗，是微组织对微生物的较量，敌我双方基本是一个数量级的。所以，人类总是能及时进化出抗病的突变基因。这已经由历史多次证明了，我想……”

他突然卡住了，就像机器人突然断电，两眼呆愣愣地望着远处，几乎连呼吸都停止了。他以这个雕塑般的姿势僵立了10分钟，20分钟。伊尹对他的这种“灵魂出窍”已经见惯不惊，知道他又迸发了某种灵感，便耐心地等下去。但今天他“出窍”的时间未免太长了，半个小时后，他的眼珠还死死地固定在原处，甚至连眼皮都没有眨动。伊尹有些担心，忍不住轻轻摸摸他的脸颊。这一摸才解除了魔法，宇文平忽然把伊尹抱起来，在宿舍里转着圈狂喊着：

“有办法了，我有了一个绝妙的主意！”

他抱着比自己高的伊尹，就像蚂蚁举着一个大豆荚，不过举得毫不费力。伊尹喜洋洋地捶着他的背：“快放下我！……告诉我，是什么绝妙的主意？”

“知道是什么主意吗？”伊尹问我，我尴尬地摇摇头。“这就是其后所谓的‘巨量细胞超前培养法’，它后来成了21世纪生物工厂中制取生物抗体的标准工艺。说穿了，它仅仅基于两条最简单的机理。第一条就是刚才说过的，致病微生物与人类的搏斗，从本质上说是在细胞层次上进行，比如对艾滋病来说，主要就是艾滋病毒同人体T淋巴细胞的较量。第二条，人的所有细胞都可以离体培养并一代代分裂繁殖。在世界各地的试验室里，这也早已是普通程序了。但两者结合起来就是一次全新的突破。于是就有了你面前这个‘未来世界’。”

她指指我们下面的巨大容器。我追不上她的思路，困难地揣摩着：“你是说……”

“萃取人体细胞放到营养液中培养，让它们大量繁殖。然后再放入某种病毒，让它们混战一场。请注意，在这儿，科学家实行的是无为而治，不去人为规定进化的方向，而让自然去选择。一直到混战中产生了强势基因，自动演变成优势种群，再从其中提出淋巴因子等抗体供病人使用。你面前这个扁平的容器内，曾装有数万亿个人类的T淋巴细胞，它们外面裹着一层半渗透膜，防止它们之间产生排异反应，但艾滋病毒却能渗入其中。这儿其实是一个未来世界，在高浓度的病毒环境中，巨量人类细胞经受了严峻的超前的考验，超前地产生强势基因，超前地产生有效抗体——当然，病毒也在超前地进化，但不要紧，这里是严格密封的，它们无法从这里逃出去。等某个试验过程结束后，就把病毒全部杀死。这样，人类在与病毒的较量中就能永远抢先一步，可以用'明天'的抗体来对付'今天'的病毒，当然能稳操胜券。你听懂了吗？"

我听懂了。虽然我是半个科盲，但这回我完全听懂了。我感觉到一道强光突然射进我的心灵，心中如海涛般轰响。我感到晕眩，感到战栗，我敬畏地看着下面那个巨大的未来世界，想象着数万亿个"微型人"在这里替我们同病毒搏斗、变异、生生死死，最后锻冶出"明天"的宝剑——天哪，这太神妙了！

伊尹接着说："从那天起，宇文平就疯了似的到处奔波，向国内外的研究机构和亿万富翁们游说。其间的艰难就不必细表了，宇文平不善言辞，但他以岩浆般的激情弥补了这点不足。最终他拉来足够的资金，建成这座生物工厂。但是，非常令人沮丧，此后的试验迟迟没有进展。在两年时间内，在那个宇宙蛋里，病毒始终处于绝对的上风。它们进入装有人体细胞的容器后，就像一群饿狼扑向肥美的羔羊。宇文平想尽办法，也没能扭转局势，他十分焦躁，几乎要崩溃了。我那时已经大学毕业，留在这个城市里照顾他。我当然也十分焦急，可惜我俩的专业有较大的距离，我没办法帮他出主意。但后来，还是我把幸运女神带去了……"

伊尹把宇文平推到自己屋里，关上房门，把拖鞋放到面前，以命令的口吻说："今天彻底休息，不准再想试验室的事情。听见了吗？要不，我会生气的！"

宇文平满目血丝，络腮胡子至少两个月没刮了，衣服也发出汗酸味。他很不情愿，不过无法抵抗伊尹的柔情。伊尹把他按到桌边，端出早已备好的饭菜。"都是你最爱吃的，快吃吧，听见没有？"她着急地嚷，"不许再走神了！”

宇文平无奈地收回思绪，狼吞虎咽地吃着饭，心不在焉地夸了伊尹的手艺。饭毕，伊尹又端来一杯热腾腾的绿茶。等伊尹在厨房忙完，宇文平难为情地说：“尹尹，我想……”

伊尹真急眼了：“今天不许再提回实验室的事儿！”她耐心地开导着，“平，你得学会放松，学会有张有弛。这样也许有助于你从原来的思维框框中跳出来。听我的话，好好休息一天，行吗？”

宇文平很感激女友的真情，尽管不乐意，但再也不提离去的话了。伊尹逼他洗澡，刮胡子，裹上一件雪白的睡衣，拾掇得像个擦洗一新的小瓷人。整个晚上，他陪着伊尹漫天漫地地闲聊。不过他的话头会突然中断，他的眼光越过怀中的女友看着远处，然后在伊尹的连声斥责下，他才收回心思。

晚上 10 点，宇文平探询地看看女友：“我可以走了吗？”伊尹站起来，不声不响地拉上窗帘，散开头发，一件件脱去衣服，换上浴衣。“今晚不要走了。平，我已经 27 岁，我们早该结婚生孩子了。”

宇文平困难地说：“我当然乐意结婚，不过我想等……”

伊尹生气地抢白他：“你想等疫苗成功，我知道。可是，如果 10 年后才能成功呢？20 年后呢？我看不出来结婚对你的工作有什么妨碍。我拖你的后腿了吗？”

宇文平叹口气，脱下睡衣，拉着女友躺到床上，变回到那个激情如火的 XYY 型男人。那晚他们度过缱绻的一夜。云雨过后，身心俱泰，伊尹把小个子的爱人搂在臂弯里说：“我有一个感觉，也许今天我会怀孕的。咱们这个月就结婚吧。”

宇文平闭着眼，抚摸着她的后背，漫应道：“好的好的，结婚，结婚——”忽然他的抚摸停止了。他睁大眼睛，猛然坐起来，瞪着窗外的星空。伊尹伤心地发现，这个男人的灵魂又出窍了。她当然很扫兴，但她知道男友的脾性，在这种灵感迸发的时刻，切莫去打搅他。十几秒后，宇文平几乎是沉痛地喊道：

“唉，一个愚蠢的错误！我真该死！”

他跳下床，赤身裸体地冲出屋门。在伊尹的连声呼唤中，他才折回来，匆匆穿上衣服。“我要回实验室去了，我找到了失败的原因！”

他总算还记得与情人吻别，然后匆匆带上门走了。那晚伊尹没再合眼，她赤着身子站在窗前，久久地沉思着，猜想着男友从她这儿得到了什么灵感。她凭直觉预感到了男友的成功，但也看到了婚姻之途上的不祥之兆。直到天光放亮后，她才沉重地叹息一声，回到床上。

“什么灵感？他从你这儿得到了什么灵感？”我急急地追问着。说来也怪，在这儿，伊尹和我都跳出了世俗感情的圈子。伊尹坦率地讲述了她和宇文平的关系，我也没有因此而激起什么感情上的涟漪。现在，宇文平的成败成了我们之间最强的引力场。

伊尹平静地说：“你应该想到的，这个灵感就是一个字：性。”她耐心地解释道，“可能你已经知道，生物在进化初期都是采用无性繁殖，因为那是最高效、最经济的办法。一直到五亿年前，才出现两性生物，并且迅速膨胀，成为生物世界的主流。为什么？因为有性生殖更容易产生变异：大部分是有害变异，少数是有益的变异。有害基因被大自然无情地淘汰，能适应环境变化的有益基因则迅速扩大。宇文平在前一段研究中，的确犯了一个愚蠢的错误。他收集了几万人的 T 淋巴细胞放入容器，然后让它们无性繁殖，一代又一代进行下去。这种无性繁殖相当稳定，难以变异出有益基因。那天他从我这儿获得顿悟后，立即把性的因素引入到试验中……”

“性？”我忍不住打断她，“他能让淋巴细胞结婚？它们也能产生精子卵子？”

“不，并不是你想的那样。这又牵涉到对生物世界的另一个基本观点。性的本质并不是男女雌雄的交合，而是——染色体的交换。”

“染色体的交换？”

“对，染色体的交换。在单细胞生物中，某两个细胞因偶然原因互相融合，交换染色体，这就是最原始的性活动。后来，它进一步演变成配子式的性交，性交双方并没有性别上的差异，它们各自提供一个大小相同的配子。直到现在，还有某些海藻采用这种性交方式。不过，由于一种强大的自然选择机制，这种情况不可逆转地发生演化：在配子性交中，某些个头较小的配子占了便宜，因为它的父体能用同样多的材料制造较多的配子，增加了交合机会。于是，在自然的选择下，这类配子越变越小；另一方面，在所有配子都变小的趋势下，较大的配子反而能得到较多的交合机会，于是这类配子沿着相反的方向越变越大。最终，形成大小悬殊的精子卵子。其实这才是性别的本质：雄性——性细胞个头小而数量多；雌性——性细胞个头大而数量少。”

“我明白了，”我笑着说，“原来男人生来就是占便宜的角色。”

“所以，在宇文平改进过的试验中，他让淋巴细胞向前越过几亿年，返回到配子性交的阶段。这在技术上没有太大的困难。T 淋巴细胞核内同样有 46 条染色体，用某种方法使它们进行减数分裂，变成 23 条，再使任意两个细胞互相融合。至于这种细胞融合的技术，早在 20 世纪生物学家就驾轻就熟了，不仅同类生物之间，甚至动植物之间、动植物和微生物之间，都能方便地进行细胞融合。这也是万物同源的最好证明。”

“慢着，慢着。”我皱着眉头思索着，总觉得这里有什么细节不对劲。噢，对了，性别！我问伊尹，“进行这种配子型的性交，是不是不再有性别之分？换句话说，X 型和 X 型、Y 型和 Y 型这些同性细胞之间，是否也能彼此融合？”

伊尹专注地看看我：“真不简单，你能立即想到这一点。没错，同性细胞之间也能轻易地融合。关于这一点以后我还要说。”

她的夸奖使我颇为得意，我藏起自矜之色，追问道：“后来呢？”

“后来，短短三年就成功了。在数万亿次性交中产生出天文数字的变异基因，其中某些基因很快战胜了艾滋病毒，并演变成优势种群。再从这些优势种群中提出淋巴因子注入病人体内，就能有效地抑制艾滋病毒。其实，所谓的艾滋病疫苗不是个准确的说法，应该叫淋巴因子免疫。”

我随着她的叙述爬山越岭，最后痛痛快快地吁了一口气：“于是，宇文平取得了世纪性的成功，为害几十年的艾滋病被彻底消灭了。我真替你们高兴——可是，在你们之间又发生了什么事？”我不解地追问，“看吧，你是那样爱他，他也并非不爱你——这我看得出来。而且，他的成功灵感全都源于你，用句港台人的话说，你是个十分‘旺夫’的女人。他怎么敢拖到现在不跟你结婚？他是个现代陈世美？”我半是玩笑半是认真地说。

伊尹轻轻叹息着：“不，完全不是那么回事。我们之间的恩怨不是世俗的……以后再说吧，以后吧。”

“不行不行！”我嚷道，“如果今天到这儿打住，你想我还能睡得着吗？我一定要弄清前因后果，想办法让宇文平回心转意。别藏着掖着了，把你们的故事兜底端给我吧。”

伊尹沉默了很久，决然说：“好吧——你愿意见见宇文平吗？实际上，他一直被囚禁在这个研究所内。”

我恐怕自己听错了：“什么什么？囚禁？谁敢囚禁一个人类英雄，在21世纪的中国？”

伊尹没有多加解释，简单地说：“跟我来吧。”

我随着伊尹走出大厅，向旁边一幢浅黄色的建筑走去。进去后，所有遇上的人都尊敬地同伊尹打招呼。我们又遇见了那位最先见到的中年人，他姓金，是宇文平的高级助手。他和伊尹低声交谈着：“……你来得正好……情绪很不稳定……”然后他们都退回房内，走廊里只剩下我们两人。

我们走近一座大厅——我的心猛然缩紧了。没错，的确是囚禁。大厅的所有门窗都安上坚固的铁门，并且全部焊死，没留一个出口！无疑，这是最残酷的永久囚禁。在一个鸟语花香的研究所里突然见到这样的监牢，使人觉得格外阴森恐怖。这儿唯一与监狱不同的是没有守卫，一辆满装饭菜的小车悄无声息地开到牢墙边，一个小门自动打开，小车开进去后，小门又自动关闭。

然后是模糊的咆哮声和碗盏摔在地上的声音。

想到最著名的科学英雄竟然被囚禁在这里，我觉得浑身发冷。我想这里一定有最可怕的阴谋，最黑暗的内幕，连伊尹……我不愿怀疑她，但从她在这儿的地位看，我已经不敢保证她的清白。伊尹看看我，没有多做解释，掏出手机打开。当手机屏幕变亮时，一个贴在墙上的超薄型屏幕也显出图像。

没错，是他，当然是他。一个身高不超过 1.5 米的小个子，满脸是茂密的大胡子。他正在歇斯底里地蹦跳着，咆哮着，把碗盏、运食物小车乃至旁边的椅子都一个个拎起来朝地上摔。不过显然这些东西都是特制的，一个个在地上弹跳着，没有被摔碎。屋里有一个方头方脑的小机器人，就像球场上的捡球员，不错眼珠地盯着主人，看到东西滚远了，马上把它捡回来。

伊尹肯定是见怪不惊了，她轻轻叹息一声，对着手机柔声说："平，我来了，我和如海。"

屏幕上，宇文平猛然回头，我看见一张狂怒的面孔，一双怒火熊熊的眼睛。随之屏幕被关闭，给外边留下一个难堪的冷场。不过，仅仅一分钟后，大屏幕再次亮了。我甚至惊诧得揉了揉眼睛——那个盛怒的、失态的宇文平已经消失，现在屏幕上是一张完全平静的面孔，嘴角挂着揶揄和浅嘲。他和伊尹就这么对视一会儿，随即转向我，用闪电似的目光把我全身刮一遍，我似乎能听到目光所及之处哧哧啦啦的电火花声。在他的威严中，我像是被定身法定住了，连话都说不出来。

所幸，我大概通过了他的审查，他以命令的口吻说："尹尹是个好女人，要好好待她！否则我……"

否则"我"怎么办，他没有说，只是咬牙切齿地做了个怪相。我这才想起自己来这儿的目的，忙嗫嚅着凑过去，想开始我的说客工作。但宇文平已不再正眼看我，对伊尹命令道：

"我很好，你们走吧！"

屏幕暗了，把这个才华横溢的、带点歇斯底里的科学家撇到牢墙之后。我从他目光的魔力中醒过来，转向伊尹，怒声问："伊尹女士，这是怎么回事？是谁把他囚禁到这儿的？你……是否是囚禁者的同谋？"

伊尹收回了恍惚迷离的目光。"说来话长，"她叹息道，"他是自我囚禁——不过，你可以认为我是罪魁祸首。"

我们坐在大楼旁的石凳上，初春的天气颇有凉意，背阴处还留着几片残雪，几株迎春花已绽开黄色的花朵。伊尹裹紧大衣，说，“那是两年前的事了。”

这天是诺贝尔奖颁发的日子，街头所有电子广告栏中一律播送着中国科学院副院长代为领奖的场面。伊尹来到研究所时，抑制不住满面的喜色。全所人员也都处于极度的亢奋，他们欢天喜地地同伊尹握手，拥抱。一位年轻人喊：

“小师娘，该喝你们的喜酒啦！”

伊尹满面通红，爽快地回答：“快了，我想快了！”

这个称号立即传遍全所，等伊尹再往前走时，竟然有十几名员工——其中不少比她年纪大——像士兵操练一样整齐地吼着：“小——师——娘——好！”一向有大家风度的伊尹也受不了这个阵势，羞红着脸笑着，飞快地躲进了宇文平的办公室。

她把笑谑的声浪关到门外，扑到宇文平的怀里——这个词不大贴切，由于两人身高的悬殊，倒不如说是她把宇文平揽入自己怀中。她说，“平，他们都在催促我们结婚呢，你说什么时候？这回你总没有理由再推迟吧，你已经功成名就了呀。”

但处于漩涡中心的宇文平却像机器人一样冷静。“结婚？当然当然。”他心不在焉地说，“不过，我远远没有到停步休息的时候哩。尹尹，我刚刚有了一个非常宏伟的设想，非常宏伟，非常超前，庸人们一定会吓破苦胆的。”

他兴致勃勃地说下去。但伊尹很快发现，自己就是那种被“吓破苦胆”的庸人。她的欣喜很快被冷冻起来，止不住连连打着冷战。

宇文平说：在艾滋病疫苗成功之后，他忽然悟到，他已经附带地收到一份无比珍贵的礼物，甚至比艾滋病疫苗更珍贵。如果他不利用它，那就比古代那位“买椟还珠”的郑国人更愚蠢啦。

知道是什么礼物吗？就是在“宇宙蛋”里一直进行着配子式有性生殖的人体细胞。它们的分裂速度已经被提高到一天 10 次，一年 3650 次。“你知道，正常人繁衍一代，平均需 25 年，在 25 年里，我的人体细胞能繁衍 91250 次，也就是说，它们的进化速度是正常的人类进化速度的九万倍！虽然这些人体细胞在这儿仅仅分裂了三年——指有性分裂。无性分裂的细胞不易造成遗传变异，所以头两年时间不算——那就是说，我手头已经有数万亿个进化了10950代的人！哈哈，相当于27万年后的人类！如果我把它克隆出来——你当然知道，任何细胞都是万能的，都含有这种生物的全部遗传信息——那该是什么样的情景啊。"

当然，遗传中产生的变异大部分是有害的，除非由环境对它们进行定向的选择。这些分裂一万代的细胞，是在营养最充足又只有一种病毒的环境中进行繁衍，是在"沉睡状态"下进化的，自然选择一直不起作用，所以它们大多为废品或次品。但是能肯定，这里一定有少量的超级变异：智力特别高的，体力特别棒的，抗病能力特别强的……即使只有万分之一的几率，那么克隆出10万个人，就会有10个超人诞生！而一个超人就能改变世界！像爱因斯坦……

他没有注意到，怀中伊尹的身体已逐渐变得僵硬。她打断他的传教，生硬干涩地问："你想克隆多少人？"

"10万，第一批至少10万，基数太小无法遴选出有益基因……"

"那么，你所说的废品和次品该怎么办？"

"当然是销毁啦。在这个阶段，你完全可以把它们作为无生命的工件嘛，就像是流产的胎儿。"

他不耐烦地回答，又滔滔不绝地说下去。伊尹从他怀中挣出去，沉默了很久，低声问："还有一个问题。我知道，在你的'配子式性交'中，已经产生了无数YY型的超级男人，不，是超级男性细胞，它们……"

"慢着慢着，伊尹，你解释一下，什么是YY型超级男人？我都听糊涂了。"我纳闷地问。

伊尹声音低沉地说："其实，刚才你已经考虑到了。你说过，在配子式性交中，同性细胞之间也能自由组合。你说得很对。结果就是，一共会产生XX、XY、YY三种后代——这就有问题了，这里的YY型细胞是正常人类中从未出现过的，我不知道该怎么称呼它：纯雄性？雄性平方？还是超级男人？”

“YY 型，YY 型。”我喃喃地重复着，心头一阵阵发紧。我皈依科学宗教才几天时间，已开始生出叛教之心了。因为，科学这玩意儿太厉害了。它能把自然界中的“绝对不可能”像捏面团似的捏巴捏巴、摔打摔打，转眼之间就变成现实。自打五亿年前出现两性生殖后，大自然已形成了严格的戒律：同性生殖细胞精子和精子、卵子和卵子之间绝不会互相吸引互相结合。但在科学家手里，这种施行了五亿年的戒律立马失效，生出这么一种 YY 型的怪胎。一旦它真的被克隆出来——会是什么模样？什么样的身体结构？什么样的性器官？什么样的秉性？

我真怕这么一批怪物出世！

听了伊尹的话，宇文平两眼放光，扑过来把她紧紧拥到怀中，频频狂吻——当然，吻时得稍稍踮起脚尖：“伊尹，真高兴你也能迅速想到这一点，看来我过去低估了你的智力。没错，的确会出现 YY 型的超级男人，而且，这可不是万分之一的几率，是 28 分之 1！在配子式的组合中，共有 15/28 的 XX 型，12/28 的 XY 型，1/28 的 YY 型。这种 YY 型肯定会有更强的冒险性和创造性，有更强的智力。想想吧，世界上若有 28 分之 1 的超级男人，会是什么样的情景啊，你能想象得到吗？”

“我能想象。”伊尹冷淡地说，“他们——首先要假设他们能被称作人而不是妖魔鬼怪——会更具冒险性、侵略性、冲动性，道德和法律都难以约束他们。宇文平先生，我绝不会容忍你把这种可怕的设想变成现实，除非我死了。”

她推开宇文平，决绝地摔门而去。那晚她彻夜未眠。

第二天上午，伊尹走进宇文平的办公室，脸色冷静得瘆人。宇文平正在向下属安排下一步的计划，这个狂妄的计划使几名高级助手脸色惨白，几乎抑制不住双股的战栗。看见伊尹走进来，他们不约而同地松口气，想退出去。伊尹摆摆手止住他们，然后，平静地从女式手提袋里掏出——一把手枪！

在众人惊骇欲绝的目光中，她把枪口对准宇文平，苦涩地说：“平，我已经说过，那件事太重大了，太可怕了，你无权一人决定，我不会容忍你率性胡为。”

宇文平一眼不眨地盯着枪口，嘲讽地说：“想打死我？那就开枪吧。开枪啊，怎么不开？手发抖啦？这种玩意儿不是你这样的小女人玩的。”

伊尹的泪水忽然涌出来，她慢慢倒转枪口，指着自己的太阳穴，闭上眼睛，扣下扳机。周围的人都惊呆了，宇文平最先反应过来，豹子似的扑上去，推开枪口，砰！一颗子弹射入天花板。

这个场面足足定格 10 秒钟，宇文平才清醒过来，狂怒地夺过手枪，摔到地上，跳着脚踩它跺它，大骂道：

“你这个泼妇，混蛋女人，竟敢用这种办法威胁我！太可恶了，你竟敢……”

伊尹默然不语，少顷，她擦去泪珠，俯身拾起手枪，转身向门外走。几位高级助手互相看看，都紧紧跟在伊尹身后。等伊尹走出房门时，听到宇文平的吼声：

“伊尹你给我听着！……不许你自杀，三天后来听我的最后决定！”

三天后，伊尹如约来了，女式提包里还放着那把手枪。她不敢相信一向独断的宇文平真的会为她改变主意，如果是这样，她决心死在他面前。金教授出来迎接她，他没有介绍情况，只是垂着眼帘，沉重地叹息着，连连摇头。

他把伊尹带到大厅，这儿似乎变成繁忙的工地，电焊的弧光在闪亮，火花在飞溅，工人们正在各个门窗上加焊钢门，而指挥者则是独自立在厅内的宇文平。他兴高采烈地喊着：“剩最后一道门了，快点干！”

伊尹惊骇地看着这一切。最后一道铁门被推到钢框上，把宇文平遮没，电焊弧光开始哧哧啦啦地响起来。伊尹忽然撕心裂肺地叫道：

“不要焊！……把门拉开，我也要进去，把我也关进去！”

她扑向铁门，用力拉，用力捶打，灼热的钢板烧红了掌缘，她却丝毫不觉得疼痛。金教授和另一个人用力把她拉过来，低声劝她：“小伊，你要冷静，你要冷静啊。”这时墙上的大屏幕亮了，宇文平带着恶意的笑容，讥讽地看着伊尹：

“你这个泼妇，你这个混蛋女人，这下总该满意了吧。我决不会改变主意的，因此只有这种自我囚禁才能禁绝我干下去。你这个头发长见识短的蠢货，知道吗？你耽误了人类史上最宏伟的进步！27 万年的额外进化，28 分之 1 的超级男人哪！”

伊尹泪眼婆娑地望着屏幕，哽咽道：“平，让我也进去吧，让我陪着你到死，好吗？”

宇文平刻薄地说：“你想陪着我？你以为我还想再看你一眼吗？妈的，竟敢用死来威胁我！”他怒骂道，但声音突然变柔和了，“走吧，不要等我了——你不要妄想我会改变主意。另外找一个丈夫过日子吧。”他的怒气又高涨起来，“快走，我一眼也不愿见你了！”

屏幕唰地暗下来。

伊尹停止叙述，泪水汹汹地流下来。我远不是感情脆弱的男人，但这会儿也几乎忍不住眼泪。我递过手帕，笨拙地劝慰道：

“不要说了，我都清楚了。小伊，你做得完全对。一点儿都不错。别说是 27 万年后的超级男人了，就连……”我本打算说：“就连一个 XYY 型的男人都搅得天下不宁。”想到这会挫伤伊尹的感情，就知趣地改了话头：“就说那万分之九千九百九十九的残次品吧，怎么忍心把他们全部销毁？你的决定一点儿都不错，伊尹，回家吧，冷静一点儿。”

伊尹顺从地站起来，跟我走了。当路过那个内藏“宇宙蛋”的庞大建筑时，我轻声说，我想再进去看看，行吗？伊尹理解我的思绪，默默地陪着我走进去。从栏杆处向下俯视，巨大的宇宙蛋静静地趴伏在那里，几十名员工在下边忙碌着。伊尹解释说，自从宇文平自我囚禁后，这儿一直在正常工作，在制取各种疫苗或抗病因子。不过每次任务完成后，都把其中的人体细胞和病菌病毒彻底销毁。“金教授说，他们绝不会留下什么超前进化多少万年的病毒或超级男人。”

宇宙蛋静静地蜷伏着，严密地保守着腹内的秘密。数万亿个“微型人”在这儿交合、分裂、繁衍、进化，然后又从自然界抹去，回归为普通的原子。

一波波的思绪在我心中轰响着，拍击着。我想起从《动物世界》中看到的知识：在封闭的澳洲大陆上，同样进化出一批食肉的哺乳动物，像塔斯马尼亚虎。相对于其他大陆来说，它们的进化慢了一拍。即使从外貌上也能看出这一点，塔斯马尼亚虎浑身圆滚滚的，动作笨拙而可爱，就像中国的大熊猫。当澳洲大陆与世隔绝时，这些家伙虽然笨拙，照样能够轻松自在地高居生物链的顶端。其后，大约一万年前，猎狗随着南亚某个民族进入澳洲大陆，随即变成数量庞大的野狗。它们奔跑迅速，反应敏捷，气势咄咄逼人，很快抢去土生食肉动物的天下，把它们逼到进化的死胡同中去。目前，塔斯马尼亚虎只在某些海岛上残存。

如果比我们多进化 27 万年的超级男人来到这个世界呢？会不会像秋风扫落叶一样，把我们这些笨拙的塔斯马尼亚虎乃至袋鼠、鸸鹋、针鼹、鸭嘴兽一扫而光？

我身上一阵阵战栗。我能感觉到自己脸色苍白，但眼睛却像白热的铁块。伊尹显然体悟到我的心潮激荡，她伸手挽住我的胳膊，走出这幢建筑。这是我们之间的第一次身体接触。

从这天起，在我的生活空间里，所有的星辰都被抹去，只剩下一对闪着强光的双星：宇文平和伊尹。我千方百计地陪伴伊尹，劝慰她，陪她去探望那位监牢中的男人。有时我也独自一人前去探望。我对宇文平的感情很复杂，虽然在我的印象中，他已经是一个乖戾的、行事不计后果的狂人，但无论如何，只要一走近他的监牢，我就会感到敬畏，一种压得人难以喘息的敬畏。宇文平对我的态度没有规律，有时，他心平气和地和我交谈几句，大多是询问伊尹的近况；有时，他正背着手在大厅的对角线上踱步，对我的到来不理不睬；有时正赶上他歇斯底里发作，我想他一定会把我臭骂一通，但他只是干脆地关了屏幕，把我隔在牢墙之外。

在我的抚慰下，伊尹的心态慢慢恢复了平和。不过她仍常常目光灼灼地想心事，有时她会突然消失，几天内踪影全无——既不在家，也不在她工作的医院。我感觉到她还隐藏着什么秘密没告诉我。

我的直觉没有欺骗我。

一个月后，伊尹约我到她的公寓，低声问我，能不能提供一笔300万元以上的款子。因为它的用处是个不能示人的秘密，所以她不想到别处去筹措这笔钱——而且，她也无法保证在二十年内还清。我顿时觉得欣喜异常——这说明伊尹已经把我看成亲密的、可以共享秘密的朋友啦。我说："当然没问题，三天后我把钱送到你的手里。"伊尹拍拍我的手背，疲乏地说："谢谢。"

我说："得得，怎么又退步了？刚刚把我当成自己人，这一句谢谢又生分了。"伊尹说："至于这笔款项的用处，我不打算瞒你，请跟我走吧。"她坐上我的轿车，指引我向城外开去，她指引的不是去研究所的方向。一路上她十分谨慎，一直注意有没有车辆跟踪，还让我绕了几个圈子。整整开了两个小时，到了一个偏远的山区。伊尹领我来到一个建筑粗糙的大院，停好车。偌大的院子内竟没有一个人，显得荒凉破败。我们走进屋，伊尹按下一个隐藏的按钮，地板轻轻响着，滑开，露出一个洞口。伊尹拉我走下去。

洞内显然大不一样，建筑精致，灯光明亮，地面一尘不染。一个身材高大的机器人走过来，用他没有抑扬顿挫的声音问候着："你好，伊女士。""你好，诺雷克。""宇文平先生还好吗？""他很好，谢谢你的关心。"

寒暄过后，机器人放我们进去。伊尹低声告诉我，诺雷克原在宇文平手下工作，他至今还保存着对旧主人的记忆。跨进内间，我在一刹那间就明白伊尹领我来观看的是什么东西，明白了她求借的款项是什么用处。这里是另一个蛋圆形的浅底容器，与研究所的那个"宇宙蛋"一模一样，只是小了几号。也许，从功能上说，这一个更为先进，因为这儿是全自动的，没有一个工作人员，只有各种控制仪表在闪着微光，屋内只听见轻微的电流嗡嗡声。

我明白了，全明白了，不由怜悯地看着伊尹，看着这个在矛盾中挣扎的可怜的女人。伊尹躲开我的目光，勉强地说：

"是的，是我干的。因为我担心自己确实目光短浅，破坏了人类历史上最宏伟的进步。所以，在销毁那些已经超前进化27万年的人体细胞时，我偷偷保存了一些，放入这个缩小的宇宙蛋内。诺雷克一直在细心地照料它们。从那时起又有近三年过去了，这些细胞的进化已经相当于50万年的人类进化了。”她扭头看看我，“你不必担心，我不会把这个秘密公开，不会让这些人体细胞被克隆出来。我想把它们保存几十年，到我去世的时候。那时的科学家已足够聪明足够成熟，那时再来让社会决定它们的命运吧。”

她不厌其烦地介绍这里的安全措施。她说这个地下室里贮满了易燃物，只要机器人诺雷克一个指令，顷刻之间这里就会变成3000度的熔炉，把一切生命烧个精光。即使诺雷克不下指令，只要外界有人企图破门而入，也会把装置引爆。为了这儿的设备，她已经花光自己的财产，只好向我求助。

我看得出，她多少有点失态，话头冗长而杂乱，和她平素的风度绝不一样。我想，这恐怕是缘于一种强烈的内心折磨：她逼宇文平自我囚禁，又偷偷保存了宇文平的成果；她不知道自己的行为是对是错，是泽被后世还是遗祸万年……我柔声安慰她：

“不用解释了，我完全放心。三天后我会把支票给你。如果不够的话，我会另外为你筹措。我愿意陪你保守这个秘密，直到咱们告别人世。”

伊尹默默地凝视着我，盯了许久，然后她走过来，在我脸上轻轻吻了一下。

三天后，我把300万元的支票送到伊尹手中。

四天后，我瞒着伊尹来到这个秘密基地。“快点快点，”我用手枪督促着前边的大张。“干吗两手发抖？你知道，我手里只是一把空枪嘛。”

大张是我的铁哥们儿，精通电子和爆破技术。当我求他“帮个小忙，炸毁一处秘密基地”时，大张抵死不答应。他说：“我决不会当你的从犯——不过，如果你用手枪逼我，我只好干了，大家都知道我很怕死的。”

于是我用手枪“逼迫”他来到这里。现在他当然不是怕我的手枪，而是怕基地的主人会不期而至，也担心以后能不能从司法诉讼中脱身。不过公平地说，这个胆小鬼能做到这一点，已经是难能可贵义气干云了。

房子的周围都安放好了C-4炸药，遥控也已备好。我问他：“咱们的爆炸能不能引爆屋里的易燃物？”大张说：“绝无问题。既然你说破门而入的震动都能引爆，何况是真正的爆炸呢。再说，即使易燃物不被引爆，单单咱们的炸药也足够了，绝不会有一个活的生命从里面逃出来。我说："好吧，咱们后撤 200 米，准备起爆吧。"

想到这儿积聚着伊尹的半生心血，我多少有些歉意，但决不迟疑也决不会后悔。我可不想让这些比我们超前进化 50 万年的、含有 YY 型基因的超级男人来到这个世界上捣乱。说实在的，有一个 XYY 型的宇文平就已经够受啦。我也不会内疚于自己中断了"人类史上最宏伟的进步"。如果世界上的科学家们一致同意：应该把这些 YY 型男人克隆出来，保证对人类没有危险，那么，任何人在任何时候都能轻而易举地恢复这个进程。所以，目前我要做的是，先把这颗炸弹的引信拔掉，至于以后——让聪明人来决定吧。

前边的大张突然停住了，浑身发抖，我用枪口杵杵他的屁股，"走哇，怎么啦？你这是给谁在表演？"不过我很快觉察到不大对劲。大张不像是假装的，他没有这么高的演戏天资。再说，他表演给谁看？我从他的脑袋旁往前看：嘿，一只黑洞洞的枪口正直直地对着我们。伊尹怒容满面，双目喷火，手指紧紧按在扳机上。

大张惊慌失措地喊："别别……别开枪！不怪我，是他逼我干的！"这个叛徒胚子，这么快就把我给出卖啦。不过，我原没打算让他承担责任。"对，不怪他，放他走吧。"

伊尹摆摆枪口，大张屁滚尿流地逃走了，跑了很远，才扭回头怜悯地看着我。我扔掉空枪，掏出遥控器，从容地打开有指纹识别功能的保险，把食指按在起爆钮上：

"伊尹，我不想给你多做解释，其实你也知道我这么干是对的。我一定要把这里毁掉，不能留下这个潘多拉魔盒。你快走吧，否则我一按下，咱们就玉石俱焚啦。"

我发现伊尹的脸色稍微缓和了，她讥诮地说："那你就按吧，按啊，干吗手指发抖啊？"

我怒喝道："你不要逼我！"食指颤巍巍地按下去——当然我不会真的按下去。莫说我不舍得让伊尹送死，就是我本人也不愿给什么"50 万年后的超级男人”陪葬。伊尹的怒气慢慢消融了，把手枪关上保险，放入手提袋中，喑哑地说：

“那天看你的表情，我就知道你要这么干……把遥控器给我。给我呀。”

她这么佯怒地一喝，我的骨头就酥了，老老实实地把遥控器递过去。伊尹扭头就走，我顺从地跟在身后。等走到安全距离之外，我瞥见大张在小树林里探头探脑地张望，伊尹回过头，把遥控器对准那幢建筑，食指按向起爆钮。在这几秒钟内，我的心脏都停跳了——不过没有爆炸。伊尹手指微微颤抖着，把遥控器装到口袋里，低声说：“以后再决定吧。”

我忙喊：“那你快把遥控器的保险关上！对，那个红色按钮。”伊尹关上它，重新放回袋中，重复道：“以后再决定吧——等咱们结婚之后。”

我想自己一定听错了：“你……你说什么？”

伊尹苦涩地一笑：“宇文平说，如果我不结婚，他就……我知道他说到做到。”她愧疚地看看我，低声说，“如海，你是个好人，但是……对不起。”

这句话说得没头没脑，但我完全听懂了。她是说：“如海，你是个好人，我并不是不喜欢你，但我恐怕永远割不断对宇文平的感情，甚至连我答应与你结婚也是因为那个男人的逼迫……”不过，这个有保留的喜讯已让我欣喜若狂了。“你真的准备和我结婚？”我搓着手在她身边傻笑着，忽然想到，这具美丽的胴体已经属于我了，便勇敢地把她拥入怀中，在她面颊上、脖颈上狂吻起来。伊尹开始有些抵拒，但不久就放松身体，脸色平静地任我狂轰滥炸。

我看见大张更加频繁地探头，可能他以为我们是在搏斗？后来他肯定明白了，便缩回头消失不见。

我把那具柔软的、馨香的、温润的——我真愿意多想出几个美好的词语——胴体慢慢放到绿茵上，西斜的阳光照着她紧闭的双眸和浓密的睫毛，活脱一个睡美人。我轻轻地俯身过去——忽然一声巨响惊天动地，我们同时回头，看见那幢建筑慢慢地崩溃了，然后，熊熊的火焰从废墟里冒出来。

伊尹倏然回头，紧盯着我，目光比她刚才的枪口更森人。我急急辩白：“不是我……是我无意碰到遥控……可保险关了呀！”我忽然恍然大悟，“对了，对了，指纹锁！”

昨天大张捣鼓爆破系统时，十分殷勤地在保险上加了一道指纹锁："这样，只有你的食指才能打开保险，只有你才有资格当凶手——警方就不会怀疑我了。"但他并没有告诉我，关闭保险也必须用我的指纹呀，所以刚才伊尹未能成功关闭保险。

伊尹想了想，脸色缓和了。"我不怪你，"她凝望着明亮的火舌，凄声说，"也许这是天意吧。"

"对，当然是天意，肯定是天意。"我快活地把伊尹扶起来，仔细掸掉她裙子后的草屑，两人久久凝望着那边，直到火焰熄灭。"天意吧。"伊尹又喃喃地重复一遍。这时，那片废墟处有了响动，砖块钢筋被慢慢推开，一个方脑袋露出来，是诺雷克！真该死，刚才我们都把它给忘了。

诺雷克爬出废墟，浑身乌黑。它肯定被爆炸弄得又聋又瞎，当伊尹喊着奔过去时，它没有一点儿反应。随即它大踏步向东边奔去，奇怪，从他奔跑的样子看，又绝不像一个瞎子。

诺雷克的速度很快，转瞬就变成一个小黑点，消失在公路拐弯处。伊尹忧伤地说："它一定是奔宇文平的方向去了，它还没有忘记旧日的主人。它比我幸福啊。"然后就沉默了。

我没有安慰她，因为我忽然想到一点，很重要的一点。我不敢相信这么重要的科学机理会被宇文平和伊尹忽略，而被我这个不学无术的笨蛋发现。所以我在心里仔细算一遍，又算一遍……然后我微笑着对伊尹说：

"尹尹，你不用再囚禁宇文先生了，因为他的努力注定要失败。他是个超级天才，可惜他忽略了一道小小的算术式……你听我解释。他说，在没有环境约束的进化中，只有万分之一的变异是有益的。果真这样，进化了几万代后的人体细胞会是什么样子？莫说万分之一了，即使每一代的有益变异能达到十分之一，那么，第二代后是 1/10 乘 1/10，即 $1/10^2$，第三代之后是 $1/10^4$，第四代之后是 $1/10^8$……第几万代之后呢？我这笨脑袋已经算不出来啦！反正，宇文先生想从里面挑出一个'有益'的超级天才来，不会比从银河系中找出某个特定的氢原子来得容易。"停停我又补充道："当然，不管多少代的交合，YY 型的男人仍占总数的 1/28，这个比率是不变的。但这些超级男人身上充斥着几乎100%的有害基因，是没什么用处的。”

伊尹很惊奇很钦佩地看着我，那目光真让人心醉。我努力摆出宠辱不惊的风度说：“看来，还是上帝设计的进化之路最可靠、最安全，所以，还是老老实实照那条路走吧。咱们可以把宇文平先生放出来了，听了我的计算，他肯定不会再干那样的傻事——你也可以回到他身边了。”我藏起心酸，颇有绅士风度地说。

伊尹笑了，笑声里充满蜜一样的欣喜：“哟，我真是看走眼了，原来我认为最傻的家伙其实最聪明。可是，你为什么不早点告诉我？”

“我刚刚想到这一点！10秒钟之前！你以为我是那么聪明那么思维敏捷的天才吗？”

伊尹把双手搭在我肩上，微笑道：“那么，你以为我是那么轻诺寡信的女人吗？我既然对你做过许诺，就不会再离开你啦。不要再胡思乱想。”她踮起脚尖，真心实意地吻了我一下。

一束电火花从她吻的地方迸发，迅速传遍全身，我觉得浑身麻酥酥的，都快要融化了。我笑着，笑容一定很傻……伊尹挽住我的胳膊：“走吧，咱们到研究所去，把宇文平放出来。”

我们开上车，飞快地赶到研究所，那里正乱作一团，工作人员看见伊尹就像看见了救星。金教授迎上来结结巴巴地说：“……诺雷克正在打开铁门……我们不知道该不该阻止……毕竟这只是宇文先生的自我囚禁，没有法律效力……”

我们急忙赶到那座牢房，钢门真的已经被割开了，茬口处冒着青烟，割枪扔在一旁。豁口里传来雷鸣般的怒吼声，少顷，头脸乌黑的诺雷克抱着宇文平从破洞里钻出来。宇文平狂怒地挣扎着，吼叫着，捶打着诺雷克的胸膛，但诺雷克显然不在意他的小拳头。在诺雷克宽阔的怀抱中，小个子的宇文平简直像一个五岁的孩童，一个性情暴躁的蛮不讲理的小魔王，正折磨着宽厚的机器人妈妈。

围观的人都哭笑不得。伊尹微笑着摇摇头，轻轻拉上我溜走了。我们直接去了婚姻登记处。

百年之叹

我刚刚过了百岁寿诞，自知余日无多。身体乏力，眼睛昏花，常常无法聚拢元神。记忆力也差，八个时辰前的事倒没有 80 年前的事记得清楚。母星来接我回家的飞船始终没有出现，实际上这早在我的预料之中。现在我要抓紧时间，记下我在蓝星上的一生经历，连同我的忏悔。这一生我就干成一件大事——但它恐怕是干错啦。

85 年前，我 15 岁时，母星正处于激情洋溢的时代。神奇的量子飞行技术已投入实用，连位于宇宙边缘的星球也瞬间可到。科学之神和上帝平起平坐并握手修好，由 17 位最睿智的科学家组成的大智长老会和教廷联合发出呼吁，要让理性之光或者说上帝之光，照耀到宇宙每个角落。热血青年纷纷参加传教使团，乘着量子飞船奔赴深空，把先进知识无偿传播给各星球的智慧种族。当然，大多数星球上尚未进化出智慧种族，那也不能放弃，要在每个星球上挑选一个最优秀的物种，来进行“智力提升”。至于没有生命的荒芜星球，只有放到以后再说了。

量子飞行有这样的特性：它能在瞬间到达任何地方，但却无法确保在同一个地方出现两次。也就是说，传教者的航程很可能是有去无回的，必须做好这样的心理准备：孤身一人，在某个荒僻的星球上苦度一生，因为星球数量太多，每个星球上只能派一个传教者。但比起肩负的神圣使命，这点儿苦难何足挂齿。

我也报名了，是传教团中最年轻的团员。随后是五年艰苦的学习，因为每个传教者都要掌握复杂的技能：如何迅速适应迥异的外星环境；如何慎重挑选欲提升的物种；如何使用智力提升装置、隐形飞车和小型自卫武器“地狱火”；等等。天智师，17 名大智长老之首，亲自做我们团的导师。

可惜我没拿到结业证。这一波次的量子飞船出发在即，我们只有提前结业。天智师遗憾地说，我们只有到新星球上自修完学业了，好在每人配有一台“上帝与我同在”。这是一种强大的电脑专家系统，储存着与传教生涯有关的所有知识。我们依依告别母星和亲人，实际是与他们永别了。天智师带着这个团的 3600 人出发，开始了连续的点式跳跃，在每个遇到的有生命星球上留下一个传教者。

第 19 次跳跃到达了遥远的蓝星。天智师照例逗留一天，做了初步考察。他异常喜欢这个生机勃勃的星球：蔚蓝的海洋波涛汹涌，陆地上的绿色无边无际，草原上的兽群、空中的鸟群和水中的鱼群比球状星团更密集。这儿的生态与母星非常相似：也有绿色植物和动物；动物也分食草者和食肉者；生物繁衍方式同样以两性繁衍为主；等等。虽然蓝星上还没有智慧种族，但哺乳类动物的进化水平相当高，提升起来不会太费力。这儿只有两点与母星显著不同，但也许对传教者更有利：蓝星的公转极快，大致说来，母星一年相当于这儿的五万年；蓝星动物的世代交替也很快，平均在 25 蓝星年左右。不妨做一个简单的换算，假如一个传教者能在这儿再活 80 岁，就相当于 400 万蓝星年，能涵括蓝星动物的 16 万代，这个时间足以把它们的智慧提升到相当的高度。这样一来，他就能在有生之年看到自己的成就，对于孤独的传教者来说，这无疑是最高的幸福。所以，天智师笑着说：

“没说的，这个得天独厚的‘好’星球，就分给最年轻的耶耶了。”

我知道天智师是照顾我，他一向对我偏爱，但我真舍不得这么早就与他诀别。天智师临行前，照例举行了隆重的仪式，把“上帝与我同在”、隐形飞车及“地狱火”赐予我，并谆谆告诫：

“耶耶，我年轻的孩子，要诚惶诚恐，要谨慎一生！要知道，你的工作将决定一个星球的命运！”

我恭谨地受教，依依不舍地拜别天智师和众人，量子飞船在我面前瞬间消失。

我把基地设在蓝星的近太空，每日乘着隐形飞车去海洋、草原和山林中查访，寻找最合适的“天宠族”，这是我们对将被提升种族的习惯称呼。天智师已经帮我选定哺乳动物做“天宠族”，因为无论是大脑容量、生命活力还是种群数量，它们在这个星球上都是佼佼者。至于哺乳类中具体物种的选择，则是一个非常慎重的工作，我先淘汰了草原上的大象和海洋中的巨鲸，它们脑容量虽然最大，但个体数量较少，而天智师的教诲是：首先要考虑那些个头中等、数量庞大的群居性物种。鬃毛雄伟的狮子也被淘汰，倒不是因为它们是食肉动物，天智师并不排除食肉种族作为提升对象，但它们有杀婴习性，新狮王登基时要杀死所有的幼兽。这种习性过于残忍，令我厌恶。

有一段时间我最钟情于海豚，它们脑容量大，聪慧漂亮，流线型的身体十分灵巧，海豚在自己族群内，甚至异种海豚之间，都能亲密合作，这对“天宠族”来说是最可宝贵的习性。我仔细观察了海豚群的捕猎。破晓时海豚分批列队成扇形出发，偶尔几只海豚高高跃出水面，以侦察海鸟的踪迹，因为海鸟总是伴随着鱼群。然后，海豚就吵吵嚷嚷地跳跃着，或以侧边逆行，或以肚皮击水，把鱼群围起来，赶至水面上，它们的围堵十分坚固。鱼群插翅难逃。进食完毕，海豚会表演惊人的空中跳跃，旋转身子翻着筋斗。集合在一起的海豚可以多达万只，在海中延伸几千里长，跳起舞来蔚为壮观！

但正是海豚捕猎之后壮观的集体舞蹈让我淘汰了它们。天智师说：食肉动物的杀生并非残忍，那是它们为了生存不得不做的事，是符合天道的。我对天智师的教诲当然没有疑义，问题是——依我的感觉，海豚在杀生之后过于“快乐”，过于张扬。如果它们被提升为智慧种族并变得十分强大后，仍旧沉湎于这种“快乐的杀戮”？

……

我十分惋惜地淘汰了海豚，把目光聚焦到另一种动物身上：两足黑猿。它们生活在一条大裂谷附近的密林中，或稀树草原上，能蹒跚地两足行走，不过更善于用前肢在树上攀缘。浑身披着黑毛，素食，常常几十个个体在一起生活。我用了整整十年时间来慎重地考察它们，这相当于蓝星的 50 万年了！天智师曾列出天宠族的十项“善根”或“慧根”，说:“只要满足其中五条，你就可以考虑选它；如果有六七条，你就尽可放心选它了！”而我在两足黑猿身上已经发现了七条:

一、素食性群居动物。天智师说，最好选素食种族来提升，虽然并不摒弃肉食种族，但毕竟素食性种族的天性更为和平。

二、有较高智力，最典型的表现是能使用简单的工具。

我发现，黑猿群中我称之为“白胡子”的一只雄猿最先学会用细树枝钓白蚁吃。这种技术开始只在白胡子所在的族群中使用，但当一只年轻雌猿外嫁到大湖对岸另一群落时，这项技术很快就广泛传开了。

三、族群内有合作倾向。

雌猿们会合力抚养族群内的孤儿，偶尔有些雄猿也会收养孤儿。

四、有初步的羞耻心。

这些蒙昧状态的黑猿当然不懂得遮羞，但我发现，它们之中有些个体，尤其是社会地位较高的个体，在交配时会躲到隐秘处进行。当年天智师授课时很看重类似习性，说它是社会道德的萌芽。

五、知道敬畏大自然。

还是白胡子所在的那个族群，有一次迁徙途中经过一个巨大的瀑布。瀑布飞流直下，声震遐迩，空中的水雾映出清晰的彩虹，漂亮得无以复加。它们被这种自然奇观深深震撼，个个昂首长啸，手舞足蹈。这次“朝拜”持续了很长时间，表明它们已经懂得敬畏大自然。天智师说，这种敬畏能轻易转化为宗教信仰，或者转化为对大自然的探索欲。

六、有初步的“我识”。

我曾在塞特族群的活动区域立起一面镜子，它们发现了镜中的不速之客，便愤怒地咆哮挑战。随后它们意识到镜中的家伙与自己的行为完全一致，十分好奇，便用手在镜后抓挠着找它。不久它们都懂得了，镜中就是它们自己。

我等族群首领塞特熟睡时，在它额头上点了一个红点。第二天塞特在镜中看到额上的红点，表现得很困惑，用力想擦掉它。至此我可以确信，黑猿们确实已经有了“我识”。

七、有强烈的爱心。

一只年轻雌猿洗拉生了一个漂亮的淡色皮毛的儿子，我命名为土八该隐。土八该隐不幸被豹子咬死了，洗拉冒死从豹子口中夺过它，一直抱着不丢，不停地翻动它，焦急地唤它，企盼它会醒来。它不让其他黑猿碰儿子，甚至在遭遇狮群而仓皇逃命时也不丢弃这具小尸体，这样一直到尸体完全腐烂，不得不丢弃。那晚它对着星空凄声长嚎，让人不忍卒听。从那一刻起我就不再犹豫了，我决定：这个爱心强烈的物种就是我选定的天宠之族！

……

我 30 岁那年，即距今 350 万蓝星年的时候，正式开始对两足黑猿进行智力提升。我测定了它们的脑波固频，依此调谐我的仪器，在黑猿生活的大裂谷区域发射激活电波。这种电波将打开黑猿基因中一个主管大脑进化的“开关”，使它们迅速变聪明。

随后的漫漫岁月中，我小心地呵护着我的子民。我欣喜地看着它们的额头慢慢变高——这意味着脑容量增大，体毛逐渐变稀，两足行走更加稳当，其族群也急剧扩大。我对自己挑选的天宠族越来越满意，有时我自豪地想，如果天智师知道我选中的天宠族如此优秀，一定会激赏我吧。我 40 岁时，即距今 300 万蓝星年时，地球上洪水肆虐，连高山都被淹没，凡在地上有血肉的动物几近灭绝，黑猿群落同样遭灭顶之灾。那时我急忙驾着飞车赶去，停在洪水包围的亚拉腊山尖，那儿困着黑猿的挪亚群落。我让隐形飞车显形，我本人也第一次在它们面前现身。飞车此刻实际变成一条船，几十只黑猿战战兢兢地爬上来。趁机上船的还有众多鸟兽。飞鸟们倒还干净，从水中爬上来的野兽都浑身泥水，把飞车弄得肮脏不堪。我爱屋及乌，无论洁净不洁净的生灵都让它们留在船上受庇护。黑猿们悄悄聚在驾驶室四周，仰视着我，入迷地看着驾驶室内它们所不能理解的神秘设施。这时，雨后的天空渐渐化出一条美丽的彩虹，黑猿们看见了，就像听到一个无声的命令，全体俯伏在地，吼吼地欢呼着向我朝拜。我看着几十双虔诚感恩的目光，欣慰地想，我20年的辛劳总算有了回报。

我的飞车在这儿一直停到蓝星年来年的正月初一，直到一只鸽子离船后又衔着一支树枝返回，树枝上有新发的嫩芽，洪水终于消退了。我同黑猿们告别，祝福它们：

“去吧，你们要生养众多，遍满大地。凡地上的走兽和空中的飞鸟，连地上一切的昆虫和海里的鱼，都作你们的食物。”

它们还不懂语言，但肯定记住了我的容貌和飞车的形象。

到我50岁那年，我已经不再牵挂母星的飞船是否会出现。现在，几百万黑猿是我唯一的感情寄托，我把全部精力都花在它们身上。它们的生命节奏实在太快了，我稍微打一个盹，黑猿社会中就有全新的变化。这不，北边新崛起一个强大的所多玛群落，领地比其他群落宽广，个体数量已经有300多个。它们的身体更强壮，头颅也明显比其他族群的大，眼睛中闪现着智慧之光。我对此欣喜不已，心想，黑猿族群中能率先跨过“猿”与“人”分界的，大概非它们莫属吧。

我把更多目光盯着这个群落，想知道它们的进步何以比别的群落更快。

有一天我发现了异常。所多玛族群中弥漫着躁动和亢奋，它们自动地分成两群，雌猿和幼猿留在后边，雄猿们聚到一起，向一个我称之为“含”的黑猿群落的领地出发。到了边界，雄猿们悄悄停下了，它们还没有进化出语言，但通过触摸、目光和第六感，很快取得了一致意见。以下的事态进展让我震惊，那是一次非常典型的战争。它们能组织这样完美的战争，完全可以说已经具有智慧。先是一小群侦察兵悄悄越过边界，找到了“含”族群此刻的位置。“含”族群的40多个成员——这是黑猿族群的正常数量——正在专心找食物。侦察兵没有惊动它们，悄悄返回，用手势语言向首领做了报告。然后150个雄猿分成两拨，一拨悄悄掩近了“含”部落，忽然厉声吼叫着发起进攻。“含”族群似乎早就知道所多玛族群的凶名，根本不做任何抵抗，凄声尖叫着四散逃命。但在它们逃去的方向，所多玛族群中的另一半雄性早就埋伏好了，在树上树下严密地张网以待。双方在树冠上追逃、厮杀，树叶纷纷飘落，尖叫声响成一片。这场力量悬殊的战斗很快结束，“含”族群大部分逃脱，只有一只雄猿、两只雌猿和几只幼猿被捉住，瞬间被撕成红鲜鲜的肉。

现在我终于知道，所多玛族群在进化阶梯上何以能超越其他族群：它们频繁利用战争，获取了宝贵的蛋白质，加快了大脑的进化，顺便也扩大了领地。也就是说，它们的进化是靠同类的血肉来滋养的！

胜利者们分配了肉食，饕餮大嚼。这时所多玛族群的雌猿和幼猿也赶到了，一只雌猿率先上前，讨好地看着首领，伸出双手。首领抱着一块红鲜鲜的肋排，正啃得痛快淋漓，这时慷慨地送给雌猿。其他雌猿和幼猿也都要到了肉食，族群中洋溢着欢乐的气氛。

而我心中则是浓重的幻灭感，还有熊熊燃烧的怒火。我让飞车降落在它们面前，第二次让飞车现形。这些挪亚的后代们在潜意识中保留着对飞车和我的记忆，这时立即俯伏在地，吼吼地欢呼着。我没有被它们的朝拜所感动，毫不犹豫地把“地狱火”指向它们。一道闪电，一声霹雳，这一片密林，连同罪孽深重的黑猿们，全部烧成了黑色的炭柱。远处，十几个迟来的所多玛成员看到了升腾的烟火，惊叫着向后逃命。我怒冲冲地把地狱火指向它们的后背……但我最终长叹一声，把地狱火垂下。

毕竟这十几只黑猿还没有来得及犯下食同类之肉的罪孽，就让它们逃生去吧。

我驾着飞车返回太空基地，把自己久久地封闭起来，在心中哭泣。我犯下这样不可饶恕的错误，怎么对得起天智师的教诲？天智师当年授课时，既讲述了可以判定天宠族的“善根”或“慧根”，也一再强调：如果有以下恶德之一，则可一票否决。这就是：

一、食同类之肉，尤其是素食物种。

天智师说，素食物种如果一旦学会食同类之肉，则其天性会比食肉动物更残忍，更邪恶。

二、雄性们会相互合作，组织对同类的战争。

天智师沉重地说：“耶耶我的孩子，你要记住，后一条更为邪恶！在自然界的物种中，雄性战争是极为罕见的天性，一旦出现，那么该种族内的屠杀就会一发而不可收，直到自毁和毁灭世界。上帝和文明都将逊位，而恶魔将肆虐天下，无人能制！”

而我挑选的天宠族恰好具有这两条恶德，一条也不少。我瞎了眼，辜负了天智师再三的叮咛——但我不解的是，在 30 年的观察中，亦即黑猿们 150 万蓝星年的进化中，我一直没有发现这两种邪恶天性啊，这是为什么？是我不可饶恕的粗疏？想来不大可能，我不至于粗心 30 年吧；抑或是黑猿们知道我的好恶，一直在着意隐瞒？想来更不可能，它们不会有这样深沉的心机；或者——这种邪恶天性是随着智力的提升才滋生出来的？毕竟，没有相当的智慧，根本不可能组织这样复杂的战争。

如果是第三种原因，那我的内疚多少可以减轻一些——目前的局面并非缘于我的粗疏，而是无法违抗的天意。但这并不能让我心里好受多少，因为这也等于说，在这个宇宙里，邪恶是与智慧并肩而行的，永远无法分拆。

我在心中哭泣，我向大智师忏悔，向母星的上帝祈祷。我不知道往下该怎么办。两足黑猿的数量已经激增到上千万头，纵然我已经得知它们是邪恶的东西，但毕竟也是天地间的生灵啊，我不忍心把它们全部杀死。但我也不敢让它们活着而去重新选择天宠族比如海豚。显然，让一个星球上有两个天宠族会更危险。

万般无奈中，我打开“上帝与我同在”系统，向它请教。这个专家系统偏重于知识的汇集，不善于作出判断，我不大相信它能解答这个难题。但出乎我的意料，它没有犹豫就回答了：

“如果是在智力提升后才发现这两条恶德，那就只有将错就错了。没办法，这个星球就交给它们来肆虐吧，但愿它们进入文明时代后会改恶从善。”

“它们……能改吗？”

专家系统叹息一声——我听着怎么像是天智师的声音：“很难，非常难。但没有别的办法啊，你只有耐心等待了。”它最后说，“耶耶，祝你好运。”

此后的岁月里，我比往常更小心地监管着它们，不过不再怀有欣喜和浓浓的父爱，而是努力压抑着厌恶，也时刻揣着深深的惧意。我 80 岁时，也就是距今 100 万年前，黑猿们越过红海海峡，向其他几个大洲即后来人类所称的亚洲、非洲、欧洲和大洋洲扩散。这一百万年是相对和平的时期，它们分散在广袤的区域，互不接触，也就基本避免了同类相食和战争。它们学会了用火，会打制石器，会合作捕猎。两足黑猿变成了猿人能人和直立人。

我盼着他们会从此遗忘这两条邪恶天性，但我再次失望。十万年前，即我 98 岁那年，在两足黑猿的祖庭里，非洲密林中，进化出一批更为强悍的智人。他们智力更高，会使用标枪，有了语言。他们再次越过海峡，沿着先辈走过的路向各大洲扩散，在扩散途中，他们毫不怜惜地杀死了先期抵达的猿人——尼安德特人，北京猿人，爪哇猿人，等等，而这些猿人其实是他们的表叔表婶。这种变本加厉的邪恶让我愤怒和绝望，如果我还年轻气盛，说不定会再次祭出“地狱火”来。但我已经是垂暮老人，没有精力，也没有足够的狠心，去惩戒他们了。

此后我心如死灰，自我封闭在太空基地中，悄然等着死神降临。哪天精神好一点，我也会勉力乘上飞车，到人世间查访一次。

我看到的都不是喜讯。在这十万蓝星年中，智人们分化成黑人、黄人、白人和棕人。它们建立了部落，然后是国家。这些变化更叫我心惊——以后他们再发动战争，屠杀同类，恐怕就更有理由啦。果然我不幸而言中，当地球上的“部落”逐渐繁衍，领地互相接触之后，更凶猛的战争之潮又开始了。

到我 99.8 岁时，也就是一万蓝星年前，人世上的一切就像按了快进键，突然间极度加快。不肖子孙们之间的战争此起彼伏，简直让我目不暇接。上下埃及之战、喜克索人灭埃及、赫梯人灭巴比伦、摩西屠米甸灭亚麻力、亚述灭埃及和巴比伦、大流士横扫亚非欧、雅利安人征服印度、黄帝炎帝杀蚩尤、雅典和斯巴达争霸战、亚历山大远征、罗马和迦太基争霸战、十字军圣战、穆罕默德圣战、成吉思汗横扫亚欧、白人杀黑人印第安人澳洲土人、第一次世界大战、第二次世界大战……我年老昏聩，眼睛花，反应慢，真的数不及了。聊可自慰的是，他们进入“文明时代”后，已经抛弃了同类相食这个恶习，这应该是很大的进步。但要命的是，“文明人”同时发明了叫作“信仰”的东西，这种东西林林总总，中心意思只有一个：“我们这个民族（国家、阶层）才是神的嫡长子，可以代神去杀死其他异教徒、野蛮人、劣等民族或邪恶国家，所以——踊跃加入圣战吧，这是高尚的义行！”

有件事让我很奇怪：按他们喋喋不休的宣教，他们说的神——耶和华、宙斯、安拉、天照大神，诸如此类——指的似乎就是我，但我什么时候赐予他们战争和杀人的权利？我再年老昏聩，这样的大事也不会记错吧，可现在敌对双方都一口咬死是受我唆使，真让我百口难辩。

350 万年前我提升了他们的智力，这会儿他们的智慧已经大放异彩，尤其表现在武器上：石制兵器、弓箭、青铜兵器、铁制兵器、火药、飞机、坦克、潜艇、核弹、洲际导弹、化学武器、生物武器、基因武器、气象武器、环境武器、太空武器……在我短短 0.2 年的岁月中，武器更新了几十代。如此兴旺勃发、无穷无尽的天才，连我的母星上也不曾有过。但这对于他们的智慧提升者我来说绝不是喜讯。天智师曾赐予我一台“地狱火”，虽然这么多年我只用过一次，但有它搁在身边，至少对自己是一个安慰，对尘世之人是一个震慑。可是，自从不肖子孙们有了核弹和洲际导弹之后，这个力量态势就被颠覆了。那两者的威力已经超过了我的“地狱火”，更别说其后威力更大的人类武器。如今，假如我和孽子们闹翻，不得不兵戎相见的话，失败者绝对是我，对这点我很有自知之明。

我只有悄悄躲在隐形飞车中，心里祈祷他们忘了我，让我安安生生走完余生。但如今就连隐形技术也不保险了。人类已经发明了高超的隐形及反隐形技术，万一哪天他们心血来潮，把反隐形雷达瞄向我位于近太空的基地？……他们当然不至于杀死我，吃我的肉，但一定会如获至宝，劫持我，然后“挟天子以令诸侯”，这是他们早就用熟了的政治智慧。我绝不会当这样的傀儡上帝，那时我只有一个选择了——把“地狱火”指向自己。

我是垂死之人，生死倒没放在心上，但如果我被人类——我亲手提升的物种——逼死，那也太没面子啦。

上帝啊，保佑我免遭此厄运吧。

这些年精神萎靡，已经很久没有打开“上帝与我同在”了。今天我打开它，不是想问什么问题，只是想与它聊一聊，调节一下心境。它看出我心情不好，安慰我：

“想开点，不必太悲观。毕竟他们已经不吃同类之肉了嘛，这就是大的进步。还有，从第二次世界大战过来，已经有将近半天没打世界大战了，这就很难得啊。”

“可是，小的战争或民族仇杀从来没停过！其实也不算小啦，很多‘小’战争也要伤亡几十万人。再说，如今在天上、地上和海里到处都游弋着核弹，早晚会擦枪走火的，那时的死亡人数就得论‘亿’来说了。”

“上帝”也无话可说，停了停，它勉强安慰我：“也许这恰恰是天意吧，借助战争让他们自我减员，否则的话，蓝星更被他们祸害得不成样。”

我仍按自己的思路絮叨着：“天智师说：‘雄性战争’是很邪恶的天性，如今更了不得，连雌性也参与其中啦，比如在中东，就出了很多心甘情愿的女肉弹，甚至成了肉弹的主力。这不比单纯的‘雄性战争’更邪恶吗？”

“上帝”也顿觉悚然，说这可不是个好兆头。见微而知著，单是雄性参与的战争已经把世界糟践成这个样，如果雌性也大规模参与，那……不敢想象。不过它担心我太难过，马上转了口气：

“真的别太悲观。其实——这种事在咱的母星上也有过啊。”

它太想安慰我，终于说出了它不愿说的一些事情。从它含糊的话语中我知道，原来母星其实有同样的历史——也曾有“邪恶种族”，也曾有“雄性战争”。雄性们的爱好万年不衰，你杀我我杀你，整整杀了几万年，这相当于几亿蓝星年，害得母星几次被毁，几次重建。因为最后一次毁得太彻底，使得灭世前的历史几不可考。现在，母星人借机否认自己是邪恶种族的后裔，但到底真相如何，历史学家们其实很清楚。“上帝”叹息着说：

“除了雄性战争，咱的母星上也照样有同类相食。而且，据说在几次灭世和重建时期，这种习性多次反复过。依此推断，蓝星人是否自此摒弃了吃人肉的恶习，现在还很难说呢。不过，母族人虽然那样邪恶，毕竟后来变了，彻底变了，你看咱们主动向全宇宙传播上帝之光，难道不是大仁大义之举？

有人说这是为了对过去的罪恶忏悔，但即使这样也是善行啊。所以——你不必太内疚，太悲观。”

原来如此。我叹息说：“但愿蓝星人也能有这样的未来。不过，我是等不到那一天了。”

“上帝”很诚实，陪我叹息着：“那是肯定的，你当然等不到了。”

这次聊天没让我的心情改善多少，后来有一件事更加扰乱了我的心境。那天我乘隐形飞车到非洲大裂谷附近的密林中，也就是我之前对两足黑猿进行智力提升的地方。那儿正好有一组人类科学家在考察黑猩猩，它们是人类血缘最近的亲戚。我没有惊动这些人，悄悄观察着这些观察者。

这些科学家经过多年观察，对黑猩猩社会有了 15 项重要发现，像使用工具啦，敬畏自然啦，群内合作啦，其中含有多项“善根”或“慧根”。但他们刚刚有了一个震惊的发现：看似温顺的、友爱的、素食主义的黑猩猩，原来也会组织“雄性战争”去屠杀同类！派侦察兵，正面进攻，后面包抄，如此等等，和当年两足黑猿的所多玛族群一样。它们大获全胜，消灭了一个邻近的黑猩猩群落，然后是一次肉的盛宴，没有参与战争的雌猩猩和幼猩猩从友善的雄性手里讨得了鲜肉，整个族群其乐融融。科学家们目瞪口呆，简直不敢相信自己的眼睛，但事实明摆在那儿。而且这场战争中还有一个典型的细节，连我当年在所多玛的残酷战争中都未见过：被杀死的雌猩猩一般是被撕裂喉咙，而雄猩猩则全部被揪掉睾丸，可见搏斗中下手之狠毒。

那几位科学家震惊之余，认真思考着，向天发问：黑猩猩在生理结构上同人类最相近，基因有 98% 是相同的。既然黑猩猩有这两种邪恶天性，是不是意味着，人类在蒙昧时代也同样具有？也许人类几千年的杀伐并非基于社会属性，而是基于冥冥中的生物学天性？用句粗俗又一针见血的话：人类生来就是坏种！

纵然我心乱如麻，但他们一本正经的思考还是让我忍不住发笑：如此明显的事实，还用得着他们艰难考证吗？我在很多年前就发现啦。而且，这种邪恶天性并非在蒙昧时代才有，现在也丝毫不弱呀。只是，如今他们沉湎战争并非为了猎取肉食，而是各有冠冕堂皇的理由。

我心乱如麻，因为一个困扰多年的老烦恼又复活了：既然与人类如此相近的黑猩猩具有这两种邪恶天性，那是不是说，两足黑猿在智力提升前同样具有，与此后智慧的进化无关？果真如此，那就意味着，当年没发现这一点确实是我的粗疏，不能推给“天意”。

我罪无可恕，九泉之下无颜去见天智师。

那天正值我的百年寿诞，我的子民真给我送了一个上好的生日礼物。我悄然返回太空基地，在负罪感中煎熬。不过，后来我突然想到另一种不同的解释——并非我着意为自己解脱——既然黑猩猩与人的生理结构如此相近，又恰好位于当年我播放激活电波的地域，那它们的祖先会不会在当年搭了便车，也得到了某种程度的智力提升？而它们的两种邪恶天性，至少“雄性战争”这一条，仍有可能是在智力提升后才出现的。毕竟还是那句老话：如果没有足够的智力，它们根本无法组织这样完美的战争。

但事过境迁，这一点已经无法考证。我不想再绞脑汁了，也许，我在艰难思考时，母星的上帝也在发笑呢，正如我对人类发笑一样。算啦，不再寻求明确的答案了，就这么糊涂着走完我的一生吧。这会儿我最大的遗憾，是愧对聪慧漂亮的海豚族，当年我的一念之差，使它们错过了智力提升的机遇。如果今天的万物之灵是它们而非人类，这个星球是不是会干净一些呢——但也许地球会更邪恶，谁又能说得清呢？

黑钻石

下午 6 点我还没让家政机器人做饭，等着丈夫通知他是否回家吃晚饭。我站在窗口，从 204 层楼的高度向远处眺望。又红又大的夕阳正慢慢坠过地平线，然后把晚霞也逐渐拖进黑暗。街灯亮了，街上跳荡流动着车灯之河。一天又过去了，与昨天和前天完全雷同的一天。

电话铃响了，我拿起话筒，亓玉出现在屏幕上。一个二十五岁的姑娘，正是我认识夏侯无极的年龄。短发，低领 T 恤，胸脯极丰满，眼窝较深，带着维吾尔族姑娘的特征——她母亲是维吾尔族人，嘴巴显得过大，但一口洁白整齐的白牙弥补了这个缺陷。亓玉算不上绝顶的美女，但所谓少年无丑妇，她浑身散发着年轻的魅力，散发着性感和艳色。

亓玉得体地微笑着："师母，夏侯老师让我通知你，他今天又不能回家了。离你的生日只余下 10 天，但愿这次试验不再失败。"

"你也陪他加班吗？"

"对。"

我叹息一声："谢谢你们为我所做的一切，但实际上，我对那件礼物并没有热望。"

半年前，丈夫宣布，为了庆祝我的 50 岁生日，他要在他的"超高压实验中心"里为我造出一颗世界上最大的钻石，要超过 3106.9 克拉的世界第一钻，并以我的名字命名为"真如钻石"，可惜他一连失败了四次。亓玉说：

"不，我们要尽力把它造出来，这一次是有可能成功的。"

我没有再劝，明知劝也无用："好吧，逼他晚上早点休息，他今年已经 58 岁啦。"

"放心吧。"

“58 岁啦，我知道他的精力很旺盛，但毕竟岁数不饶人。”

“我知道。”

“劝他节制一点。”

亓玉没有说话，点点头，从屏幕上隐去。

我没有费心做晚饭，让家政机器人冲了一杯牛奶咖啡，随便对付一顿。

我的一生是为别人活的，为丈夫，为女儿。如今女儿远在澳大利亚上学，丈夫常常夜不归宿。孤身一人，我总是提不起生活的兴趣。丈夫 58 岁了，在学术研究上丝毫没停步。超高压实验中心离这幢大楼仅三千米，丈夫在那儿有一间小卧室，通宵加班时他常在那儿住宿。他今晚会睡在那张加宽的单人床上，而且多半会紧紧搂着亓玉。我对这一点太清楚啦！

其实丈夫算不上一个好色之徒，至少不是常规意义上的好色之徒。丈夫是一个天才，但他的才能常常需要年轻女人的激情之火去点燃，这真是一种奇特的癖好。25 年来，他的身边是走马灯般的年轻女人，先是我，再是小秦、小林、小白……现在则是 25 岁的亓玉。

25 年来，我从未干涉他的私生活。如果让他的天才因缺乏灌溉而枯萎，那比杀了他更残忍。但我知道他的所有私情，他和亓玉也知道我知道，我同样知道他们知道我知道……

我苦笑一声，停止了这样的文字循环游戏。我发现即使再简单明晰的判断或叙述，在进行了上面的多重堆砌后，也会很快失去意义。也许，这在某种程度上代表了我们生活的这个世界。

丈夫的“超高压实验中心”，其科研实力在世界上遥遥领先。我从未真正了解那里是干什么的，我去参观过，但一个文科出身的女人不能深入地了解它。丈夫曾笑言，我和他的生活基本是“不同相”的，分属两个异次元的世界，我想他说的并非完全是笑话。我只知道，这个实验中心能使用世界上的任何办法，如微型核聚变，来获得极高的压力，甚至达到宇宙大爆炸仅仅几个滴答（一个滴答是 10^{-34} 秒）后的极端高压。要这样的高压做什么？我不甚清楚，我只知道它的一个次要用处是制取人造钻石。

钻石，七彩闪烁的宝物，大自然鬼斧神工的创造。它产生于地幔岩浆的高温高压中，藏身于因岩浆爆发而形成的管状金伯利岩矿脉里。钻石的成分其实是普通的碳元素，与软石墨和黑煤是一样的。但经过地狱之火的锻冶，它变成了自然界中最硬、折光率最大、色散性最好的矿物。钻石晶莹澄澈，其品位高低是以它的“色”来划分的。95 色以上的无色微蓝钻石称为白钻，最为昂贵，黄色的次之，其他颜色的钻石较少。据报道，世界上有三颗著名的黑钻石，最大的一块叫林布兰钻石，125 克拉，原是珠宝商人弃之不用的废物，后来一位有心人——荷兰珠宝师富力克·范纳斯——以数年精力把它琢磨出来，成为价值连城的宝物。

钻石也可以人造，这也有数百年历史了。原料是极普通的石墨，甚至是花生酱，反正只要含碳元素就行。开始是制造小颗粒的工业用钻，到 20 世纪末已能取得宝石级的钻石，其硬度、透明度和天然钻石相差无几。在丈夫的实验中心里，人造钻石的制造工艺被改进到了极致，可以随心所欲地制造数百克拉的 95 色以上的钻石。不过他过去并不经常制作。这种自我约束是基于一个简单的原因：如果数百克拉的钻石能从生产线上滚滚而下的话，那它的价值就等同于一个普通玻璃球了。正像在中世纪，一面玻璃镜子就是一件宝物；拿破仑时代，一件铝制品要与黄金等价呢。世界是一张错综复杂的网，你扯动任意一扣，都会带出你不一定愿意看到的结果。

所以丈夫从没有为了出售而制造宝石级钻石，在他的内心深处，仍遵循着中国古代圣贤的教诲：不可暴殄天物。但他同时又是一个顽固的至善主义者，就像武侠小说中的独孤大侠，孜孜追求武学的绝境而其意并非为杀人。不过，这位夏侯大侠的对手不是凡人，而是上帝，他发誓要比上帝干得更好。大自然中不是有一块 3106.9 克拉的库里南钻石吗？那他一定要造出一块超过库里南的钻石。他不会出售它，不会把它解开，他要把它整体琢磨成 58 翻的钻石，送给妻子作为 50 岁生日礼物。

在丈夫与上帝的这场赌赛中，我只是一个附带的受益者。

当然这并不是说他心中没有妻子。结婚 25 年来他一直深爱着我，当他在一个又一个年轻女人身上汲取激情和灵感时仍深爱着我。也许这件无比昂贵的生日礼物表达了他无言的赎罪。

我已经接受了这个现实。他喜欢年轻女人，就像我喜欢读书喜欢独居一样，只是一种生活习惯。我不忍心让他的天才之火慢慢熄灭，所以——由着他去吧。

对付了晚饭，家政机器人悄悄缩回它的角落。我打开凉台透明屋顶上的遮阳罩，露出繁星满天的夜空。204 楼是大楼的顶层，在这儿遥望夜空，似乎繁星比地上的灯火更近。一弯残月谦逊地隐在夜色中，晚风带着清脆的啸声从屋顶急匆匆地滑过。

婚后我就放弃了自己的记者生涯，蜗居在这里，相夫教子，任 25 年的时间如沙漏般从指缝间流失。我曾以为自己是幸福的，一直到知天命之年，一缕若有若无的怀疑才渐次而生。我爱丈夫吗？爱。我仍然愿意为丈夫贡献我的一切。我了解丈夫吗？回答恐怕是不。在共同生活了 25 年后，我不敢说我能进入科学家夏侯无极的内心。

我在凉台枯坐了一个小时，回到里间。晚上干什么呢，看三维光碟和互动式电视吗？我置买了满满一柜的光碟，足够我看 50 年了。但可看的东西太多，反倒失去了兴趣。记得爷爷说过，60 年前他上大学时曾组装了一台 12 寸的电子管电视机，送给爸妈作为礼物，这个简陋的家伙那时是上百家街坊中的唯一。每天晚饭后，院墙内外挤满了人，眼巴巴地从人头的缝中盯着电视，直看到屏幕上映出“再见”，人们才意犹未尽地散开。这种乐趣在今天再不能复现了，那么，是谁更幸福呢？是 60 年前物资匮乏的爷爷一代，还是生活在高科技天堂的我们？

我在光碟柜前呆立一会儿，没有打开柜门，转回头无聊地打开电脑。在 300G 的硬盘里，容纳了我和我家 50 年来的所有信息，从小学的作息时刻表、大学的笔记，到我几十年的私人日记和私人文件，等等。只要回头看一看，50 年的生活就如影重现——但这也只是理论上的可能。信息过滥就变成了噪音，面对浩如烟海的资料，这些年来我从没静下心来回顾过。

但今天实在闲极无聊，还是回到过去徜徉一番吧，也许能拾到一些往日的乐趣。我打开电脑中我的日记，第一页，日期是 2011 年 3 月 29 日，日记上写着：

“妈妈送我一本精美的日记，爸爸说我要养成天天记日记的好习惯，一直坚持一生。我能做到这一点吗？一生，这是个多么漫长的时间，假如我能再活 60 年，那就是两万多天。我能坚持下去吗？”

这一点我倒是坚持下来了，我一直坚持记日记，至今不辍，并把日记本里的内容全复制到电脑中。我又随手点到 2016 年 4 月 14 日，那年我 16 岁。这一天的日记很简单：

“我今生今世绝不会忘掉它。”

我感到莫名其妙，这个“它”代表什么？是一只可爱的小动物，还是一件震撼心灵的事件？我苦苦回忆，没有一点踪迹可寻。日记中没有任何暗示，任何注解，也许 16 岁的我认为这一天极端重要，不可能忘却，只用在此立一个“无字碑”即可。如果她能预知 34 年后的自己会彻底忘掉这件事，又该怎么想呢？我怅然地摇摇头，又翻到 2025 年 7 月 16 日。这一天我没忘，这是我与夏侯无极初识的日子，日记里这样写道：

“……在科学大会上采访了夏侯无极和他的同事后，我常常有一个奇怪的感觉。我觉得这七八个风流倜傥的青年属于天界，是管理宇宙万物自然运行的政治局常委，是一些睿智圆通、禅机高深的哲人。他们对万物赖以运行的深层次机理十分谙熟，可以随手拈出娓娓道来。我对他们礼敬膜拜。”

其后的篇幅里，细细密密地记下了我对夏侯无极的爱意。我就是从这天起坠入爱河，万劫不复了，两个月后便是闪电般的结婚。

后面的日记却是一篇小文章，是抄自别处，还是我自己写的？我回忆片刻，想起来了，那时我与夏侯已有了往来，不过最初几次约会并不是谈情说爱，而是由他对我，一个无缘在科学之河里畅游的平庸的女性，进行科学人文思想的启蒙。那时我正是激情如火的花样年华，纯洁而又虔诚，对他讲述的宇宙法则感到由衷的震撼，于是每天晚上把他的启蒙内容做了笔录。25 年后再次翻看这些笔录，我仍能感到一阵心跳——不过并不是文章本身引起的，我已经失去青年人的锐敏了。我的心跳只是基于对当时心情的追忆。

我点开第一篇。

宇宙热寂

1856 年，德国物理学家冯·亥姆霍兹调查了科学史上哪一个预言最令人心寒，答案是：由热力学第二定律引出的断言——宇宙在不可逆地走向死亡。

热力学第二定律可以归结为简洁的一句话：热量只能从热的地方流向冷的地方，决不会出现逆向过程。物理学家为描述这个过程，使用了“熵”这个物理量，熵等于被传递的热量除以温度。宇宙中的总熵永远是增加的，某个地方的熵减必然伴随其他地方更大的熵增。熵也可以定义为无序化的程度，所以，热力学第二定律也可表述为：宇宙在不可逆地走向无序。

亿兆恒星当然也包括我们的太阳把巨大的热量不停息地倾入酷寒的太空，一去不返，这是何等壮观的不可逆过程！宇宙中所有物理活动都顺着时间箭头不可逆转地前进，使宇宙一天天走向热平衡，走向无序化，最终的结尾便是宇宙热寂，是宇宙的慢性死亡。罗素曾悲怆地写道：“一切时代的结晶，一切信仰，一切灵感，都要随着宇宙的崩溃而毁灭，人类全部成就的神殿将不可避免地埋葬在崩溃宇宙的废墟之中。”

看了这篇短文，我不由掉回时间隧道，回忆起第一次接触到这款宇宙法则时的心情。那就像是坐在高山绝顶聆听上帝吹埙，埙声悲怆而悠长，我的心扉慢慢洞开，心弦上拨出一个个高亢悲凉的泛音，悲凉中又包含着壮美。

我向后翻了翻，另一篇日记是《宇宙热寂》的续篇，但我已经无心细看了。关了电脑，回到凉台上呆望着星空，一股烦闷的潜流在心底涌动，无法排解。最后，我不得不承认，今天的坏心绪与丈夫有关，或者说与丈夫的另一个女人有关。我苦笑着问自己，“真如，你怎么啦？你早已承认了丈夫的奇特癖好，你早把妒忌扔到20年前啦，难道在50岁时再把它捡回来吗？”

也许，今天的情绪阴暗只是缘于更年期的失常。我一动不动，坐看斗转星移。直到自鸣钟敲响了凌晨一点，我起身向电话走过去。电话打到实验室，无人接，我犹豫良久，还是把电话打到那间小卧室。没有出我的所料，是亓玉接的电话，她压低声音说：

“是师母？有什么事吗？夏侯老师刚刚入睡。”

我急忙说：“不要唤醒他！我没有什么事儿。”

谈话到这儿陷于尴尬的停顿，我想让她照顾好丈夫的休息，又觉得难以出口：明知丈夫已休息，还打这个电话，不正是在打扰他吗？我沉默地听着亓玉的呼吸，义愤慢慢填到我的胸膛里。不管怎么说，我是他的妻子而亓玉只是情人啊，而眼前的境况倒像她是妻子，我是情人。对方没有打开电话的图像功能，屏幕上漆黑一片，但我知道他们此刻一定相拥而卧。我慢慢地说：

“亓小组，不要唤我师母，把我喊老了，我们还是以姐妹相称吧。”

我想亓玉那样冰雪聪明的姑娘，一定能听出我话中的刻毒，但她至少没在声音上显露出来，仍恭谨有加地说：“师母，没有别的事，我就挂电话了。”

听见丈夫说：“把话筒给我。”他问：“真如，有什么事儿？”

我歉然地说：“没什么，一时心血来潮，想问一下实验的进展。”

“已经有了重大突破，但最后结果恐怕还需一两天才能出来，明天我又不能回去了。”

“好的，你休息吧，注意身体，你毕竟已经58岁了。”

“好的，你也早点休息吧。”

“注意节制。”

“我知道。”

放下电话，浓重的失落感把我慢慢淹没。我几乎一夜无眠。

第二天丈夫仍未归家，我也未打电话询问。第三天晚上，当我独自在摇椅上呆望星空时，门铃响了，亓玉搀扶着醉醺醺的丈夫走进来。我忙迎上去，两人合力把他扶到床上，脱下鞋袜。丈夫勉强睁开眼睛，歉意地笑笑，又闭上了眼睛。

我觉得意外，也很生气，在我记忆中，丈夫除了年轻时有过一次醉酒外，从未这样酩酊大醉，无疑，他的这次失控与亓玉有关，也可能是两人之间有什么感情波折。我尖刻地说：

“亓小姐，难道你忘了我的嘱托？他毕竟已经是 58 岁的人了，希望你不要干扰他心境的平静。”

亓玉显然不同意我的指责，但她很大度地没有反驳，只是简短地说：“夏侯老师这次醉酒是工作上的原因，我们已取得了重大突破，可惜……一言难尽。”

她的目光清澈坦诚，我相信了她的话，但这丝毫没使我好受一些。我苦涩地说：“工作上有了挫折？但他为什么不告诉我，而去和你一道儿买醉？”

我很伤心，因为丈夫在最需要安慰的时刻没有找妻子，却找了情人！亓玉听出我的弦外之音，没有辩解，很有礼貌地告辞走了。

我用凉毛巾放在丈夫额头，又赶做了一碗醒酒汤，一勺一勺喂他喝完。丈夫一直没睁眼，紧紧皱着眉头，表情痛楚。他拉住我的左手，用力握着。我陪他坐了很久，默默端详着他脸庞上的岁月刻痕。他的头发已花白，额前一绺白发特别耀眼，胡茬中也微见白须。眼下有了眼袋，嘴角微微下垂，这是老人的特征。岁月无情啊。

一个钟头过去了，我轻轻从丈夫掌中抽出左手，丈夫感觉到了，又把它握住。他仍闭着眼，喃喃地说：

“追求至善，得到的却是黑色的死亡！”

我听不懂他的话意，什么是“至善”，什么是“黑色的死亡”？不过。我能猜出他在工作上遇到了大的挫折，看来他所说的“重大突破”是假的，他又失败了。不过，从另一角度看，我也多少安心一点——至少他今晚的失态不是为了亓玉。

他还在喃喃自语，说什么“黑钻石，黑钻石”。电话铃响了，我从丈夫手掌中抽出手，拿起听筒。女儿的面庞出现在屏幕上：

“你好妈妈！我还怕你睡了呢。”

“你好，小真。”

“妈，再过八天就是你的生日了，我要提前向你祝贺生日，我怕到生日那天我万一忘了。”

我揶揄她：“妈妈忘过你的生日吗？不过即使这样，我也很满意了。”

“爸爸呢，我听他说要送你一件最难得的生日礼物，是什么呀？”

我不想多说：“不知道，你爸爸暂时对我保密。他今天喝醉了。”

女儿敏锐地发现了我的情绪低落：“妈，你是否不高兴？爸爸为什么喝醉了？”

“我没有不高兴啊。”我温和地笑道，“你爸爸在实验中遇上了大的挫折，至于究竟是什么，他没有细说。”

我的解释没能使女儿满意，她挂上电话时还显得忧心忡忡。女儿已经大了，知道了她爸爸那种奇特的癖好，所以对父母的感情世界总是揣着一份小心。不过，我们母女俩从没把话说破。

第二天早上，丈夫精神奕奕，一如往常，昨天的宿醉没在他身上留下什么痕迹。我把煎蛋和豆沙包子端到他面前，问他：“昨天怎么啦？什么是黑色的死亡？你昨天还说什么黑钻石，是不是你们赶造的生日礼物变成了黑钻石？”

“我不在乎黑钻还是白钻，”我笑着说，“只要是你送的礼物我都喜欢。再说，听说黑钻琢磨好了，比白钻更珍贵。不过黑钻石的纹路比较乱，一般很难琢磨，是不是？”

丈夫摇摇头：“不，不是黑钻石。一言难尽，你今天随我一块去看看吧。”

“我去实验中心？”

“对，你去看看，你应该去看看，看看就明白了。”

超高压实验中心非常现代化，主厅中有一个高大巍峨的“炉子”，微型核爆炸在其心部进行。丈夫说过，这儿能模拟宇宙大爆炸几个滴答之后的极端高温和高压，所以炉内炉外可以说有 150 亿年的时差。这是一个魔瓶，盖着穆罕默德的封印，法力无边的魔鬼被囚在魔瓶里发怒。

亓玉走过来，向我微笑点头，她和丈夫低声说了句什么，又向我微笑示意后，飘然离去。虽然穿着不太合体的工作服，她仍显示着迷人的曲线。我的目光一直追随着她，直到她消失在走廊里。丈夫领我走近一个高大的保险柜，打开柜门，小心翼翼地捧出一个水晶盘子。盘中，紫色的天鹅绒垫上放着一枚鸭蛋大的钻石。钻石呈四面体形，晶莹澄澈，在日光下变换着炫目的艳彩。我惊喜地说：

“你终于成功了！”

丈夫笑笑，简单地说：“你把它拿起来。”

我慢慢地握住这块天下至宝，第一个感觉是它的坚硬、光滑和冰凉。我把它掂起来，立即感到它的沉重。这么一块鸭蛋大的东西足有一公斤重！它的密度恐怕要超过金、铂、铅这些重金属。我疑惑地想，据我所知，钻石的比重并不大呀。

丈夫递过一只放大镜，示意我观察内部结构。钻石是绝对透明的，没有一点杂质和裂纹，仅仅其心部有一个小小的气泡或空穴，很小，要睁大眼睛才能看到。放大镜下看见气泡的内球面是不规则的，仿佛是一只钻心虫随意啃咬留下的痕迹。

硕大的钻石放在盘子里，丈夫看着它，目光是难言的复杂。亓玉进来，为我们端来两杯咖啡。她微笑着，青春的气息扑面而来，不过我注意到丈夫的目光一直没有在她身上停留。

“这不是钻石，”丈夫突如其来地说，“你看到的这颗‘钻石’只是一枚立方氧化锆的赝品，它的色散性和折光率都与钻石相近，硬度也很高，能达到 8.5。琢磨好的立方氧化锆也能闪烁美丽的光芒，所以即使宝石鉴赏家也难免上当。不过它的比重稍重，行家可用一种克来利西重液来鉴别它。当然我用不着鉴别，这块假钻石就是我本人制造的。它只是一个特制的囚笼，我答应送你的那枚 4000 克拉的钻石——其实在它的心部。”

在它的心部？我又看了看这块假钻石，它通体透明，看不见什么接合的痕迹，除了心部那个几不可辨的小空穴。丈夫轻叹道：

“真的在里面，但说来话长，说来话长啊。为了制造超过库里南的钻石，为了超过上帝的工作，我们实验中心做了最大的努力。我说过，这儿能达到宇宙大爆炸几个滴答后的高温高压，而且我们还在一个‘滴答’一个‘滴答’地向大爆炸逼近。但试制工作一再失败，最多只能制造500克拉以下的钻石。我们继续努力，继续提高试验的压力和温度。事后分析，这项技术的改善过程中一定有一个临界点，当超过这一临界点时，钻石忽然消失了！用来制造钻石的4000克拉石墨母材彻底消失了！我们仔细分析了现场的气体——因为首先怀疑石墨母材是气化了，结果，没有发现二氧化碳、一氧化碳或任何含碳化合物的踪迹。我们对现场物质做了最详尽的光谱分析，也没有发现碳元素的光谱。它到什么地方去了？4000克拉，即0.8公斤的石墨母材为什么凭空消失了？我、亓玉和所有试验人员真是绞尽了脑汁。直到有一天，我偶然发现，当对容器称重时，其重量中仍包含着这4000克拉的重量，也就是说，物质消失了，光谱中也没有发现碳元素的存在，而重量却没消失。你说这会是什么原因呢？”

他看着我，我皱着眉头苦苦思索，最后歉然地摇摇头。丈夫加重语气说：

“我们终于找到了这个原因——黑洞，极端的压力使它变成了一个微型黑洞。”

黑洞？我的思维赶不上丈夫的叙述，一枚璀璨晶莹的钻石变成了黑洞？丈夫说：

“一个微型黑洞，它的尺度比原子核还小，我们当然找不到它，因为即使扫描隧道显微镜对它也无能为力。你看这张照片，它是经过特殊处理才拍出来的，采用了超强的光源来照明。”

他递过一张照片，照片上有一个明亮的细细的光圈，光圈内是绝对的黑暗，是那种让你心惊胆战的黑暗，我的目光落在黑洞中就无法收回了。丈夫说：

“如果按英国物理学家霍金的理论，微型黑洞将在10^{-10}秒以内蒸发，但显然我们制造的是一个长寿命的微型黑洞，看来它会安安稳稳地活到宇宙末日。从某种意义上说，我也算成功了，因为这个黑洞的确是用4000克拉的碳原子压缩而成，它应该算是钻石。但实际上我们失败了，因为‘黑洞无毛’，当物质被压缩成黑洞时，所有毛发（信息）都被剥去，只留下质量、电荷和角动量三种信息。所以，无论你采用什么样的母材，是碳、铝、金、汞、氢、氧、硫、镍……所获得的最终产物是完全一样的。真如，我答应送你的生日礼物无法兑现了。”

我这会儿没有心思理会什么礼物，我入迷地盯着那枚假钻——不是看假钻，而是看它心部微小的气泡，一个质量 4000 克拉的微型黑洞就藏在里面，这个事实简直无法让人相信。黑洞——这似乎是宇宙起源或灭亡时才存在的东西，是遥远的天文距离之外存在的东西。它和我们隔着遥远的时间或空间，怎么会不声不响地闯进我的生活呢？

“微型黑洞？”

“对。”

“长寿命的微型黑洞？”

“对。”

“黑洞不是吞噬一切的死亡之洞吗？”

“对，你已经看见了假钻石心部的空穴，那就是黑洞吞噬留下的痕迹。不过，它的尺度实在太小了，所以它的吞噬速度极慢。我们做了推算，大概说来，它想蛀透这个不太厚的卵壳就需要 100 ~ 500 年时间。”

“蛀透之后呢？”

“它会贪婪地吞噬周围的任何东西，越来越大，直到有一天——把地球吞进去。”

我看着丈夫，丈夫也直视着我。我看出他不是开玩笑。“那你该怎么办？”

“毫无办法。这可不比核弹、毒气等常规意义上的害人之物，可以把它们深埋在矿井里，或用玻璃材料密封起来便能万事大吉。对于黑洞来说，这一切都是徒劳的，再坚固的牢笼也关不住它，它会毫无阻挡地吞噬一切，蛀透地球，落到地心。那儿高热的地核也杀不死它，它会继续吞噬地核心部，直到把地球变成一个黑洞。”他又说，“也许只有一个办法，那就是尽早把它送上飞船，送到远离地球的地方。”

“那你为什么不立即着手去做？再大的代价也是值得的。”我委婉而坚决地说：“夏侯，是你造成的灾祸，你有责任消灭它。我愿意毁家纾难，拍卖全部家当去买一艘小型的宇宙飞船。”

“谢谢你的深明大义，不过……”丈夫平静地仰靠在高背椅上，久久不说话，我奇怪地问：

“怎么？你不同意这个决定？”

丈夫目光复杂地看着我，很久才说：“这是个尺度很小的微型黑洞，比质子更小。为了发现和擒获它，我们确实做出了极为卓绝的努力。这种技术太复杂了，没法对你讲清楚，这么说吧，单凭我们能把它发现、擒获并封闭在钻石里，已足够获得诺贝尔物理学奖了。不过，你应该记得的，我们在试制时共失败了五次。”

很久，我才明白这句话的不祥含意：“你们失败了五次，也就是说，你们已制造了五个微型黑洞？”

“对。”

“那么前四个黑洞呢？赶紧找到它们啊，它们肯定还在这间试验室里。”

丈夫平静地说：“已经不可能找到了。”

我很为丈夫的麻木生气，恼怒地说：“为什么不能？这第五个微型黑洞不是已经擒获了吗？你可以把前四个也捉拿归案，一块送到外太空去。”

“我能擒获这一个，只是因为我们‘事先’就知道它存在于何处，事先做好了擒获它的准备。即使如此，能获得成功也是带着几分侥幸。至于前四个微型黑洞，当它们藏身于亿兆质子之间时，上帝也找不到了。”他补充说，“我们已做了最大的努力，但毫无办法可想。”

我沉默了，阴郁的心情像黑洞一样悄悄吞噬着我的心田。四个微型黑洞阴险地藏身于我们周围，正冷酷地吞噬着周围的物质，直到把地球吞噬掉，可是我们对此却无能为力。是丈夫把这四个妖魔放出了魔瓶——为的是给我送一个别致的生日礼物，这使我充满了负罪感。丈夫的态度也使我很生气，我想不通，当四只危险的黑洞逍遥法外时，他怎么能安静地坐着不动！我生硬地说：

“你似乎并不感到焦急。”

“焦急有什么用？我不愿为不能做到的事来折磨自己。”他走过来搂着我的肩膀，“不要太忧心忡忡，微型黑洞的长大是一个极为缓慢的过程，等它长到能威胁人类的尺度，估计至少要10万年。我想那时科学的发展会找到制服它的办法。”

“可是，也许那时它已经沉到地心，再先进的科学手段也无能为力了！”

丈夫叹口气，没再辩解，看来他承认我说的并非妄言。他喊来亓玉，让她把那枚包有黑洞的假钻石送回保险箱。

此后几天。丈夫很平静，闭口不谈黑洞的事。我开始相信，丈夫这次确实是无能为力了。这使我感到困惑。在我的心目中，他曾经像上帝一样万能，但这次神话被打破了。

人的自愈能力是很强的，四个在逃的微型黑洞并没有影响50岁华诞的准备工作。生日前一天，亓玉在电话中告诉我，夏侯老师已去珠宝店亲自挑选钻石项链，当然，这不会是数千克拉的巨钻，而是一枚几十克拉的小钻。

晚上他仍不回家，我枯坐在天篷下，想象着一颗4000克拉的巨钻如何被“剃去毛发”，成了一个象征死亡的微型黑洞。

真是绝妙的生日礼物啊，对于这个结局，一向自信的丈夫此刻做何想法呢。

宇宙热寂之二

当宇宙在黑洞中完成轮回时，这个世界现存的一切信息：历史、科学、文学、爱情，等等等等，都要被彻底抹掉，变成绝对的无序。熵增定律在涉及人类生活这个层面也是不可战胜的。人类不可能永存，即使仅就信息而言也不可能永存。也许下一个宇宙仍将按老宇宙的固有规律演化，也符合牛顿力学、相对论和量子力学，不过那与今天的人类毫无关系。因为，我们的预言和知识不可能穿越黑洞去作用于下一个宇宙。

而且，谁知道呢，也许并没有下一个宇宙？也许在下一个宇宙中并不存在熵增和宇宙热寂？

谁又能知道呢。

女儿没有忘记我的生日，在生日前一天又打来电话祝寿。她在屏幕上偷偷打量着我的神色，没有看出什么危机，终于放心了。丈夫对女儿说要为我开生日聚会，我说免了吧，人越上年纪越爱清静，我们只用办一次简朴的家宴便可。我补充道：不要多邀客人，让亓玉一个人来就行了。

当我们吹熄生日蜡烛后，丈夫把生日礼物送给我，一枚精致的49.2克拉的钻石项链，当然这枚钻石是天然的。丈夫笑着把它戴到我的脖颈上，真诚地说：

“真如，你是一个好妻子，这些年我忙于工作，多少冷落了你。我真诚地请你原谅，等我退休后，我会加倍偿还的。”

亓玉也向我赠送了生日礼物，是一枚小小的钻石胸花。她今天穿着一件低领晚礼服，白腴的脖颈挂着一条极粗的金链，而金链下面则是那枚硕大的假钻。假钻没有重新琢磨，仍保持着简单的四面体形。这座黑洞之笼太重了，再加上这条粗粗的金链，看起来不像首饰，更像一件刑具。对于亓玉这样的青春女子，这件饰物未免过于粗蠢。

我想装作没看见它，但是不行。三人在酒席上交谈时，我的眼光常常落到亓玉的胸前，我没法拉住我的目光。我告诉丈夫，“这两天重温了我的日记，包括一篇旧日的学习笔记——《宇宙热寂》，这篇笔记是当年采访你之后写的，那时我正是亓玉的年龄，敏感、热情如火，被你的才华所倾倒。亓玉，请你把三人的酒杯都斟满，咱们再干一杯。亓小姐，你知道吗？那时夏侯在我的心目中带着光环，他就像管理宇宙的政治局常委，对宇宙的内在机理了如指掌。来，再把酒斟上，今天要喝个痛快。不过昨天我才知道，宇宙并不在科学家的完全掌握之中，你说对吗？夏侯？至少你没有料到这颗钻石会变成黑洞，你追求尽善尽美的努力却落得这个结局。”

丈夫和亓玉交换着眼色，从我手边把酒瓶端走，说：“不喝酒了，你已经过量了。”我摸摸自己发烧的脸庞，没有坚持。我忽然问：“亓玉，你戴的是我的生日礼物？”

丈夫再次和亓玉交换一下眼色，委婉地解释道：“真如，这是一件不祥之物，我当然不能送给你，不过亓玉坚持要戴它，她说要终生守护着这个魔怪。”

“噢，你可以把不祥之物送给亓玉，也许说明你和她之间有更深的默契？她比我更能理解你？”

丈夫和亓玉都觉察到我的坏心情，亓玉很大度地笑着，把话题扯到我女儿身上：“小真妹妹来电话了吗？她今年暑假是否打算回家？她有男朋友了吧。”丈夫也回应着她的话题，我的生日宴会成了两人的对话。

我心情阴郁，太阳穴发疼。我尽力克制着自己，不想糟蹋这个宴会，但我最终疲惫而烦躁地说：“夏侯，我不想看到这一切——你为妻子准备的生日礼物变成了一个黑洞，最终又挂在情人的脖子上。我不想看到这一切啊。”

话出口我就后悔了，“情人”这个词儿我是第一次对丈夫点破，虽然这早已是两人心照不宣的默契。我苦笑道：“对不起，我不是有意这样说，但今天我好像控制不了自己。”

丈夫和亓玉又在交换眼色，我真恨这种默契的眼神！两人都保持沉默。我重复道：“我不是有意的，忘了它吧。”

亓玉抬起目光直视着我，平静地说：“既然师母把话点破，我也直言相告吧，不错，我真诚地爱着夏侯老师，和他保持着情人关系，我愿为夏侯老师献出一切，包括我的身体。不过我也很敬重师母，从没打算破坏你们的夫妻关系，现在既然……我打算向老师提出辞职，明天就离开这儿。师母，如果我无意中伤害了你，请你原谅。”

我苦笑着说：“我真的不是这个意思，忘掉它吧，那只是我的一时失态。”

“不，我主意已定，不会再改变了。夏侯老师，我只有一个要求：希望带着这颗死亡之星离开。我会终生佩戴着它，守护着它。”

她决然站起身，向我们告辞，我没能留住她，只好同丈夫送亓玉出门。回到饭桌上，我垂下目光黯然道：“夏侯，我并不是存心要这样说的。”

丈夫握住我的手："不要这样说，真如，都怪我，这几年忽视了你的感情，让你过着深宫怨妇的生活。"

泪水从眼角滚下来，我拭去它，声音嘶哑地说："让亓小姐回来吧，我已不在乎你的私情了，我知道，你的天才之火需要年轻女人的激情来点燃。"

"不，我不会这样做了，不会再伤害你了，至于什么天才之火……"他挥挥手，"这颗黑洞也许就象征着我成功的极限，我已经失去了继续攀登的兴趣。"

家政机器人收拾了桌子，丈夫陪着我，絮絮地聊着天。我们回顾了 25 年的婚姻生活，恍然悟到，25 年银婚纪念日已经过去 14 天了，而我们甚至忘了庆祝。丈夫说他打算休一个月假，陪我出去玩玩，算是对银婚纪念的补偿。他甚至还陪着我在电脑上浏览了我的日记，浏览了我说的那篇小文章。夜里 11 点，丈夫同我告辞，说："真如，早点休息吧。"

我平静地说，"对，早点休息吧。"两人各自回到自己的卧室。关上房门，我独自品味着深深的凄凉。在 50 岁生日的晚上，丈夫竟没想到与我共眠！50 岁的女人不再需要性生活，但她仍需要丈夫的爱抚啊。结婚 25 年来我第一次闪出这个念头：也许，丈夫的心中真的没有我的位置了，我也该同丈夫互道再见了。

心中郁闷，无法入睡。窗外一钩残月，清冷忧郁，沉静的夜空显得十分高旷。我想到了女儿，尽管悉尼已是深夜 1 点，我还是想同她通一次话。拿起话筒，听到丈夫正在另一台分机中说话，我想放下听筒已经来不及了。

丈夫的声音："对不起，我伤害了你，也伤害了我妻子。"

亓玉开朗的声音："不必道歉，我从不为做过的事后悔。"

"你真的要终生佩戴死亡之星？亓玉，微型黑洞的行为是无法确切预料的，也许它在明天就会暴涨，蛀透那层卵壳，然后……对你太危险了。"

"正因为危险，我才要时时守住它。如果有什么不测，我一定会及时给你发出警报。"

丈夫沉默了一会儿，"亓玉，回来吧，我们要找回四个失踪的黑洞，这将是毕生的事业，是不大有希望成功的事业。我需要你的助力。还有，我妻子刚才也在说，想让你回来。"

“不。”亓玉干脆地说，稍停她又委婉地说，“也许过一段我会改变主意的，到时间再说吧。夏侯老师，再见。”

“再见。”

我和丈夫都没料到，这是最后一次听到亓玉的声音。亓玉第二天凌晨就离开了这座城市，但七天后乌鲁木齐市公安局送来她的噩耗，她被发现死在一家中档宾馆的单人房间内，胸前有一个致命的伤口。她的随身钱财没有丢失，身体也未遭到侵犯，但旅馆侍者告诉警方，这位姑娘曾佩戴着一枚极大的钻坠，而这枚钻坠在现场没有发现。

我和丈夫飞到乌鲁木齐，向亓玉的遗体告别。亓玉的父亲是位身材瘦小的汉族男人，母亲是位深目高鼻的维族人，他们都被突如其来的灾祸摧垮了，喃喃地重复着：“真是为了钻石？她哪儿来的钻石？”

据警方分析，肯定是死者的钻坠过于晃眼，为她惹来杀身之祸。警方问我丈夫：“亓小姐真的随身带着一块足有鸭蛋大的钻坠？不大可能吧，那样一枚钻石足够买下一座城池了。”丈夫黯然回答，“是的，她是随身带着一枚鸭蛋大的钻石，是实验中心送给她的，但那是一枚立方氧化锆的假钻啊。”

丈夫没有告诉警方，假钻石里还藏着一个钻石变成的微型黑洞。我知道他的心理：说了也于事无补，何必在舆论界造成无谓的恐慌呢？在乌鲁木齐的四天里，我一直忙于安慰亓玉的父母，多少忽略了丈夫内心的创伤。亓玉下葬那天，我忽然发现丈夫急剧地衰老了，他的腰背佝偻，白发添了很多，当他弯腰去抚摸黑色大理石的墓碑时，动作显得颤颤巍巍。恐怕最大的变化还在于他的内心。他的灵气，他赖以纵横天下的灵气从此消失了，从那天起，他就像一个平庸的教书匠，安安静静地工作着，等待着退休。

也许原来那位夏侯无极已经死了，随亓玉和那粒黑钻石一块儿去了。

这桩案子一直未破，那枚死亡之星也一直杳无音信。我相信，罪犯不久就会发现它是枚假钻，也许他们在一怒之下已把它砸碎，而那个被囚的黑洞则被提前释放，与它的四个同类一样在大自然中逍遥，并冷静地一路吞吃下去。

观察记录：母爱与死亡

时间与地点

一、地球纪年公元1976年7月28日凌晨3时42分56秒，在中国河北唐山发生了一场7.8级地震。就其后果来说，它是地球有史以来破坏最为惨烈的地震之一。是时，中国正处于“文化大革命”中，中国政府虽然尽全力进行了抢救，却拒绝国外援助，这个决定加剧了灾难。

唐山大地震死亡人数为24万，重伤16万。它给所有受难者留下了抹不掉的心理创伤。一些患者甚至终生不敢走进黑暗，因为只要被黑暗笼罩，他们就立即掉回到当时的场景：被深埋在建筑物的残骸中，长达十几天的绝对的黑暗，绝望与期盼——这种折磨多少年后还能令他们产生心理性窒息。

在这场灾难中也产生了一些惨烈壮美的故事，而其中最强劲的主旋律是母爱，是母爱与死亡的交织。

二、地球纪年公元2071年7月12日凌晨3时28分47秒，美国旧金山发生了一场更为惨烈的8级地震。旧金山与唐山虽然远隔万里，但都处于地球的环太平洋地震带上。从上帝的角度来看，旧金山地震可以说是唐山地震在一个世纪后的回波。

是时，地球文明已经高度发达，但比起大自然的发威来说，文明的力量毕竟太弱小了。在一声巨响中，美轮美奂的旧金山连同它所有的高科技内涵都被轻轻抹去。美国和世界各地的抢险机械从城市四周向中心艰难地推进。一直到12天后他们才到达市中心，从瓦砾堆中救出最后一个活着的人。

观察记录

唐山第一天，1976 年 7 月 28 日。

李山妮醒来时是 3 点左右，不过她本人不知道确切的时间，因为家里没表。山妮一年前随新婚丈夫来到唐山，还没来得及找一份像样的工作。她卖过菜，拣过煤核，不久怀孕生孩子，就把找工作的事耽误下来，待在家里干家务。丈夫刘冲是采煤工，收入比一般工人高，按说家里买得起一只小闹钟。但山妮在农村过惯了苦日子，她不让买闹钟，她说："我保证不耽误你上班就行。"确实，不管男人是白班还是夜班，山妮总能按时醒来为男人做饭。

这会儿山妮是被奶水憋醒的，醒来时发现奶"惊"了，把土布衬衫的前襟浸湿了好大一片，屋里弥漫着浓浓的奶香。床上，男人那边空着，他今天上夜班。孩子那边也空着，他在小床上。山妮揉揉眼坐起来，趿上鞋子，在微光中向孩子摸过去。

他们住的是煤矿的单身宿舍。同屋的小司和大张很讲义气，出去找了个窝，把房子腾出来给小两口做新房。不过那俩人的衣箱杂物无法搬走，还堆在屋里，所以房内很挤。再加上儿子的小床，几乎没有插脚的地方。在这之前，八个月的儿子小狗剩一直和爹妈睡一张床，但前些天矿上出了一件惨事。那也是一对小两口，生了一个胖小子，刚刚两个月。有一天晚上胖小子在哭，当妈的太乏了，仍在呼呼大睡。同屋的婆婆把她喊醒，说，"喂孩子吃几口吧。"当妈的迷迷糊糊把奶头塞到儿子嘴里，又睡着了。第二天发现儿子已浑身冰凉，是被奶子堵住口鼻闷死的！婆婆哭着说："都怪我呀，都怪我呀，我不该喊她喂奶，要是她自己被儿子闹醒，说不定不会出事啊。"当妈的更是呼天抢地，几乎精神失常。刘冲听说这件事后，赶紧从矿上找了些木头，拼拼凑凑地钉了一张小床。山妮对此不以为然，说："我才不会闷着孩子哩，那样的傻妈能有几个？你放心吧，有儿子在旁边，我睡着了也睁着眼。"但男人说，还是保险一点好。"再说，"他嬉皮笑脸地说，"把大床腾空了，咱俩干事也方便嘛。你生儿子这几个月把我憋坏了。"

凌晨 3 点，按说正是凉气下来的时候，但屋子里很闷，闷得有些邪性。山妮下床后先摸到水缸边，舀一瓢凉水咕咕咚咚灌进肚里，然后摸到小床边。

小狗剩原来已经醒了，没有哭闹，扎手舞脚地自个儿在玩。在凌晨的微光里，他的眼白显得分外的白，瞳仁显得分外的黑。他看见妈妈的面孔出现在上方，便迫不及待地漾出一波笑容，伸出双手，嘴里咿咿唔唔地说着。

看着儿子的笑，山妮立时感到一股热流，一波快感，一阵震撼。她对男人说过，小狗剩只要冲她一笑，就把她的魂给勾走啦。她简直不知道该咋亲狗剩，恨不能把胸脯撕开，把小狗剩贴在心尖尖上。男人说，这是当妈的天性嘛。实际上他对儿子也是亲不够，晚上下班回来，再累也要先逗逗孩子，用一头硬发去顶儿子的小肚肚，顶得儿子咯咯地笑。有时孩子睡了，他也非要把孩子逗醒，陪他咿唔一会儿。刘家三代单传，把这棵独苗看得很重。“狗剩”这个名字是远在河南乡下的爷爷给起的，为的是用一个贱名给孩子压灾。

山妮抱起儿子光滑温润的小身体，回到大床上，半斜着身子，把奶头塞到儿子嘴里。儿子咕嘟咕嘟地吞咽着，立时，一阵麻酥酥的快感从她的奶头呈放射状射向体内，胳肢窝下的一根血管发困发胀，甚至胯下的输卵管也在勃勃跳动。儿子黑漆漆的双瞳安静地望着她，另一只手习惯性地摩挲着妈妈的另一只奶子，这种抚摸同样让她心醉。

这只奶子吃空了，山妮侧过身子，把另一只奶头塞进去。但狗剩摇着头表示拒绝，再塞进去，他又吐出来。山妮知道儿子吃饱了，她的奶水极足，狗剩向来吃不完。男人半是夸奖半是揶揄地说她简直是一头澳大利亚奶牛。山妮不知道澳大利亚奶牛是什么样子，但她为自己的奶子自豪。没有奶水的女人还能算是女人？山妮在家乡时，不大听说哪个婆娘没奶水。但城里的女人不知道咋了，十个倒有五六个奶水不足，家家得去买炼乳和奶粉。眼下这些东西紧俏，没奶的娃儿妈们作了多少难！刘冲自得地说，“老天爷不饿穷家雀，知道咱家没钱，就让咱娶个奶水足的女人。”山妮也得意哩，上街时，比比那些奶子干瘪的女人，再看看自己坚挺饱满的人奶子，心里觉得很畅意，很自豪。

第二只奶子也惊了，山妮拿来一只大碗，放在窗台上，把奶水挤进去。一股乳白的奶箭嗖嗖地射进去，大碗很快就满了。奶汁打着漩，表面上浮着嫩黄色的油点，屋里弥漫着更重的奶香。这些奶水不是喂儿子的，因为等儿子肚子变空，山妮的奶水又满了。这是让男人喝的，有时刘冲干脆直接咂她的奶，山妮说是“喂了小儿喂大儿”，几个月下来，连刘冲也吃得肉乎乎水灵灵的。

儿子的瞌睡劲儿上来了，眼神开始迷离，嘴里依然在咿唔着。山妮轻轻拍着她，哼着自己编的儿歌：“吃奶奶，睡瞌瞌，睡到明儿长大个……”她在微光中不厌其烦地端详着他，轻轻捻着他光滑柔嫩的小耳垂，小指头，鼓鼓的小屁股，翘翘的小鸡鸡。她想：“老天爷呀，我咋这么喜欢我的小狗剩哩，成天亲也亲不够，摸也摸不够，一会儿不见儿子心里就慌得不行。儿子是妈身上一块肉，儿子在妈身上怀胎十月，从一颗小卵子一天天长大。在娘肚里他就是个调皮鬼，常常用小拳头小脚掌顶着妈妈的肚皮。”

儿子已经睡熟了，她想把儿子送到小床上，不过他的笑模样山妮还没看够哩。她痴痴呆呆地盯着儿子娇憨的睡相，看着他因闭着眼显得很长的眼缝，盯着他湿润的常常扯动的小嘴唇，瞅着他在梦中绽出的浅笑。随后，睡意也慢慢爬上山妮的眼皮。那时，她不知道脚下的岩层正积聚着应力，准备把一场泼天灾祸降临到这些无辜的、贫穷的、幸福的、悲伤的百姓头上。

大自然是残忍的，不过它已经以足够的征象做了警告。地震前一天，唐山到处有反常的自然现象：成群的蜻蜓落到树上不动，鱼儿在水面上头朝下尾朝上地打旋，水井里的水面忽升忽降，住宅的老鼠成群结队地往外跑——可惜，当时没人读懂这些大自然的警示。

3时42分56秒，山妮刚刚蒙眬入睡，唐山大地忽然发怒。夜空中闪过一道强光，地面剧烈抖动。山妮忽然觉得天旋地转，像是被放在簸箕中猛烈地簸着。然后是一阵剧痛，眼前一黑，向一个无底深渊跌落——她睁开眼，什么也看不见，浓重的黑暗压着她，挤着她，使她窒息。她转动头颅，在黑暗中找到一个缺口，那是一个三角形的小洞，洞里依稀可以看见夏夜的星空。她的眼睛逐渐习惯了黑暗，借着小洞中透进的星光，她看见自己的住房已彻底坍塌，水泥楼板和倾斜的墙壁横七竖八地搭在一起，而她就卡在这个狭窄的三角形的空间中。

儿子！这是她头脑中冒出的第一个念头。她发觉自己的身体正搭成拱形，儿子在拱形的掩护下安然无恙，甚至没有被惊醒。刚才，在灾难来临时，她凭着母性的本能敏捷地作出反应，保护了自己的儿子。

既然儿子无恙，她的心就踏实了一大半。男人！这是她的第二个念头，男人不在家，不能用他宽阔的后背为她抵御灾难。男人正在几千米的地下采煤，他现在咋样？山妮知道是发生了地震，很厉害的地震。那么，男人的坑道会不会倒塌？男人会不会埋在棺材似的黑暗中？

她的鼻孔一酸，哇地哭出声，泪水凶猛地往外流。不过她马上想到，知道现在不是哭的时候，得赶紧抱着狗剩从塌房中钻出去。她抹去眼泪，想爬起来，这时她才发觉自己的下半身没有了知觉。她努力曲着身子，用手向下摸，腿脚还在，但被牢牢压在一块水泥板下。她用力挣扎，想把腿脚抽出来，一阵钻心的疼痛袭来，眼前一黑，她几乎晕过去。她这才知道，腿部什么地方一定是骨折了，被倒塌的重物砸断了。更糟糕的是，重物还压在腿上，使她无法行动。

巨大的恐惧像一堵慢慢倒塌的墙，把她的希望一点点挤出来。她绝望地呼喊着："救命啊，救救我的儿子！来人哪！"没有回音。应对她的是无声的黑暗。没有汽车的行驶声，没有远处隆隆的机器声，没有遥远的婴儿的夜哭。山妮不知道唐山已经成了一座死城。她惊惧地屏息静听，隐约听见远处有微弱的呼救声，呼救声时断时续，最后慢慢消失。

此后，在被困地下的七天七夜里，山妮一直不了解灾难的全貌。她不知道城市的房屋几乎被夷平，唐山在人类地图上被抹去了，和外界断绝了所有的信息往来。200 千米外的北京感受到了地震的余威，但当时不知道震中在哪里。直到唐山一位幸存者截了一辆汽车，一直开到中南海报告了这儿的灾情，中央政府才开始组织救援。山妮不知道这些，但她已经感受了灾难的分量。她想，不可能在短时间内指望别人的救援了，她只有自己想办法，保住狗剩的性命。

想到这儿，她浑身一激灵，忙伸手再摸摸儿子，她害怕摸到一个冰凉僵硬的身体。不，没事儿，儿子身上热乎乎的，还在醺醺入睡。她把儿子紧紧搂在怀里，生怕死神把他夺走。

时光在死寂中一秒一秒、一分一分地走过。在随后的两个时辰里，山妮又做了几次努力，想把下半身从水泥板下抽出来，但没能成功。在她最后一次努力中，一阵剧疼使她晕厥过去。醒来后她痛苦地叹息着，不得不放弃了自救的努力。她已感觉出自己的骨盆和腿骨都被压断了，甚至压碎了。

从三角形小洞中射进来的天光逐渐变亮，使她看清了她所处的三角形狭小空间。但天光放亮后，城市并没有随之醒来，没有嘈杂喧闹的声音，笼罩天地的仍是令人毛骨悚然的死寂。儿子醒了，响亮地啼哭着，告诉妈妈他饿了。山妮忙把奶头塞到儿子嘴里，这时她想到儿子的小床，欠身看看，小床已被楼板压碎了。山妮出了一身冷汗，庆幸自己昨晚没把儿子放到小床上。

但她没有听见儿子咕嘟咕嘟的吞咽声。狗剩用力吮吸了一会儿，没有吸到奶水，便恼怒地吐出奶头，大声啼哭着。山妮忽然觉得一阵晕眩，忙用手按按自己的奶子，两只奶子都软塌塌的，不是奶汁充盈后的饱胀和坚挺。她回奶了，因灾难带来的恐惧使她的奶汁断流了！曾经源源不绝、取之不尽的奶水断流了！

偏偏是最需要奶水的时候！

她慌慌张张地抽出这只奶头，把另一只塞进去。不，仍然没有奶水。儿子气恼地吐出奶头，哭声开始带有焦灼和怒意。山妮忘记了骨盆和腿部的剧疼，手忙脚乱地揉着空空的乳房，想挤出一点点库存的残余，但没有一点儿效用。

狗剩儿的哭声更尖利了，他不知道眼下的处境，不知道母亲的艰难。他只知道肚子饿了妈妈就得给奶吃，而妈妈的奶水从来没有匮乏过。所以，他的哭声仍然理直气壮。山妮内疚地、慌张地把空奶头反复塞进儿子嘴里，盼着他能把奶水吮吸出来，一次，又一次，她终于绝望了，也像儿子那样号啕大哭起来。

儿子哭乏了，声音哭哑了，噙着妈妈的空奶头入睡。山妮泪眼模糊地望着四周，望着三角形的棺材，真正感到了恐惧。难道母子两人真的要死在这口活棺材中吗？眼下的处境没有半点希望，不能动弹，没有食物，没有水，也没有奶水，只有等死。

可是不行！她一定要让狗剩活下去！要让狗剩延续刘家的香火。虽然她一直不敢想象男人的死亡，但理智告诉他，刘冲活着回来的可能性很小。他们在几百米深的地下，更容易受到地震的危害。如果男人没死，这当儿他应该已经回来，在倒塌的楼房四周寻找着，大声喊着:“山妮！狗剩！”

身体和精神的双重痛苦又使她晕过去。

旧金山第一天，2071 年 7 月 12 日。

同居的劳拉今天出去了，只余下珊妮·刘在家。她们是一对稳固的同性恋伙伴，但劳拉与珊妮有所不同，劳拉还不能完全抛弃男人的温存。所以，每隔一个月，劳拉就要出去找补一次，按她自嘲的说法，这是可恶的“返祖现象”。

珊妮今年 30 岁，是一位成功的自由撰稿人。她和劳拉住在旧金山 ×× 大街一幢大楼的底层公寓里。如果打开窗户采用自然通风，大街上的汽车噪音就会淌进来。珊妮和劳拉已经决定到郊区买一幢房子，带着女儿一同迁过去。

夜里 1 点，她完成了一篇专栏文章，是分析“性爱”与“生育目的”脱离之后所衍生的各种社会现象。哲学博士珊妮·刘的专栏文章思维缜密，眼光独到而超前，分析尖锐深刻，很受读者的欢迎。今天的文章写得也很满意。

关上电脑，她还没有睡意，想浏览一两篇经典名作。她躺在拟形按摩床上，戴上阅读镜，各种作品类目闪现在镜片上。她随意点了一篇，是英国著名科幻作家克拉克的一个短篇《神的食物》。小说很短，几分钟就浏览完了。写的是一家食品公司状告另一家“三翼机食品公司”。后者完全用人工的方法，从空气、水、石灰石、硫、磷及别的物质中合成了天下最美味的食品，把其他公司都逼到了破产的边缘。被告的行为丝毫不违犯法律，只是带来了道德上的尴尬。因为这种美味的、令全人类都倾倒的食品，其化学构成完全等同于——人肉。

珊妮闭上眼睛，会意地微笑着，为克拉克在 100 年前的超前思维所叹服。他能从一件小事中展示出人类道德大厦上深刻的裂缝。的确，科技的进步在无声无息地撼动着道德大厦的根基，这不奇怪。道德本身就是流动的，是建基于不同的物质基础上的。史前的食人族社会中，“吃人肉”是道德的；其后的文明社会中，“吃人肉”成了千夫所指的恶行。为什么是恶行？其实从没人去论述这个问题，它只是文明社会中自然形成的一条公理而已。不过，在后文明时代，对“吃人肉”的憎恶实际上慢慢软化了。完全人造的人肉为什么不能吃？但如果人造的人肉能吃，与之化学组成完全相同的真的人肉为什么不能吃？

当然，没有人真的去这样做。但至少说，道德上的是非界限已被悄悄腐蚀了。

婴儿室里传来小玛丽的哭声，珊妮没有动。玛丽由机器人保姆进行全方位的护理，在她啼哭五分钟后——婴儿的哭也是必要的健身活动——奶嘴就会自动送进嘴里。珊妮又点了一篇小说看下去，五分钟后，小玛丽的哭声果然停止了。

凌晨两点，珊妮觉得困了，准备睡觉。睡前她到婴儿室看看小玛丽。婴儿床旁，另一位珊妮正弯腰逗弄着孩子。当然这是假的，是一个激光全息的虚像。因为每天珊妮和女儿相处的时间太少，为了建立起孩子对母亲的“印刻效应”，机器人保姆会随时播放这些录像。珊妮进屋后，激光全息像自动消失了，小玛丽立即把目光聚焦在真珊妮的面孔上，漾起甜甜的笑容，向她伸出双手。珊妮高兴地想，莫非八个月的女儿已经能辨认出真假人像的区别？

她把女儿抱起来，玛丽咿唔着，伸出小手拨弄她的耳垂。她的小手柔滑而温暖。珊妮亲亲她的小嘴，女儿咯咯地笑起来。女儿，这是一个借用的称谓。玛丽是克隆人，使用珊妮的细胞核，劳拉的空卵泡和一具人造子宫。玛丽长得极像珊妮——当然不可能不像，她俩实际上是一对同卵孪生姊妹。珊妮有时想，尽管玛丽不是她生的，没有在她体内怀胎十月，不是她身上掉下来的一块肉，但毕竟是有血缘关系的。由血缘关系所带来的亲情——这种天然联系几乎已被高科技破坏殆尽——还是存在的。比较而言，仅贡献了一只空卵泡的劳拉，对小玛丽的感情就远逊于珊妮。劳拉几乎不到婴儿室来，她的生活内容从不包括玛丽。珊妮能理解这一点，没有为此责怪过劳拉。

珊妮有 50% 的中国血统，小玛丽自然也是如此。微黄的皮肤，黑发，黑眼珠。她的两只眼睛特别漂亮，就像嵌在天幕上的黑钻石。珊妮抱着她悠了一会儿，女儿还无睡意，两眼圆圆地盯着她，时时绽出微笑。珊妮不想再等了，便把女儿放到育婴床上，交还给机器人保姆。她同女儿吻别时，女儿的小手无意中抓到了她的头发，抓得紧紧的不松手。看着女儿娇憨的模样，珊妮心中涌起一阵暖流，她又在婴儿床前多停了几分钟。

正是这几分钟救了她的命。当她准备离去时，忽然天摇地动，房屋剧烈地翻滚，到处是咔咔喳喳的巨响。珊妮立即想到了两个字：地震。她脑中闪过不久前看过的一则报道，说旧金山地震带岩石应力有轻微的异常，专家估计可能有小震发生。她想立即逃向室外，但在剧烈颠簸的地板上，两腿根本不听使唤。随后她重重摔在地上，失去了知觉。

她从昏迷中醒来，在半昏半醒的神思中，她一下子想起了 1976 年的中国唐山地震。她的爷爷那时刚刚八个月，是地震中的幸存者。谁能料到爷爷的噩运 100 年后又在孙女身上重演？她睁开眼，发觉屋里断电了，电灯、电脑、空调和机器人保姆都失去了活力，变成一堆死物。墙壁上的长效荧光涂料照出一个七歪八斜的屋子的架构。窗外是一片黑暗，绝对的黑暗，那恐怕不是断电造成的，断电后也有星光闪烁的夜空啊。她马上想到，自己是被埋到大楼坍塌所造成的废墟里了。一个深埋在废墟里的单人牢笼，没有任何人声或其他声音。旧金山变成了一座死城，从外面的死寂看来，这可不是什么小震，这次地震的破坏相当严重。

她突然想起女儿，便从地上艰难地爬起来，借着绿色的荧光在屋内寻找。也许是听见了她的动静，她的女儿开始哭起来。女儿没死！从她沙哑的声音看来，在珊妮昏迷时她已经哭了很久。珊妮循声过去，见女儿安然无恙地躺在婴儿床内。她抱起女儿想离开这里，但门已严重变形，根本打不开。她把女儿放回床上，用力踹破门扇，但她失望了。门外被塞得严严实实，全部是折裂的楼板和扭曲的金属构件，向外的通路被完全堵塞了。

珊妮回到婴儿床边，开始认真思考自己的处境。无疑，她们已经被深埋在废墟里，无法自救，只能等待外部的救援人员了。而且，从破坏的程度看，救援不大可能在短时间内到达。救援队伍必须先恢复起码的交通和水电供应，然后才能组织起对幸存者的抢救。她估计，自己和女儿很可能会在地下被困 7 ~ 10 天。

她们怎么熬过这地狱般的 7 ~ 10 天啊。

她看过一些统计资料，说完全绝食时人活不过七天，完全断绝饮水活不过五天，断绝氧气则活不过五分钟。最后一个问题不要紧，虽然被深埋在地下，但废墟空隙里的空气足够她们呼吸了。现在关键是水和食物。

她努力扩大了门扇上的破洞，想到厨房里找点吃的，但她的希望很快破灭了。外面的堵塞非常严重，连厨房也没法进入，那些巨大的水泥楼板即使是参孙也无能为力。她想，多亏刚才女儿留她多停了一会儿，否则此刻她已变成一个肉团了。想到这儿，她不由对女儿产生了感激之情。

女儿感受到妈妈的存在，放心地等待着。珊妮打量着女儿的面容，焦灼地想：怎么办？她该怎么办？

毫无办法可想。她能活动的只有 10 平方米的小空间，没有水，没有食物，她必须正视这一点。珊妮叹口气，在婴儿床旁的地下为自己收拾了一块地方，和衣躺下去。从现在起，她只能尽量减少活动，减少体内能量消耗，等待外部救援的到来。

她很想静下来进入睡眠，却无法办到。死亡的威胁明明白白摆在面前，可能很快来一次余震，把她和女儿彻底埋葬。即使没有余震，她们能否重见天日也是未知之数。她在地上辗转反侧。头顶上的女儿哭起来，她看看表，是凌晨 4 点。女儿的哭声很舒缓，不急不躁。她不了解环境的凶险，她只是以哭声通知机器人保姆把奶嘴递过来。

但这次她的哭声没唤来奶嘴，失去电力的机器人保姆已经成了一堆塑料和金属。小玛丽发怒了，哭声提高了分贝值。珊妮只好起身，把玛丽抱在怀里。玛丽立即停止哭泣，等待着奶嘴或乳房。但是没有。没有经历过怀孕的珊妮有一双坚挺的处女的乳房，但其中并没有充盈的奶水。她甚至没有撩开衣服，让女儿吮吮空奶头。她知道吮也无用，再说……她也不习惯让孩子吮吸奶头。

小玛丽真正发怒了，哭得像头小豹子，小手小脚使劲踢蹬，声音嘶哑。珊妮无奈地耸耸肩，把玛丽放回婴儿床上，自己又躺到地下。八个月的婴儿在完全绝食的情况下能坚持多久？她应该像自己一样不语不动，尽量节约能量。可是，你怎么能让八个月的婴儿懂得这一点？她真是爱莫能助啊。

珊妮调匀气息，无可奈何地听着女儿的哭声。小玛丽哭累了，哭乏了，声音渐渐减弱，变成啜泣，直到进入梦乡。珊妮也沉沉睡去。

唐山第二天。

不知道是第几次醒来了。一缕强光从三角形的小洞里射进来，但山妮不知道这是上午还是下午的阳光。醒来后她心中立即袭来一阵巨大的恐惧，忙仲手摸摸怀中的孩子。孩子没事儿，孩子的身体仍是热乎乎的，柔软温润，像丝绸一样光滑。不知道她晕厥中孩子哭了多久，反正他已经哭乏了，这会儿像蚊子一样轻声哼着，嘴唇无望地寻找着奶头。山妮忙摸摸奶子——实际不摸她也知道，奶子仍是空的。她曾引以为豪的、永不枯竭的奶水彻底断流了。她对不起小狗剩啊，泪水扑嗒扑嗒落在小狗剩身上。

儿子感受到了妈妈的活动，仰着小脸，企盼地看着妈妈。他的目光失去了神采，哭声衰弱无力。山妮仰起头，发狂地打量着四周，努力寻找着办法。能有什么办法？山妮愿把身上的每一滴血、每一块肉都变成奶水，送到儿子嘴里，让他活到政府派来的救援队伍到来之后。可惜她做不到这一点。奶水的产生是一个精细的过程，母亲吃下的食物溶进血液，通过种种管道，伴着母亲的愿望送进乳房，变成甘甜的乳汁。这个本领是大自然造就的，是老天爷送给母亲的本领。如今，却因为未知的原因，因为震惊和恐惧，突然截断了奶水的通路。

其实山妮知道，即使没有回奶，在不吃不喝的情况下，她的奶水也维持不了几天。但她仍一味地自责，恨自己无用，在生死关头断了奶水，而昨天，不，前天晚上，她还挤了满满一碗奶呢——她忽然一阵战栗，忙抬头寻找那天盛奶的大碗。她找到了，奶碗仍在窗台上，倾斜着，但分明还有半碗奶水没有倾完。巨大的喜悦铺天盖地地落下来：儿子有吃的了！半碗奶虽然少，至少可以把死神抵挡半天。山妮急切地伸手端碗——她够不着，她尽可能伸长胳膊，但奶碗始终在指尖之外。她再度用力，一阵剧疼几乎使她晕厥。

在此后的几个时辰中，奶碗成了她唯一的注目。她在剧疼许可的范围内，一次一次变换姿势，一次一次伸长胳膊。也许她的努力真的拉长了她的身体，终于，她的指尖碰到了碗沿。这次轻微的碰撞在她心中漾起无比的喜悦。随之，她以极大的耐心，用指甲一点点地拨动着碗边，让奶碗沿着窗台向这边滑过来。终于，她可以用两只指尖夹着碗边了，她小心翼翼地把碗拉过来，拉过来。

极度的努力使她头晕目眩，她缓口气，镇静一下自己，努力扣住了碗底，她成功了。就在这时，狗剩又哭起来，积攒了最后一丝气力尖利地哭起来。哭声扎疼了山妮原本已非常虚弱的神经，手指一抖，奶碗从指边滑脱，在地上摔碎。

有足足10分钟时间，山妮一直张口结舌地盯着地上的碎碗片。她祈盼着这只是一场梦，碎碗会变回那个盛着奶水的大碗。她怎么能把奶碗摔碎呢，这是狗剩唯一的希望啊。山妮失声痛哭，用力撕扯着头发。母子两人的哭声在狭小的空间里混响，直到两人都筋疲力尽。

旧金山第二天。

珊妮已经数不清自己是第几次醒来，或者说，她其实一直处在半睡半醒之中，刻意维持着这种耗能最少的状态。已经一天一夜没有饮食，她感到饥渴难当。她生活在物资丰富的国度，这是有生第一次感到饥饿。饥饿，这只看不见的魔手原来这么凶恶。她觉得胃部在痉挛，额头上冒着虚汗，嗓子中冒火。人生有太多的变数，昨天她还在悠闲自得地生活在高科技的环境中，一切由电脑安排得井井有条；今天她却一下子跌回到蛮荒时代，连一把麦粒、一捧凉水都求之不得。造化弄人啊。

小玛丽早已哭得筋疲力尽，没有力量再哭了。她只是在床上烦躁地扭来扭去，偶尔像小猫那样微弱地哼几声。珊妮为她焦急，但实在无法可想。屋里没有任何饮食，她的乳房里也没有一点儿奶水，只有眼瞅着女儿挨饿。

半睡半醒中，珊妮不由回想起爷爷讲过的唐山地震。那时，爷爷也是个刚刚八个月的婴儿，与他母亲一起被埋到废墟中。那时，爷爷当然还不记事，但他曾绘声绘色地描述过当时的绝望。他说，他的母亲奶水本来很足的，但那时因灾难的刺激回奶了，眼瞅着挨饿的儿子，她心如刀绞，她曾为寻找头晌挤出的半碗奶水而苦苦奋斗了半天，最终还是把奶碗摔碎了，那时她是怎样绝望和痛苦啊——珊妮想到这里，忽然心中一动，似乎看到一线生机，是什么？她紧皱眉头苦苦思索，一时间却怎么也想不出来。

但她相信，自己的心动不是毫无来由的。

女儿又哭起来，哭声微弱而凄惨，她还在等待那个五分钟后就会送来的奶嘴，可惜机器人保姆已经死了——珊妮忽然大悟，她怀着感激和盼望爬起身来。

希望就在于自动喂奶系统中。喂奶的管道是从墙壁上伸出来的，管道末梢是奶嘴。如今因为缺电，这个程序失灵了，但也许管道里还残存着奶水或清水。她凑近送奶器，心中忐忑不安。虽然与这套系统朝夕相处，但实在说她对其内部结构一无所知。墙壁之后，输送的奶水从何而来？近处有没有一个存放奶水的小容器？留给她的是希望还是失望？

珊妮含着奶嘴用力吮吸，第一嘴没有吸到东西，她心中一沉，更加用力地吮吸。这次可能是打开了内部一个单向阀，她吸到满满一嘴清凉甘甜的乳汁。她贪婪地咽下去，细细品味着乳汁经过食道到达胃肠的快感，那就像一汪清水浇在龟裂的土地上。

珊妮喝了几大口后，把奶嘴塞到女儿嘴里，女儿立即停止哭泣，急不可耐地吸起来。但不久她就吐出奶嘴，凶猛地哭起来。珊妮想，一定是停电后管道内的阻力比平常大，孩子气力小，吸不出来。她忙吸了一口，口对口地度给女儿。女儿贪馋地咽下去，呛得直劲地咳。但尽管咳嗽，她的嘴巴仍在急迫地寻找着。

珊妮喂了她十几口，才算压住了她的饥火。女儿的眼睛睁开了，脸上浮现出久违的笑容。她不转眼地盯着妈妈，轻轻咿唔着，这使珊妮心中涌起一股暖流。珊妮为自己吸了几口，心境略微平静了。有这么一口奶泉，至少能坚持三天吧。墙壁上的荧光还没有变弱的迹象，珊妮立在窗前，平静地欣赏着女儿的面容。小玛丽，讨人喜爱的小玛丽。18 个月前，她还是珊妮口腔黏膜上一个细胞。细胞被取下来，经过了一系列冷静的、丝毫不带诗意不带神秘感的操作。细胞核被吸出，注射到空卵泡内，卵泡内的化学物质激活了细胞核，它开始分裂，然后植于一个人造子宫……

然后就变成了小玛丽。没有处女破瓜的疼痛，没有怀孕时的呕吐嗜酸，没有胎动，没有产前的阵痛，也没有乳房的饱胀和乳汁被吸出的快感，这些感受是听那些旧式母亲们说的。想想这些，珊妮能理解旧式的母亲们为什么会发疯地爱儿女，那是经过多少磨难才得来的至宝啊。珊妮当然也爱自己的小玛丽，但这种爱多了几分冷静，少了几分狂热。

她躺到婴儿床下，在翩翩思绪中入睡。

唐山第三天。

盛夏的酷热透过空隙慢慢渗进来。狭小的空间内，空气已变得污浊不堪，汗味、尿骚味、屎臭味混杂在一起。这几天，山妮坚持着为儿子换尿布，擦身子，但她无法洗尿布，也无法把屎布扔到空间之外，所以，浊味一直在这里弥漫着。

在酷热中，两人已经很虚弱了。儿子的哭声越来越微弱，手足的舞动也越来越无力。有时他突然烦躁地抽动，响亮地哭两声，然后就陷于半睡半醒的状态。山妮的下半身已经完全麻木，没有了疼痛感，她知道，即使自己能获救，腿脚也保不住了。但在目前的境况下，她甚至没有心思去想它。

痛感变得麻木之后，她感到极度的饥饿。干瘪的胃袋贴在一起，相互摩擦，引起灼热的痛楚。不过，她的痛楚主要不是肉体上而是精神上的。因为，从自己的饥饿感，她更深切地体会到了儿子的饥饿，他已经两天两夜没有吃一滴奶水了！每每想到这里，心里就像一把刀在狠命地绞着，剜着。其实，在她把奶汁弄洒前，那半碗奶汁早就变馊了，不能食用了。但山妮想不到这一点，她只是一味自责着。

只要清醒着，她就不停地摸着儿子的身体，生怕它会变凉，变硬。她一刻不停地喊着："狗剩，乖宝宝，忍着啊，好人会来救咱们的，你爹爹也会来救咱们的，咱娘儿俩一定要活下去。"山妮的声音已经嘶哑，嘴唇干裂，喉咙肿痛，从骨髓深处泛上来的疲乏感一阵一阵涌上来，她真想闭上眼，就此长睡不醒——但是儿子！怀中的儿子每每扎疼了她的神经，把她从生死线上唤回来。

狗剩儿，乖宝宝，吃奶奶，睡瞌瞌，睡到明天长大个儿。她舔舔干裂的嘴唇，嘶哑地唱着，唤着。她感觉到淡淡的咸味儿和血腥味儿，是嘴唇干裂处渗出的血——血！

血！她从半昏半睡中惊醒，喜悦之涛冲上太阳穴，冲得眼前阵阵发黑。她怎么这么傻呢。她没有了奶水，但还有另一件财宝：她的血水啊。她全身的血水有多少？不会少于两碗吧，这点血液至少够维持儿子两天活命。

她没有耽误一秒钟时间，立即咬破了中指，鲜红的血液缓缓渗出，变成血滴，从指尖滚下来。山妮把手指伸到儿子嘴里，已经十分虚弱的小狗剩凭着本能立即吮吸起来，他可能感到略带咸味的血液和甘甜的乳汁不同，无力地用舌头把指头顶出来，气息微弱地哭了一声。山妮再次把指头伸进去，焦灼地劝着："吃吧，儿子，这就是妈妈的奶水，妈妈这会儿只能给你这样的奶水。吃吧，快吃吧。"

狗剩儿当然听不懂这些话，但极度的饥饿最终战胜了他的挑食。他开始吮吸妈妈的血，咽下第一口，随之他的吮吸就变成了习惯性的动作。山妮用意念把全身的血液调动、集中，沿着手臂上的脉管送到中指指尖，一滴滴地流进儿子腹中。在指尖的痛楚中，她心中却泛起一阵阵的欣慰。

旧金山第三天。

珊妮在黑暗中醒来，屋内的荧光已经明显减弱了。这是正常的，荧光物质是受激发光，而它们已经三天没有接受阳光的滋养了。

她在黑暗和死寂中静静地谛听。不，听不到一点声响，旧金山还是一座死城。按说，政府组织的救援队伍该到了呀。也许，这次地震造成的破坏要远大于她的估计。

小玛丽又饿哭了，珊妮也是饿得满腹焦躁。两天来，她只是在昨天吸了几口奶水，其数量只够把她的饥火勾起来。但她不敢浪费，送奶系统中这点仅存的奶水是她和玛丽获救的唯一希望。而且——谁知道那里有多少存货？是一百加仑，还是只有一小碗？坚固的墙壁牢牢守着内部的秘密。她真想把这些管道打开，找到奶水的源头。可惜手中没有任何工具，这些想法只能是妄想。

她睁大眼睛看看夜光表，是早上七点钟。小玛丽哭得厉害，还是喂她几口吧。她趴到奶嘴前吮吸着，甘甜的乳汁汩汩地流出来。她贪馋地咽了几口，顿觉腹内一阵清凉。她想还是先喂玛丽吧，就伏下身又猛吸一口——她的后背忽然变得冰凉，恐惧像千万根细针在她后背上刺着。这一次她什么也没有吸到。她不愿相信这是真的，用力再吸两口，还是没有。

看来，昨天和刚才吸出的奶水，只是某处管道留下的残余。她和玛丽活命的希望原来只是一个美丽的肥皂泡。

听到动静的小女儿已停止了哭声，但久久等不到乳汁，她又哭起来，哭声十分凄惨，令人不忍闻听。珊妮看着她，心中充满了内疚。刚才她不该先吞咽几口的，她该把这最后几口奶水留给女儿！

她叹口气，赶走这些自责。说到底，几口奶水救不了玛丽的命。而且这个弱小的生命实际是依附于自己的。如果自己先饿死了，那么即使这儿有再充足的奶水，小玛丽也没有能力吃到嘴里。

在其后很长时间里，珊妮一直难以克服自己的心理错觉。她总觉得那个送奶器中还有奶水，或者，奶水会在那里慢慢聚积。所以，每隔半个小时，她就起身，抱着奶嘴用力吮吸一会儿。等待她的是一次又一次的失望。她真想拔出送奶器的软管，又怕那样会使最后一点希望破灭——她突然猛醒，不能再自我欺骗了，送奶器里不会再有奶水了，她这样反复折腾，只会浪费自己宝贵的能量。她终于下了狠心，最后再试一次，然后决绝地拔掉软管，扔到角落里。

小玛丽的哭声渐渐微弱。怀着焦灼和内疚，她又躺到婴儿床下，闭上了眼睛。

唐山第四天。

三角形的小洞中送进的天光白了又黑，黑了又白。李山妮已经记不清是第几天了。她处于清醒和昏迷的边缘，感觉自己的生命慢慢萎缩着，悄悄向黑暗中滑去。不过每当这时候，意识深处就有东西醒过来，挣扎着向上爬，爬进清醒地带中。

是怀中的儿子在唤着她，是她的母性在生死界上守卫着。

儿子的身体越来越松软无力，而她却无力为儿子做点什么。真不如放松缰绳，沉到黑暗中去，这种轻松太有诱惑力了……她梦见新婚之夜，性格粗豪的煤黑子丈夫趴在她身上，在撕裂的痛楚之后，是令她眩晕的快感。丈夫大汗淋漓，她呻吟着，紧紧搂住男人，把指甲嵌入男人的皮肤中……男人在她体内种下一颗种子，种子慢慢长大，长出了小手、小脚，开始不安分地顶她的肚皮……她在产床上哭叫，“疼啊，疼死我啦！”护士恶狠狠地说：“叫啥！怕疼就别让男人干！”不过，那个“带茶壶嘴儿的”降生后，她立即把分娩的苦处忘到九霄云外了……男人在前边走，他的身影是半透明的。山妮喊：“孩他爹，等等我，我也快死了。”男人扭过头，责备地看着她，看着她的身后。她忽然惊醒，因为儿子还在身后啊。

她从昏迷中再次醒过来。

旧金山第四天。

暑热渗进了这个地下牢房，空气十分闷热，混杂着尿骚味、屎臭味和浓重的汗味。30 年来，珊妮一直生活在电脑控制的人工环境中，生活在适宜的温度、湿度和清新的空气中。她基本上已丧失了直接面对大自然的能力。所以，地下牢房中闷热污浊的空气几乎超出了她的忍受限度，使她终日烦躁不宁。

屋内的荧光已完全熄灭了，她现在只能凭听觉和触觉来感知女儿的动静。小玛丽的生命力显然已急剧衰竭，她已经不会大声哭泣，只能发出微弱的哼唧声，四肢也很少舞动。摸摸她的胳膊和小腿，肌肉软弱无力，皮肤也变涩变松。小玛丽感受到她的抚摸，忙把嘴巴凑过来。她没有找到奶嘴，但这次她没有哭闹，而是无力地把脸蛋贴在妈妈的手臂上。

珊妮忽然感到清凉的液体流过自己的手背，是玛丽的眼泪。这使珊妮心中隐隐作痛。玛丽早先的哭声历来是热烈的，喧闹的，甚至是快乐的，这种无声的饮泣她还是第一次见到。

由于极度的饥饿，珊妮的思维已不大灵光了。但她仍苦苦绞着脑汁，思索着可能的出路。记得爷爷说过，1976 年中国唐山地震时，他和自己的母亲也是处于完全无望的境地，但妈妈最终保住了儿子的生命。她是怎么做的？她的思绪忽然又滑到劳拉身上。劳拉现在是死是活？不过，即使劳拉没死，她也不大指望劳拉会赶来救援。劳拉对女儿是没有任何感情的，即使是对于珊妮，她的同居伙伴，在这生死之际，劳拉大概也不愿承担什么义务。

在 30 年的生活中，珊妮第一次感到，也许找一个肩膀宽阔的男人做丈夫，会多一点安全感。与同性恋相比，男女之合毕竟是上帝缔结的盟约，是合乎“自然”和“天性”的。

珊妮在黑暗中摇摇头，对脑海中飘来的这点思绪来了个否定。她所受的高等教育给了她足够的理智，不会再对“上帝”“自然”“天性”这类东西膜拜。比如，生物都爱自己的后代，愿为后代作出牺牲，这是生物的天性，但这种天性实际上受制于一种自然机制：生物要尽力通过繁衍后代延续自己的基因，所以，父母对后代的牺牲，不过是粉饰过的自私。还有，为什么“母性”总是比“父性”强烈一些？这是因为，雌性在延续基因的过程中付出较多：她付出了比精子大许多倍的卵子，她要怀胎十月，要哺乳，要经历种种磨难和痛苦。所以，一旦胎儿或婴儿夭折，女人的损失要远远大于男人。这种机制决定了男人可以“四处留情”而女人只能苦守自己的儿子。所以，母爱的本质同样是一种放大的自私。

就是这么简单，就是这么清晰。当然，这是指在旧式生殖方式时的情形。自从克隆技术推广，男人女人真正趋于平等了，女人不必再付出超值的牺牲了。

珊妮刹住了自己的思绪。现在不是进行思辨的时候，现在要赶紧考虑如何找到生路。记得爷爷说过，唐山地震时他是用母亲的生命换来的。爷爷给自己起名叫珊妮，就是为了纪念那位叫山妮的老奶。爷爷说，地震的七天中他吮吸的是母亲的……

珊妮忽然明白，这就是刚才她几次滑过的思绪。可以说，刚才她是在下意识地逃避这段回忆。因为，老奶救出爷爷的方法太残酷了——是用自己的鲜血。那时，老奶咬破自己的指尖，挤出鲜血让幼小的儿子去吮吸。

珊妮立即觉得自己的指尖火烧火燎地疼起来。

她爬起来，摸摸女儿干瘪的身体，再摸摸自己的胳膊和胸腹。虽说她也饿了几天，毕竟大人的抵抗能力要强一些，她的身体还不显得干瘪。她当然可以向祖先学习，用鲜血来喂养女儿。问题是……值得不值得。

对于老奶，那个叫“山妮”的没有文化的山村妇女，这也许不是个问题。她干事不是凭理智而是凭母性的冲动，凭盲目的本能。而且，她曾经怀胎十月，经历过生产的剧痛，她曾用奶水哺育儿子……按照社会生物学的观点，她已经付出了这么大的牺牲，那么，继续做出牺牲也许是顺理成章的事。

但珊妮呢？当然，她的玛丽是个可爱的女儿，珊妮也十分爱她，愿为她做出任何金钱上的牺牲。但说到底，她只不过是珊妮口腔黏膜上的一个细胞，她的出生只是缘于一次耗资 8300 美元的常规手术，她八个月的存活则归功于一个价值 930 美元的机器人保姆和一个日均费用仅 3.5 美元的送奶系统……

珊妮当然知道，很多东西是不能纯用金钱来计算的。但对这些明摆着的事实，你也无法强迫自己闭上眼睛。所以说到底，玛丽的存在是一次耗资不足一万美元的采购行为，只要珊妮乐意，只要她能活着走出这个地下牢笼，她可以轻而易举地重新复制七八个一模一样的小玛丽。

珊妮不想贬低另一位“山妮”的行为。山妮生活在蒙昧时代，她是依据本能、依据那时的道德准则行事的，她的母爱十分伟大，她的牺牲行为值得赞扬。但珊妮与她不同，今天的珊妮已看透生命的本质，如果还要那样做就太傻了，因为那要牺牲自己，一个更为贵重的生命。

玛丽在她的指下显得软弱而可怜，生命力正从这具小身体中一点一点地流干。珊妮难以抑制自己的怜悯之情，她想赶紧抛开这些思考，抛开这些计算，把食指咬破塞到女儿嘴里，但她最终还是抑住了自己的冲动。她轻轻地抚摸着玛丽的身体，忽然摸到一些黏黏的秽物，那是玛丽身上的大便。这些天，没有机器人保姆的照顾，玛丽已是屎尿满身了。很奇怪的是，正是这个细节促使珊妮做出了最后的决定。她在玛丽的衣服上揩揩手指，慢慢躺下去，狠下心来不再聆听小玛丽的动静。

唐山第五天。

山妮再度醒来，机械地咬破另一只手指，塞到儿子嘴里。狗剩已习惯了新食物，有气无力地咂吸着。山妮不知道自己的血还剩多少，还够换来儿子几天的性命。这时，她忽然恐惧地想到一个问题：自己下半身有没有伤口？血会不会从伤口流走？自己的死亡已是早晚的事，她已不再想它，唯有这个问题成了眼下的头等大事。她伸出手慢慢向下摸，这轻微的动作就使她头晕眼花，天旋地转。她咬着牙继续使劲，在无知无觉的腿上没有摸到伤口和血块儿。再往下的地方就摸不到了，但她总算松口气，没有伤口，狗剩的食物就有保障了。

胃肠早已麻木了，她没有了饥饿感，没有了疼痛感，没有了对外界的任何感觉，她只记得一件事，那就是每隔一段时间，就把手指咬破，塞到儿子嘴里，接着，能感受到儿子微弱的吮吸，她就放心了，她的意识就再度掉回到黑暗中。

旧金山第五天。

珊妮已经失去了准确的时间概念，夜光表上显示是 5 点，但她拿不准这是早上 5 点还是下午 5 点。她大致可以断定这是地震之后的第五天，但有时她觉得自己已埋在地下超过一个世纪。

小玛丽的生命力肯定快衰竭了，几乎听不到她的动静。珊妮躺在地上，强迫自己忘掉她。自从昨天权衡利弊，决定不用自己的鲜血来喂养小玛丽之后，珊妮就狠下心不去想她，因为想也是白想。从某种意义上说，珊妮甚至希望她早点咽下这口气，没必要拉长她死亡的痛苦。

珊妮的胃早就麻木了，饥火不再咬啮肠胃。她想趁这机会多睡一会儿，为今后的生存搏斗尽量多储存一些能量。但她睡不着，各种怪诞的梦境在她眼前不断闪现。有时她已分不清梦幻和现实的区别。她看见一个年轻的中国女人——虽然不认识，但她断定她是死于唐山地震的老奶——在她耳边轻轻唤着：“快去喂喂孩子吧，孩子快不行了。”珊妮不耐烦地说：“我也很想喂，但用什么去喂？”那女人很窘迫地说，“用奶子啊，女人的奶子生来就是喂孩子的啊。”珊妮冷冷地说：“我没有乳汁，因为玛丽只是一个克隆人。这些你不懂，你快离开这里吧。”那女人低下头走了，当她经过玛丽身边时，偷偷把手指塞到玛丽嘴里，玛丽立即吮吸起来。珊妮很生气，想要喝止她。忽然她发现自己的中指尖绽出一支血箭，全身的血液急剧向外流失……珊妮从白日梦里醒来，惊慌地摸摸手指，那里并没有血流。女儿那边没有声响，珊妮撑着虚弱的身体，坐起来，向床上摸去。她摸到一只冰凉的小脚，立时，死亡的寒意顺着手臂向上电射而来。小玛丽走了，悄悄地走了。在地震的第五天，在断绝饮食的第五天，死神终于把她带走了。

珊妮觉得喉咙中发哽，一团柔软坚韧的东西堵住了胸膛。不过，玛丽的去世也使她彻底了结了对女儿的牵挂。

唐山第六天。

山妮在昏睡中猛然听到了声音，她立即警醒，侧耳倾听。没错，是有声音，机器的轰鸣声，人的喊叫声，遥远，微弱，但又真真切切。这是几天来第一次听到人世的声音，救援队终于到了这一带。

狗剩有救了！

她想欠起身来呼喊，但稍一用力眼前就罩上黑幕。三天来，她的血液已经一滴一滴流到儿子嘴里，她的身体变得干瘪，她的大脑由于缺乏血流的滋养，已经不能进行有效的思维。所以，现在指挥她身体的，与其说是意识不如说是本能，是为了延续后代而顽强求生的本能。

懵懂的儿子是否也意识到了死亡？吮吸时他用两只小手捧着妈妈的手，不吮吸时他把妈妈的手贴在自己脸上，安安静静地诉说着他的依恋。山妮喃喃地说：“狗剩儿，乖宝宝，要顶住啊，好人已经来救你啦。”

她没有力气用声音呼救，便摸索着在床上找到一个水泥块。她用水泥块叩击着墙壁，送出呼救信号。她机械地叩击着，一次又一次。儿子在怀中抽动着，这是他表示饥饿的动作，山妮再次把咬破的中指塞进去。

旧金山第六天。

玛丽已经死了，但她的笑靥仍常常在珊妮面前晃动。从感性上说，她总觉得自己愧对女儿，但珊妮顽强地用理智告诫自己：不要陷于无谓的自责和悲伤。说到底，她对玛丽的死是无能为力的，用血液来喂养婴儿——这是一种过于残酷的牺牲。她没有做到这一点，不会有人来责怪她。

饥饿在经过一天的休整后，更加凶猛地卷土重来。它像一团黑色的火焰，耐心地、阴险地啃着她的胃，啃着她的肝胆脾肾。饥火顺着神经蔓延到大脑，在那里掀起一个又一个黑色的漩涡。她的眼前飘过一朵朵黑云。

饥火使她产生了一种顽固的幻觉。她觉得自己还保持着一块食物，一块不大洁净的食物。不知道放在哪里，但肯定就在眼前的小空间里。她要起身找到它。在幻觉中另一个声音告诉她，不要上当，食物只是你的幻觉。不要起身，不要浪费你身上宝贵的能量。不要再想那点食物了，那是非常不洁净的，非常可怕的。

她叹口气，赶走了脑中的幻觉。为了抵御饥饿，她只好在大脑里进行精神会餐。反正有的是时间，她非常耐心地历数一生来吃过的食品。热狗，比萨饼，蔬菜沙拉，意大利通心粉，鲜嫩的小牛排，法国香菌，伏尔加鱼子酱，北京烤鸭……种种普通的或名贵的吃食，这时都以极端的美味引诱着她。她想起以昆虫食品闻名的墨西哥菜肴：蝗虫、蚂蚁卵、龙舌兰幼虫；想起了日本的生鱼片，中国的醉虾——醉虾入口时还是活蹦乱跳的呢。

这些想象中的美食压不住饥火，于是，另一些画面不请自来，跳入她的意识。她记得，二战时期，一位著名的日本间谍在穿越西伯利亚无人区时，不得不杀死同伴，以同伴的身体做几日的干粮。她想起中国唐末大动乱时，一些流寇曾以车载盐渍死尸为食。上述行为当然是千夫所指的恶行，为文明社会所不容，但原始社会的态度与此不同。南太平洋库鲁岛上的土人有这样的风俗：亲人死后要举行葬礼，挖破死者的颅骨，吃去脑髓。据说这样可使祖先的灵魂依附于后代身上。现在呢？在高科技社会里，对食用人造人肉也不再忌讳了。社会的发展走了个“否定之否定”。

当珊妮引经据典说服自己时，她头脑中那个幻觉越来越真实化。这个地下牢狱里还有食物，肯定不会错——她忽然大悟，知道她念兹在兹的食物是什么。她想，自己在意识中一直逃避这一点，只是因为她不能摆脱旧道德律条的束缚啊。

她挣扎着坐起身，双目荧荧地注视着小玛丽所在的位置。那具小尸体完全隐匿于黑暗中，但她分明看见了小手指、小胳膊和小脚。当然，食用自己女儿的身体，这种想法太残忍了。但是——想想吧，这具身体仅是她的一个细胞变成的，它成长于一个毫无神秘感的、可以多次重复的物理过程。在22世纪，超级市场中绝大部分肉食品都是用“细胞分裂法”制造的，把猪、羊、鸡、牛、甚至人的一个细胞放到营养液中，让其飞速繁殖，直到变成一团里脊肉或臀尖肉为止。眼前这具身体与那种肉食品又有什么本质区别呢。没有。即使有，人死后的尸体与普通物质也不再有区别了。对生命的敬畏是过时的东西。

珊妮用这些有力的思辨努力说服自己，同时她的目光一直盯着小玛丽，一瞬也不能离开。她不会欺骗自己，说食用女儿的尸体是多么值得赞扬的事，但在目前的绝望处境下也并非十恶不赦。

尽管饥火越来越炽，但珊妮仍然没有把想法付诸行动。毕竟，那条深深的道德堑沟，尽管已经被珊妮用新观念填平，但要想一步跨越过去，终究很难很难。最后珊妮对自己说，把决定推迟到明天吧。假如明天救援队伍还不来，那时再考虑这件事吧。

唐山第七天。

救援队伍一米一米艰难地向前推进，起重机吊开楼板，清除道路上的障碍，解放军和老百姓用撬杠和双手搬着砖头瓦块，在废墟中寻找幸存者。

已是地震的第七天，在炎热的天气中尸体大都已腐烂，现场弥漫着令人作呕的臭味儿。但没人顾忌这些，他们向身上喷洒了酒精，红着眼睛，发疯地干着。他们的手指磨破了，滴着血，但工作速度丝毫不减缓。

救援队伍中也有山妮的男人刘冲，他们在井下困了六天五夜，刚刚被救上来。已经饿脱相的小伙子们狼吞虎咽地喝了两碗稀饭，不顾医护的劝阻，立即赶到抢救现场来。他们的亲人还在地下等着哩。

他们的宿舍楼已经彻底倒塌，起重机吊走楼板，从楼板下拖出一具又一具死尸。刘冲越来越心凉，他对妻儿的获救不敢抱什么希望。忽然有人喊："听，下面有敲击声！"人们都停止动作，趴在地上努力倾听着。废墟里果真有轻轻的敲击声，声音很微弱，节奏凌乱，但它透过水泥砖块的空隙，顽强地传上来。

两个小时后，山妮母子终于获救。当把山妮头顶的楼板吊走后，人们看到了震撼的一幕。山妮的下身已被压扁，颜色已经变黑。上半身的面孔、胳膊和胸脯却是惨白如纸，没有一丝血色。她的怀中抱着小狗剩，一只手指塞在儿子嘴里，另一只手握着一块水泥碎块。刘冲喊着"山妮山妮"扑过去抱住她和孩子。山妮的思维显然已经很迟滞，她在阳光下眯着眼睛，缓缓转动着目光，找到了男人的面孔。她的嘴唇轻轻嚅动着，努力嚅动着，却发不出声音。刘冲哭着喊："山妮山妮，我听见了你的话，狗剩儿活着，我活着，咱们都活着！"也许是强光和喧闹声刺激了狗剩，他突然大声啼哭起来。有一波微笑在山妮脸上漾起，她从儿子嘴里抽出手指，含意不明地指指儿子，又指指自己，便闭上眼睛，永远闭上了。儿子一定感受到了母亲的死亡，更加凶猛地啼哭起来。

刘冲泪流满面，从妻子慢慢变凉的臂弯中接过儿子。儿子哭得呛咳着，一口鲜血被呛出来。血液已变得黏稠，但还没有凝结，仍保持着鲜红的颜色。这时候人们才明白山妮的身体为什么如此苍白。人们小心地抬着这位伟大母亲的遗体，气氛肃穆壮重。一位母亲从刘冲手里接过孩子，默默地掀开衣襟，把奶头塞到他嘴里。狗剩停止哭闹，安静地吮吸和吞咽着。他眨巴着眼睛，看着四周人们和着泪水的面孔，看着爹爹红肿的眼睛，也看着晶莹澄澈的蓝天。

旧金山第七天。

外面仍然没有动静。而小玛丽的尸体已经整整放了一天。生命的确是奇妙的东西，当生命充盈在肉体中时，它代表着强劲、可爱和活力，代表着呢喃和笑靥。现在，生命力已经撤离了，它再不会呼吸，不会复苏了。也许明天它就会腐烂，会慢慢分解，回归泥土。既是这样，为什么不在回归泥土之前加以利用呢。

珊妮终于挣脱了陈腐的道德桎梏。她坐起来，在黑暗中摸到了那具小小的尸体。首先摸到的是五根细细的手指和细细的手臂，它们已经僵硬了。珊妮心中哆嗦着，狠下心伏下身去，极度的饥饿使她忽略了尸体上的污秽，她的两眼在黑暗中荧荧发亮。

……

观察者后语

我们忠实记录了地球上两对母子（母女）在地震中的遭遇，并有意选择了有血缘关系的两个母亲。我们想，这点巧合会使地球人类的人性和道德变化之脉络更有说服力。

珊妮困在地下八天后被救出，那时她刚把女儿的尸体吃掉半只手臂。珊妮曾叹息道：如果知道第二天能获救，她就不会去干这件事了。不过，总的说来，21 世纪的人类社会平静地接纳了她，没有过度的舆论指责。

我们谨保证，观察是单盲式的，被观察者绝不可能注意到观察者在近距离内的存在。我们使用的脑波探测仪远远低于安全值，不会影响被观察者的意识活动。

我们严格遵循了“高等级文明不得干涉低等级文明自然进程”的宇宙公约，没有对濒于死亡的山妮和小玛丽施予援手。

从上述观察中可以得出几点结论：

一、地球的科技发展已经在很大程度上割断了人类血亲之间的血脉联系，减弱了社会内部的粘合力。这与本星球上盖蒂人类灭亡的第一阶段完全类似。

二、盖蒂人灭亡的第二阶段表现在：科技的发展摧毁了对生命的敬畏，从而最终丧失了生存欲望。地球人类显然还未走到这一步。虽然他们在某种程度上已不再敬畏生命——食用同类身体，但仍保持着强烈的求生欲望——食用尸体以求生。大致说来，地球人类正处于第二阶段的中间阶段。

三、按盖蒂人类灭亡的速度和曾出现过的征兆分析，地球人类的灭亡估计在 500 ~ 1000 太阳年中实现。这种结局虽然不幸，但无法逃避，我们只能表示遗憾。同时，盖蒂机器人类应即时开始进行接管地球的准备工作。

一掷赌生死

摩纳哥号飞船上的女士们，先生们：

这里是拉斯维加星。我们热忱欢迎来自母星的移民。自从地球人定居在本星球后，你们是第一批来自故土的亲人。拉斯维加星上已经准备了面包、盐、哈达和桂冠来欢迎尊贵的客人，也为你们准备好了房间和热水，让客人们洗去一路的征尘。

以下介绍本星球的概况：拉斯维加星是地球第一个成功的太阳系外殖民地，距地球 324 光年。1200 年前，巨型亚光速飞船“轩辕三光号”载着 88473 名富有冒险精神的勇士，开始了人类第一次无预案飞行，即没有预定目的地的飞行。飞船历时飞船外静止时间 989 年后，幸运地遇到了与地球状况极为相似的本星，并在此定居。经过 211 年的开发，这儿已经建成了先进的拉星文明，人口增长到 1480 万。

拉星的公转和自转周期与地球极为接近，为避免时间换算上的不便，在拉星文明建立后，已经用人工方法把上述周期调整得与地球完全同步。所以，你们到达拉星后将有宾至如归的感觉。

再次热烈欢迎你们。拉星的 100 辆太空巴士已经出发，10 分钟后将与摩纳哥号会合。顺便播送一个通知：贵船摩纳哥号已经被拉星政府征用，经过一月左右的维修和加注燃料，将立即开始新的飞行，它将是又一次生死未卜的无预案飞行。船员初定为 8 万人，将从拉星居民的 259 万报名者中以抽签方式选出这些幸运者。贵船乘客如果愿意继续旅行，也可报名参加抽签。为了表示东道主的心意，对所有贵船乘客凡在着陆前报名者。抽签时给予三倍的加权系数。

拉星政府博彩登记人将乘第一辆太空巴士抵达贵船，受理登记事宜。

摩纳哥号是轩辕三光号启程之后从地球出发的第 28 艘飞船，这 28 艘中有两艘已经确认为失事，其他 26 艘则杳无音信。有可能它们安全抵达了某个星球并在那儿扎根，但因种种原因未能与母星建立联系，不过这种可能性几乎为零。所以从这个角度上说，摩纳哥号，还有 1200 年前的轩辕三光号，都是蒙幸运女神特别眷顾的。

摩纳哥号是在轩辕三光号 699 年之后出发的，历时飞船外静止时间 501 年后到达拉星，速度比它的先行者快得多。尽管如此，501 年仍是非常漫长的时间，所以途中乘客仍采用休眠方式。不过乘客们的思维并没有休息，在休眠前，所有乘客的思维被导入飞船思维网中，一直在学习、交往、娱乐，包括虚拟的恋爱结婚生子。

现在，摩纳哥号已经泊在拉星近地轨道上。当来自拉星的问候在摩纳哥号的船舱里响起时，大部分乘客还没完全醒过来呢。值班船长已经提前三天启动了休眠复苏程序，然后把思维网中与各人有关的记忆分离，再分别回输到各人脑中。不过，复苏得有个生理上的滞后期，回输的巨量信息也得有一个消化过程，所以，等拉星的几位博彩登记人匆匆进入飞船、用带着拉星口音的地球语言开始喊话时，飞船乘客的神经反应都赶不上他们的语速：

“拉斯维加星欢迎来自母星的客人！有参加本飞船后续飞行的请即刻报名！三倍的加权系数，相当于一个人可以参加三次抽签！优惠期到巴士着陆后即截止！本登记人有国家颁发的正式资格证书！……”

摩纳哥号上的 80050 名乘客每 50 人分为一组，分散到拉星社会中。刚明军所在的小组内有他的四个熟人：朴智远、朴智英兄妹，他们的父母朴云山夫妇。刚家和朴家在登上飞船前就是邻居，旅途中三个年轻人在思维网中又是须臾不离的玩友。不过，小刚的父母刚书野夫妇在旅途中已经去世了。

拉星政府的安排非常周到，每个小组内配了一位导师，在一年时间内与小组成员生活在一起，帮助他们尽快融入本地社会中。小刚所在小组的导师是谢米纳契先生，今年 150 岁。拉星人平均寿命为 210 岁，所以 150 岁正好相当于古地球人的“知天命之年”。谢米纳契先生非常尽职，而且友善宽厚，小组成员立刻就喜欢上他了。第一次见面时，他先在组员中找到了刚明军：

“首先向刚先生表示慰问。你的父母在旅途中不幸以身殉职，他们将英名永存。拉星政府已经将他们的名字载入探险英烈榜中。”

小刚看着窗外低声说：“他们是自杀，不是殉职。”

谢米纳契温和地反驳：“我看不出两者的区别。我知道当值班船长的艰难，长达 100 年的枯燥旅行，窗外是一成不变的宇宙背景，舱内是休眠如僵死的同伴，太孤独了，非常容易造成值班者的心理崩溃。所以，我认为他们二位就是殉职。”

刚书野夫妇是摩纳哥号第一任值班船长及值班科学官，他们尽职地工作了 100 年，然后唤醒第二任值班船长，与他做了详细的交班。但卸职后的两人并没有进入休眠，而是随即自杀了。这是 401 年前的事，小刚在思维网中早就知道了这个噩耗，他简单地说：

“我已经是 18 岁的成人了——或者 519 岁，如果加上网络年龄的话——我自己会处理这件事。谢谢你的慰问，不过请谈其他事吧。”

谢米纳契先生深深地看小刚一眼，把话题转开了。

他用一天的时间详细介绍了有关拉星社会的 ABC。随后他说：“当然不可能光凭纸上谈兵就完全了解拉星社会，得有一个实践的过程。你们以后不论遇上什么问题尽管找我，我会尽力相助。”他发给每人一张银行卡，此卡在一年内可以“无限透支”。一般来说，一年后新移民就会基本熟悉拉星社会，那时可以自由挑选一个职业，也有了稳定的收入。

他的第一期辅导就要结束了，他停顿片刻，郑重地说：

“下面我要谈的仅是我个人的意见。因为拉星社会保障信仰自由，政府不好对以下的问题公开表达什么意见，但我想以个人身份郑重提醒大家。正如你们已经看到的，拉斯维加星上已经建立了非常先进的文明，非常强大的科技，但光明之中总会有阴影。这 100 年来，各届拉星政府最头疼的事情就是势力强大的‘上帝之骰教’……”

几个组员同时问："什么教？上帝什么教？"

"上帝之骰教，即赌博中掷骰子的骰。"

智远奇怪地说："这可是个奇特的名字。"

"往下听你就不奇怪了，这个名字和它的教义是密切相连的。该教派信徒数量达到拉星人口总数的百分之二十，即近 300 万。他们每个周日举行献祭仪式，与会人数为 20 万以上，以掷骰子的方式选中 100 个'升天者'，被选中者当场献出自己的生命。每周日都是如此啊，据政府统计，从这个教派兴起至今，已经有 522100 人丧生。"

"五十万！"朴云山震惊地说，"在地球上它肯定会被定性为邪教，被政府取缔。"

谢米纳契摇摇头："我们不愿称它为邪教，因为这些信徒确实是为了实践自己的信仰而不是出于邪恶的目的。这个教派没有常任的领导人，每周用掷骰子的办法选出一个领导者，称为庄家，负责下一星期的宗教活动。该庄家的生命也就这七天了，因为，在下一星期的 100 个升天者中他是当然的一员。所以……他们的献身狂热十分可怕，确实可怕，5000 多代庄家接踵赴死，从没中断。"

听他辅导的 50 个组员都不寒而栗。

"它是一种极其危险的毒品，只要接触一次就有百分之二十的上瘾率，并且上瘾后基本不能摆脱，因为它的教义暗合了人类的冒险天性，"谢米纳契叹口气，"你们应该知道，人类的赌徒性格是根深蒂固的。所以，要想避免陷进去，唯一的办法是彻底躲开它，远远地躲开它，不要被好奇心所害。"他再次强调，"你们一定要记住我的话！"

他特意拍拍小刚的肩膀："小刚你要记住我的话啊。"

其实他心里清楚，尽管他苦口婆心，反复劝诫，仍然会抑制不住好奇心的人。这是由天性和几率所决定的，非人力所能扭转。比如这位小刚，如果他的性格和他自杀的父母相似，很可能就属于那百分之二十的范围。

谢米纳契已经通过思维网查到了他父母自杀的真正原因。

英子紧张地问："谢米纳契先生，你让我们避开这些人，我们也愿意按你说的去做。可是，怎样从人群中辨认他们？”

“这倒是非常简单的。首先，信徒们都比较瘦，即使胖人在入教后也会拼命减肥。因为据他们说，升天时要通过的‘天之眼’是相当狭窄的。”

“噢，那我们在交往中会首先警惕瘦子。”

“还有一个更容易的辨认办法：信徒们在周日参加献祭仪式时，一定会戴上这么一个徽章，喏，就这样的。”

他取出一个小小的徽章，图案是一枚六面体骰子，每个面上有从 1 到 6 的不同点数，与地球上赌徒们用的骰子完全一样。徽章用高科技方法制成，图案中那个骰子并不是死的，而是不停地跳动着，依次展示着不同的点数。在它背后是无限广袤的、缓缓变化的背景。小刚从他手里拈起这个徽章，好奇地观察着。看着它，就像是透过飞船舷窗看深邃的宇宙——或者是有一只独眼正从宇宙深处看他，这要看你站在哪个角度上了。但无论是哪个角度，这个徽章确实令人入迷。他央求谢米纳契先生：

“这个徽章真精巧。先生，让我玩几天吧，我要拿它去和教徒们的徽章做比较。”

谢米纳契不忍拒绝这个孤儿，挥挥手，答应了他的央求。

小组成员们对谢米纳契的警告印象深刻，大伙儿都答应一定牢记他的关照。小刚捏着口袋里硬硬的徽章，心想，这么一个每周杀死 100 人的邪教，它的活动方式竟是如此明目张胆啊。

每位移民都得到了自己的房子，彼此留下联系电话，分散回家了。朴氏夫妇很同情失去父母的小刚，劝他住到朴家来，但小刚婉辞了，他想用自己的方法走出对父母的思念。随后的一个月内，小刚和朴氏兄妹几乎没有正经在家里待过。想想吧，一张可以无限透支的信用卡！无数地球上没见过的新鲜玩法！三个年轻人绝不会放过这个天赐良机，连朴家父母都在外边玩得乐不思蜀了。

三个朋友最爱玩的新玩意儿，一个是空中滑板，形状和地球上的陆地滑板相似，但能悬空滑行。它无疑也是磁悬浮作用，但能悬浮到膝盖高度，又没有明显的动力来源，无疑拉星的科技水平要远远高于地球，至少高于摩纳哥号启程前的那个地球。另一个玩意儿是“蛀洞旅行大变脸”，两个透明球由弹性管相连，管径很细，玩家要努力顶开弹性管钻过去。人钻到弹性管之后，它就开始发疯般地扭动，把其中的人扭得像洗衣机里的衣服。等好容易钻到另一个球内，那个看似透明的圆球原来暗含机关，从外边看，里边的人是原型经过拓扑变换后的形象，至于如何变换则是完全随机的。小刚被变成一个打结的人，而朴智远则更恐怖，把身体内腔翻到体外了——这是拓扑变换规则允许的，各种器官密密麻麻地悬挂着。外边的小英吓得捂住眼睛，而里边的哥哥还在急切地问：“我变成什么样子了？变成什么样子了？”

三个星期后，他们又发现一种新玩意儿：最高通感乐透透。摊主是一位十八九岁的年轻姑娘，年龄比小刚他们略大一些。她非常漂亮，细腰盈盈一握，彩色头发扎成两个冲天辫，吊带小背心，超短裙，身上挂满了小姑娘们喜欢的饰件。看见三人过来，她高声吆喝：

“乐透透节日大酬宾！庆祝地球飞船胜利抵达拉斯维加星！一月内八折优惠！”

小刚走过去，笑着说：“那你得对我们更优惠一点，我们仨都是摩纳哥号的乘员。”

“是吗？你挺厉害的，不到一个月，拉星话已经说得很顺溜啦。好吧，对你们七折优惠。”她把三位客人迎进来，又加了一句，“其实对你们不必优惠的，反正新移民们都拿着一张无限透支信用卡。”

不过她还是用七折优惠让三个人玩了乐透透。这是一个类似宇航头盔的玩意儿，戴上它，经过十几分钟的调谐，玩家就能得到最高的快感，是一个人在一生中所能享受的快感的综合：婴儿吃母乳时的快感；婴儿被妈妈轻抚脸蛋的快感；恋人接吻的快感；极度饥渴时进食饮水的快感；大成功的喜悦；享受蓝天白云、清风山泉时的喜悦；等等等等，当然也少不了性快感。它们综合到一块儿，成了“痛彻心脾”的快乐，同时又是很温和的，不带烟火气。三个人都沉溺其中不愿离开，但女摊主只让每人玩半个小时，说这是法律严格规定的，每天不能超过半个小时，否则它就变成最厉害的毒品了。临走时小刚有点恋恋不舍，倒不是舍不得这种玩法，而是舍不得离开这个漂亮快乐的姑娘。他说：

“能告诉我你的名字和电话吗？”

“当然可以。你叫我阿凌就行，我的电话在招牌上写着呢。”

小刚介绍了这边三个的姓名和电话。“那，我能不能请你吃顿饭？”

“我当然乐意。”阿凌笑着说，“我知道你们有无限透支卡，一年内有效，所以在这一年内你尽可以多请我几次，我绝不会嫌麻烦的。不过今天不行，哪天我有空吧。”

智远说：“那我们下周来找你吧，我们仨轮流清你。”三人离开了这个小店，小英撇着嘴说：

“小刚，刚先生，你对女孩子的进攻非常果断啊。”

小刚笑着说，“这也属于谢米纳契先生所说的男人的冒险天性。”小英反驳说，“谢米纳契只说人的冒险天性，可没专指男人。”小刚笑着说，“这就对了，女人也有冒险天性，那你干吗不对你中意的男孩子主动进攻？”

第二天他们在街上邂逅了阿凌，她仍是那身时尚打扮，只是外面套了一条淡青色的风衣。看见三人她首先打招呼：

“喂，你们三位好。我还惦着你们的请呢。”

小刚高兴地说，“那咱们现在就去饭店吧。”阿凌歉然摇头：

“不行，我今天有重要事情，抽不开身。以后吧，下周吧。”她嫣然一笑，“如果下周我们还能见面的话。再见。”

最后这句话有点没头没脑，未等三个朋友醒过来劲，她就匆匆离开了。小刚一直专注地望着她的苗条背影，小英有点恼火，用肘子推推他：

“小刚哥你别看啦，你的心上人已经走远啦。”

小刚扭回头，严重地说：“你们没发现？她的风衣上戴着一枚‘上帝之骰’的徽章。”

“真的？我没看见。”

智远说他也没注意到。小刚说：“我看见了，不会错的，就在她风衣的翻领旁。今天是星期几？对，是星期日，她一定是参加那个献祭仪式去了。刚才她说什么来着？她说‘如果我们下周还能见面的话’——她已经做好赴死的准备了！”

朴氏兄妹相当吃惊，没想到谢米纳契的警告在不到一月中就应验了。小英恍然大悟：

“噢，你看她很瘦，符合信徒的特征。”

小刚沉思片刻，果断地摸出那枚徽章，戴在胸前：“我要跟她去，看看那个教派到底在干什么。”

“不行的不行的！”小英震惊地说，“谢米纳契先生说得再清楚不过了，那儿沾不得的，一沾上就会上瘾。”

智远也竭力阻止他，但小刚不在意地说：“我总不至于没有一点自控力吧。我一定要去，这么一个灿烂快乐的年轻生命，我不能眼看着她送命。”

他拔步追上去，朴氏兄妹紧跟在后边，努力劝他，小英急得要哭，但小刚一点不为所动。那件淡青色的风衣在人群中时隐时现，三人一直追到一家大游乐园，密密的各种游戏摊点中夹着一个不大起眼的电梯门。这会儿门前已经排起长队，来这儿的人仍然络绎不绝。三人注意观察，来人果然都戴着那种徽章。电梯门开了，阿凌和众人走进去，门又合上，门边的红箭头开始闪亮。小刚拦住他的两个朋友，不让他们再跟着，因为两人没戴徽章，再走近可能会引起怀疑。然后他用力握握两人的手，走近电梯门。

这是那种循环式的电梯，此刻方向向下。门又打开了，小刚和前边的十几个人走进去。他心里忐忑不安，生怕被人认出是冒牌货，实际上根本没人注意他。电梯里的人都微笑着用眼光互相致意，然后便一言不发。电梯嗡嗡地飞速下沉，似乎已经来到很深的地下。它终于停住了，门打开，人们鱼贯而出。

眼前的景象大出小刚的预料。他原以为这个献祭之地一定阴暗诡秘，或者庄严肃穆令人敬畏，谁知他看到的仍是一个大游乐场。这是一个大溶洞，空间极为广阔，穹顶几不可见。场内彩灯辉煌，笑语喧天，大分贝的音乐轰鸣着，几万个盛装的男人女人在尽情地玩闹，也许是几十万个，小刚对这么多的人在数量上没有概念，他们在跳街舞、恰恰、伦巴、芭蕾，抖空竹翻筋斗，打醉拳舞太极。反正一句话，是把地球上的全球狂欢节挪到这儿了。阿凌早就消失在人群中，就像融入大海的一滴水，根本甭想找出来。

小刚在密密的人群中困难地穿行，观察着四周。他原来担心这里戒备森严，其实即使不戴徽章也不会有人注意。他挤到了广场中间，惊奇地发现这儿有一个魔幻般的玩意儿：一个黑色的球状物，静静地悬空漂浮着，黑球黑得非常深，似乎有无形的黑浪在里边不停地翻滚。小刚想，这就是谢米纳契先生说的“天之眼”吧，信徒们要通过它来升天。小刚在科学世家中长大，从不相信世界上有什么超自然的灵物，便想挨近去仔细看。但在距离黑球相当远的地方，他被一道无形的屏障阻住了。屏障是半球状的，把那个悬空的黑球严密地包在里面。这当然不是上帝的法术，无疑是某种高科技的东西。

小刚入迷地看着这个悬空的黑球，抚摸那道无形的屏障。他想，眼前的这一切绝非儿戏。

音乐声突然停止，世界就像在这一瞬间突然停住了。狂欢的人们停止了动作，气喘吁吁地看着上方。从几不可见的穹顶上打来一束耀眼的光柱，打到广场中央的一座高台上。高台边有一支乐队，已经准备就绪。一个男人走到光柱中，向众人举起双手，大声宣布：

“我，上帝之骰教第5222任庄家，现在主持本次升天仪式。请大家就位！”

地灯亮了，把场地分成无数个棋盘格。下边一阵骚动，每人都做了轻微的移动，站到一个格子里，小刚也学大家占到一格中。

庄家再次扬起手：“孩子们，向万能的上帝祈祷吧！”

下边响起一片吟哦声。小刚赶紧学起东郭先生，哼哼哝哝地应付着。他很快就听清了大家念的祈祷词，原来翻来覆去只是一句话：

“我向万能的上帝祈祷，望上帝之骰能完成您老人家无力完成的事情。”

小刚怀疑地咂摸着：这句祈祷词怎么不是味儿。信徒们不像在膜拜上帝，倒像在调侃他老人家！没错，小刚注意地看看四周，吟哦的信徒们远远说不上肃穆虔诚，他们眼里都闪着顽皮的光芒。祈祷结束，庄家庄严地发问：

“孩子们，你们都做好升天的准备了吗？没有做好准备的请退出圈外！”

下边像小学生一样整齐地回答：“我——们——做——好——准——备——了——”

这会儿小刚真想退出圈外——他可不想参加什么“升天”，把自己的命搭在里面。但他不想引起怀疑，咬咬牙，站在原地没有动。

庄家开始掷骰子了。在他脚下的高台上放着一个精致的金属盘，银光闪亮。投光设备把它投影到天幕上，显示出其上密密麻麻的棋盘格，这些格子和众人所处的格子是一一对应的。庄家拿出一个黑色的骰子，上面有1到6各个数字，不过小刚随后知道，在这种掷骰方法中，点数实际是无用的。

第一次投掷开始。庄家把骰子投进金属盘里。骰子跳动着。它的弹性极好，跳了很长时间才停下来，静止在某个格子上。立时，与此格对应的广场中的那个格子唰地亮了，耀眼的光柱由地上射向穹顶，光度之强，似乎把格中那个人熔化了。乐队立即奏乐，鼓声钹声响成一片。乐声停歇后庄家宣布：

“向第一个幸运者祝贺！”

那是个30岁左右的男人，他兴高采烈地向大家挥手，离开原位走到台上。下面是如涛般的欢呼声。

掷骰依次进行，几十个幸运者陆续聚到高台上，有男有女有老有少，不过以20岁左右的年轻人居多。下一次掷骰子出了点麻烦，骰子停住后，鼓声钹声响起来，但广场有两个棋盘格同时亮起又同时熄灭。下边响起一片“咦”声。庄家低头在金属盘里查看一番，笑着宣布：

“噢，是一次巧合。骰子完全均等地压到两个格的中间线上，其均分的精度超过了仪器所能分辨的限度，无法四舍五入。现在怎么办？如果宣布此次掷骰无效，对这二位无疑是不公平的，我想应在二人中选一个。但是该如何选，是由大伙儿投票决定，还是让他们二位单独对决？”

下边响起一片声浪：“由大家投票决定！投票决定！”

庄家同意了，请那两人上台发表竞选演说，但只能说一句。两人中那个男的先走上台，向大家行了礼，简短地说：

“当然应该选我，请大家回忆一下地球有史以来所有探险家的性别！”

下边轰然响起叫好声，当然主要是男声。演讲者得意地向四周鞠躬致谢。那位女的随即上台，说：

“那么我也请大家回忆一下地球绅士的高贵传统：女士优先！”

又是轰然的叫好声，这回男声女声都有。庄家说：

“下边开始投票。凡是赞成这位女士的就请拍拍手，凡是赞成这位男士的就请跺跺脚！”

众人兴高采烈地拍手跺脚，天幕上的投票数字飞速上升。不过，显然有些捣蛋鬼暗地里达成了某种共识。这会儿天幕上的数字变换放缓了速度，一边数字蹦上去几个，紧跟着另一边的数字就蹦上去几个。投票终于结束了：134293 对 134293，一票弃权。人群中轰然笑起来。在鼓钹声中，庄家为难地说：

“又是一个平局！只好让他们二位单独对决了。当然不是用剑，而仍然用骰子。我宣布规则如下：一掷定胜负，大点为胜。二位请吧。”

两人走近金属盘，女的从庄家手里接过骰子，撒到盘里。骰子蹦了一会儿，定住了，6 点！鼓钹声响成一片，姑娘激动地跳起来说：

“上帝偏爱我！”

小伙子看来要输，但他仍气度从容地掷出骰子。骰子跳动着，似乎要停到 3 点上，但它在最后一刻又弹了一下，把 6 个黑点停到上面。小伙子大声笑道：

“上帝对我也不差！”

不过毕竟上帝对那姑娘更偏爱一些，在第二次掷骰中，姑娘赢了。她兴奋地走到高台上幸运者的队伍里，小伙子则懊丧地回到台下的原位。

在热热闹闹的仪式中，小刚几乎忘了自己也是参与者。所以，等到第 99 次掷骰，他脚下的方格忽然亮起时，他没有一点心理准备。在众人的欢呼声中，他几乎是无意识地走上高台，排在队的末尾，并没有决定一会儿自己是否跟别人一块儿“升天”。

第一百次掷骰子不再是选升天者，而是选下一届的庄家，这次选中一位须眉皆白的老人。本届庄家拥抱了下届庄家，做了简单的交接，然后向大家挥手告别：

“永别了，愿幸运与我同在！”

他走到幸运者队伍的第一名位置，开始脱衣服。后来小刚知道，每人成功通过天眼的几率与其信息总量粗略地讲就是体重的指数成反比，所以升天者除了尽量减肥，还要去掉所有身外之物。赤裸的卸任庄家已经站到那堵无形的屏障前，刚才它曾经阻止小刚往前走，现在它暂时打开了，庄家一闪身走进去。下面的场景让小刚看得目瞪口呆，因为那具身体一越过那道无形的界线后，就立即悬浮起来，朝上方的黑球飞过去，或者说是被黑球吸过去。他的速度越来越快，眨眼间已经被黑球吞没。在吞没前的瞬间，可以看出他的身体已经被黑洞潮汐力拉得相当细长。

小小的黑球吞没了这个人，照旧不露声色地悬浮在场地中央。

到这时小刚才意识到，他所目睹的并不是闹剧或魔术。不管刚才的掷骰子程序是否有猫腻，反正信徒们的死亡是货真价实的。头顶漂浮的这个黑球无疑是个货真价实的黑洞，而拉星的科技水平已经能激发并控制这样的黑洞了。

排在队伍第二位的升天者也脱光了衣服，安详地向台下人群挥手，然后跨过那道死亡之线。大厅中的人群跟随升天者的告别辞，平静地吟哦着：

“永别了，愿幸运与我同在！”

“永别了，愿幸运与我同在！”

……

不过小刚觉得，这刻意的平静下涌动着悲凉的暗潮。

黑洞吞吃了几十个人，仍然无喜无怒，用它的黑色独目冷眼看人。

小刚飞速地思索着。他不知道眼前看到的东西有多少是真的，多少是假的。至少他对一点有所怀疑，自己第一次走进这座大厅就被选中，“运气”未免太好了吧，要知道这是 268586 人中选 100 个，只有 2685 分之 1 的几率啊。也许有人发现他是窥探者，故意在骰子上捣了鬼？对于拉星的高科技来说，这是再简单不过的事……身后的老庄家轻轻推推他，原来，前边的 99 个人都已经“升天”完毕，轮上他了。他可不想糊里糊涂地把性命送到这个黑洞中，仓促中他脱口喊道：

"我不愿升天！我不愿死！"

全厅愕然！20多万双目光汇到他身上，快把他点燃了。他想愤怒的信徒们马上会怒吼着扑上来，把自己撕碎，不过这一幕并没有发生。人们只是盯着他，目光中充满轻蔑不屑。他身后的下任庄家，那个老人，更是真诚地不解。他走过来轻声问：

"你既然不愿升天，刚才庄家在做'最后询问'时，你为什么不退到圈外？"

小刚面红耳赤，没法儿回答。好在有人及时打破了他的尴尬——是阿凌，她一直隐在人海中，这会儿露面了。她匆匆跑上台，对大伙儿说：

"我认识他，他是从摩纳哥号来的新移民，不知道咱们的规矩。其实他根本不能参加升天，他肯定没通过提升呢。"

小刚不知道什么叫"提升"，但阿凌的救场显然缓和了大家的情绪。老庄家怀疑地看看小刚身上佩戴的"上帝之骰"徽章，不过没有再难为他，只是温和地让他退到台下。小刚狼狈地退下了，虽然他没脱衣服，但这会儿觉得自己是赤身裸体，无数目光烙在他的后背上。

老庄家回头面向大厅："这可是5222次升天中头一次碰见的意外，我只好提前进入庄家的角色了。现在咱们怎么办？我想应该再掷骰子选一个，我们不能留下一次不完美的升天。"

下面立即有人喊："不用再选了！不用了！"那人快步走上来，原来是刚才二选一被淘汰的小伙子，他对大伙儿说：

"你们一定没忘记刚才那个不幸的落选者吧，他曾与对手战成三次平局，在最后一关不幸被淘汰。仁慈的教友们哪，为什么不把这次机会赐予他呢。"

下面轰然同意，老庄家也慈爱地点头。于是，这个落选者脱去衣服，跨过生死之线，高兴地喊道：

"永别了，愿幸运与我同在！"

老庄家宣布这次祭礼结束，26万人如水银泻地般井然有序地散去，只剩下小刚一人，孤零零地站在空旷的大厅内。本来他很怜悯这群愚昧的教徒，但这会儿他觉得该怜悯的倒是自己。没说的，在大家眼里，他是个临阵脱逃的怕死鬼，被万夫所指万人所骂。这一切都是他自找的。大厅里的灯光忽然熄灭，这儿变成绝对的黑暗，黑得连他自己的肢体似乎都不存在了。只能看见那个黑洞仍在原地悬浮着翻滚着——之所以能看见它，不是因为它会发光，而是因为它比四周的黑暗更黑。小刚慌了，一步也不敢迈。他焦急地喊："有人吗？有人吗？"但声音被无边的黑暗吞没了。

忽然灯亮了，电梯门随即打开，阿凌匆匆跑出来，笑着说：

"电脑统计显示少上来一个人，我心想肯定是你了。来，跟我走。"

她拉着小刚走进电梯。电梯平稳地上升，耳边是轻微的嗡嗡声。在电梯上升的途中，小刚非常尴尬，他想同阿凌做一番解释，但试几次都张不开口——他根本没办法为自己的行为辩解。倒是阿凌体会到他的心情，平淡地说：

"没关系，我知道你并不是信徒，只是溜进来玩，误打误撞被选上了。你不想升天是可以理解的，没人说你是胆小鬼。"

小刚只有苦笑。

电梯停了，门打开，智远和智英焦灼地守在那儿，一看见小刚就惊喜地大叫起来，甚至不敢相信自己的眼睛，拉着小刚又是捏又是摸的。在他们看来，小刚身入"魔窟"竟然能全身而退，简直不可思议。阿凌立在旁边，笑眯眯地看着三人，等他们的情感发泄告一段落，她过来说：

"我要走了，再见。以后去找我玩——还有，别忘了请我吃饭。"临走她补充一句，"小刚你以后不要戴那枚徽章了，我是说，在你没成信徒前不要带它。这在拉星社会中是犯忌的。"

小刚一下子面红耳赤。

阿凌走了，小刚向两个朋友详细讲了进洞后的经历，讲了那个神秘的黑球，讲了 100 个人奇诡的死亡方式，也讲了自己临"升天"前的退缩。英子是个怀疑派，认为小刚被骰子选中肯定是有人捣鬼，是想除掉他这个"间谍"。小刚摇摇头说：

“我曾经这样想过，现在不这样想了。如果真是这样，恐怕他们不会轻易就放我一马。”

而小远的怀疑集中在另一点上：“这些信徒们为什么甘愿赴死？即使是邪教，也得有个说得过去的提法吧。小刚，咱们去问问谢米纳契先生。”

小刚不想问，他知道谢米纳契会生气的，不过最终他还是把电话打了过去。果然，得知小刚去参加了升天仪式，谢米纳契先生非常恼火：

“你这个孩子，为什么不听我的嘱咐！”他叹口气，“也好也好，也许这是好事。既然你能在升天前决然退出，也许以后你就有免疫力了。”

小刚一个劲儿赔笑：“是的是的，以后我肯定有免疫力了，再不会受它的蛊惑了。所以，你可以把‘上帝之骰教’的真相全部告诉我了，没关系的。”

谢米纳契没有上当，冷冷地说：“这次你没有送命，该感谢上帝的恩典了。听我的话，再不要和他们有任何接触，更不要打听它的教义。”

他挂了电话。小刚无奈地说：只好找阿凌问了，想来她不会隐瞒的。电话打过去，阿凌打趣说：

“是小刚？是不是请我吃饭？感谢你经历了生死之劫后还记得对我的承诺。不过今天我还是没时间，明天摩纳哥号就要出发了，我父母都是它的乘员，我要和他们共度最后的一天。”她补充道，“他俩是飞船第一任值班船长和值班科学官，和你的父母一样。”

三个朋友十分吃惊。这种无预案飞行生死难料，而且即使摩纳哥号能顺利找到一个可移民的星球，反正阿凌和她的父母是不可能再见面了，此次生离即为死别。所以，移民者一般都是以家庭为单位的，她的父母为什么不带女儿一块儿去呢？不过他们没有谈这件事，不想搅乱阿凌的心情。小刚只是说：“那我们就不打扰了，明天我们也去发射场去送行。”

第二天他们赶到发射场，100 架太空巴士已经准备完毕，齐齐地排在那儿。电磁加速轨道像一把长剑，斜斜地伸到天外。阿凌及父母在第一辆巴士附近，阿凌向父母介绍了三个新朋友，父母拥抱了三个人，同他们道别。从他们脸上看不出生离死别的悲戚，阿凌爸反倒安慰小刚，问他是否已经走出父母去世的阴影。又说，在飞船离开后，希望三个朋友多到阿凌那儿陪陪她。

英子一直在为阿凌难过，忍不住问：

“伯伯，阿姨，你们为什么抛下阿凌？你们至少应该带她一块儿走。”

这句问话不能说很得体，有点“专往痛处捅刀子”的味道。小刚和智远都有点尴尬，拿眼色制止英子。阿凌妈笑着说：

“孩子，阿凌不愿同我们一道去。我们宁愿早走一步离开她，也不愿见到她先离开我们啊。”

她说的阿凌“先离开”无疑是指上帝之骰教信徒的升天。这句话里多少透露了夫妇两个的悲戚。

出发时间到了，他们最后一次拥别，阿凌父母走进第一号巴士，穿上抗荷服。指挥台一声令下，太空巴士在电磁力的加速下，嗖嗖地射出去，消失在蓝天中。不久，空巴士返回，从屏幕上看到轨道中的巨型飞船开始加速，离开拉星，飞向无垠的宇宙。

一切都是 1200 年前第一批太空移民离开地球那个场景的重演。

小刚父母自杀前在思维网中同儿子——虚拟的电子小刚有过一次长谈，坦率地讲述了他们决定自杀的心路历程。他们说，人类对未知的探索，或者说是人类的冒险天性，从另一个角度看实际上是逃离，是对某种囚笼的逃离。猿人学会直立，从树上走下来，是对森林囚笼的逃离；学会用火和工具，是对蒙昧囚笼的逃离；学会说话，是对无声囚笼的逃离；发展了医学，是对疾病囚笼的逃离；从非洲向其他地方迁徙，直到走出地球，是对地理囚笼的逃离……整个人类文明史就是这样一次又一次成功的逃离。但科学家最终发现，有一个囚笼是绝对无法逃离的，那就是宇宙本身。宇宙必然灭亡，人类所有的文明之花都会在那时枯萎，即使在我们的宇宙之外或之后仍有新宇宙，也不可能把人类文明的种子播撒到那里。人类在成功逃离一个个囚笼、自信心空前膨胀之后，却发现她仍处在一个最大的笼子里，一个和宇宙一样大的笼子，绝对不可逾越……

“孩子，请你原谅，你的父母都是懦夫。在 100 年枯燥的旅途中，这个念头一天比一天更重地压在我们心头，让我们心灰意冷、沮丧悲怆。既然最终的宿命不可更改，我们的奋斗又有什么意义呢。最后，我们只好以死亡来逃离这个心理的囚笼。

“军儿，爹妈对不起你！我们走了，留下你一个人去面对陌生的世界。希望你不要做爹妈这样的懦夫，而要成为一个勇士，勇敢地活下去！”

“很可惜，你爸妈如果活到飞船抵达拉星就好了，在这儿他们会知道，那个宇宙之笼并不是绝对不可逃离的。”阿凌兴致勃勃地说。这是摩纳哥号启程之后，她和三个朋友坐在一家饭店里。“相信到那时候，你爸妈一定会成为‘上帝之骰教’最虔诚的信徒。”

“你是说，宇宙之笼也可以逃离？”

“对。当然老宇宙会灭亡，这是毫无疑问的，再先进的科技也无法改变。但科学能在母宇宙中激发出一个婴儿宇宙，就像在橡胶薄膜上吹起一个小泡泡。小泡泡逐渐长大，最终与母宇宙脱离，形成一个封闭的新宇宙。告诉你们吧，拉星人在100年前已经激发出一个婴儿宇宙，而且能让它与母宇宙之间保持一个始终相连的蛀洞。这种蛀洞的进口是黑洞，出口是白洞，小刚那天在地下溶洞中看到的那个空中悬浮的黑球，实际就是蛀洞的进口。”

“你们……上帝之骰教的升天……是在逃离这个宇宙，向另一宇宙迁徙？”三个朋友都十分震惊，七嘴八舌地问。

阿凌笑了：“别性急，你们得听我慢慢讲，这里边的事儿非常复杂哩。虽然拉星人已经能让两个宇宙通过蛀洞相连，但不幸的是，我们也同时确认了‘宇宙不可通’的金科玉律。它是什么意思呢？浅显地说是这样的：两个宇宙之间如果能有任何信息的传递，那两者之间仍然是一体，有同样的命运，会在同样的时刻灭亡；真正独立的婴儿宇宙则完全关闭了与母宇宙的信息通道，不可能有任何的信息传递过去。你们知道，任何生命，任何文明，其实质就是信息。所以，这个‘宇宙不可通’定律，其实也关死了人类逃离母宇宙的任何可能的通路。事实确实如此，凡想通过蛀洞到达新宇宙的任何有机体，都会在蛀洞中被彻底打碎，回到最原始的物质状态，再从白洞中喷出去。所以，组成你的物质虽然到了新宇宙，但和原来的你已经没有任何联系了。”

小刚非常失望，拉长声音说："噢，说了半天，还是不可能啊。"

"你又着急了不是？你再打岔，我就不给你讲了。"三个朋友连忙保证再不打岔，阿凌才继续说下去，"但这时万能的量子力学来救驾了。量子力学说，宇宙中任何不可能的事都是可能的，只是几率的高低而已。所以一个有机体也可能通过蛀洞，带着完整的信息到达新宇宙，只是机会非常非常小。这个几率与通过蛀洞的信息总量有关，粗略地说与该有机体的质量有关。经过计算得知，如果人来进行蛀洞旅行，存活的几率是一万亿分之一。"她看见小刚张张嘴想说什么，忙说："你一定说这违反了'宇宙不可通'的定律，不，并没有违反。虽然一个人连同他脑中的科学知识可以到达新宇宙，但这只是理论上的可能。实际上，他究竟能否活着抵达，抵达后变成什么样子，能否在新宇宙繁衍生息，等等，在母宇宙中是永远不可知的。于是，量子力学与宇宙不可通定律以这种奇怪的方式保持了统一。"

英子困惑地问："哥哥，你听懂了没有？"

智远尴尬地摇头："听懂了一点，但不全懂。"

"小刚你呢？"

小刚听懂了，但听懂的同时也不寒而栗。他喃喃地说："一万亿分之一的几率。每星期有100人升天，大致是两亿年之后能凑够一万亿人。那时才可能有一个人活着抵达新宇宙。"

"你算得没错。当然这只是几率数，实际上可能今天已经有一个人活着抵达了，甚至可能第一个人就活着抵达了，但也可能200亿年后还没有一个成功者。"

小刚敏锐地说："而且这边永远不会知道！正如你说的，可能今天已经有了一个成功者，也可能200亿年内都没有成功者，但老宇宙这边永远不会知道。所以，不管这种升天的成效如何，你们只能晕着头继续升天，让几率数的分母一天天增大，尽量加大成功的可能。"

阿凌微笑着说："这正是上帝之骰教信徒们的信念。我们有勇气来实践自己的信仰。"

朴氏兄妹终于听懂了，也像小刚一样不寒而栗。一万亿分之一的几率！

上帝之骰教的信徒们前赴后继地“升天”，只是为了这一万亿分之一的成功率，而且这是个永远无法验证的几率。这些赌徒们的胆量未免太大了。阿凌知道三个朋友的心思，笑着说：

“这有什么嘛。这不过像地球人买彩票，中头彩的几率是几十万甚至几百万分之一，绝大多数人买一辈子也不会赢一次的，但这些失败者们仍然会前赴后继。”

“那是几百万分之一，你的几率可是万亿分之一啊。”

“这是上帝在掷骰子，想赌赢当然会更难一些。小刚，就拿你父母说吧，他们肯定乐意成为上帝之骰教信徒的。他们死都不怕，还怕跟上帝打一个赌？”

三个朋友无话可说了。智远不好意思地问：“我想问一个问题，可能是个傻问题。既然通过蛀洞的几率与质量的指数成反比，为什么不拿低等生物先做实验呢，像病毒啦，细菌啦，昆虫啦，青蛙啦，它们肯定容易通过蛀洞。”

“谁说我们没做？正像上帝造万物的日程一样，一星期中有六天是在造其他生物——向蛀洞的入口中大量倾倒各种低等生物，只有最后一天才是‘造人’。你说得对，低等生物成功通过蛀洞的几率比人大得多，所以，等哪天终于有一个人成功抵达那儿时，他可能发现那儿已经是个热热闹闹的生物世界了。当然，人类绝不会只让低等生物占领新宇宙而让自己缺位。你可以回忆一下，人类在刚刚迈出宇宙航行的第一步时，就急于让人类登月。那和今天是一样的道理。”

第二天谢米纳契先生找上门来了，是朴氏夫妇把他喊来的，他们从儿女那儿知道了三个人同阿凌的交往，非常担心。而且——不知道为什么，他们最担心的是小刚。他们认为，如果三个年轻人被上帝之骰教所蛊惑，肯定小刚首当其冲。

谢米纳契也是同样的看法，找到三人之后，他的矛头首先是对着小刚的。他生气地说：“你们把我的关照全扔到脑后了。小刚，你辜负了我的心意。”

小刚尴尬地说：“对不起，谢米纳契先生。不过我们已经知道了，上帝之骰教并不是邪教，相反，他们都是最虔诚的科学教的信徒，是最勇敢的探险家。”

几天前谢米纳契曾否认上帝之骰教是邪教，但这会儿他说：“他们不是邪教，也与邪教相差无几了。你们已经知道，成功通过蛀洞的几率只有一万亿分之一。这个几率是通过理论推算的，咱们可以相信。但即使一个人能够到达新宇宙，他在那儿活下去的几率又是多少？他可能在通过蛀洞时变成一个傻瓜或失去四肢五官；他可能落到恒星的核火焰中而灰飞烟灭；或掉到一个氯化氢的气态星球上，找不到可食用的食物和可呼吸的空气；更别说找到配偶来繁衍生息。等等。总的说，他即使能成功到达，活下来的可能也只有一万亿分之一。两个万亿分之一相乘，结果又是多少呢。”他叹息着，“我不怀疑量子力学对那个几率的计算，我知道那是经过多少科学家验证过的，非常严格。但——严格的科学最终却演化到这一步，不得不让成功的希望建立在掷骰子上，岂不是莫大的讽刺。科学发展到这时已经不是科学了，是走火入魔。”

小刚辩解道：“阿凌说了，凡是参加升天的人，事前一定要经过严格的提升，也就是学会在一个新宇宙中生存的技能，比如，用克隆方法繁衍，或者从无机物中制造食物。”

谢米纳契哼了一声：“那只是画饼充饥罢了。对于一个根本不了解也永远不能了解的世界，你所做的训练有什么用？说好听一些，那只是一种心理安慰。”他摇摇头，加重语气说，“小刚，虽然可能为时已晚，我还要再劝你们一句：赶紧中断与阿凌的来往，否则你们很难逃过上帝之骰教的蛊惑。”

小刚说：“谢米纳契先生，我想劝阿凌退出那个组织，我不忍心看着她送命。”

“你能办到吗？你对她的影响能超过她的父母吗？如果她父母能够劝转她，也就不会报名参加这次无预案宇宙航行了。无预案宇航也是冒险，但毕竟是可以预测的冒险。”

小刚犹豫着没有回答，英子着急地说：“小刚，咱们应该听谢米纳契先生的话。先生，伯伯，我们一定听你的话，不再与阿凌来往了。”

谢米纳契长叹一声："但愿如此吧。"其实他已经不抱什么希望了，像小刚这样的人，一旦陷进去，很难再脱身而出。因为——公平地说，在上帝之骰教中洋溢的那种激情，非常纯洁的殉道者的激情，对热血青年们是很有诱惑力的。

三个朋友倒是认真听取了谢米纳契先生的劝告，在第二个星期里直到周日，小刚没有去找过阿凌，更没有参加他们的升天仪式，虽然这么做很难，因为——想想吧，当你躲在一边玩耍、聊天和吃喝时，那枚上帝之骰可能已经落到阿凌头上了！

……鼓声和钹声再一次响起，阿凌站的那个格子里灯光忽然亮起来。她从耀眼的光柱中走出来，笑着向大家招手，走向高台，回过身大声说：

"永别了，愿幸运与我同在！"

然后脱去衣服，就要越那道无形屏障。她忽然停住，向四周寻找，喃喃地说："小刚呢，智远和英子呢，我想在死前再见见我的朋友。这是我唯一的心愿了。"

小刚这时在岩洞之外远远地看着她。小刚知道她其实不想死，她很留恋这个世界。他想回应她的呼唤，想跑过去把阿凌拉回来，但不知道为什么，他被魇住了，一动也不能动，只能眼睁睁地看着阿凌，看着她失望地回过身，越过了那道屏障，立即被黑洞的引力撕碎……

小刚猛然惊醒，冷汗涔涔。

他想自己再不能躲避了，明天一定要去找阿凌。至于找到阿凌做什么，他心中还没数。第二天，他硬拉着智远兄妹去找阿凌，智远和英子努力劝阻他。正在这时阿凌的电话先来了，她说她不上班了，不再管那个"最高通感乐透透"的摊点了，想和三个朋友痛痛快快地玩一个星期。英子还在犹豫，但小刚立即答应了。

四个朋友在游乐场见面。一见面，阿凌就喜气洋洋地说：

"告诉你们一个好消息，昨天的升天仪式上，我已经被选为这一周的庄家了！"

小刚的脸唰地白了，英子和智远则愣了片刻才悟出阿凌的话意——她已经被选为上帝之骰教的庄家了，下个周日她就要主持本周的升天仪式，然后第一个投身到那个吃人不眨眼的黑洞中。怪不得她要“痛痛快快地玩一星期”，这也是她待在这个世界的全部时间了。三个朋友都一言不发，锥骨剜心一样的难过。英子忍不住，大颗的泪珠子滚出来。阿凌喊起来：

“干吗呀干吗呀。你们该为我庆祝，怎么哭起来了？”

英子抽咽着说：“阿凌姐……你真的……不害怕？你……不留恋……这个世界？”

阿凌想想，老实说：“我当然留恋，要不我干吗约你们痛痛快快玩一星期呢。不过，从加入上帝之骰教那天起我就做好了准备，那是我应负的责任。”她笑着说，“也许我去的那个世界比这儿更好玩呢。”

智远忍不住说：“我们昨天见了谢米纳契先生，他说……”

阿凌打断了他的话：“我知道我知道，他说的一切我都知道。但我，和所有的信徒都相信一点：你如果不去做，连那万亿分之一的机会也不会有；如果去做，毕竟还有非常小的成功机会。在我们看来，‘非常小’和‘零’是有天壤之别的。”

她笑着告诉三个朋友：她已经怀孕了，当然是人工受孕，医生在她体内植入了两个没有亲缘关系的受精卵。如果她能平安抵达新宇宙中，把这两个儿女生下来，他们将成为新宇宙中人类的始祖。英子很不理解，问：

“那以后呢？这对兄妹长大以后可以结婚，因为他们实际是没有亲缘关系的。但他们的后代去和谁结婚？”

阿凌放声大笑，说英子考虑得真长远啊，不过这件事实际根本不必担心，地球上已经有先例——想想亚当和夏娃的后代和谁结婚就行了。

英子和智远无话可说，都看着小刚。这一阵小刚一直没有说话，独自在愣神。这时他开口了：

“阿凌，我已经考虑好了，我要和你一块儿升天，一块儿去新宇宙——你别打断我的话，我知道你们的升天是由骰子决定的，但无论地球或是拉星上，都允许夫妻或家庭作为一个单位去参加抽签，你父母就是这样嘛。我们可以在这一星期中结婚，然后共同出发。如果能够到达新宇宙，两人的力量毕竟比一个人大，彼此也是个照应。”

智远兄妹没料到小刚能做出这个决定，一时愣了。阿凌也愣了片刻，再次放声大笑，走过来，结结实实地吻了小刚：

“谢谢你的情意，太让我感动啦。这说明，古典的骑士精神是长留天地间的。”她收起笑谑，认真地说，“小刚真的感谢你，但你说的事情是行不通的。首先上帝之骰教并没有这样的规定，即使有也不行。咱俩如果作为一体去升天，成功的几率会大大降低——你知道，成功几率与通过蛀洞的信息总量的指数成反比；还有，你还没有经过提升，没有能力去面对那个全新的世界。”

小刚平静地说：“你说的这些道理我全都知道，不过——你刚才说过：如果不去做，连那万亿分之一的机会也不会有；如果去做，毕竟还有非常小的成功机会。在我看来，‘非常小’和‘零’是有天壤之别的。”

阿凌搔搔脑袋：“原来你在这儿等着我哩。”不过她仍坚决地拒绝了：“不行，我决不会同意你的想法。”

“我不光是为你，也是为了我的父母，是替他们行这件事——‘逃离母宇宙之笼’。他们如果知道有这个‘万亿分之一的机会’，也一定会来赌一赌的。”

“很高兴你能这样想。那么，作为本届的庄家，我欢迎你参加上帝之骰教。但你必须经过正式的提升——大概需要一年的时间，然后参加升天仪式中的正式遴选，靠那枚上帝之骰决定你的命运。”

“一掷赌生死？”

“对。”

小刚想了想：“好吧。喂，阿远，英子，咱们不说这个话题了，好好陪阿凌玩吧。”

一星期的时间很快就过去了，这些天他们玩得很痛快，谁也没有提及与“升天”有关的话题。周日，阿凌要走了，三个朋友陪着她一块儿到了那个溶洞里。智远兄妹是第一次来，对这个奇大无比的溶洞，对那个在空中悬浮的鬼魅似的黑球，还有20多万快快活活的人们都充满了好奇，要知道他们都是来这儿一赌生死的。

升天仪式开始了，阿凌同朋友们告别，走上高台，照老规矩开始主持升天仪式。她领着大家念诵了那段祷辞：“我向万能的上帝祈祷，望上帝之骰能完成你老人家无力完成的事情。”然后大声问：

“孩子们，你们都做好升天的准备了吗？没有做好准备的请退出圈外！”

智远兄妹乖乖地退出圈外。虽然由阿凌这个小姑娘称呼信徒为“孩子们”，让他们感到好笑，但在这儿肃穆的气氛中，他们笑不出来。英子焦急地问：“小刚呢，他怎么没退出圈子？”他们在人群中找到了小刚，他已经把那枚徽章带到衣服上，像大伙儿一样，静静地站在一个方格里，等着那2600分之1的幸运降到他头上，这样他就可以同阿凌一块儿出发了。在台上主持仪式的阿凌发现圈外只有两人，稍稍犹豫，在惯常的主持辞中加了一句：

“孩子们，你们都经过提升训练了吗？没有经过提升的请退出圈外！”

她扫视着下面的人群。虽然她没有看见小刚——在20多万人中无法找到他，但站在下边的小刚感受到她锋利的目光，只好乖乖地退出来了。阿凌高兴地笑了，开始向金属盘中掷骰子。

随着一次次的掷骰子，99个幸运者陆续来到高台上，最后一掷选中了下周的庄家，阿凌同新庄家做了交接，向大家挥手：

“永别了，愿幸运与我同在！”

她开始脱衣服，忽然发现一个人匆匆走上高台，是小刚，胸前带着那枚上帝之骰的徽章。小刚走过来同她拥抱，大声说：

“等着我，一年之后！”

阿凌笑了：“我会等着你，一年之后！”

当然他们不可能再见面了。一个人成功抵达新宇宙的几率只有万亿分之一，两人同时抵达的几率又会有多少呢？再说还有一年的迟滞，它也许意味着在新宇宙里100亿光年的空间距离或100亿年的时间距离。何况，一年只是对小刚进行提升所需的时间，提升后他可以参加遴选了，但那枚上帝之骰不知道何时才垂青他呢。总之一句话，两人重逢的机会虽然不是绝对的零，也是非常小非常小的。不过两人都说得很随意，很笃定，就像一对去海滨度假但没有同时出发的夫妻，约定若干天后在某家饭店会面。

小刚长久地抱着她，舍不得放手。鼓声钹声响起来，台下人群中也泛起一波波声浪，大家都在为这对恋人祝福。后来阿凌吻吻小刚，从他怀里挣出来，脱去衣服，迈过那道无形的屏障，然后飞快地投身到那个黑洞中。

义 犬

卓丽丽把飞碟停在宇航局的大门口。她动作轻灵地跳出飞碟，掠掠鬓发，把手指放在监视口轻声说：

“请验查——萨博大叔。”

她知道无须报名字，电脑对她的指纹、瞳纹和声纹做出综合检查后就会确定她是谁，知道该不该放她进去。两秒钟后大门无声无息地滑开，一个浑厚的男中音说：

“请进，卓丽丽小姐，局长阁下在会议室等你。”稍停顿又说，“丽丽，你长成漂亮的大姑娘了。”

丽丽嫣然一笑：“谢谢萨博大叔。”孩提时代她就经常随父亲来这里玩耍，那时的警卫就是这位Super–I号机器人，小丽丽常常扬起小手，同“萨博大叔”问好和再见，而这位冷冰冰的大叔在执行公务时也开始加几句问候。久而久之，每次来访时，她总能感到萨博大叔的欣喜。爸爸曾纳闷地说：“见鬼，你怎么能这样轻易地为Super–I加上感情程序？对于守卫型机器人，本来绝不容许出现感情干扰的。”

不过，她已经七年没来这儿了，整整七年。

那年她17岁，在父亲的严酷命令下同男友卞士其分了手。她同父亲大吵一通，只身一人，跑到2000千米外的酒泉宇航基地，用繁重的训练强制自己忘掉痛苦。七年她没回过家。直到今天早上，她忽然接到父亲的紧急命令，基地指挥在亲自转交命令时，已为她备好最快捷的飞碟“精灵”I号，命令上说：

“速来见我，三个小时内必须到达。”

这会儿她走进宇航局的大门口，心中仍在忐忑。她能肯定有一件极其严重的事在等着她，是什么呢？绝不会是家事，那不符合父亲的性格。那又是什么呢？

“绝不会是火星人入侵。”她在心中揶揄道，“如果是有关地球命运的大事，不会征召我一个宇航训练尚未毕业的生手。”

父亲在局长办公室里，背对着大门，深深埋在高背沙发里，只露出白发苍苍的头颅。父亲老啦，她伤感地想。在这一刹那，曾经有过的怨恨之情哗然冰释。她走过去挽住父亲的颈项，轻轻吻一下他的额头。父亲没有回头，轻轻拍拍她的手背，示意她坐下来，一块儿看正在演示的全息天体图。

卓丽丽记得很清楚，这种激光全息天体图研究成功时她刚 10 岁。在这之前，在父亲的指导下，她早已学会看老式的平面天体图，她学会从这种被严重扭曲的图形中理解星系的实际形状、天体相互之间的实际距离等。尽管如此，当她第一次看到全息天体图时仍然受到强烈的震撼。原来的天体图是从“人”的视角看宇宙，难免带上人的局限，带上“以我为中心”的人类沙文主义情结。全息天体图却是以上帝的视角看宇宙，它使 10 岁的女孩看到了真实广袤的宇宙，感受到宇宙的浩瀚博大。

这种天体图是三维的，十分逼真和清晰。它可以做整体显示——即父亲常说的“俯察宇宙”，那些巨大的涡状星系、蟹状星云此时只如一个芥子；也可对任一部分逐级放大，定格在比如土星环的某一块石头上——当然，前提是对这个星系、星体有了足够的资料。新的天文学发现可以同步输进天体图中：太阳系新发现的冥外星，麦哲伦星云中一个微型黑洞……卓丽丽对这一切的了解，几乎与发现者同步。

现在面前展示的是熟悉的太阳系，5500℃的太阳发射着白光，十大行星携着 67 颗卫星安静地绕着太阳转动，偶尔有一颗彗星拖着长尾逃到展示区域之外。父亲把图像逐级放大，最后定格在太阳系外一个飞速移动的黑色大体上。他示意女儿坐在身边，卓丽丽迷惑地看看天体又看看父亲，她能感受到父亲的忧虑。

相对于行星的大小看，黑色天体大约有月亮的 1/4 那么大，形体毫无规则，似乎一直在缓慢地变形。卓丽丽第一眼看到它时，就为它起了一个恰如其分的名字：混沌。全息天体图十分清晰，像木星上波涛汹涌的大红斑，海王星的五道光环都一览无遗。唯有“混沌”显示出某种光的朦胧和不稳定，像是一个不确定的固态流体，四周笼罩着浓雾和神秘。

卓太白收回目光，转过头，怜爱地把女儿揽在怀里，用手指梳着她的柔发。他长吁一口气：“丽丽，你已经七年没回家了。长成大姑娘啦。”

卓丽丽靠在父亲肩头，看着爸爸凸出的锁骨和满头白发，鼻子发酸。

“还在生爸爸的气吗？”

卓丽丽勉强一笑：“哪里话，爸爸，我早就不生您的气了。实际上我与卞士其分手，并不全是因为您的干涉，是我自己没有勇气嫁给异类。那时我不该把自己无处发泄的郁愤迁怒到您身上。”

卓太白的柔情一闪即逝，他的脸色又恢复冷峻。

“它有多远？”他看向女儿。

“谁？”

“混沌，这个黑色的幽灵。”

卓丽丽很奇怪，父亲对它的命名与自己竟然不谋而合。她老练地看看天体图，回答道：“离地球大约 5000 个天文单位，马上就要进入太阳系的引力范围内。”

卓太白赞许地点点头：“此刻是 4653 个天文单位。混沌是以亚光速飞行的，目前已超过秒速 10 万千米，75 天后就要到达地球了。”

他的话音十分沉重。

“我们发现混沌仅十几天。”宇航局长阴沉地注视着天体图，声音低沉地介绍，“它不发光，也基本不反射光线，是一个隐形的幽灵。我们是在它对邻近天体的遮蔽中发现异常的，用主动式射电望远镜整整探测了 10 天才发现它。那时它正在比邻星和太阳系之间游离，不遵从任何力学规律，就像一个脚步蹒跚的醉鬼。可是——可能是主动式射电源唤醒了它，它几乎是立即开始加速，径直向地球奔来！”

卓丽丽疑惑地问：“外星文明的使者？”

宇航局长苦笑道：“但愿如此吧。毫无疑问，它是高度文明的产物，很多方面超过了我们的想象能力。它仅用几天时间就加速到亚光速，这简直不可思议。我们对它的飞行尾迹做了探测，发现了反夸克湮灭的痕迹。”他看看女儿，解释道：“你可能对此不太熟悉，因为它是刚被理论证明的一种新能源，比核能强大上千倍。进一步探测表明，这个小天体是中空的，是反夸克的一个巨大仓库。它所储存的能量足够飞出本星系团了！”

卓丽丽盯着那个天体，在各个行星缓慢的运动背景中，混沌的飞速移动十分惹人注目。她疑惑地问：“是否尝试过与它联系？”

“当然。我们用了所有的方法，但它都没有反应。它只是一言不发地向地球猛扑过来。”

卓丽丽自语道：“它的目的？”

卓太白紧接着说：“这正是我百思不解的地方。也可能在遥远的星系中，地球有一个富裕的远房亲戚，他不声不响地送来一份圣诞厚礼——足够地球使用百年的能量，想让天真的地球孩子得到一个惊喜。不过……”他苦笑道，“这种推测毕竟太近童话。实际上，从看到它的第一眼起，我就产生了莫名的恐惧。我总觉得它像一只阴冷的寻响水雷，在黑暗中窥视着，一旦发现文明的迹象，就咬着牙猛扑过来。”

卓丽丽很同情爸爸，想尽力劝慰他：“爸爸，不必太担心，你的看法也纯属臆测。如果它从属于一个高度发达的文明，就不会干出这种无理性的暴行。地球文明经历了多少风雨，已经羽翼丰满了，不是 7000 亿千米外的一个什么黑色幽灵就能毁灭的。”

宇航局长勃然大怒：“不要说这些似是而非自欺欺人的扯淡话！只有科学上的门外汉才会盲目地乐观。我已经同那些官僚老爷们争论三天了，不想再同自己的女儿争论！”他看看女儿，努力压住火气说：“人类的文明是一直发展的，可是这大趋势像是由无数个体的‘偶然’包括不幸组成的。宇宙文明也会一直发展下去，但它也是由无数星体文明的‘偶然’组成的。如果 6500 万年前那颗陨星没有落在地球上，恐怕现在是恐龙耀武扬威。或者，那颗陨星如果推迟 6500 万年再撞击地球，人类恐怕会被其他生物或超生物取代。混沌的能量与那颗陨星简直不可比拟，即使它在木星外爆炸，地球文明也该寿终正寝了！”

卓丽丽抬头看看爸爸，发觉爸爸又回到七年前的固执和褊狭。不过，父亲的沉重感染了她，父亲急招她回来，绝不是为了对她进行科普宣传。她挽住父亲的胳膊问：“爸爸，该怎么办？”

卓局长深情地看着女儿：“世界政府已同意，迅速派金字塔号星际飞船去迎接它，后天出发。”

“后天？”卓丽丽惊问，她知道，一般来说，星际飞船出发前至少要有一个月的准备时间。

“对，后天。你知道，金字塔号是最快的飞船，秒速超过1000千米，如果后天出发，它与混沌相会的地点大约在冥王星外，距太阳45个天文单位处。如果……那时把它引爆，尚不致毁灭地球。”

卓丽丽抬起头，看见父亲在躲避自己的目光，她知道自己已被选中做神风突击队员，驾驶这艘飞船踏上不归路，24岁的生命之花将在冷漠的宇宙空间凋谢。她的内心翻江倒海……

风暴逐渐平息后，她平静地说：“为了爸妈，为了人类，我乐意接受这个任务。只是时间太仓促了，乘员组有几个人？谁领队？”

宇航局长低沉地说：“这是一个突发性事件，任何人的大脑也难以接受飞行准备所需的大量信息，只好借助于魔鬼了。乘员只有两个人，你和一个大脑袋。”他话音中仍带着明显的鄙夷和敌意，“卞士其。”

卓丽丽目瞪口呆，几乎不相信自己的耳朵。

喜马拉雅山脉的一座无名雪山下。

几座简朴的楼房星星点点散落在雪山脚下，楼房下是连成一片的巨大的地宫。这是72个大脑袋离世隐居之地。地宫的外貌虽然简朴，里面的设施却是超现代化的，人类难以望其项背。

一个年轻人正在操纵“透明式”电脑。这种电脑没有键盘，可以把思维波直接输入。忽然手表发出短促的啸音，他的大脑迅即把这种高密度电讯翻译成普通语言，那是父亲的声音：

“把手头工作放下，所有资料存档，速来见我。”

他有点儿奇怪，父亲有什么要事非要当面对他说？72个大脑袋彼此很少见面，因为通过电脑网，他们的思维可以彼此透明。听父亲的口气，他将离开这儿一段时间。收拾完毕，他看看桌上那张照片，那是他与丽丽的合影。这种平面照片早已过时了，不过他一直珍藏着，他把照片从镜框中取出来，小心地放入怀里。

看着丽丽17岁的天真，他长吁一声。已经七年没有见过丽丽了，不知她的模样是否已经改变。他对镜看看自己，自眉毛以下的容貌同照片没有什么变化，眉毛上是新加的头盖，白色铱合金制造，比常人高出一拳，没有头发，像一个丑陋的光帽壳。

是这个东西在他们与人类之间划了一道鸿沟。他并不后悔，不过想起卓丽丽，仍然觉得心痛。

父亲、酒井惠子阿姨和另外几个人在办公室等他。他们演示了激光全息天体图，介绍了混沌的情况，卞天石对儿子说：“尽管我们小小的大脑袋文明已超过人类几个世纪，但仍无法理解这个混沌状的天体。毫无疑问，它的文明要比我们高出几个数量级。我们只知道，如果它一直以目前的方向和速度直扑地球而来，就会引起一场灾变。它会毁了地球，甚至太阳系。当然，文明发展史上的‘灾变’并不仅仅是灾难，如果不是6500万年前的一颗陨星促进了地球生物的变异，可能到现在为止，地球上仍是小脑袋的恐龙在动作迟缓地漫步。”

“小脑袋的恐龙”这几个字他是以正常人的慢速说的，带着鄙夷和敌意。他知道“大脑袋”是人类对他们的鄙称，所以自称“大脑袋”本身就是一种冰冷的反抗。

七年前，卞天石和卓太白是一对挚友，也是科学上的好搭档。在21世纪，宇航学和生物学已成为近亲。

卓丽丽和卞士其几乎是指腹为婚的，17年青梅竹马，已经如胶似漆了。两家父母都欣喜地看着这对金童玉女成长，所以灾难来临时，卓丽丽没有丝毫的精神准备。

她忘不了那个黑沉沉的夜晚，她遵照父亲的急令来到他的办公室。父亲正目光阴沉地注视着全息天体图，她敏锐地发现，父亲刚从狂怒中平静下来，这是父亲制怒的一个诀窍。同浩瀚博大的宇宙相比，个人的喜怒哀乐实在是太渺小太微不足道了。父亲阴沉地讲了事情的来龙去脉："……你知道，100 多年前已发明了三维的生物元件电脑，但直到一个月前才实验成功第一个模拟人脑，是卞天石搞成的，"卓丽丽很奇怪爸爸为什么不称"你卞伯伯"。"功能同人脑完全等效。不同的是，人脑内部神经元之间的联系是每秒 10 米的神经脉冲，而模拟人脑中是以光速行进的电磁信号，速度是前者的三万倍。第一代模拟人脑的体积大一些，比人脑大三分之一。实验成功后，卞天石便极力鼓吹以它来取代'落后'的人脑。你知道爸爸并不是老学究，我对任何学科中任何一种离经叛道的创新都是支持的。但大脑的替代是一个至关重要的大事，它牵扯到人类的伦理道德及其他人类赖以生存的基础。如果科学的发展导致对人自身的否定，那我是无论如何也不会同意的，不管这种人造的大脑有多少优越性！"

父亲的愤怒再次逐渐高涨，他努力压住火气说："何况模拟人脑刚刚诞生，一定有不可预计的缺点和危险因素。试想，人类用几百年造出的东西，怎能同大自然 45 亿年锤炼出的人脑相比！经过科学界激烈的内部争论，决定以法律形式暂时冻结人脑更换术，何时解冻视情况而定。可是，那个卞天石和 71 个科学界的败类，竟然……"父亲喘息着把这句话说完，"竟然抢在法律生效前为自己更换了模拟人脑，做了思维导流术，包括他的儿子！"

那一瞬间，卓丽丽觉得自己乘坐的诺亚方舟爆炸了，她跌进酷寒的外太空，连血液也冰冻了。她悲哀无助地看看父亲，跌坐在沙发上。

父亲鄙夷地说："这批手术是法律生效前做的，我们无可奈何，但科学界所有同仁已与这批败类割席绝交。我把这些情况通知你，希望你同卞士其断绝来往。"

卓丽丽失神地瞪着父亲，很久很久，突然发作道："爸爸，你以为你女儿的头颅里装的是什么，是集成电路的电脑？一道删除指令就能把所有感情全洗掉？”

卓太白瞪着她，把一张彩照甩在她面前。

“看看吧，看看你是否愿意嫁给这个异类。”

卞士其在照片上阴沉地看着她，头上是一个白生生的新头盖，比常人高出一拳，没有头发。这种怪相确实令人作呕……还有一个念头在悄悄啃啮着她的自尊：在手术前——那无疑是同人类告别的时刻，他竟然没向她透露一个字……她终于做出决断，冷淡地对父亲说：“局长阁下，我完全遵从您的决定，请您放心。”

第二天，她就离开家庭，到酒泉宇航基地去了，妈妈的泪水也没能改变她的决绝。

白从人类把这伙儿大脑袋抛弃后，卓丽丽总觉得老一辈科学家的敌意未免太重。他们对大脑袋们目不暇接的发现和发明视而不见，如果不得不利用这些成果，他们也闭口不提发现者的名字。地球科学委员会主席在一次科学年会上讲过：“体育界经过200年的奋斗，才把兴奋剂这个恶魔消灭，现在可以实现人与人的公平竞争了。科学界也决不容许出现兴奋剂之类的东西。”

不用明说，任何人都能听出他的话意。

的确，大脑袋的智力与常人相比太过悬殊了！他们可以在一秒钟内用高密度电讯输进一部大英百科全书的信息，他们的脑结构可以随心所欲地操纵透明式电脑，或互相做透明式思维交流。如果不做严格的限制，那么以后的科学史上不会再出现普通人的名字了。

在人类的敌意中，72个大脑袋沉默着离开了人类世界，在喜马拉雅雪山下建立了自己的小圈子。在雪山周围，人类悄悄建立了几道严密的防线。

当然，对大脑袋的智力来说，这些防线很可能是小孩子的玩意儿。但人类倒是有恃无恐的，最牢固的防线在于大脑袋社会内部——72个人中只有一个女的，他们难以把大脑袋的阵营扩大。即使采用体外授精、单体克隆等方法，也还存在一个根本问题：人造的脑结构尚不能嵌进遗传密码。所以，如果不能抢在死前在遗传工程上取得突破，他们就只有悄悄走向灭亡了。

卓丽丽不满地看着爸爸，听到爸爸的决定后，她的第一个反应是尖刻的嘲讽："你们怎么能向素来鄙夷的大脑袋求助？你们的骄傲呢？"

不过她隐忍未言。她知道这些话将是置老人于死地的尖刀。宇航局长艰难地继续说："与'混沌'相遇时，临机决断的时间是以毫秒计的，这种情况只有大脑袋能胜任。我已通知了那些人，他们同意派卞士其前往。毕竟地球也是他们的居留地，在这一点上我们是拴在一条线上的蚂蚱。"他解嘲地说。随后，他直视着女儿，加重语气说道："不过你务必记住，卞士其已不是七年前的纯情少男了，这些年来，在大脑袋圈子里，对人类的敌意日甚一日。你必须多长一只眼睛，这样严酷的任务本不该派你这样的生手，你知道为什么派你去吗？"

卓丽丽冷冷地摇头，宇航局长毫不留情地说："你不会猜不到的，我们要求你充分利用你同卞士其的旧情，利用你的魅力，鞭策他做好这项工作。"

卓丽丽愤怒地瞪着父亲，这些残忍的话撕开了她心中的伤疤，又撒上一把盐。她冷酷地反问："是否需要脱光衣服引诱他！"

宇航局长脸颊的肌肉抖动了一下，仍语气强硬地说："必要的话就该去做。"

两人恶狠狠地对视，喘着粗气。忽然，宇航局长颓然坐下，用手遮住眼睛，喑哑地说："不要以为爸爸心如铁石，我知道自己是在把女儿送上不归路，是把女儿摆在一个异类面前做诱饵。可是，为了人类的生存，任何残酷、任何卑鄙都是伟大的，孩子！"

在这一刹那间，他变得十分苍老。卓丽丽犹豫了一会儿，慢慢走过去，和解地依偎在爸爸身旁，轻抚着他青筋裸露的手臂。爸爸紧握住她的手，说道："丽丽，抓紧时间回去见见你妈。不能超过30分钟，你要熟悉的资料太多了。"

同父亲告别时，丽丽说："我把阿诚也带上飞船，好吗？"

阿诚是他们家中的爱犬，卞士其还是家中常客时，阿诚刚一岁。狮头鼻子，一身白色长毛，卞士其十分喜爱它，也许阿诚能唤醒他一些旧日的感情。宇航局长点头允许。

飞船点火升空的场地戒备森严，没有记者，世界政府不愿意过早造成全球的恐慌。

同女儿告别时，宇航局长竭力隐藏着自己的悲伤，他表情严峻地同女儿拥抱吻别，很快就走了。丽丽妈哽咽着，拉住女儿不愿放手，两眼又红又肿。卓丽丽笑着，低声劝慰她，又逗着阿诚同妈妈“拜拜”。前天回家见到阿诚，它仅犹豫了半秒钟就认出了她，简直发疯似的绕着女主人撒欢，又是抓又是舔，那份急迫的热情让丽丽心酸。妈妈伤感地说：“七年没回家，它可一直没有忘记你呢。你若在可视电话上露面它就使劲儿吠，还有一次，它对着门外吠个不停，原来是你托人捎来的衣物，它嗅到你的味儿了！”

在送行的人群中，卓丽丽发现了几个大脑袋。他们冷淡地默然肃立，四个高高的光头颅排成一排，很像神态怪异的正在做法事的西藏喇嘛。其中，有卞伯伯和酒井惠子——她也像其他三人一样顶着光光的脑袋，甚至没用假发掩饰一下。卓丽丽记得，惠子阿姨跟卞伯伯读博士时，一头青丝如瀑布，飘逸柔松，曾使孩提时代的自己十分羡慕。她稍微犹豫了下，走过去亲切地同卞伯伯和惠子阿姨告别。卞天石仅冷淡地点点头，目光中没有丝毫暖意，惠子阿姨倒是微笑着说：“一路顺风。”

“我会回来的，那时还要惠子阿姨为我梳头呢。”

她笑靥如花，一头青丝洒落在胸前。酒井惠子面颊肌肉抖动一下，没再说话。

阿诚进舱后，先是悄悄注视着卞士其，一个劲儿抽鼻子。忽然它认出来了，回忆起来了，便欢天喜地奔过去，围着卞士其人摇尾巴。这种故友重逢的景象倒是蛮动人心，连卞士其冰冷的脸上也闪过一丝微笑，弯下腰摸摸阿诚。

飞船的密封舱门合上了，卞士其穿上了为他特制的抗荷服，头部很长，像一个丑陋的白无常。他静坐在副驾驶座椅上，目光直视，丝毫没有与丽丽寒暄的打算。

卓丽丽的目光直直地注视着他。小时候两人头顶着头，说过多少小儿女的絮语！如今在卞士其身上还能找到过去的一丝影子吗？……她调整好情绪，亲切地说："就要起飞了，超重是 10g，你怎么样？"

卞士其冷淡地说："我已经接受过两个小时的速成训练，按我们的神经反应速度折算，至少相当于你们三个月的训练强度，我想我没问题。"

之后，他就保持沉默。

发射架缓缓张开，星际飞船怒吼一声，橘红色的火焰照彻天地，然后巨大的飞船逐渐升空，在深邃的夜空开始折向，迅即消失不见了。

四个大脑袋一言不发，扭转身鱼贯而出。世界政府的代表托马斯先生走过来，同卓太白握手庆贺。卓太白了无喜色，一直盯着大脑袋消失的方向。托马斯轻轻摇头："卓先生，我真不愿意见到这些人，看见他们就像见到响尾蛇。"

卓太白忧郁地说："我经常想到罗马神话中那头巨狼，万神之王朱庇特也难以匹敌，只好用诡计为它套上越挣越紧的绳索。不过一旦绳索断裂……"

托马斯苦笑着说："人类代替了朱庇特的地位，却对这头巨狼束手无策。"

卓太白说："当然，大脑袋与巨狼不同。"停了一会儿他说："不仅是力量，连他们的智力也已经超过朱庇特。说不定他们会施展诡计，用那根绳索反过来把万神之王套上。"

飞船进入太空三天了。现在我们距地球 2.5 亿千米。舱外是绝对黑暗的夜空，那个蔚蓝的月牙，我们的诺亚方舟，我们的力量之源，离我们越来越远了。

我现在几乎是痛苦地怀念着那种脚踏实地的感觉。

卞士其对超重没什么反应，倒是随后的失重让他大吃苦头。无食欲、恶心、呕吐、口渴，体重迅速减轻。这也难怪，他毕竟没有经过系统的太空训练。这几天我一直在悉心照料他，就像他的小母亲。我偷偷带上飞船的几盒青橄榄——那是他小时候的爱物——起了大作用。他死模死样的脸上开始有了一丝笑容。

看得久了，那个丑陋的白脑壳似乎也不再可憎。

同样未经过失重训练的阿诚和他倒是难兄难弟，这两天老是精神委顿，躺在他的怀里。我很奇怪，卞士其从我家消失时阿诚才一岁。一岁时的感情竟能保存七年之久？

记得日本有一只义犬，主人突然死亡，但义犬一如既往，每天下午到地铁站门口迎接主人，无论他人怎样干涉劝解也不行。日复一日，年复一年，直到临死时，还挣扎着向那儿爬去……后来，人们在那儿为它树了一块碑。

我常奇怪，狗的体内究竟有什么特殊的激素，使他们对人类如此忠诚？

航天综合征并未影响卞士其的工作。他用一天的时间为飞船主电脑加了一个附属装置，即他说的"透明转换"，转换后他就可以用思维同电脑自由交流，这使我十分羡慕。虽然主电脑的语言指挥系统已十分完善，但无论怎样完善，终究是"两者"之间的交流。对于大脑袋——我一直避免使用这三个字——来说，电脑已成为人脑的外延。

航行头一天，我为他详细介绍飞船的生活设施。我介绍了负压洗澡装置，告诫他一定要戴好呼吸管，因为失重状态下的水珠可能致命；告诉他上厕所时要把座圈固定好，不要让它飞起来，以免在女士面前出丑。他默默听我介绍完，冷漠地说，这些他已经知道了，主电脑中有宇航员训练软件，浏览一遍对他只是一秒钟的小劳作。我气极了，向他喊："你为什么不早一点儿告诉我？"

我扭过身，好长时间不理他，他仍是不言不语，满脸拒人千里的表情。等到一种失意感悄悄叩击我的心扉时，我才悟到，我已恢复在他面前的任性，期望他会像 17 岁时那样挨着我的肩头轻轻抚慰。

天哪，我的旧情这么快就要死灰复燃吗？

卓丽丽记完日记，旋上钛合金写字笔，不易察觉地苦笑一声。不，旧情并未复燃。虽然那波感情的涟漪是真的，但把它记入日记中却另有目的——她想让卞士其看到它。

她想引诱他。

她回到指令舱，忽然惊奇地发现，屏幕上显示的飞船轨迹偏离了预定航线。她的心猛一抖颤，回头瞪着卞士其。那一位正闭着眼睛，双手交叉在胸前，在太空舱里自由自在地飘荡。卓丽丽沉声问："你修改了飞船的航线？"

卞士其睁开眼睛，若无其事地点点头。

卓丽丽的心脏缩紧了。对卞士其她一直睁着"第三只眼睛"，小心地不让卞士其接触要害部位。但自从飞船主电脑经过透明转换后，实际上她已经无法控制。进行透明转换时卞士其有充分的理由："大脑袋们仅脑部的神经活动是以光速进行，其他神经网络仍同常人一样，反应速度太慢了，根本无法应付突发事件。所以，我们常把大脑与主电脑直接并网。"

宇航局长事先已考虑到这种情况，在主电脑的中枢部位加了一道可靠的密码锁，以便女儿在紧要关头使用。只是……天知道这道密码锁对大脑袋是否管用？

卓丽丽尽量平静地说："为什么改变航线？"

卞士其若无其事地回答："没什么，顺便看看木星的大气层。"

卓丽丽十分愤怒，嘎声问："你为什么不同我商量，你知道不知道我们的时间多么紧迫？"

卞士其冷嘲地说："请卓丽丽小姐检查一下飞船的新航线吧。"

卓丽丽疑惑地看看他，返身在电脑屏幕上敲出飞船几天的轨迹。她马上看出修改后的轨道参数更佳。看来是飞船升空前的准备工作太仓促，未能选准最佳轨道。她难为情地笑了，耸耸肩，不再说话。

卞士其又合上眼睛。他不愿多说话，他已经很不习惯这种慢吞吞的交流方式。良久，同舱壁的一次轻撞使他睁开眼睛，发现卓丽丽在他的斜上方正梳理头发。在失重状态下，她的一头长发水草般向四周伸展并轻轻摇曳，她聚精会神地同乱发搏斗，好不容易才梳拢、扎好，开始用淡色唇膏涂抹嘴唇。

一种久已生疏的东西悄悄返回他的身体。他同卓丽丽相处到18岁，已是情窦初开，卓卞两家在男女问题上都相当保守，他们之间并没有越界的举动。不过，耳鬓厮磨时，丽丽的头发常轻扫着他的面颊、耳朵，是一种麻酥酥的感觉。这种感觉现在又十分鲜活地搔着他的神经。卓丽丽抬起头，见卞士其在凝望她，便嫣然一笑，卞士其却冷淡地闭上双眼。

已经飞出海王星的轨道半径，太阳变成一颗赤白色的小星星，地球缩为微带蓝色的小光点。在浩瀚的天穹背景下，秒速1000千米的金字塔号仅是一只缓缓爬行的小甲虫。

卓丽丽抱着阿诚长久端坐在全景屏幕前。明天就要同混沌相遇了，在屏幕上混沌已变得十分巨大，但它仍带着某种光的流动，没有确定的形状，没有清晰的边界，像一个幽灵，使人警惕不安。

几天来他们尝试了所有的联络方法，但混沌毫无反应，仍是一言不发地猛扑过来。无论从视觉上还是心理上，卓丽丽都已经感受到它日益逼近的巨大压力。

直到现在，她对能否完成任务还没有一丝一毫的把握。按预定计划，他们首先要尽可能在混沌上降落，这样才能有足够的时间去弄清楚真相，相机处理。但金字塔号的速度与混沌相比太过悬殊，要想在如此高速的天体上安全降落，无异于用弹弓击落一颗流星。如果降落不成功，那就只有“撞沉”它或将它引爆。

那时，她和卞士其都将灰飞烟灭，化为微尘，散布在宇宙中。

卓丽丽悲哀地长叹一声，她并不是怕死，说到底，人反正要死的，也只能死一次。况且，如果地球毁灭，一个人还能生存么？覆巢之下安有完卵。她是担心能否完成人类托付给她的重任。临机决断的时间以毫秒计算，只有依赖于卞士其的光速脑袋，别无他法。

她抬头看看卞士其，那一位仍在舱内漂浮，闭着眼，死模死样的面孔。几天来，她一直对卞士其委曲求全，赔尽笑脸，这时一股恼恨之情突然涌来，她高声喊：

“卞士其！”

卞士其睁开眼睛，冷淡地注视着她。卓丽丽气恼地说：

“明天我们很可能就要诀别人世了。你能不能赏光，陪我最后说几句话？”

卞士其略为犹豫，飘飞到她面前，阿诚跟着窜过来，亲昵地舔着女主人的手指。卓丽丽见他仍是面无表情，闭口无语，便讥讽地说：

“请问你们的模拟人脑中，是否已淘汰了前额叶和下丘脑部分？”

前额叶和下丘脑是主司感情活动和性激素分泌的，卞士其在心底微微一笑。这两天他对卓丽丽的礼貌周全颇为不屑，他知道这是因为人类有求于他。这会儿总算看到卓丽丽的率真本性，便笑答：“没有淘汰吧。”

“那就谢天谢地了，现在，能否请先生屈尊把手伸过来？”

卞士其慢慢伸出胳膊，揽住姑娘的肩头，卓丽丽把头埋在他的臂弯里，眼泪忽然汹涌流出。卞士其掏出手帕笨拙地塞给她。

良久，卓丽丽抬起头，满面泪痕，强笑道：“让你见笑了，一时的软弱，你别担心。”

卞士其怜悯地看着她。在少年时代，他一直是以大哥哥自居的，总是把调皮可爱的小妹妹掩在羽翼下。这会儿，这种兄长之情突然复活。卓丽丽斜眼看看全景屏幕，混沌仍在飞速逼近，她忧心忡忡地说：

“明天的降落有把握吗？”

“尽力而为吧。”

卓丽丽紧握着他的手：“拜托你啦，为了我们的父母，为了我们的地球。”

这句话突然激起卞士其的敌意，一股暴戾之气涌出来，他冷淡地撂一句：“只是你们的地球。”

卓丽丽浑身一震！冰冷的恐惧从脚踵慢慢升起。她没有想到生死之际，卞士其还念念不忘对人类的敌意，在这种心态下，明天他会全力以赴吗？……她努力调整好情绪，亲切地说：“士其，有句话我早想说了。我觉得，在‘大脑袋’和‘小脑袋’之间制造敌意是毫无道理的，同属人类嘛，尤其在年轻人之间更不该如此。我们的父辈年纪都大啦，难免固执古怪甚至性情乖戾，我们应该理解他们。人脑的衰老不可避免，就拿脑中新陈代谢的废物——褐色素说吧，婴儿是没有褐色素的，但到60岁以上，褐色素竟占脑颅中一半以上的空间，它会造成老人智力和性格的变异。”她说，“不过我说的是自然人脑，你们的人工脑中恐怕没有这样的废物积累过程吧。”

她没料到这些话明显地震动了卞士其，沉默很久，卞士其冷淡地说：“你放心吧，我不会疏忽自己的使命。”

两人互道晚安入睡。他们都感觉到，突然复活的感情又突然冻住了。

再过10秒钟就要在混沌上降落。

金字塔号早已调整好飞行姿态。现在用肉眼也能清楚地看到，一个巨大的天体正飞速逼近，卓丽丽在进行宇航训练时，已做过多次模拟降落，这种地面晃动、飞速逼近的景象，她已十分熟悉。卞士其真正进入临战状态，精神亢奋，紧盯着屏幕，用思维波快速下达各种调整指令。与普通宇航员不同，他两手空空，不操作任何键盘和手柄，这使卓丽丽觉得十分别扭。

金字塔号已进入混沌的引力范围，但混沌的引力相当微弱，与它的巨大形体很不相称，这使飞船降落更像在无重力环境下的飞船对接。金字塔号怒吼着，耗尽了所有的能量用于最后冲刺，想尽量消除两者之间的速度差。巨大的加速产生了超过15g的超重值，尽管卓丽丽穿着抗荷服，并且努力缩紧腹肌，调整呼吸，但还是产生了严重的黑视现象。她绝望地祈祷着卞士其保持清醒，然后便缓缓坠入黑暗。在意识完全丧失前，她听到一声沉重悠长的撞击。

“我不能死去，我的使命还未完成。”

冥冥中有强大的信念在催她醒来。她睁开眼，发现自己已躺在卞士其的怀抱里，光脑壳下一双眼睛正关切地注视着她。她挣扎着坐起来，未等她问话，卞士其就欣喜地说：“降落成功了！”

在全景屏幕中看到，飞船静静地躺在混沌表面，眼前是一望无际的平坦，没有其他天体常见的山峰谷地。想不到日夜担忧的降落竟是如此顺利，她感激地握着卞士其的手，喃喃地说："谢谢你，你真了不起。"

卞士其苦笑着摇摇头："我想不是我的功劳，我总觉得混沌是主动者，它迅速调整飞行姿态迎合着我们，把飞船给'黏'住了。"

这句话唤醒了卓丽丽的警觉，她努力起身，急迫地说："快进行下一步吧，探查混沌的真面貌。"

就在这时，飞船发出一声悠长的呻吟，晃动一下，下面的事态使他们目瞪口呆：混沌天体的平坦表面忽然掀起波涛，遮天盖地的波涛缓慢地却是不可阻挡地压过来。

很快他们发现这不是波涛，是飞船所在处在迅速凹陷，混沌的坚硬表层忽然间变成柔软的极富弹性的胶体，从四面八方向飞船逼过来。卞士其怒喝道："上当了！立即起飞，还来得及飞出去！"

卓丽丽迅速制止他："不要起飞！——这样不是更好吗？"她苦涩地说。

卞士其低头看着她，当然明白卓丽丽的意思。混沌的行为已经证明它的恶意，能在混沌的内脏里爆炸，效果更好。他不再说话了，握着卓丽丽的小手，静观事态的发展。

最后一块圆形天穹终于合拢，飞船被绝对的黑暗所吞没。他们感觉到飞船仍在混沌的肌体里下陷，从轻微的超重判断，下落速度还在平稳地增加。

这是一段极其难熬的路程。

他们打开了舱外照明灯光，但灯光穿不透浓稠的黑暗。飞船所到之处，混沌的肌体迅速洞开，飞船经过后又迅速合拢，没有丝毫空隙。黑暗、死寂和恐怖感紧紧箍着飞船。

卞士其和卓丽丽一声不吭，只有阿诚忍受不了这无形的重压，一声声悲哀地吠叫着。

熬过漫长的时间——其实才十几分钟，卓丽丽忽然迟疑地说："有光亮了？"

飞船周围似乎出现了微光，他们正穿越的介质从胶态变为液态，又变为气态。卓丽丽轻声说："把灯光熄灭吧。"

卞士其点点头，用思维波下了命令，全船灯光立即熄灭。这一来他们看清了，舱外的确是朦朦胧胧的微光，光度很快变强，周围的介质越来越稀薄。忽然——就如飞机穿越云层一样，飞船弹跳出去，到了一个明亮的极为巨大的空间。

这是混沌的内腔，是一个空无世界，没有任何实体，没有光源，只有像雾一样飘浮的光团。光团很不均匀，有着错综复杂的明暗和流动，就像海洋里的冷暖潜流。很久之后，人类对这种光场才有所了解。从本质上讲，人类和电脑的智力运动本质是能量的有序流动，脑的物质结构只是约束导引这些流动的管道网络。但混沌已超越了这个阶段，它利用光作为思维载体，不借助于物质约束就能实现能量的逻辑流动。所以，混沌的空腔也可以认为是它的大脑。

这个空无世界的中心，孤零零地悬着一个三维图像，它的形状颇像一个缩小的涡状星系，有两只长长的边界模糊的旋臂，图像一直在缓缓地旋转着。

眼前这些奇特景象使他们迷惑不解。光流自由自在地在穿越飞船，穿越他们的身体和大脑，脑海里有奇怪的感觉，似乎有久已遗忘的前生的语言在不停地呼唤。

飞船很快降落到涡状物附近，然后便静止不动。惊魂甫定，卓丽丽发觉自己正紧紧偎在卞士其怀里，她没有去挣脱，心中有甜甜的苦涩。就在这时，一道白光猛然轰击两人的大脑，卓丽丽茫然扬起头，见卞士其突然亢奋起来，聚精会神地聆听着冥冥中的声音，接着漾出欣然微笑。

卓丽丽迷茫地注视着他，忽然，飞船密封舱的门缓缓打开了，卓丽丽知道这是卞士其用思维波下达的命令。卞士其匆匆向舱外走去，卓丽丽惊慌地喊："你没有穿宇航服！"

卞士其扭回头，匆匆解释道："混沌已测出我们的生存环境，并在飞船周围形成类似于舱内的小气候。不用穿宇航服，你快点出来吧。"

卓丽丽将信将疑地走出舱外，的确，舱外是熟悉的地球大气环境。这里是零重力区域，两人都悬空漂浮着。卞士其告诉她："我已经能读懂混沌的信息了，我现在就同它交谈。"

连续不断的白光轰击卓丽丽的大脑，但是她根本无法理解这些信息。她只能辨出无数令人眼花缭乱的图形，在脑海中呼啸着冲过去。卞士其闭着眼睛，一动不动，从外形很难看出他在同混沌交谈。只有他紧锁的眉头，微微晃动的身躯，亢奋的面容，可以看出他在紧张地思维。

卓丽丽心情很复杂，既感欣喜，又有莫名的恐惧。她和卞士其的力量对比本来就不是一个档次，现在天平那边又加上混沌这个重砝码。如果卞士其怀有二心的话……像是为她的预感作证，胸前一个纽扣忽然无声地跳抖起来。她的脸色唰地变白。

这是爸爸同她约定的秘密联络信号，只有最紧急情况下才用。她偷偷看看卞士其，他正在瞑目思维。卓丽丽悄悄飘飞进舱，进入通讯密室，急急打开秘密通讯口。

一定是出现了什么异常事件，而且一定与卞士其有关，她暗自庆幸，混沌的奇异外壳没有隔断地球的电波。

71 个大脑袋聚在卞天石屋里，聚精会神地观看全息天体图。

按照预定计划，卞士其将把引爆推迟，在混沌到达土星半径以内时再进行。这样可以在地球上造成“适度灾变”，其规模要足以动摇人类的统治，又不至于毁灭地球，只有这样才能促进地球生命的变异，文明的进化。

绝不能再让那些智力低下却又自命不凡的小脑袋统治地球了，他们早该被历史抛弃。这次千载难逢的机会，恐怕正是造物主对大脑袋的垂青。

超级电脑模拟了这个过程。当混沌切入土星轨道之后，它猛烈地爆炸了，瞬间变成银河系中最亮的星星。强烈的白光经过 76 分钟到达地球，然后是强烈的粒子风暴。地球电离层被破坏，通信中断，臭氧层在几秒钟内全消失。大气层被吹向地球背面，形成全球范围的风暴，部分大气被吹出地球，形成彗星状的长尾。迎光的东半球几乎同时起火，海水气化爆炸。西半球掀起狂暴的海啸，许多建筑物在刹那间夷为平地。

估计只有不足十分之一的人可以幸存。

70 个人静静地观看演习，只有酒井惠子悄悄走向窗口，从口袋里掏出一缕青丝，这是她做换脑手术时留下的，一直偷偷保存着。那天，去航天港为金字塔号送行，卓丽丽说："我会回来的，我还要惠子阿姨为我梳头呢。"

那时，她笑靥如花，一头青丝飘逸柔松。回西藏后，惠子就从保险柜里取出自己的长发，悄悄放在身边。

70个大脑袋仍在讨论灾变行动的善后，当然是用思维波快速交谈。他们都紧闭着嘴，这使他们的表情显得冷酷怪异。

酒井惠子痴痴地看着卞天石，卞天石是她的恩师，是她心目中的至圣。在师母去世后，又是她深深爱恋的情人。每次浴前松开长发时，卞天石常夸她："你的头发真漂亮！"

尽管他们尚未结婚，但卞士其和丽丽实际早已承认这位继母。丽丽长到17岁时还常常偎在惠子阿姨身边，缠着她梳头，也常常由衷地赞叹："阿姨，你的头发真漂亮！"

这些都是前生的回忆了。

做了换脑手术之后，她已学会冷静地思维。在大脑袋看来，"感情"只是对理性的干扰，是思维流动中一团失控的涡流——女人头发的颜色和长短，对于文明的发展有什么关系？对此津津乐道，实在是令人羞耻的低级趣味。几年来，她和卞天石虽然近在咫尺，但相聚的时候很少，既然所有的思维交流可以远距离进行，就不必浪费时间聚会了。她和卞天石也一直没有成婚，在遗传工程上未取得突破前，卞天石不愿意结婚，因为他不愿意养育出"小脑袋"的儿女。这回，他们决定借混沌实行"适度灾变"——是冷静的决定，不是冷酷，他们是为了促进文明的进化。几亿人死于非命，只是这场革命无可避免的副产物。

但是，鬼使神差地，卓丽丽的一头青丝竟然把她的理性思维拦腰截断了！几天来，旧日的感情一下子全复苏了。也许女人天生是理性思维的弱者？她忍不住对镜自照，那丑陋的光脑壳的确惨不忍睹。对于一头瀑布般青丝的痛苦回忆啃啮着她的心。夜晚睡在床上，她渴望能躺在卞天石的臂弯里，渴望天石用手梳理她的长发，就像她对卓丽丽那样。

可是，丽丽马上要在一声巨响中化为空无了！还有士其！她最后瞟一眼卞天石，果断地退出房间。

地球政府的绝密通信线路突然有陌生信号插入。一个光脑壳女人的头像出现在屏幕上，急促地叙述了事情的原委：

“……这就是‘适度灾变’计划的详情。我将以个人名义劝说卞天石中断这次行动，请你们立即通知卓丽丽予以配合。要赶快，否则就来不及了。”

一个半小时后，卓太白代表世界政府宣布的命令到达金字塔号飞船：

一、立即处死卞士其。

二、卓丽丽全权处理有关事宜。如果无法建立对混沌的控制，就按原计划立即起爆。

卓太白又加了两句：“考虑到你与卞士其的智力差异，你要立即处死他，不能有丝毫犹豫，否则他会玩弄你于股掌之上。飞船距地球太远，不可能再同你联系了。永别了，我的好女儿！”

屏幕上卓太白老泪纵横。

读完命令，卓丽丽冷静地启动了主电脑的密码锁，从密室里取出电子噪音枪，那是特意研制的，只对大脑袋的脑结构有破坏作用，对于普通人则不会造成共振。所以对卓丽丽来说，这是一件十分安全的武器。

痛苦、愤怒煎熬着她。她羞耻地想起，金字塔号在黑暗中下陷时，自己曾紧紧偎依在卞士其怀里。她自以为用柔情征服了这个异类，可是……那人紧紧拥抱她时，还在想着如何杀死50亿地球人！

她镇定了情绪，提着手枪走出密室。卞士其也进入指令舱，正用思维波向飞船下达指令，但主电脑已锁定，屏幕上不停地闪烁着两个字：

“密码？”

阿诚扒动四肢，从舱外飘进来。卞士其回头，见卓丽丽在他身后，手里端着一把奇怪的手枪，枪口对准自己的眉心。卞士其神色自若，静静地看着她。

“你在修改飞船程序？”卓丽丽声音苦涩地问。

“对。”

“你想实施那个‘适度灾变’的计划？”

“不错。”

两人沉重地对视。良久，卓丽丽苦涩地说：“还有什么话吗？”

卞士其微微一笑：“没有，尽管开枪吧。”

卓丽丽狠下心扣动扳机。卞士其摇晃一下，身体突然倾斜，两眼奇怪地圆瞪着。阿诚觉察到了男主人的不幸，焦急地冲上去，狠命撕扯他的衣角，唤他醒来，一边对女主人起劲地狂吠。

卓丽丽警惕地围着他转了一圈，确信他已死亡。她丢下手枪，汹涌的泪水凝成圆圆的泪珠黏附在面颊上。她抱起卞士其的尸体，吻吻他的双唇。

“我们为什么非要成为敌人？”她苦楚地自言自语着，然后沉默下来，像一座冰雕。她的思维已经麻木了，但内心深处有一个时钟，滴答滴答地催她醒来。良久，她长叹一声：“士其，我们很快就会见面的。”

她想放下卞士其，起身执行起爆指令。忽然身下一声长笑！没等她清醒过来，一双铁钳似的胳臂紧箍住她，卞士其与她对面相视，讪笑地说：“在混沌的能量场内，任何武器都失效啦。不过，谢谢你的一枪，也谢谢你的一吻。”

卓丽丽眼前一黑，知道自己失败了，地球人失败了，50 亿人死亡的前景马上就要变成现实，这都是因为她的愚蠢……她忽然狂暴起来，怒骂着、挣扎着，挣不脱时，她像一头母狼，一口咬住卞士其的肩膀。

卞士其疼得咧着嘴，用干净利索的一记勾拳把卓丽丽打昏。

卓丽丽醒来时，发觉自己被困在一个无形监牢里，就像包在一团黏稠的透明液体中，她绝望地挣扎着，手足可以挪动，却冲不破这无形墙壁。阿诚扑在这无形的圆筒上，用爪子抓，用牙咬，狺狺地狂吠着。

卞士其正在紧张地破译那道密码，看见卓丽丽醒来，他冷冷地撂一句：“你已经陷入混沌的能量场里，不要白费力气。”

这时屏幕上打出一行字：“密码解除，请输入后续指令。”

卞士其很快解除飞船起爆的各种预定程序。从飞船飞行轨迹看，混沌已进入木星轨道半径之内，并继续向地球逼近。

卞士其游过来，立在卓丽丽对面，面带讥笑，左肩上血迹斑斑。卓丽丽仇恨地闭上眼睛。

卞士其定定地看着她，目光似乎要把她的眼帘烧穿，但卓丽丽一直没有睁眼。忽然，她神经质地解开长发，让它披落胸前，用手指梳理着，漆黑的长发衬着她的柔美，她紧闭双眼，热切地自语着，像是热病病人不连贯的呓语。不过卞士其都听明白了。

她说："惠子阿姨，你的头发真漂亮！"说话时她又回到七年前的少女时代，连语言也变得清脆婉转。

她说："士其你真坏，也学会向姑娘献殷勤了！——不过我真的像春之女神吗？"这是追忆 17 岁的一段绯色时光，就是灾难到来之前不久。那天丽丽穿着洁白的夏日休闲装，长发瀑布般滑过裸露的肩头，逆光中脸庞上处女的茸毛又细又密。当时卞士其忍不住赞叹："你真像一尊春之女神！"

她又细声细语地问："士其你是想要个儿子，还是女儿？"卞士其有些愕然。不，他们的爱情尚未发展到这儿就被拦腰截断了，丽丽是在用想象把它补齐。她脸上洋溢着初为人母的圣洁光辉。

卞士其沉默着，打开与地球的通信。屏幕上正播发着地球政府对大脑袋基地的军事包围，蝗虫一样的飞碟带着核弹和电子噪音武器，无数导弹也去掉弹衣。卞士其知道这些图像是有意发来的，妄图对他有所震慑。

他冷笑着关闭屏幕。

阿诚不能理解眼前的事态变化，它茫然地吠着，在寂静的飞船舱里，吠声显得十分清亮。

不知道过了多少时间，能量场忽然解除了。阿诚一下子跌入女主人怀里，大喜若狂，在主人身上蹭来蹭去。卓丽丽睁开眼睛，卞士其正在她对面，目光冷静。她叹口气，她并不指望自己的爱情呼唤能打动这个冷血的杂种机器人，但她也只有尽力而为。忽然卞士其脸上掠过一道微笑，就像一波阳光掠过草地。他从怀里掏出一件东西，一声不响地举在卓丽丽眼前。

是他们的合影。蓝天、白云、金黄色的海滩，泳装裹着青春的身体。他们头顶着头，笑得那样畅意。

卓丽丽闭上眼睛，大滴泪珠从眼角飞出来。

卞士其笑了，伸手拉住丽丽：“来，丽丽，我教你与混沌对话。”

他不容分说，拉着丽丽飘出舱外。卓丽丽不知道他在搞什么名堂，狐疑地盯着他的背后。

“你已经看到，我与混沌建立了沟通。这是混沌的功劳，它有一套非常有效的思维交流方式。其实原理是非常简单的，它认为在宇宙的任何地方，光都是最重要的物理量，因而视觉是所有高等生物必不可少的感觉。因此，它们把星际间的交流方式建立在视觉基础上。”

“顺便说一句，”卞士其困惑地说，“混沌似乎没有语言。我曾尽量向它解释，但它似乎从没有语言的概念，可能是一种哑文明。现在你看那个图像。”

尽管有深深的敌意和不信任，卓丽丽还是朝他指的方向看去。混沌的中心悬着那个类似涡状星系的三维图像，两只长长的旋臂正在缓慢旋转。卞士其加重语气问：

“你知道这是什么图像吗？是飞船原来的主人，赫拉星人！”

这个出人意料的宣布使卓丽丽十分吃惊，她呆望着卞士其。卞士其笑起来：“没错，是赫拉人。尽管它与我们对人的概念太过悬殊，详细情形你自己慢慢观看吧。我还是先把思维交流的原理讲完。在视觉过程中，外界物体反射的光线经过视觉器官，转化为电信号，最后成像于大脑。现在，混沌将不停地向我们脑中输进这个赫拉人的形象，再把我们脑中形成的虚像取出作为参照物。由于异种生命的视觉过程有差异，乍一开始，实像和虚像可能大相径庭，但是混沌会自动地调整输入参数，直到实像和虚像完全一致。调整完成后，两种文明的交流模式就已确立，然后它就能够以光速向你输入有关赫拉人的信息。你听懂了吗？”

卓丽丽点点头。卞士其继续说道：“这个方法对你同样适用，刚才你未能理解，只是因为输入速度太快。现在我让它降到每秒米级的速度，也就是你们的神经反应速度。”

一道道白光又开始轰击她的大脑。白光逐渐拉长拉慢，直到分离成一个个独立画面。画面上的形象奇形怪状，毫无章法，但这些形象迅速变形，逐渐向涡状赫拉人的形象趋近，等二者完全重合后便定格不动。随即卞士其说："现在混沌开始为你输入信息。赫拉人认为，就像物质无限可分一样，宇宙的层级也是无限的，某一层级的无数小宇宙组成更高层级宇宙的一个单体，依此类推，其极限称为终极宇宙。幸运的是，赫拉人与我们同属于一个层级，只是分属不同的震荡小宇宙而已，这使我们的交流相对容易一些。"

现在，卓丽丽的脑海里是广袤无边的终极宇宙，镜头迅速拉近，指向一个宇宙群。它在不停地鼓荡着，有的区域膨胀，有的区域收缩，有的地方正在发生大爆炸。卞士其解释道："赫拉人认为，我们这一层级的宇宙是由无数震荡小宇宙组成的。宇宙蛋爆炸后飞速膨胀，形成无数天体，亿兆年后又塌缩成新的宇宙蛋。现在镜头中是赫拉人居住的诺瓦宇宙。"

镜头继续拉近，显示出一个膨胀着的宇宙，继续拉近到一个涡状星系，再是一个恒星系，最后定格在一个行星上。这是一个暗红色的液体星球，由于高速自转呈扁椭圆状。镜头迅速跳闪，显示出液体星球逐渐降温，变成暗绿色。慢慢地，空无一物的表层液体里逐渐出现生命，生命飞速变异、增殖，一直到出现一种涡状生物，它们迅速占领了这个液体星球，缓缓摆动着两只旋臂在"水"中游动。卞士其解释道："这就是赫拉人。赫拉星在不到一亿地球年的时间里进化出这种高等生物。"

接下去赫拉星球迅速变化着，种种光怪陆离的"水"中建筑接踵而出，空中和"水"中也有不少类似飞船的东西。涡状人的形状也在不断变化，最后的画面上，涡状人的边界变得模糊不清，带着某种光晕。卞士其困惑地说："这些信息的含义我一直没弄清。在向我传输时也反复出现过这些画面，似乎是在强调，赫拉人已进化到以能量状态存在？我们先不管它。往下你会看到，诺瓦宇宙的末日快要来临了，这儿似乎也逃不脱那个普遍的规律：成熟越早的生命，死亡也越早。"

镜头拉远，鸟瞰着诺瓦宇宙，这个巨大的宇宙正在快速收缩。等镜头再推近赫拉星时，这个液体星球已经变形，自传显著减慢。涡状人就像巢穴被毁的蚂蚁群，匆匆忙忙赶造一艘逃生飞船——卓丽丽认出那就是面前的混沌。

他们倾全球之力建造了这艘几乎能力无限的诺亚方舟，不停地向其中灌注能量。最后，一小群赫拉人进入混沌飞船，向他们的母族告别。

卓丽丽几乎与混沌心灵相通，她能清楚理解混沌要告诉她的信息，甚至能理解画面之外的感情。尽管赫拉人没有通常意义的五官和表情，但她分明感受到告别仪式的悲壮。一小群赫拉人将带着母族的希望，逃到无边的宇宙之外。它们将同未知的自然搏斗，力图延续赫拉文明。留下的赫拉人将平静地迎接死亡。她还感到混沌不仅仅是一条飞船，它还是一个智能人，是一头通灵巨兽。它带着对主人的忠诚和依恋，悲壮地点火升空，踏上了未知之路。经过极其漫长的旅程，混沌到达了诺瓦宇宙的边界，卞士其声音低沉地说："悲剧马上就要开始了，我想即使以赫拉人的高度文明，对此也未能预料。混沌正在穿越诺瓦宇宙的边界，所谓宇宙边界，应该是抽象的定义，并无实质意义。但不知道为什么，在边界还是发生了令人震惊的变化，只有混沌未受影响，也许这表明活的生命不能通过宇宙边界。"

卓丽丽的脑海里输进这样的景象：旅途中混沌内的赫拉人正处于休眠状态。但忽然间，它们的身体迸射出强烈的绿光，光晕消失后，赫拉人无影无踪，没有留下任何痕迹。

卓丽丽能感到那时混沌的困惑和慌乱，它在陌生之地焦急呼唤自己的母亲。很长时间之后，它不得不承认残酷的事实——一夕之间它已变成弃儿。此后，它在自己体内塑造出赫拉人的形象，就像复活节岛上的土人想用石像留住失去的灿烂文明。然后，它封闭了自己的心智，在宇宙中漫无目的地游荡。

卞士其苍凉地说："这个状态不知道延续了几千万年、几亿年，混沌的心智已蒙上厚厚的硬壳。忽然有一天，它收到地球上的射电信号，它一下子惊醒了，就像是一条已经绝望的义犬忽然听到失踪主人的声音。所以，它毫不犹豫地向地球文明猛扑过来。"

卞士其笑着说："所以你尽管放心。混沌不是寻响水雷，而是寻找主人的义犬。地球已经安然无恙——不仅仅如此，上帝还赐给地球人一个法力无边的神灯。混沌的智力很可能使地球文明一下子跨越几十个世纪。"

卓丽丽放下心头重负，高兴地笑了。忽然她热泪盈眶，向卞士其扑过去。她的冲力使两个人在空中连续地旋转起来，旋转中卓丽丽还在不停地吻他，泪水涂满两人的脸。

“谢谢，谢谢你，”她哽咽地说，“我感谢你，人类感谢你。”

卞士其还她一个深吻，认真地说：“不，我要谢谢你，是你唤醒了我的生命。”

他们紧紧拥抱着在空中飘浮。阿诚不甘寂寞，不满地吠着，向他们飘过来。丽丽笑了，揽过阿诚放在两人怀中。卞士其向她讲述了这几年的情形。

“八年前，父亲命令我去做换脑手术。我心里十分难过，我知道自己将告别人类，告别心爱的姑娘。但我还是遵从了父亲的命令，我是怀着为文明献身的虔诚去做的。

“手术后，我们的思维效率大大提高了。小小的大脑袋文明已远远超过原人类，这使人们坚信自己的选择是正确的。

“但不久我发现，在我们圈子里人际感情日益淡薄。即使我的父亲，对我来说也只是另一部联网的电脑，只有惠子阿姨还常给我一些亲情。我们对人类的敌视日甚一日，不过那时我们认为这只是人类迫害我们的被动产物。

“那时我们太自信，没有一个人从自身找原因，但你关于大脑褐色素的意见使我一下子惊醒了，大自然锤炼 45 亿年的自然人脑尚未淘汰这些废物，我们的生物元件模拟人脑真的就十全十美吗？这几天，我做了大量的计算和理论模拟试验，已经找到了这个恶魔——我们暂命名为‘类褐色素’，它在脑中的积累速度比褐色素更快。它的累积使人格日益扭曲、偏执、乖戾，从某种角度讲，换脑 10 年的大脑袋已经被魔鬼控制了，他们的所作所为实际上是身不由己。

“只有年轻人尤其是年轻女人的性激素可以部分抑制类褐色素，所以我和惠子阿姨是幸运者，症状比较轻。这次，大脑袋决定借混沌实行‘适度灾变’，老实说，当时我就不敢苟同。即使它能促进地球文明的发展，代价也未免太沉重了，50 亿条生命啊！何况其中还包括你。”他深情地说。卓丽丽听得入迷，握握卞士其的手，让他说下去。

“我答应做飞船乘员就是为了见机行事。在我了解类褐色素的危害后，我就更明白该怎么做。幸运的是，我不久就与混沌建立了沟通，它对人类的感情更坚定了我抗命的决心。不过当时我没告诉你，”他顽皮地说，“我想试试你敢不敢对我开枪，原来你真狠心啊！”

他愉快地笑着，卓丽丽表情苦涩，用手轻轻抚摸卞士其的光脑壳，似乎那儿有无形的伤口。她轻声问：“真的没有受伤？”

“真的。混沌早告诉我，在它的能量场内决不容许杀戮生命的恶行发生。”

“肩上的伤口呢，很疼吗？”

“当然！你简直就像一头母狼！我差点来不及取消起爆指令，那是我在此之前设置的。我只好给你来一下。还疼吗？”

卓丽丽摇摇头，把头埋在卞士其怀里，等她抬起头来已是泪流满面。她的沉重感染了卞士其，他心境沉重，看着痴情的姑娘。尽管今天上演的是喜剧，但是他们之间仍然可能以悲剧结尾。大脑袋和普通人的鸿沟肯定难以填平。还有，他们是否能很快研究出化解类褐色素的药物？否则，他们最终也会像爸爸那样冷酷乖戾，如果那样的话，他一定在精神尚清醒时自杀，决不会等自己被恶魔控制后再去害丽丽。他把这些愁闷抖掉，说道：“不说这些了，还是说说混沌吧。它的未来已安排好了，它将到达近地轨道，成为第二个月亮，你看。”

他打开全景屏幕，在浩瀚的宇宙中，混沌正精神抖擞地飞速前进。这会儿它已经越过木星，进入小行星带，一颗闪亮的小行星在舷窗旁疾闪而过。偶尔有一颗小天体撞在混沌上，激起一波沉重的振荡。混沌的外壳迅速抖动变形，把撞击能量吸收储存，又慢慢恢复正常。混沌飞越火星，蔚蓝色的地球越来越大，卓丽丽甚至能感到混沌内勃勃跳动的喜悦之情。忽然，卓丽丽惊奇地睁大眼睛，她膝上的阿诚突然变成了两只，一模一样，兴高采烈地向他们摇头摆尾。不过卓丽丽莞尔一笑，她看出其中一只轮廓不大清晰，带着某种光的流动，用手抚摸，那儿是一团虚无。她知道这是混沌玩的小游戏，是混沌为自己创造的形象。这只不会说话的灵兽是以这种方式表示自己的喜悦，希望得到主人的宠爱。

混沌的速度已显著降低，等它降到每秒 7.8 万千米时，进入离地球 88 万千米的外太空，它就会变成第二个月亮，直到终生。

地球的观察者发现，混沌进入卫星轨道后，把金字塔号轻轻弹出来。从传来的图像看，卓丽丽抱着阿诚，依偎在卞士其怀里。距地球还有 20 万千米之遥时，她就急不可耐地高喊：

“爸爸、妈妈，我们马上就回家啦！”

宇航局长在屏幕前轻轻摇头，这哪是受过正规训练的宇航员，倒像是去外婆家度假归来的小女孩。不过他没有责备丽丽。他打电话询问有关部门，得知对大脑袋的军事行动已经取消。当然，那几道防线是不能取消的，他知道，如何处理与大脑袋的关系，是世界政府近几十年的最大难题。

哥本哈根解释

“你甭指望说服我，我是绝不会相信的。”吉猫说。

大象正在操纵手里的遥控器，讥讽地说：“你真是把头埋在沙里的死硬的鸵鸟，亲眼看见也不信？”

“不信。不管怎么说，时间机器——它违反人类最基本的逻辑规则。”

他们正坐在大象的时间机器里，它外表像一辆微型汽车，有驾驶窗、车轮、车厢和车门，有方向盘，但外形怪头怪脑。车厢外这会儿是绿透的光雾，是超强磁场形成的。大象扭动遥控器上一个小转盘，光雾逐渐消失，外界逐渐显现——仍是他们出发时的环境，是在大象的超物理实验室里，铁门紧闭，屋里空无一人。时间汽车穿行 22 年的时空距离后又落在 21 世纪的坚实土地上。

嘴巴死硬的吉猫这会儿正暗暗掐大腿、咬舌尖，以确认自己是不是在梦里。刚才，大象——他 30 年的铁哥们儿，中科院超物理研究所所长——确实带他回到过去，回到 22 年前，看着八岁的吉猫和大象从南阳市实验小学的大门口出来，破书包斜挂在肩上，边走路边踢着石子。他们是坐在时间车里看这一幕的，密封的门窗隔断了外边的声音，就像一场不太真实的无声影片从眼前流过去。不过，那两人是八岁的吉猫和大象——这一点无可置疑。谁能不认得自己呢，尽管有 22 年的时间间隔。再说，那时大象还非要拉他下车，与 22 年前的自己交谈几句呢。但吉猫抵死不下车，因为，与自我劈头相遇，这事儿太怪诞，透着邪气——

“我承认刚才看过的一幕很真实，但我就是不信！仍是那个人人皆知的悖论：假如我遇见 22 年前的我，我杀死他，就不会有以后的我，就不会有一个‘我’回到过去杀死自己……这是一个连绵不断、无头无尾的怪圈。相信时间旅行的存在，就要否定人类最基本的逻辑规则。”

大象讥讽地说：“病态是不是？你干吗非要杀死自己，自虐狂啊。”

“我干吗要杀死自己？我活得蛮滋润的。我只是用‘极端归谬法’证明你的错误。你听我从头说吧，第一，你认为你的时间机器能回到过去……”

“已经回去了嘛，你又不眼瞎。”

“好，我暂且先承认这一点。第二，你认为时间旅行者可以把他的行为加入到‘过去’，对过去施加某种影响，对不对？”

“对。”

“那么第三，你认为时间旅行者的行为可以影响到今天的真实历史，是不是？”

大象稍微踌躇一下：“轻微的变化——是有可能的，但不会有本质的变化。既然历史发展到目前的状态，就证明它是无数历史可能性中几率最大的，所以，一两个时间旅行者——只要他不是超人——最多只能把历史稍微晃荡一下，等它稳定下来，就又回到原状。”

“强词夺理！牵强附会！破绽百出！”吉猫喊道，“凭这么一个不能自圆其说的理论能说服谁？连你自己也说服不了！”

大象一下子冷了脸：“听着，你这个不学无术、自以为是的家伙，不要在我面前奢谈什么逻辑规则。当事实和逻辑冲突时，是事实重要还是逻辑重要？逻辑从来不是无懈可击的，逻辑中一直存在着无法自洽的自指悖论。即使最严密的逻辑体系——数学——也存在着逻辑漏洞，不得不依靠若干条不能证明的公理来盖住地基上的裂缝。量子力学中，分别通过双缝的光子能预知其他光子的行为，这也是违反逻辑的，丹麦科学大师波尔曾绞尽脑汁，才给出极为勉强的哥本哈根解释……上大学时你该学过罗素悖论、哥德尔不完备定理和光子佯谬的，怎么，全忘了？”

吉猫心虚地低下头——没错，这些知识差不多已经就饭吃了。但他仍犟着脖子说：“这些都不能和时间旅行的自杀悖论相比，它违反的是最直观、最清晰的生活常识……”

“那只是因为，你为你的推理人为限定了一个封闭的边界，就像克里斯蒂、柯南道尔和阿西莫夫的推理小说，只能看着玩儿，不能当真。实际上，真实生活的边界是开放的，常常有你预想不到的因素作用于历史进程，使你困惑的逻辑矛盾得到化解。这可以算作时间旅行中的哥本哈根解释。”他不耐烦地说，“算啦，下车吧，我已经懒得说服你了。真没见过你这样的宝货，你已乘坐时间机器回到过去，愣是闭着眼不承认它。走吧，下车吧。”

吉猫赖在车上不挪窝：“走？没这么便当。你已经搅乱了我的思维，你就有义务再把它理清。”他认真地考虑了一会儿，断然说：“听着，我要和你打赌。”

“什么赌？”

“你把时间机器借给我，我单独回到过去，去制造几起悖论；然后回到现在，看你能不能找到什么哥本哈根解释。”

大象略微沉吟：“可以，赌什么？”他掏出一张信用卡，“这里有 3000 元，刚打进去的上月工资。”

吉猫摇着手指：“不，不，赌注太小了。我想——谁输了就光膀子跑到市中心大街上喊上三遍：我是疯子，我是疯子，我是哥本哈根疯子！”

大象嘴角上扯出一丝笑意：“行啊，当然行啊，这个赌注倒是蛮别致的。可是你对自己的获胜就这么有把握？”

“当然，我相信逻辑之舰无往而不胜。”

“最好想一想失败吧，你可是要兑现的。”

“我认了！”吉猫说，又皮笑肉不笑地说，“可是大象，我的哥们儿，万一我对过去的干扰影响你的现在，甚至否定了你的存在，那该怎么办呢？我的良心要终生不安啊！我今天把话说到前头，如果害怕——你就提前认输吧。”

大象干脆地说：“我不怕。我目前的存在就是几率最大的历史，不是一两只蚍蜉所能撼动的。你尽管去用力晃吧。”他教会吉猫使用时间车的方法，便闪到一边。

时间车里，吉猫设定了时间：22 年前。地点：还是那个实验小学的门口。他拨动小转盘，立时，浓浓的光雾笼罩了时间车。等光雾逐渐消散，他看见自己已经飞出铁门紧锁的实验室，停在实验小学门口。周围的人奇怪地注视着这辆怪头怪脑的汽车，在他们印象中，这辆车似乎是凭空出现的。

确实是22年前的实验小学，大门没有翻修，铁门上锈迹斑斑，横额上的校名扭歪着。吉猫已在心里认定时间机器是真的，想想吧，刚才还在门户紧锁的2010年的实验室里呢，这种乾坤大挪移的功夫可玩不得虚假。当然自己不会赌输，他相信，用这台时间机器肯定能干出几件逻辑上讲不通的怪事。到时候——且看大象给出什么样的哥本哈根解释吧。

已经到了放学时刻，他盯着学校的放学队伍，准备施行他的计划。计划很简单，也绝不残忍。他当然不会杀死大象去制造死亡悖论，但他要把八岁的大象从1988年带走，直接带到2010年，与30岁的大象会面。可是，如果八岁以后的大象在历史上没存在过，他怎么可能长到30岁？

大象随着路队出来了，吉猫驾着时间车悄悄跟在后边。他知道大象在第一个路口就会离队，在那儿等着吉猫，两人再搭伴回去，六年的小学生活中他们一直这样。大象果然在第一个路口停下，立在梧桐树下，用假想的猎枪瞄着树上的麻雀，嘴里砰砰地放着枪。吉猫把汽车靠过去，小心地喊："大象，过来。"

大象惊奇地走过来："叔叔，是你叫我吗？你怎么知道我的名字？"

吉猫莞尔一笑：好嘛，自己成大象的叔叔啦。他说："我当然知道，你是在等你的好朋友吉猫，对不？你们家住在前边街口的府衙大院里，对不对？"那位大象忽然福至心灵地说：

"你是吉猫的叔叔吧，和他长得那么像。可是，我从来没有听说吉猫有叔叔啊。"

吉猫想，得，又成自己的叔叔了。他说："大象快上车，我要带你见一个人，一个与你关系最密切的人。"

"谁？"

"一见你就知道了。快点儿。"

"可是，我要在这儿等吉猫呢。"

"那有什么打紧，他等不到你会自己回家的。"

大象犹豫了一会儿，终于经受不住诱惑，上了汽车，小心地抚摸着小牛皮的座椅和闪着柔光的仪表，他从没坐过这种怪头怪脑的车呢。吉猫调好目的地和目的时间，绿色的浓雾霎时笼罩了时间车。少顷，光雾消散，他们已位于关锁重重的超物理实验室，大象——30 岁的大象仍在旁边站着。小大象奇怪地问：

“汽车怎么不走呢？”

“已经到了，在刚才的一瞬间，咱们已经走了 22 年的路。下车吧。”

他打开车门，车下的大象问：“旅行结束了？”

“对，我给你带来一个特殊的客人，喂，下车吧。”

八岁的大象已经注意到车外的环境巨变，迟迟疑疑下了车，他看见一位 30 岁左右的人立在车旁，眉眼似乎很亲切，就礼貌地打招呼：“叔叔你好。”

吉猫忍俊不禁大笑道：“叔叔！多奇怪的叔叔！再仔细看看他是谁？”

小大象不知道自己错在哪里，十分困惑。30 岁的大象皱着眉头说：“吉猫，你真胡闹，把他带来干啥？”

“干啥？想听听你的哥本哈根解释。请注意，我于 1988 年 10 月 17 日把八岁的大象带到你这儿，那么，从此刻起他就不在真实世界里存在了。他的（你的）爹妈会为他的失踪焦急哭泣，悬赏追寻，也会随着时间的逝去把痛苦淡化。那么，‘你’又是从哪儿来的呢？你是凭空出现的吗？”

30 岁的大象刻薄地说：“我原以为你会想出什么美杜莎式的难题呢，看来真是高估你的智力了。我且问你，这个小孩——八岁的大象——你想如何处置？你打算把他养大吗？”

吉猫想想，只得摇摇头。的确，他打算在大象服输之后就把童年的大象再送回去，若把他放到 21 世纪养大——吉猫可没这个耐性，也无疑会产生种种冲突。大象说：“这不结了，只要你把他送回去——我的人生之路自然就接续起来。”

“可是这个大象有了一个新的经历！他在八岁时坐过时间机器，见到 22 年后的自己，你有这段经历吗？”

“我干吗要让他有这段经历，把他送回到坐时间车之前不就行了？”

吉猫目瞪口呆。他没料到这一点，是啊，如果你承认时间机器，你就得承认人世间的逻辑规则已经变了，就不能按常规推理了。两人说话时，八岁的大象一直瞪大眼睛，轮番睃着两人，这时才兴奋地叫起来：

“原来你们不是叔叔，是22年后的我和吉猫！原来这辆车就是时间机器！哈哈，吉猫，”他对“叔叔吉猫”的恭敬一扫而光，提名道姓地喊着，“我早说过时间机器是可以存在的，你偏不信，这回你认输吧。”

吉猫暗暗叫苦，是他把一个大象变成两个，二比一，他还能辩赢吗？小吉猫还在兴奋地嚷：

“这下我更有信心啦。我一定好好学习，好好钻研，30 岁前把时间机器发明出来——我已经亲眼见了嘛。”

吉猫没好气地说：“行啦行啦，这个回合算我输，我现在就把大象送回去，送到他看见时间机器之前，把这段经历变成虚经历。”

八岁的大象还没过完瘾呢，缠磨着：“不要这么快就把我送走嘛，要不，把我送到过去看看？”

吉猫坏笑着：“行啊，把你送到你出生前，参加你爸妈的婚礼？”

小大象的眼睛亮了：“那敢情好！看看我爸妈那时认不认得自己的儿子。”

30 岁的大象说：“别胡闹啦，走吧，送他回去吧。”

吉猫调好时间，把大象送回到他们见面前的时刻。小大象恋恋不舍地下了车，融入放学的队伍，他有了一个奇特的经历，但失去了“实经历”后，他的记忆会很快淡化、忘却，亲人们会把他的叙述看成小孩子的白日梦。吉猫目送他消失，心想下一步该怎么走？想起刚才说让大象参加他父母的婚礼，他忽然灵机一动。对，我要赶到那场婚礼之前，想办法推迟它。那时大象就要变啦。孩子是由父母一对精卵结合而成——但究竟是哪一对，却全凭天意。婚礼推迟后，他们的孩子就会变成另一个大象，没准还会变成一个姑娘呢。

这个主意是不是有点儿恶毒？他咯咯笑着，把时间调到 31 年前。

发廊的葛艳梅看见一辆怪头怪脑的汽车停在门口，一位衣冠楚楚的年轻男人下车，看看发廊的名字，然后走进来。这是 1979 年，国内开汽车的有钱主儿还没有孵出来呢，所以葛小姐一眼就认定他是华侨富商。她很激动，甜甜地笑着迎上去：“先生您理发吗？”

吉猫瞅着她，没错，这就是未来的大象妈，虽说年轻得多，但眉眼间大差不离。他原想大象妈会认出自己的，毕竟有七八年他在柳家常来常往，葛阿姨对自己很熟的。但眼前这位葛小姐显然没有故人相逢的味道。他突然想通了，在心中骂自己是笨蛋。这时的葛艳梅可从没见过什么吉猫甚至大象，这俩哥们儿那时还在阴山背后转筋呢。他咳嗽一声说：

“葛阿……葛小姐，我是从很远的地方来的。”

葛艳梅立时两眼放光！这个华侨富商竟然认得自己！他来这儿有什么用意？这年头，又年轻又漂亮又有钱的华侨，可比白脖老鸹还难找哩。她媚笑着：

“对，我姓葛，先生认得我？”

“我认得。我知道你和柳建国先生下月就要结婚，是吗？”

葛艳梅的目光暗淡下来。是啊，两家商定一个月后办喜事，这会儿建国正和他老爹在粉刷那间小屋呢。既然来客了解得这样详细，自己也不必有什么非分之想了。她懒懒地说：“先生你问这干啥，你也要参加婚礼吗？”

吉猫尴尬地说：“不，我参加你们的婚礼——不太合适。我只是想请你把婚礼推迟一下，推迟四个月……”

葛艳梅心中又燃起希望：“为什么要我推迟？”她含情脉脉地看着对方，低声说，“你有什么想法请爽快说吧。”

吉猫心里纳闷，这位未来的葛阿姨说话怎么腻声腻气的，过去没觉得啊。他笑嘻嘻地说：“原因我就不说啦。不过，如果你能满足我的要求，我会尽量作出补偿。”

他从口袋里掏出3000元钱，已兑换成零钞。他知道这对于1979年的人来说可是一笔巨款，而且依他的了解，葛阿姨并不是见钱不眼红的人。果然，她的眼睛睁大了：

“多少？3000元？我的妈呀，这是真钱吗？哪有100元一张的，是冥钞吧。”吉猫低头看看，果然夹有一张1999年版的红色百元币，忙收拾起来，尴尬地解释着，“当然是真的，不过银行还没正式发行呢，我给你换成 10 元币。”

葛艳梅没追究这点小误差，她把钱捧在手里，激动得几乎背过气。有这么多钱，让她推迟四个月婚礼算什么？四年都行！她兴高采烈地说：

“我当然答应！”她还没有放弃对来人的希望，“可是，你为什么要我推迟婚礼，告诉我实话嘛。”她娇声说。

吉猫含糊地说：“只是因为我和旁人的一个小赌赛。你就不要问了，把钱收好，我要走了。”

等葛艳梅锁好钞票追上来，那辆汽车已在绿光中消失。

吉猫在时间车里盘算着下一步。他要确认婚期真的推迟后再回去验证大象的变化。可是，在这里等四个月也够乏味的……忽然他连连摇头，再次骂自己笨蛋。虽然有了时间车，他一时还难以走出旧的思维模式——干吗要等四个月？他可以马上进入四个月后嘛。

他立即调整时间，绿雾散去，他又出现在发廊前，不过已经是四个月后的发廊了。他想进去打探消息，忽然听到激烈的争吵声，是大象的爸爸——未来的爸爸柳建国：“好好的你为什么变卦？那个王八蛋小白脸究竟跟你说了什么？”

吉猫忽然意识到，这个王八蛋小白脸恐怕指的是自己！无意中听到长辈的吵骂，又和自己有关，他觉得很尴尬，想退回去，这时又听见葛阿姨尖声骂：

“放屁！不管小白脸小黑脸，咱收了人家的钱就得说话算数。过了这月 20 日才能结婚，一天也不能提前。你想想，2000 元哩。”

吉猫想，3000 元怎么变成 2000 元了？葛阿姨打了小埋伏。不过埋伏得不多，大节还是好的，再说，拿钱后这么守信，也很可贵。他不好意思再听下去，也不需要再听了，急匆匆回到时间车里。

他在出发的那一刻又返回到超物理实验室，大象仍立在那儿未动，讪讽地说:“又辛苦一趟，这次有啥收获?”

吉猫心中放松了，没错，听这鬼腔调就知道还是那个大象，没有变——模样没变，工作没变，更没变成女的。刚才跟葛阿姨捣鬼时他心里很矛盾，一方面，作为大象的铁哥们儿，他当然不愿意自己的干涉会伤害大象；另一方面，他又盼着自己的干涉能在大象身上留下什么印记，赢了这场赌赛。他围着大象转，摸他的后脑勺，揪鼻子，扯耳朵，折腾一遍后不得不作出结论:这还是那个大象。他嬉皮笑脸地说:

“大象，现在请你解释一下，你为什么没有变。老实说吧，我这次用了一点小花招，让你妈把她的婚期推迟了四个月。所以，从理论上说，你已不是‘那对’精卵子所孵化的大象啦。”

大象迟疑地说:“我不明白你的意思。”

“这么说吧，原来的大象是1980年6月2日出生……”

“没错，我就是1980年6月2日出生的呀。”

“可是你爸妈的婚期被我推迟了，是在你出生六个月前才结的婚!”

大象有点尴尬，但也没怎么当回事，没好气地说:“这点我早就知道了，还用你跑到31年前去调查?我爹妈——当然是婚前就怀上我啦，结婚日期和我的出生日期在那儿明摆着嘛。”

吉猫目瞪口呆，没想到这一回合输得这么惨，他犯了最低级的错误。没错，就在他用一个月工资贿赂葛阿……葛小姐推迟婚期时，就在葛小姐对一位华侨富商脉脉含情时，一个小大象已经在母亲的子宫里悄悄生长。吉猫推迟了他们的婚期——却没能推迟大象的孕育。

大象不动声色地问:“我这次的哥本哈根解释能说通吗?是不是该认输了?别忘了咱们的赌注。”

吉猫恼火地说:“还没到认输的时候呢，你等着我!”他钻进时间车，刹那间消失。

吉猫溯着大象家族的历史，一站站打听着向前追踪。他几乎已确信大象的观点是正确的，历史不可更改，它就像科幻小说中的机器人怪物，你打伤它，杀死它，甚至把它熔成一汪铁水，但它抖抖身躯，又恢复了原形。

既然这样，他就要出狠招了，在这之前，他一直不忍下手哩。他当然不忍心杀死大象、大象的父母或爷爷外公，但在柳家先祖中难道找不到一个该杀的恶棍？他要杀了他——在他生下后代前杀了他，然后回过头看看柳大象是否还能出现在原来的历史节点上。当然这么做有点狠心，如果他的铁哥们儿真的从历史长河里消失？不过——他有办法挽救。不要犹豫了，干吧。

柳家没什么显赫的先祖，祖父是泥瓦匠，曾祖是杀猪的……很好，吉猫没费事就找到了一个合适的目标，是大象的上四代曾祖，一个杀人如麻的土匪头子。他曾率众攻破镇平县城，劫掠三天，抢了一位姑娘当压寨夫人，柳家的血脉就是从她这儿传下来的。镇平城里火光冲天，各商家的大门被砸开，货物被抢光，尸首横躺在石板路上……吉猫觉得，朝这位匪首柳四柱开枪，良心不会不安的。

他坐时间车回到城破的前一天，把时间车留在隐蔽的树丛里，拎一支小口径步枪，是他从学院体育系偷出来的比赛用枪，带瞄准镜，准确度极高。他爬上城墙，守城的团丁看见他，立即有几条土枪和大刀对准他："哪儿来的，你要干什么？"但吉猫奇怪的衣着和武器把他们震慑住了，他们吆吆喝喝的不敢逼近。

吉猫微笑着解释："我是来帮你们的。要不，柳四柱今天就会攻破城池，百姓就要遭殃了。快让开，柳四柱马上就过来了，让我干掉它。"

团丁们犹犹豫豫地闪开，吉猫趴到城墙的墙垛上，城外一堆人耀武扬威地走近了，瞄准镜中的十字套上了匪首的脑袋。虽然相隔四代，但从他身上还是能看出大象的影子，一刹那，吉猫有些不忍心扣下扳机。不过想到城破后的惨景，他终于钩动手指。啪！远处那人手一扬，仰面倒下去，隐约听见喽啰们在喊："大当家的死啦！大当家的被暗枪打死啦！"

吉猫回过头微微一笑："好了，土匪头子死了，县城安全了。"不等团丁们醒过劲儿，他已闪身下了城墙。他回到时间车里，调整好返回参数，忽听外面喊着：

"恩人留步！大侠留步！"

三四个穿长袍的人跌跌撞撞向这边跑来，吉猫向他们挥挥手，扭动小拨盘，立时绿雾淹没了时间车。

绿雾散去，时间车回到21世纪的土地上。吉猫心绪极佳，看吧，他不费吹灰之力拯救了一城百姓，功成之后悄然而去，给那方土地留下一个美丽的传说。此番作为，古之大侠亦不及也……有人敲车门，是一位年轻人，奇怪地盯着他的时间车："先生，你是从哪个时代来的？"

吉猫跳下车，"柳大象在吗？"

"柳大象？这儿没有这个人。"

"就是你们的所长啊。"

"不，我们所长姓胡。"

吉猫拿眼盯着他："这儿是不是超物理实验室？今年是不是2010年？那么，你们从没听过柳大象这个名字？"听到肯定的回答，吉猫不由惘然，那么，由于他的那颗子弹，真的让大象从历史长河中消失了？

年轻人带他去见所长，吉猫听他压低声音介绍："……他是乘时间车来的……外形与我们的设计完全一样……他说所长是柳大象……"

所长点点头，向吉猫走过来，矮胖子，40岁左右，眉毛很浓。这人无论如何不是柳大象或变了形的柳大象。胡所长看来也一脑门问号，有一万个问题等着来人解答。吉猫机敏地卡住他的话头：

"以后再问吧，以后再问吧。现在我想和你合张影，好吗？"

他让年轻人拍完照，把相机扔到时间车里，顺势钻进去，把时间调到他开枪的刹那之前。胡所长着急地拍着车窗喊："先生留步！先生且留步！"

时间车唰地消失了。

他急忙回到城墙上，对于以下该怎么做，他早已成竹在胸，否则刚才他也不敢朝铁哥们儿的先祖开枪。一句话，有了时间机器，历史是可以反复迭代的。他既能让大象从历史中消失，也有把握把他从历史的阴面再揪回来。刚才见过的团丁们看见他，大惊失色，齐刷刷跪下来磕头——刚刚上来一个，这会儿又来一个，这人会分身术，怕是神仙吧？那边的吉猫正要扣下扳机，后一个吉猫赶过去拍拍他的肩膀。先一个吉猫回头看看他，并没有表现出惊奇，只是问：

“打死这个老土匪后柳大象真的会消失？”

“嗯。所以，这个家伙……留他一条命吧。”

先一个吉猫犹豫着：“那……县城的百姓……”

“打他肚子！叫他死不了也活不安稳。”

“好吧。”先一个吉猫把枪口稍稍下移，啪！远处的匪首仰面倒在地上。两人急急走下城墙，团丁们磕头不已，不敢仰视。树丛里有两辆一模一样的时间车，他们回到各自的车里，互相叮咛：“可把参数调准啊，让咱俩同时在原地出现，合而为一，否则咱俩只好决斗了。”

两人反复校准了时间参数，听见有人大喊：“仙人留步！仙人留步！”几个穿长衫的人趺趺撞撞跑过来，时间车唰地消失了。

两道绿影合为一个，吉猫从车中钻出来，先检查检查自己，没事，没变成两个脑袋四只耳朵的怪物。柳大象仍在原地站着，仍是阴阳怪气的腔调：

“晃荡历史的英雄回来了？看来你没能把我晃走嘛，认输吧。”

吉猫笑嘻嘻地看着他，觉得自己很有精神优势。他曾用一颗子弹改变了大象的存在，又心地仁慈地把哥们儿从鬼门关上救回来。可是你看大象那德性，他不知道这中间的曲曲折折，还蛮脆生呢。他轻松地说：“大象，你的先祖中有没有土匪？”

柳大象多少有点儿尴尬，没错，他的四代曾祖是家乡闻名的匪首，曾奶奶就是他抢来的，后来在他曾奶奶的劝说下改邪归正了。这段历史大象早就清楚，不过，为长者讳，他从没对外人说过，包括自己的铁哥们儿。他不快地说：“有一个吧，咋？”

“我用小口径步枪把他干掉啦，柳家血脉也自此断绝了。2010年超物理实验室没有柳大象，是一个姓胡的胖子当所长。看吧，这是我拍的照片。”

他把自己的杀手锏甩出来，大象看看，没有大惊小怪，平静地问：“后来你赶紧返回，拦住另一个正要开枪的吉猫，又把我救了出来，对不对？”

“对，你怎么——”

“你的筋斗还能翻出我的手心？现在，既然我还在这里，那么你还是输了。”

吉猫喊道：“脸皮真厚！不是我心存仁慈，你这会儿还在阴河里呛水哩。”

“你也是历史的一部分，”大象干脆地说，“你的恶作剧和怜悯心都是塑造历史的诸多动因之一，而我的结论恰恰是基于所有历史动因的综合。所以，你还是输了，准备兑现你的赌注吧。”

尽管一百个不情愿，三天后吉猫还是在市中心最繁华的地方光着膀子，大喊三声：

“我是疯了！我是疯子！我是哥本哈根疯子！”

其实，这天的局面远没有他预想的那样难堪，行人们用漠然的眼神望望，继续走他们的路。女士们匆匆避开，可能是怕疯子干出更不雅的事。只有两个孩子比较感兴趣，笑嘻嘻地围观着。大象微笑着把衬衣递给吉猫，说，“表演及格了，穿上吧，咱们回去。”

吉猫倒觉得，自己攒这么大劲头来耍疯，竟然没激起些许水花，实在不甘心。他边穿衣服边问那两个小孩儿：“我是疯子，你们知道不？”

孩子们笑着：“当然知道啦！可是，为什么是哥本哈根疯子？”

李生巨钻

大都市的夏天傍晚，天朗气清，晚霞绚烂。一艘飞艇在蓝天白云下滑行，拖着一幅巨大的竖幅：傻乐汇。艇上有两个人，操纵着带望远镜头的摄影机向下俯拍。艇下是密如森林的大楼和密如蚁群的人流。

巨大的演播厅分为演出平台和观众席。观众席坐满了人。演出平台布置华丽，如梦如幻。造云机在造云，发泡机吹出满天的肥皂泡。台上立着一个巨型屏幕。此刻屏幕上显示着从斜上方俯拍出的人群，密密麻麻的头顶和变形了的面孔如海潮一样涌过。屏幕旁站着主持人李乐，40多岁，长发，衣着华丽，正喜气洋洋地宣布着活动规则：

“……这一次，我们用最公平最透明的方式来遴选幸运者。镜头将随机扫描本市任意地方的人群。在场诸位请自由决定什么时候按下确认键。当确认者超过半数的刹那，镜头锁定的那人就是幸运者。本次共选取两名幸运者，每人将得到价值两千元的奖品。奖品由国内七家著名公司提供。”他指指左边，那里坐着一排衣着讲究笑容满面的贵宾，每人身后是各个公司的标牌。主持人使出他的招牌动作——右手食指向空中用力一杵，激情高喊：“幸运者的命运掌握在你们的手中，请开始吧！”

屏幕上的人脸迅速变换着。现场的参与者都带着梦幻般的笑容，参差不齐地按键。屏幕右下角一条绿色柱子显示着按键人数的增长。当绿柱上升到总人数的一半时，唧的一声，镜头锁定目标并自动转为跟拍。那是一个笑容明朗的小伙子，30岁出头，穿戴简单，风度像是公司白领。人群中，两个人发疯般挤开人群追上来，一个人用肩扛式摄影机对准他，一人递过手机。手机中是李乐的声音：

“你好。请问你的大名。”

小伙子看看镜头，笑着说：“干吗呀？”

“看样子，我得先报自己的姓名喽。我是央视傻乐汇节目的李乐。”

“真的是乐哥？”小伙子看看摄影师和飞艇，相信了。“哎呀我太高兴了。乐哥我在大学时代可是你的忠实粉丝。好多同学都是，女粉丝最多。虽然她们大都认为你的长相比较困难，但偶像不论长相。”

场上观众哄笑。李乐无奈地耸耸肩膀，“我的长相其实蛮精致的。现在能否告诉你的大名？”

“一介草民，当不得‘大名’二字。我叫吕哲。”

主持人不带标点地说下去，“吕哲先生欢迎你参加傻乐汇节目作为幸运者你将得到价值2000元的奖品如果你愿意工作人员负责把你送到会场。”

“好啊，我这辈子从没赶上过幸运，当然不会放弃这个机会。”

“我们恭候你的到来。摄影机！请寻找下一个！”

镜头继续扫描，在一个地方滑过时忽然返回，以此处为中心来回振荡。那儿原先没人，但忽然冒出一个十二三岁的男孩，穿一身白，一尘不染的样子，手背在身后，拿着一个小物件，好像是一朵花。他立着不动，兴致勃勃地左顾右盼。这是个逗人喜爱的阳光男孩，很多参与者下意识地按下确认键，绿柱迅速升到临界点，响起唧的一声。但镜头这种锁定方式明显违反了“随机选取”的规则。场上同时响起怀疑的嘈嘈声。屏幕上，狂追过去的两个工作人员也觉察到异常，没有立即把手机塞给对方，而是抬头向着镜头，用目光征询主持人的意见。

主持人李乐感觉到了场上的怀疑气氛，他自己也是一头雾水。略为踌躇，他果断地说：“请接飞艇上工作人员。喂小李，最后一位的锁定有没有猫腻？哪有你这样的随机选取！你吃了他爹妈的回扣？”面向观众，“不管有没有猫腻，我先得洗清自己——至少我和猫腻绝对没有瓜葛。”

艇上工作人员无奈的声音：“乐哥你冤死人不偿命，全国几亿双眼睛盯着呢，哪个吃了豹子胆的敢作弊？可能是机器故障，不，不像是故障，那儿好像有强大的磁力，镜头被吸住了，拉都拉不走。”

镜头仍锁定在那孩子脸上，此时切换为正面特写，一双眼睛虎灵灵的，非常清澈。李乐略微考虑：“这样吧，为了表示我的清白，此人算不算幸运者由大家重新决定。”下面嘈杂一片，有人喊：“算数！反正按键数过半了。”有人喊：“不算！肯定有猫腻！”

李乐笑着：“为慎重起见，还是重新计票吧！认为他应该算幸运者的，请按键！”

在那孩子的左顾右盼中，绿柱犹豫地缓缓上升。但那孩子很有人缘，绿柱高度再次超过一半，唧地一响。屏幕上，工作人员立即把手机递到孩子手中。

“你好，我是央视傻乐汇节目的李乐。请问你的大名？”

那孩子异常奇怪：“什么傻乐汇？什么李乐？”他恍然大悟，“噢对了，你是那个时代一位很红的主持人，最擅长把一群傻观众逗得哈哈大笑。”他忽然顿住，“李叔叔，我这句话是不是不大礼貌？我绝没有贬低你的意思，我知道你比观众聪明多了。”又忽然顿住，尴尬地说，“这会儿演播厅里肯定有观众吧，我也不是贬低你们。我爷爷说啦——他是世上最聪明的科学家——他说在你们这个转型期社会里生存压力太大，所以人们会有意无意逃回到童年，傻乎乎地乐一会儿。”

观众席上一个短发小伙子站起来，笑着喊：“这是夸我们哪，你说我们其实并不傻，只是故意装傻扮嫩？”

他的声音很大，孩子通过手机听到了。他没听出话中的调侃，眉开眼笑地说：“对，我就是这个意思！”

观众大笑。李乐哭笑不得，也逐渐觉察到不对劲。他苦笑着摇头：“这位小帅哥怎么像是月亮上来的人。”他转向屏幕，“喂，小帅哥，你刚才说什么‘那个’时代？”

孩子下意识地捂住嘴：“哎哟我说漏嘴了，应该说‘这个’时代——不不，应该说‘咱们这个时代’。”

李乐眼珠一转：“那么——你不是这个时代的？”

男孩一愣，无奈地招认："不亏我刚才夸你，李叔叔你确实聪明！爷爷嘱咐我在时间旅行中尽量对身份保密，想不到刚落地就被你看穿了。那我就老实承认吧，我是 50 年后的时间旅行者，我的名字是——你就叫我小精怪吧，这是爷爷给我起的绰号，因为我喊他老精怪。"

场上观众大笑——笑这个小精怪满嘴胡说还煞有介事。李乐也笑："这可真叫一个巧，我们的镜头随机选取，竟罩到一个来自 50 年后的时间旅行者！可你乘坐的时间机器呢？"

"在这儿呢。"

他举起手中那个拳头大的玩意儿，形似一朵花，花骨朵上有七个花瓣，呈七色，花瓣浑圆肥厚，有一种朴拙的美。这玩意儿与人们心目中的时间机器相距太远，李乐和观众都给逗笑了：

"这就是时间机器？你的想象力太别致了。好，我的时间旅行者，不管你是哪个时代的人反正我邀请你参加央视傻乐汇节目作为幸运者你将得到价值 2000 元的礼物如果你愿意工作人员负责把你送到会场。"

男孩满脸放光："行啊行啊，我正想找机会，帮我爷爷把礼物送出去呢。"

吕哲走进聚光灯下，略显局促地向观众挥手。小精怪随后赶来，一点儿不怯场，一双大眼骨碌碌地四处乱转。李乐与两人握手：

"祝贺你们，你们是在一千万市民中随机选出的幸运者，将得到中国最著名的七家公司提供的奖品。现在我公布公司的名称……"

小精怪冒失地打断他——从这时起他实际上抢了主持人的地位——性急地说：

"李叔叔请等一下。我说过要送大家一件礼物，是我爷爷托我带来的。我的日程很紧，送完礼物就要走，还得赶回 50 年后去做周末作业呢。"

场上观众和台上的吕哲都笑起来，以为这小孩的捣蛋是节目的有意安排。李乐有点不知所措，应对也稍有迟滞——担心小精怪毁了这档节目。但他最终决定顺着这点意外走下去。他自信能玩过这个小屁孩，把握着事情的进程，还能为节目带来点小花絮。便笑嘻嘻地问：

“好吧，你说说是什么礼物？”

小孩子又拿出那件形似花朵的东西，不知怎么一摆弄，从上面卸下一朵花瓣，举着花瓣让大家看：“是七色花时间机器，七个花瓣能送七个人，不过今天爷爷只让我送一朵。”他转向吕哲，笑嘻嘻地说，“如果我说这是世上最宝贵的礼物，你不会反对吧。我爷爷说啦，世上所有人在一生中都难免有几件遗憾，每个人在内心深处都肯定萌生过一个强烈的念头：如果我能回到过去，我一定会怎么怎么做。你说对不对？”

吕哲点头：“对！”

“那好，现在谁得到我的礼物，谁就有能力回到过去，100年以内的过去，去实现一个你最迫切的愿望。”他笑着说，“你不用感谢我，时间机器是我爷爷发明的，正在找各个时代的人做社会性试验。我只是送一个顺水人情。”

场上哄笑，吕哲也笑——这小东西太能掰乎了，把瞎话说得有鼻子有眼的。但他随即盯着那朵花瓣，因为它开始呈现异象。它是半透明的，流淌着奇异的光彩。此刻光彩渐渐扩展，在他手中形成一个浮动的奇异光团，然后渐渐隐去。这玩意儿很神奇，看来不像一个普通的儿童玩具，所以场上人的笑谑渐渐转为惶惑。李乐同样是一头雾水，谨慎地问：

“这就是时间机器？怎么使用？”

“我爷爷说它是傻瓜型的，好用得很。只用对它说一声你想返回的时代，立马就返回了。它还能多次使用呢，一直到你确认愿望已经完成，对它说一声‘愿望实现，谢谢’，它就自动关闭了。”

“这样简单？”

“没错，简单极了。噢对了，”他神情庄重地交代，“好用是好用，但使用者必须记住两件事，一定不能违反！”他拿出一张纸，认真地说，“是我爷爷特地拟的时间旅行禁令，我给念念。”

他清清嗓子念下去：“第一，时间旅行者只能完成一个愿望，不能贪心；第二，对历史的修改不得超过旧时空的弹性极限——这句话很绕嘴是不是？说直白点就是：愿望不能太过分，不能为了实现它，把已经凝固的历史搅得房倒屋塌。”

“如果……超过你说的弹性极限，会导致什么样的后果？时空爆炸？”

“不不，哪有那么悬乎，那都是不懂行的人们瞎吹。即使你超出时空弹性极限，也不过是机器死机，一切回零。我把机器带回50年后，交我爷爷修理一下就得。可是使用者就惨啦，白白失去这样宝贵的机会。”

他说得有鼻子有眼，场上人虽然还在笑，但笑容中分明已经有犹疑——这孩子的鬼话中好像有你不得不信的成分。李乐不想让这小屁孩继续捣乱了，笑着说：

“这可真是个好礼物。喂，吕哲，相信世界上有时间机器吗？”

吕哲谨慎地说：“时间机器的出现几乎一定会导致悖论，但导致悖论并非说它就不能实现。”

李乐：“那我换一个问题：你是想要他的礼物，还是想要我的？”

吕哲还没说话，小精怪就着急地嗔道：“李叔叔你干吗呀，非要弄得势不两立似的！我把礼物送完就走，你的礼物照送，咱们两不误的。”他想了想，“爷爷说今天只送一个幸运者，这样吧，我给李乐叔叔也送一份。”

观众都笑，吕哲说：“对，乐哥咱俩都别放过这样的好机会！”

李乐有点尴尬，解嘲地说：“我咋能收你的礼物？你别害我砸了饭碗。”

小精怪歪着头问，“你是不是很恋着央视主持人这个位置？我理解。人哪，一当上主持就会上瘾，跟迷上摇头丸似的，我们小学生里还有不少人恋着当班长哩。李叔叔你不用担心，这么个小花瓣算不得贿赂，而且我送完礼物就走，不耽误你继续当主持。”

他的口吻很认真，并不像是存心调侃。场上哄堂大笑。李乐这回真的尴尬了，一时嘴拙。吕哲大笑着把李乐拉到自己身边，再把小精怪推到主持人位置上。到了这个局面，李乐也认命了，笑着凑趣：

“虽然我还没过完当主持人的瘾，但能得到这么一件绝世礼物也不吃亏。小精怪你发礼物吧，我盼着呢。”

他伸手要礼物，吕哲也夸张地伸手。小精怪这才看出对方的调侃，恼火地把两手背到身后，气嘟嘟地说：

“我明白了，原来你们全都不信我的话啊。不信就算了，我另找人去，有猪头还怕找不到庙门。”

吕哲赶忙拦住他：“信！我俩都信！我们要你的猪头！”

小精怪想了想：“哼，干脆我先来个当场示范吧。”他对着花瓣说一句：“花儿花儿，送我到昨天。”手中花瓣突然射出强光，形成一个色彩柔和的七彩光球，把他完全包住。光球随即消失，小精怪也随之失去踪影。场内众人和台上两人都目瞪口呆，四顾寻找。吕哲想了想，笑道：

“肯定是乐哥安排的魔术。乐哥，把小精怪唤回来吧。”

李乐唯有苦笑，但还不想认输，勉强说：“你说是我安排的魔术，那我就试试吧。”他把手指在头上转了转，指着天空，“太上老君急急如律令，小精怪现身！”

那个光球应声出现，并渐渐隐去。小精怪出现，笑着说：“这下你们该相信了吧。”

场上观众和台上吕哲笑得前仰后合，他们更加相信是主持人安排的魔术。小精怪给笑得莫名其妙，开始要恼火了。只有主持人李乐心知肚明，事情走到这儿，他已经相信小精怪之言丝毫不假。如果这机器是真的，如果真能得到这样的宝贵礼物，那么傻乐汇节目的一次成败就无须考虑了。到这时，他彻底走出主持人的身份，收起已经程式化的夸张戏谑，认真说：

“我谨郑重声明，刚才小精怪的消失根本不是傻乐汇安排的魔术。看来他的时间机器是真的，我已经信了。”

小精怪气鼓鼓地说：“当然是真的！我说过多少遍啦，你们个个犟得像毛驴！”

“你别生气，现在我已经信了。小精怪，你爷爷把时间机器设计成七色花形状，他是不是喜欢一则叫《七色花》的俄罗斯童话？我记得童话作者是苏联作家卡达耶夫。”

“对。我爷爷是个大科学家，也是个童话迷。我告诉你一个秘密，越是大科学家越有童心。”

“可你爷爷是不是有点小气？别忘了，在《七色花》故事中，小姑娘珍妮一个人就得到了七个花瓣，可以实现七个愿望呢。”

小精怪机敏地应答："我给每人的礼物虽然只能实现一个愿望，但可以在历史中多次往返，对实现的效果反复修正。它其实比珍妮的七色花实用多啦。"

李乐笑了："你说得对，确实是个好礼物。来，给我一瓣，我真的想实现一个愿望。"

吕哲虽然稍有怀疑，也立即伸手："我也要一瓣，我同样有一个迫切的愿望。"

两人分到红色和紫色花瓣，拿在手中端详着。眼中既有残留的怀疑，也有勃勃的渴望。吕哲问：

"你刚才念的禁令中说，实现的愿望不能过分，这可不大好把握。怎么才是不过分？"

"这只能靠你的悟性。反正愿望不能太出格，比方说，不能让你已经去世的曾爷爷从坟墓里爬出来。"他很"世故"地劝解，"吕哲哥哥你想开点，万一你没把握好，糟蹋了这朵花，你就当今天没碰见我，不就得了。"

"你说得倒是那个理，可我已经碰见你了呀，到手的宝贝又糟蹋了，谁不心疼！"

台下众人都笑，有人在叽咕："这俩家伙太幸运了，不世之遇！咱们怎么就没摊上呢。"

小精怪对他造成的效果很满意，笑嘻嘻地说："你们两位记住：说愿望一定要慎重，别把这么好的礼物糟蹋了。李乐叔叔，现在请你继续主持傻乐汇，我要走了。"

李乐伸手拦住他："不，我的主持瘾已经过完了，这会儿急着想试试到手的宝贝。小精怪再见，大家再见，我走了。"

他不等小精怪反应过来，跳下台子扬长而去，撇下满场观众。众人的目光一直跟他出了演播厅，这才相信他真的走了，顿时嘈声一片。吕哲醒悟过来，也同小精怪告别，跳下台匆匆离去。转眼间，台上只剩下小精怪一人发愣。良久他咳一声，对观众说：

"实在对不住，把你们的节目搅黄了。现在我也得走了……"

那个短发小伙子站起来，笑着喊："你把好好一台节目搅黄了，现在想一走了之？不行，你得送每人一瓣花！"

众人大声应和。小精怪非常尴尬："我手上只剩下五瓣，不够这么多人分啊……再说我爷爷只答应我今天送一瓣来着……我还急着做周末作业哩……"

众人知道那是奢望，并不认真逼他实现，但也不想轻易放过他，便一同起哄：

"那你就得留下，替乐哥主持节目！"

小精怪想了想，认命了，也从窘迫中恢复了从容："你们这个时代的人真难缠，一点儿同情心都没有。哼，主持就主持，这也难不倒我！告诉你们吧，我还另有绝招呢——可以让你们提前观察那俩人实现愿望的全过程。"他解释道，"这些过程可能延续几个星期，甚至几个月几年。但我有时间机器呀，可以把这段时间浓缩，提前在屏幕上显示出来。大家想不想看？要知道，你们将要看到的内容，连主角本人还没经历呢。你们知道得比他们本人还要早！"

众人心痒难熬，一迭声喊："真的？太有趣啦！我们想看！"

一个女孩站起来表示疑议："那不是窥探别人隐私嘛。"

小精怪摇摇头，很干脆地说："我们那个时代不讲隐私。谁想使用时间机器，谁就自动放弃隐私权。当然，把这些内容对全国直播肯定不合适。现在请工作人员停止直播。"

工作人员稍稍犹豫——小精怪又不是主持人——然后痛快地关闭了对外的直播。

短发小伙子站起来，笑着喊："要是屏幕上出现少儿不宜的内容呢？"

众人哄笑，小精怪相当不满："哼，太小看人了，我爷爷那么聪明，咋会不事先考虑到这一点？他在机器内预先固化了强大的绿色保护软件，可以自动过滤色情内容。过滤级别可以调节，如果调到最高一档，连婴儿的光屁股都能滤掉。"

下边响起嘘声："坐下坐下，别贫嘴了，让小精怪往下主持！"

那人不敢犯众怒，赶紧坐下，场内安静下来。小精怪摆弄着手中的机器，摆弄片刻，身后的大屏幕上忽然闪出一老一小，老头儿穿着雪白的防尘服，一头银发白得耀眼，背景是一座光怪陆离的实验室。他正笑着责备那个孩子——正是小精怪本人：

“小精怪，你偷了我的七色花？”

屏幕上的小精怪把七色花背到身后，嬉皮笑脸地说：“老精怪，我咋是偷？你答应让我玩一次的！你还托我把七色花送到50年前进行试验。”

“可你也答应过妈妈，把作业做完再玩时间机器。”

小精怪央求着：“爷爷你别告诉妈妈，我快去快回，不耽误做作业。”

老头儿并不打算认真阻止，笑着交代：“小心点，早去早回！你妈妈那儿我帮你打掩护。”

“谢谢老精怪，爷爷再见！”然后乘光球消失。

屏幕外的小精怪难为情地说：“错了错了，咋返回到我的出发时刻了。”他对大家说，“我说过时间机器是傻瓜型的，很好用，不过我毕竟是第一次玩。不过这样也好，让你们先认识认识我的老精怪爷爷。”

实际他不想让大家看他偷七色花的“丢脸事儿”，手上加紧调整着机器。屏幕上忽然闪出两个陌生的黑衣人。他们正从高楼上沿绳坠下，动作舒展而漂亮。他们熟练地卸下窗玻璃，进入一套单元房。其中一人年纪大些，左腿微瘸；另一个是年轻人，模样剽悍。小精怪既难为情，也有点困惑：

“真不好意思，又调错了，让我看看屏幕上的时间——是从现在起的四个星期之后。也就是说，你们看到的已经是未来了。但这俩黑衣贼是啥来头？”他摆弄着机器，屏幕上画面飞速跳动，“噢，我查到了。这个年纪大的，是你们这个时代有名的贼王胡瘸子，另一个是他徒弟黑豹。”他得意地说，“公安局要是有我这套机器可太省力了——话又说回来，如果它落到盗贼之手，警方就有大麻烦了。”

两名黑衣贼摸到卧室，一对年轻男女搂抱着睡得正香。贼的目光盯着床头柜，那儿有轻微的闪光。抽屉被轻轻拉开，里面果然躺着一朵光晕浮动的紫花。屏幕外的小精怪紧张地说：

“看！他们想偷七色花！这是吕哲小两口儿！”他向大家解释，“时间机器的搜索是智能型的，凡被搜到的内容肯定和七色花有关。所以嘛，你们不妨记住这两张面孔，以后它们肯定还会出现的。”

他继续摆弄着花骨朵，眼前的场景倏然转换。小精怪呀了一声：“抱歉，时间又没调对！”屏幕上是一幢透明穹顶的气势恢宏的大厅，大厅中央立着几个身着白色长袍的阿拉伯人，其中一人正手持放大镜仔细观看着，放大镜下是一个精致的水晶盒，盒内有两颗一模一样的琢磨好的巨钻，巨钻七彩闪烁，令人不敢逼视。旁边有几个气度不凡的中国人作陪。小精怪好奇地说：

“呀，好大的两颗钻石！难得它俩还一模一样！绝对价值连城！它们是从哪儿来的？一千零一夜中的阿拉伯魔瓶里？还有，这几个阿拉伯人是啥来头？”屏幕上的画面跳动一会儿，“噢，查到了。你们知道迪拜的世界塔又称哈利法塔吗？它是你们这个时代的最高建筑，属于艾马尔国际控股公司。它高达 828 米，楼下广场的音乐喷泉都高达 275 米！”屏幕上，一幢六瓣花形状的大楼高耸入云。喷泉随着音乐跳舞。周围激光闪烁，编织出异常绚丽的夜景。“为首这位是艾马尔的 CEO 萨利赫先生。正像我刚才说的，他们的出现肯定也与七色花有关。请大家记住这几张面孔。”

他又手忙脚乱地摆弄，这回闪出的是演出平台，缩小的吕哲和李乐还在舞台上。“总算调对啦，这是十分钟前。看，李乐叔叔离开了！看，吕哲哥哥也走了。”

就在这时，屏幕上的吕哲忽然急速返回。小精怪奇怪地说：“咦，吕哲哥哥咋回来了？现在他已经到演播厅了！”

他迅速调整着，屏幕上吕哲的身体迅速扩大为真人大小，他气喘吁吁地跑进演播厅，跳上舞台，手中托着那瓣紫色花；屏幕外的真实吕哲同步重复着里面的动作，屏幕内外互成镜像。

现在，屏幕外的吕哲站在舞台上。他的方位是面向大家，所以他并未注意到屏幕里也是他的形象。不等小精怪发问，他就笑道：

“我这人一向性急，既然撞上了这样的绝世礼物，我想干吗不当场使用呢。如果它不好用，大家不妨付之一笑；如果成功了，大伙儿能同步分享我的快乐。你们说好不好？”

下面是一波强劲的声浪：“好！”

“小精怪，我想在这儿实现愿望，可以吗？”

“当然可以，不过——你真该慎重一点。”小精怪摇摇头，颇有点惋惜。

“我不用考虑了，我的愿望很简单：想得到一枚上档次的钻石婚戒，送给未婚妻小陶，那是她早就盼着的。”众人为他鼓掌叫好，吕哲以骑士的动作向四周鞠躬答谢。“现在，请在场的哪位戴钻戒的女士，慷慨地把钻戒借我用一下，我用时间机器复制一枚后，马上原璧奉还。喂，哪位女士肯惠借？克拉数最好大一点。”

小精怪吃一惊，急忙制止：“吕哲哥哥，还有各位观众，我的时间机器功能很强大，但它只能改变时间而不能改变物质，它可不是宝葫芦，不能凭空变出钻石！”

吕哲大笑：“小精怪，看来你还是个生手吧。”

“对呀。你用过时间机器？”

“我没用过，但我碰巧知道一个诀窍。时间机器当然不是宝葫芦，但只要它确实能带我返回过去，而且我又握有一个钻戒做母本，就能凭空变出钻戒来。你要不信，等着瞧好了。”

小精怪被他的自信震住了，不再拦阻，摇摇头说：“真的？那我等着看。”

吕哲继续面向观众：“哪位……噢，谢谢这位女士。”台下站起来一个漂亮女子，衣着精致而素雅。她走上台，取下婚戒递给吕哲。吕哲看看，明显一愣，笑着问：

“请问是真钻吗？——不要误会，我虽然对首饰是外行，也觉得这粒钻石异常贵重。我听说名媛界有惯例，那就是：昂贵首饰只在特殊场合才带，平常出门是戴式样相同的赝品。”

女士微笑着：“这是我的婚戒，是真钻。你尽管放心用吧。”

“那就多谢了。请问芳名？用代号就行，我只是想方便称呼。”

“你叫我小芳吧。”

吕哲唱了一句：“有一个姑娘叫小芳……不过你肯定不是歌中那位大辫子乡村姑娘。现在，请你把钻戒放在小精怪的手心里。小精怪，你就这样平托着。小芳，咱俩闭上眼，静待……两分钟吧，我想两分钟就够了。”他指指墙上挂着的时钟，“现在是晚上8点30分。请小精怪为我掐时间。”

两人闭上眼，小精怪报着时间：“31分。32分。”

吕哲睁开眼，“好了，下面我要返回到刚才的8点31分。小精怪，到了这会儿，你该猜到我的办法了吧。”

小精怪恍然大悟，由衷地钦佩：“知道了，你确实想得很巧！吕哲哥哥，你如果成功，那就为时间机器增加了一项新功能，你太了不起了！”

“过奖过奖。这并不是我的首创，是受一篇科幻小说的启发罢了。不过我很想能事先确定，像我这样从时空中凭空变出钻石，算不算‘过分’的愿望？会不会超过你说的时空弹性极限？”

小精怪难为情地说，“我帮不了你，我自己也吃不准。”

“好，那我就赌一次吧，成败在此一举。”他回头对女子说，“不管我能否成功，你的原件肯定不会受损的，请你放心。噢对了，小精怪，你的时间机器一次能带几个人返回过去？”

“只要能包在光球范围之内，几个人都行。”

“那就好。这位慷慨的小芳女士，你是否愿意随我到过去走一遭？算是我对你的感谢。”

女士立即脸上放光，笑着连连点头：“当然！太难得了，谢谢！”

吕哲靠近女士，很有分寸地单臂挽住她的肩膀，对手中的紫花瓣说：“花儿花儿，送我们回到两分钟前。”

光球突然出现，然后连同两人突然消失。

巨大的演播厅里静得能听见呼吸，众人再次目睹了花瓣主人的凭空消失，这次大家确认它不是魔术而是真实，所以更为震撼。小精怪左手心托着那枚钻戒，有条不紊地主持着：

“吕哲哥哥的想法非常巧，把我这个时间旅行者都震住了。现在，请你们仔细观看他是如何变出第二枚钻戒的，看不明白的地方我来解释。请看，现在屏幕上显示的是8点31分的景象。”

屏幕上，小精怪——两分钟前的小精怪托着那枚钻戒，他身旁的吕哲和小芳闭着眼，一团光球突然出现在他们身边，光球渐隐，时间旅行者吕哲和小芳逐渐现身在演出平台角落。屏幕外的小精怪向场上观众解释着：

“他们已经返回到 8 点 31 分了。”

返回的吕哲和小芳站在演播台的角落，各自望着远处另一个自己。小芳震惊地低语：

“真的回到过去了！我从不敢设想能看到另一个我。”

吕哲也低声说：“不要惊动他俩。一般来说，时间旅行者尽量不与另一个自身正面接触，不然会增加时间旅行的变数。”

“往下怎么办？”

“很简单，从小精怪手中取走钻石就行。但此刻我也有点临事而惧了。”他下了决心，“不过，开弓没有回头箭，我要去了。”

他轻轻走近小精怪，从他手中小心取下钻戒。后者鼓励地看着他，但依旧不语不动，就像另一个世界的人。“原先”的小芳和吕哲仍旧闭着眼，看来对此毫无察觉。时间旅行者吕哲没有多停，立即拉小芳走到一边，轻声对花瓣说：

“花儿花儿，送我们回到现在。”

屏幕上光球出现、转瞬消失，再突然出现在屏幕外的舞台上，从视觉印象看，似乎它是从屏幕上平移出来的。光球渐隐后二人现身，吕哲手心中平托着一枚钻戒，而屏幕外的小精怪手中也仍旧有一枚钻戒！两个时间旅行者非常激动，凝目看着两个戒指，吕哲兴奋地说：

“真的成功了！”

小芳：“真的！我不敢相信自己的眼睛！”

场上众人由惊愕变为兴奋，也滋生出强烈的好奇，嘈声一片。小精怪让大家安静，解释说：

“看，凭空多出来一枚钻戒！知道它是怎么来的吗？听我讲给你们。时间线原是一条射线，一直向前决不返回的，因此时间线绝不会封闭。”他在屏幕上用光笔画出一条箭头向上的直线轴，又在时间轴上注上几个时间点：8 点

30分，8点31分，8点32分。“但有了时间机器后，时间线就有可能封闭。”他在从8点32分处画一条曲线，向下返回到8点31分处，再过此点画一条曲线向上返回到8点32分之后。“看，这段时间线被两次封闭了。当他俩沿左边这条曲线返回到8点31分时，钻戒还躺在我的手心里，吕哲哥哥当然能轻松拿到，然后他沿右边这条时间线返回，手中带着钻戒……有人说，这枚戒指拿走后，我手里不是没有了吗？但那是在左边时间线中发生的事，而在正常的时间轴中，”他指指中间那条直线，“我一直托着钻戒，并没有人从我手中取走啊。所以它仍然完好如初。这样，封闭的时间线起到互补作用，互补的结果，就是这个世界平白多出一枚钻戒。”

两枚钻戒躺在两个手心里，形状完全一样，同步闪烁着七彩光芒。吕哲把原件给小芳，高举剩下那枚向大家示意，兴高采烈地说：

“我成功了！小精怪的礼物确实神奇！谢谢小精怪，也谢谢小芳女士借我钻戒。现在钻戒已原璧归还，自己也落了一枚，可以赠给未婚妻了。当然啦，从理论上说，我可以用这个办法返回一千次，弄它一千枚，只需每次返回比上次略早一点就行。但我还是见好就收吧，省得过于贪心，超过了时空的弹性极限，最终弄个一场空。最后谢谢大伙儿，愿你们分享我的快乐！”

他与小精怪和小芳握别，向大家挥挥手，就像刚才突然返回那样突然离去。小芳也没多停，笑着拍拍小精怪的肩膀，匆匆向大家挥手，跳下台，显然追吕哲去了。场上突然静场，极度的安静。刚才那些经历太神奇，需要观众好好消化。过一会儿小精怪笑嘻嘻地说：

“我好喜欢吕哲哥哥哎，做起事来干脆爽利，为我的实验开了个好头。现在大家再不会怀疑了吧，吕哲哥哥已经顺利实现了他的愿望——不不，刚才他忘了对花瓣说结束指令，所以他的愿望还有变化的可能。怎么样，大家想不想继续观察他？”

“愿意！”

“那我就开始了。”他一边调整机器一边自信地说，“我的操作再不会出差错了，我已经玩熟了。”

屏幕上顺利地显出吕哲。

吕哲兴冲冲地走出演播厅，一边欣赏着那枚钻戒。小芳追来笑着喊：

“吕哲等一下！”

“小芳你也出来了？再次感谢你，帮我圆了多年的梦。”

“不必客气，我得谢你呢，你让我体验了时间旅行，这可是极为难得的经历，远比一枚钻戒贵重。我想请你喝一杯，略表谢意，能否赏光？”

“什么话！请客也该大老爷们儿请。不过事先说明，以我的钱包只能去大排档。”

“大排档也好啊，我对它有特殊感情，上大学时没少吃它。”

两人坐上小芳的宝马来到一条小巷，艰难地开行着。这里熙熙攘攘、烟气腾腾，与演播厅里的梦幻华丽完全是两个世界。宝马艰难地停在路边，一半轮子搁在路阶之上，车身半斜。两人走进一家简陋的大排档，一楼大厅里食客满满当当的。两人爬上陡峭的楼梯来到二楼，这里相对宽敞。两人坐定，要了饭菜和啤酒。周围食客都瞟着小芳，因为她的华贵与周围明显不协调。小芳多少有些局促，自嘲了一句：

“好长时间没吃大排档，有点儿找不着感觉了。”她对吕哲伸过手，“正式介绍一下，我叫方圆，你喊我小方就得。”

吕哲与她握手：“那我还喊你小芳，我心中是带草字头的小芳。”

“行啊，随你便。”

离二人不远有两张面孔，是傻乐汇参与者见过但吕哲不熟悉的——贼王和黑豹。他们正在吃喝，贼王朝二人扫了一眼，没有太在意；黑豹则被小芳的美貌吸引，贪婪地盯着。吕哲把钻戒放到桌子中间，感慨地说：

“今天太幸运了，没想到我能碰上这样的幸运。这样珍贵的时间机器，我仅仅用它换来一枚钻戒，是不是有点大材小用？”

小芳笑着：“小精怪说你应该多考虑几天的。”

“说来是因为我的未婚妻小陶，我俩已经同居两年了。小陶对钻石婚戒十分痴迷，平日里逛商店，只要一走近钻戒货柜，眼睛就直了。她说钻石象征永久，女人只有拥有它，才能保障她收获的爱情恒久不变。可惜，大学毕业至今，我俩把所有余钱都用来攒房子了，一直舍不得为她买一枚像样的钻戒。”他笑着说，“你肯定看得出来，我们属于所谓的‘蚁族’，这个族群像蚂蚁一样是大脑袋——高学历；像蚂蚁一样群居——住的是多家合租的单元房；也像蚂蚁一样日日辛苦，仅仅能噙回几个饭粒填饱肚子。”

小芳连连点头：“我理解，理解。实话说吧，我要不是嫁了一个家境不错的丈夫，今天也属于蚁族。”她笑着安慰吕哲，“你一点儿用不着自卑，你是个有责任感的好丈夫，你的妻子很幸福。”

吕哲笑道：“那倒不假，除了钱包瘪一点，我这个丈夫没啥毛病。”他忽然想起来，“喂，打听一件事，你要不方便回答就别说——这枚钻戒值多少钱？我没啥意思，只想心中有点儿数。”

小芳稍微犹豫后答：“七八万。”又补充道，“是欧元。我公爹去比利时商务旅行时，代我丈夫小山买的。”

她的声音很低，但一直侧耳倾听的黑豹听见了，目光中立刻多了几分贪婪，低声对贼王说了几句，贼王也开始注意那边。吕哲同样咋舌：

“合 70 万人民币！你丈夫真有钱。”

小芳摇摇头：“小山是个还没出道的画家，指望他的收入，连自个儿的肚子都混不圆。其实是我公爹出的钱。”

“有个富公爹也不错啊，至少不用像我和小陶这样紧巴，同居两年也不敢结婚。”

小芳平和地说：“金钱上我们确实不用烦心。”想了想补充道，“我公公是石万山，你可能听过这个名字。”

吕哲吃惊地扬起眉毛：“当然！中国房产界的大鳄，天一集团的 CEO，人称当代沈万三，胡润排行榜中位居前列的。而且他在中国大陆富豪群中是很独特的一位，喜欢航海、滑雪和登山，听说他快把各大洲的第一高峰爬遍了。”

“没错，眼下他就在大洋洲，正攀登那儿的第一高峰查亚峰。”

吕哲举起钻戒看看，再次低声惊叹：“70 万！我压根儿没奢望有这么昂贵。依我当时的打算，弄个价值两三万的钻戒就满足了。如果当时就知道它的价值，说不准我不敢拿它当母本哩——怕凭空弄出这么昂贵的珍宝，会超出时空弹性极限。真得谢谢你，让我晕着胆子发了一笔横财。”他笑着自嘲，“当时是不是该多返回几次？”

小芳笑着：“现在也不晚啊，你还没对花瓣说结束呢。”

吕哲笑着摇头：“不，我还是那句话，见好就收。我信奉中国古代哲人的观点：自然之力有尽，人们不可过度索取。像这样——靠一个邪门机器凭空变出钻石，我总是心中不踏实，觉得它来路不正，有违自然之道。所以——见好就收吧。”

小芳笑道：“难得呀，圣贤之境界也。在今天这样欲望躁动、阳气过盛的商品社会中，你算得是一个异数。”

“知道我在大学里的专业吗？哲学，主攻老庄哲学。在眼下这个欲望社会里，这恐怕是最没用的专业了。四年苦读只换来一堆精致隽永但迂阔无用的老庄之言，像什么绝圣弃智、绝巧弃利、返璞归真、抱朴守拙、道法自然、清静无为，还有什么清心寡欲、安贫乐道、安时处顺、物我两忘、天人合一。你说说，这些玩意儿能换来钞票或钻戒吗？毕业后我一直在公司当低等文秘，工资还赶不上小陶。”

小芳笑道：“我在大学学的东西同样无用——魏晋文学。毕业五年，差不多全都就饭吃了。”她想想说，“说起老庄哲学，我公爹有一些独特的观点。他说，老子的道德经中有丰富的辩证法，但当老子在把他的哲学用于治国处世时，他却一味强调阴柔守静、以柔克刚、以退为进；基本忽略了阳刚和进取。”她歉然说，“我只是复述公爹的观点，希望没冒犯你。”

吕哲半开玩笑地说：“怎么会冒犯我？历史是由胜利者书写的，你公爹就是当今社会的弄潮儿，他的观点天然是对的。”他把玩着钻戒，遐想道，“说来钻石才是自然界的异数。在所有物质中，它的硬度最高，传热性能最好，对光的折射率最大——所以磨制后才能七彩斑斓。有这么多特异的禀性，其实它的本元不过是碳元素，与煤炭啦石墨啦是一样的，最普通不过。科学史上有一件逸事，300 多年前，那时科学家还以为钻石是什么天造异材呢。有位科学家用放大镜把阳光聚焦到钻石上，想研究它的光学特性，结果钻石轰的一下就烧没了，变成了最普通的二氧化碳气体。你看，普普通通的碳元素，经过火山喷发时岩浆的高压作用，就能变成珍贵的钻石，让你不得不叹服大自然的造化之工。"

小芳说："噢，对了，你倒让我想起一件事。我听说，钻石不比黄金珍珠等首饰，因为材质和加工原因——只能分割不能融合——所以世上绝没有完全相同的两枚钻石首饰。"她取下自己那枚钻戒，放到吕哲那枚的旁边，"现在托时间机器的福，这儿有了一对孪生天然钻石，它们应该是世界唯有的吧。"

"真的？那咱们更该庆贺一番，一醉方休。再来一瓶——小芳你要什么，干红还是白酒？"

小芳豪爽地说："白酒吧，今天高兴，我也可劲儿疯一疯，一会儿让家庭司机来接我。"

"好啊，那就来一瓶'酒鬼'。有 70 万的钻戒垫底，我现在浑身是胆雄赳赳了。"

两人很快醉意陶陶，两枚钻戒一直放在桌子上。黑豹低声对贼王说：

"我去把那两件货切了。"

贼王犹豫一会儿，摇摇头："算了，放一马吧。"

"为啥？"

"不为啥，这俩人对我脾胃。"

黑豹对这个理由不服气，但他隐忍了，没再坚持。

家庭司机来了，但精神亢奋的小芳执意要步行，于是两人在前边走，宝马车缓缓跟在后边。眼前高楼如林，灯光如海。吕哲环指着林立的高楼说：

"想起庄子一句话：此亦一是非，彼亦一是非。作为一个无房者，我当然希望大楼建得越多越好；可是，听任这样的水泥丛林疯狂地吞噬耕地、绿地、树林和天空，后人该如何评说？"他自嘲道，"百无一用是书生，我只会发点迂腐的感慨。"

小芳说："其实我公爹也说过类似的话。他说他这辈子盖了几千万间房。

却弄得一代青年住不起房子，后人论起来是罪还是功？”

吕哲笑道：“我不敢相信这是房产大鳄的真心话。不过即使只是作秀，也很难得了。好了，不说了，咱们该分路了。”

“欢迎你和小陶来家玩，我相信你和小山肯定能成为朋友。还有，”她笑着说，“如果你还要回到过去，而且时间之车有空位的话，不要忘了喊上我。我还没过瘾呢。”

“好的，一定。”

汽车载上小芳开走了，吕哲歪歪倒倒地走着，回到公寓。这是三家合住的一套三室两厅。三个年轻人挤在客厅里看电视，都穿着很暴露的小衣服，女的依在男友怀里，显然已习惯了合租生活。一个女孩儿从厕所出来，说：

“大张！厕所用完了，你去吧。”她随之看见吕哲，赶紧过来搀扶，对一间卧室喊，“小陶！快来接你老公，醉成螃蟹了。”回头问吕哲，“今天吃谁的请？”

吕哲醉意陶陶：“今天我可是交了好运，哪天请你们两家喝酒。”

“啥好运？傻乐汇的幸运金锤砸到你头上了？”

“你说对了，确实是傻乐汇的金锤砸到我头上了。”

小陶从屋中跑出来，埋怨着把吕哲扶进屋内，放到床上，脱衣脱鞋，拿来湿毛巾擦脸，又倒来一杯浓茶。屋子很小，一张大床，一张桌子上放着打开的笔记本电脑，一个廉价的布衣柜，剩下的没有多少空间了，不过还算整洁。小陶喂吕哲喝茶，吕哲闭眼躺在床上，摸索着捉住小陶的手，把钻戒塞到她手心里。小陶疑惑地问：

“啥玩意儿？”她认真看看戒指，平淡地说，“假的。我知道行情，这样大的钻戒起码得10万。”

“充啥内行哟，什么10万，它值70万！是真钻，不骗你。”

小陶撇撇嘴：“那你是砸金店抢银行了，还是中了七色球大奖？”

“不是七色球大奖，是七色花大奖。”他掏出那朵花瓣，“来，坐我身边，听老公慢慢道来。”

随着吕哲的解释，小陶的眼睛越睁越大。外边太喧闹，她跑过去关好房门，然后回到床边，盯着花瓣，眼光发直。良久她痛苦地失声喊：

“你个傻蛋，既然得了宝贝，为啥不弄一套房子呢？”

“房子？”

“对，房子！很简单，比你弄钻戒还容易。带着咱们已经攒的十几万，回十年前一趟就行。这笔钱在那时足够买套像样的房子了！”

吕哲理亏地解释：“我压根儿没敢往房子上想，我觉得这个愿望太奢侈，要实现它肯定会超出时空弹性极限。再说，你一直盼着钻戒，在我耳边叨叨多少次了。你说有了钻戒，才能保障咱们的爱情天长地久。”

小陶恨恨地戳着他的脑门，恨铁不成钢：“你呀你。那是嘴上说说而已，能当真？女人嘛，结婚之前都得尽力抓住一点儿玫瑰色的诗意。可你想想，要说保障爱情，钻戒哪比得上一套房子？”

吕哲黯然：“确实比不上，不过后悔也来不及了。小精怪说过，一个花瓣只能满足一个愿望。”

两人沉默良久。小陶下了决心：“那就把它卖掉！哪怕只卖 40 万，至少够房子首付。”

“你真舍得？这样昂贵的钻戒，咱们这辈子再也买不起了。”

小陶肉痛地反复把玩钻戒，最终咬咬牙：“舍不得也要舍！舍、舍、舍！”

“那就……卖？”

“卖！”她委屈地看着吕哲，带着哭声，“老公，我做出这样伟大的牺牲，你可得牢牢记住啊，要记一辈子。”

吕哲笑着把她搂怀里：“我保证，不光这辈子，下辈子都会记着。反正下辈子我不打算换老婆。”

两人来到一家华贵的珠宝店，古色古香的匾额上写着“周大福金店”。临进门时小陶有点儿怵，小声说：

“会不会是假货？人家会不会把咱俩当骗子？”

吕哲不由分说硬把她推进去。店里珠光宝气，压得小陶很有点儿自卑，吕哲还算坦然。制服笔挺的珠宝师彬彬有礼地接待了他们，用放大镜看一眼钻戒，立即肃然起敬，抬头望望两人——这样的钻戒与两人的衣着显然不大相配。又仔细鉴赏一会儿，他说：

“是质量很好的南非白钻，比利时安特卫普的做工。重量约为四克拉，切割达到VG级，净度VS1，色度F。据我估计，购入价应在六七十万人民币。”

两人长出一口气，眼睛放光。小陶急迫地问：“我们不了解珠宝界的行规，麻烦问一声：你们能回购吗？回购价是多少？”

“钻戒不像黄金首饰，一般不回购的，即使回购，价格也要大大缩水，大约只有原价的三分之一。”小陶很失望，店员接着说，“当然话说回来，像这样大克拉数的钻石，它的保值性能要高一些。我问问老板吧，如果回购，还要用导热仪或克拉利西重液做进一步鉴定。请两位先把珠宝证书给我。”

两人傻了，小陶急急地说：“我们没有证书，但这枚钻戒的来路完全正当！”

吕哲：“真的完全正当，我们可以让权威机构开出证明。”

珠宝师摇摇头，彬彬有礼地拒绝：“恐怕不行。这样高档的钻戒，没有正规的珠宝证书，哪家店也不敢回购。你们不妨到其他珠宝店问问。”他摆出送客的架势。

在公共汽车站点，两人沮丧地坐在长凳上。汽车来了一趟又一趟，挤车的人走了一拨又一拨，两人一直默坐。天色暗了，路灯亮了。吕哲喃喃地说：

“怎么办？要不，请小芳把钻石证书拿来，还用那个办法变出一套来？我真不好意思再麻烦她。”

小陶央求：“再求她一次嘛，对她又没有损失。我看她是个好心人，会答应的。”

吕哲咬咬牙：“好——吧，那就再求她一次。”他忽然福至心灵，兴奋地一拍大腿：“有办法了！要证书干吗，连珠宝店也不用求了，干脆卖给小芳！”

“卖给小芳？”

吕哲解释道，“正是小芳告诉我的。她说钻石因为材质和加工原因——钻石不像黄金白银，只能分割不能融合——世上绝没有完全相同的两枚钻石首饰。如果咱把钻戒卖给小芳，她就拥有世界上唯一一对孪生钻石，可能会大大升值的！这是对双方都有利的事，我想她——她公爹——肯定愿意买入，那人是房地产大鳄，有足够多的钱。”

“真的？那咱们是不是能趁机卖个好价钱？”

“我说小陶同志，不要得寸进尺好不好？请牢记中国的古老格言——人心不足蛇吞象、水满则溢月盈则亏。太贪心了，说不定就会超过时空弹性极限，让你落个一场空！咱们就按五十万，最多按原价卖给她，已经是一笔横财了。”

小陶心犹不甘：“可是这个数，加上咱们已经攒的，也只够半套房子啊。咱俩早就盘算过，有了孩子得请我妈来带，房子怎么着也得两室两厅吧。咱们没车，房子不能太偏远。再加上装修，差不多得 200 万。”她看看吕哲的脸色，连忙改口，“好，听你的听你的，咱们不贪心。先解决了首付，余下的慢慢还月供。”

小山在开车，方圆接着吕哲的电话：

“我和小山这会儿在去机场的路上，是去接我公爹，他刚刚从大洋洲回来……你的建议我没意见，小山肯定也没意见。你说得对，这是对双方都有利的交易。”她捂住话筒对丈夫说，“吕哲小两口儿想转让那枚复制的钻戒，这样咱家就拥有世上唯一的孪生钻石。”小山爽快地点头，小芳对手机说：“当然我们得征求公爹的意见，如果买，反正得他出钱……要不你们这会儿就来吧，打个的赶到机场。”她笑着说，“透露个小秘密，我公爹登山后心情特别好，说不定当场就拍板了。”

电话中吕哲有些为难：“怎么好意思？石先生还没到家。”

方圆笑着说：“吕哲，请抛掉你祖师爷——老子——的教诲，我公爹最欣赏的不是守静退让，而是野性和不屈不挠的进攻，哪怕只是为了私利。”

“好的，我和小陶这就赶去。”

吕哲小陶二人赶到机场时，石万山正好走出通道口，50 多岁，穿旅行装，胡子拉碴，脸晒得很黑。他的随行者正忙着从货运通道接收登山器材。

道口立有他穿着登山服的真人照，站在白雪皑皑的绝顶。众多记者包围着他，争相提问，他平淡地说：

“我多次说过，真的不要把这事看得太重。世上每座高峰都有不下 1000 人攀登过，只是中国大陆的登山者相对少一些罢了。”

一个记者问：“问一个老问题：你为什么这么喜欢登山？”

“登山是人生的浓缩，是商战的浓缩。在登山中的很多感悟其实可以用到人生和商战中。比如，完成登顶时不能陶醉于胜利的喜悦，而是要趁天气好赶快安全下山；而在下山途中，你就得提前谋划下次登哪座山峰。”

小山夫妇挤过去与父亲拥抱。石万山的老搭档刘先生走过来，笑着同他握手，并同小山一起护送石万山冲出记者的包围。路上小山介绍了吕哲和小陶：

“爸，这是圆圆新结识的朋友，吕哲，小陶。”他低声对父亲说了几句，父亲注意地打量了两人一眼，笑着同他们握手。

小山继续低声说着孪生钻石的事。石万山听得非常认真：“我在国外时听你刘伯伯说过这档子事。这么说，那个七色花时间机器是真的？”

“嗯，完全真实，圆圆是亲历者。”

石万山停住脚，看看落在后边的吕哲和小陶，果断地说：

“他俩说得没错，这是笔双赢的交易。你这就去告诉他们，咱们同意买下。交易细节稍后在宴席中定——过几天我在长城饭店请他们。”

小山诧异地扬起眉毛：“是吗？爸，你可从不请陌生人吃饭。”

石万山看看旁边的老刘，笑着说：“是圆圆的朋友，我得给足面子嘛。”

队列后边，方圆向客人介绍着：“我公公旁边那个小个子是刘伯伯，我爸最信任的智囊，从白手起家打天下时俩人就是搭档。我爸说他足智多谋，虑事周全，称得上房地产界的刘伯温。”

小山匆匆过来，高兴地说：“爸已经同意了，具体细节稍后和你们面谈。他说，过几天请二位在长城饭店吃饭。”

小陶情不自禁地拍手：“太好了，谢谢石老伯！谢谢你们两口儿！”

吕哲有点难为情："老伯太客气了，俺俩这种小角色，哪好意思占用老伯的宝贵时间。"

方圆笑着说："别客气。既然老爸定了，你们就别推托。"她对丈夫开玩笑，"我很感激，爸这么给我面子。"又对吕哲夫妇说，"那次我是偶然参加了傻乐汇节目，没想到结识了你们两位，还成就了一对孪生钻石。"

吕哲："那是因为你的慷慨。你可以说是俺俩的幸运女神。"

石万山和刘先生坐在汽车后座，刘先生平静地说："万山，从你眼睛的异常光彩里，我知道你又要攀登一座新山峰了，就像当年你决定投身房产行业一样。"

石万山笑着："知我者刘哥也。"

"你是想借用时间机器，做一笔和钻石有关的大生意。"

"没错。"

"至于细节我就猜不到了，你说说。"

"刘哥你先告诉我，目前世界上能够很快买到手的、最昂贵的钻石在哪儿？"

"在俄罗斯。著名的西伯利亚和平钻石矿发现了一枚罕见的巨型白钻，重940克拉。在它现身后，世界十大名钻已经重新排名。"

"价值多少？"

"已经送安特卫普加工成一枚圆钻，成品钻约为250克拉，据说值3亿美元，约合20亿人民币。俄方正在寻找买主。你想买下它？"

"对。"

刘先生沉吟着："你是打算……"

"圆圆那位朋友吕哲很不简单，能想出那么巧妙的办法，弄出世上第一对孪生钻戒。可惜，他的财力有限，眼界和气魄也嫌不足，没把事情做到极致。这是老天把机会留给我了，天予不取，反受其咎！我准备买下那枚俄罗斯巨钻，利用吕哲的办法复制一个，这样20亿就要翻一番，40亿。然后，它们就成了世界上唯有的孪生巨钻，那又该升值多少？"

刘先生摇摇头："孪生钻石是世界上从未有过的事物，所以很难预估。"

"正因为世上独此一家，它的价值就由我们说了算，全看能否成功造势了。我给一个大胆的估计——它们应该能升值五倍，200 亿！比搞房地产的利润还高！我们能借此一举进军珠宝业，中国明天的朝阳产业。"他笑着说，"你大概对这个估价有疑虑。你是'诸葛一生唯谨慎'，我最看重你这一点。但还有一句名言：战术上重视敌人，战略上藐视敌人。一个企业在战略转型时，不妨胆大一点。回过头想想，二十几年前，当咱们决定投身房地产业时，谁能料到中国房产的价格竟然飙升到今天的水平？何况房产还是给老百姓用的大路货，而钻石本身就是奢侈品，奢侈品更容易炒作。"

刘先生思索后点头："你说得对。这个计划虽然动作很大，其实不算冒险。最坏的结果也只是把 20 亿现金沉淀成了不动产。"

"其实这样的沉淀同样是我的目的。知道为什么吗？"

"请讲。"

"你刚才说我想攀登一座新的山峰，说得不错但不完全，我同时也在想如何安全走下已经登顶的山峰。这些年我一直如履薄冰，因为房产业的钱来得太容易了，看着年度财务报表，总有点使黑钱的感觉。古人云：兴之也勃亡之也速，不定哪天泡沫会砰的一声炸破，只留下满手白沫。现在，咱把 20 亿现金沉淀到钻石上，类似于把黑钱洗白。或者换个说法：这就像封建社会高官巨商赚钱后回家乡买房置地。一个样。"

"不，不一样。万山，我基本同意你的计划，但不同意计划的结尾。"

"请讲。"

"把 20 亿变成两枚巨钻，这一步肯定是物有所值，但 200 亿的升值前景却是一个大气泡。你莫忘了，孪生巨钻虽然极为难得，但既然世界上有了时间机器，肯定会有人利用它弄出新的一对，甚至弄出个三胞胎四胞胎，早早晚晚罢了，挡不住的。所以，应该抢在这个大气泡爆破之前把孪生巨钻卖出去，把 20 亿现金变成你说的 200 亿，哪怕只变成 100 亿，80 亿，60 亿，都是一次大成功。"

石万山沉吟着："能一掷百亿来买钻石的人不多……"

“事在人为。”

“对，事在人为！你说得对，就按你的意见办，努力争取第二种结局。但即使是第一种结局也算小成功。”

刘先生笑道：“成功的前提是那个时间机器真的好用。”

在饭店的一个豪华雅间门口，石万山带着儿子儿媳亲自迎接吕哲小两口。他拉吕哲坐在自己身边，石太太把小陶拢在身边。石万山介绍了与席的太太和刘先生。吩咐侍者上菜，笑着说：

“听圆圆说，小吕在学校里主要研究老庄哲学？难怪你能想出这么一个凭空变出钻戒的妙法。这正符合老子的哲学观念：万物生于有，有生于无。”

“老伯，我听圆圆说了你对老子哲学的批判，觉得很深刻。”

“说不上批判，几句闲话罢了。不过我一向认为，一个民族要想生存，必须既有羊性又有狼性，但自宋朝以来，中国人羊性有余而狼性不足。”他笑着把话头拉到正题上，“商界惯例是等酒酣耳热时再谈生意，我想把这个习惯变一变，今天咱们先谈完正事再吃饭。小吕小陶，感谢你俩的好提议，我同意把那枚钻戒买下。至于价钱，我先提个数，你们若不同意咱们再商谈。我想拿一个整数，100万，怎么样？”

吕哲和小陶既惊又喜，吕哲连连说：“我们同意。石伯伯你太慷慨了。”小陶拊掌笑着：“100万，半套房子到手了！”

石万山同情地点点头：“小吕说你们属于蚁族，我非常理解蚁族的难处。小吕小陶，平时骂过房产商没有？”

两人一愣，承认也不是，否认也不是，颇为尴尬。石太太、小山和圆圆也对当家人提起这个话头感到意外，相视而笑。石万山笑道：

“肯定骂过，不过我能理解。我这辈子就干了一件大事，创建了一个房产公司，盖了几千万套房子。按说这是积福行善的好事，但结果呢，却害得一代年轻人，甚至连累他们的父辈，都成了房奴，所以我的确该挨骂。只请你们理解一点，在中国房价的飙升狂潮中，至少我这个房地产老总不是推波助澜者。我是骑在虎背身不由己。”

吕哲和小陶一时不知道该如何接口。石伯伯这段近似内心独白的话让他们感动，但从内心讲也不敢全信。石万山叹息一声：

“我这并不是鳄鱼的眼泪，时间长了，你们会理解的。小吕小陶，感谢你们让小山和圆圆拥有世界唯一的孪生钻戒，我想额外表示一点儿谢意。拿什么谢呢，我现在穷得只剩房子了，就拿房子来当礼物吧。”吕哲和小陶非常震惊，呆呆地看着他。“你们转让钻戒的100万不要拿来买房，留着作为其他开销吧。至于房子，你们可在天一公司的楼盘中任选一套三室两厅，我无偿奉送。圆圆，饭后你陪他俩去几家楼盘转转，挑一套满意的，带精装修的。”

吕哲和小陶惊得面面相觑，小陶想说话，吕哲急忙抢先说：“那怎么行！无功不受禄，石伯伯你用100万的高价买下那枚钻戒，我们已经非常、非常感激了。三室两厅住房这样贵重的礼物，我们无论如何不能接受。”

他用眼色警告小陶。小陶懂得了他的意思——天下没有白吃的午餐——但又舍不得放弃这么宝贵的送到手的礼物，只好保持沉默。石万山笑着说：

“不，不是无功受禄，我有一件大事要借助你们。”他从口袋里掏出一个精致的首饰盒，打开，取出一枚巨型圆钻。钻石在明亮的灯光下闪着七彩光芒。小陶失声惊呼：

“哟，这么大个的钻石！如果是真钻，一定值几百万，”她想想又加一句，“说不定值一千万！”

对这个大大低估的估值，石万山只是淡淡一笑，简单地说了一句：“它是真钻，俄国产的世界名钻。至于价格——恐怕你低估了。小吕，我非常眼红圆圆的幸运，想冒昧地请你如法炮制，把这枚俄罗斯白钻也复制一枚。复制品的所有权属于你。当然，如果你愿意把它以两亿元的价格转让给我，让我也拥有圆圆一样的幸运，我会感激不尽。”

小陶情不自禁地呻吟一声。如果刚才的房产馈赠让她震惊，这回要令她虚脱了，难道不经意间，他们也要一步跨入亿万富翁的行列吗？吕哲忙瞪她一眼，回头委婉地说：

“能为石伯伯做点事是我的荣幸。但七色花的主人小精怪曾说过，一个花瓣只能实现一个愿望。”

石万山笑道："你要做的事仍然没超出这个愿望啊，只不过是一枚超大的钻戒罢了。"

吕哲苦笑道："但这枚钻戒实在太大了！依我的直觉，凭空变出这么一枚价值连城的巨钻，肯定会超出时空弹性极限。"

"对，我知道这个规则，圆圆说过。但小精怪还说过，即使超出时空弹性极限，也只会造成时间机器死机。时间旅行者并无任何危险，对不对？"

"对。"

"那就好，否则我不会腆颜请你干这件事。小吕，不管怎样请你勉力试一下如何？如果行动失败甚至导致母本被毁，我认了，不要你们负任何责任。还有一点，不论结果如何，我赠你们的那套房子都不受影响。"他笑着说，"这正是我谈生意的原则——首先要设身处地地为对方着想，保证对方的利益。"

吕哲仍然执拗地缓缓摇头，小陶急了，笑着说："石伯伯，这么大的事情，能让我和吕哲单独商量一下吗？"

"当然可以。"石万山唤来侍者吩咐一声，侍者把两人领到另外一个房间。小陶关上门，急急地说：

"吕哲你别傻了！这是多好的机会，可以说是咱这辈子当亿万富翁的唯一机会，你要是白白放弃，这辈子我会骂死你！你看石伯伯开的条件多优惠，不论哪种结局，咱们都不会有任何损失。你别担心什么弹性极限，当初变出那枚价值 70 万的钻戒时，你不也担心过？后来啥事也没有。这次兴许也是一样呢。再说，看在小芳面上，咱也不能拒绝呀。"

吕哲仍然摇头："小陶，你说的都没错，可是依我的直觉，就是觉得不对劲，觉得发怵……"

小陶打断他："你只用告诉我，做这件事，你本人会不会有危险？"

"那倒不会。小精怪确实说过，即使花瓣主人的愿望过分，最多只会造成机器死机，一切回零。"

"那你就大胆去做！吕哲你要再婆婆妈妈，我绝不会原谅你！"

吕哲沉思良久，屋里是沉重的死寂。最后他咬咬牙："好吧，我答应。"

两人回到大房间，酒菜已经上齐。石万山请大家举起酒杯：“来，先干了第一杯，刘哥你来致辞。”

刘先生说：“庆贺小山圆圆结识了一对好朋友。十年修得同船渡，这是难得的缘分，希望你们的友谊保持终生。”

众人杯盏交错，吕哲满饮后放下杯子，干脆地说：

“石伯伯，我和小陶商量过了。我们感激地接受那套房子的馈赠。我也答应用时间机器复制一枚巨钻。但我们会无偿赠给伯伯，不要那两亿元的转让费。”

小陶没想到丈夫会做出这样的决定，又惊又怒地瞪着吕哲。吕哲决绝地回她一眼，那意思是：“听我的！回头再解释。”小陶忍了忍，保持沉默。她熟知丈夫的脾气，虽然开朗随和，但大事很有主见。这肯定是他熟思后的最终决定，说也没用。吕哲继续说：

“我先把话说到前边——我有强烈的不祥预感，总觉得做这件事有违自然之道，不可能成功，甚至会出什么纰漏。我尽力去做，至于结局如何，听凭天意吧。”

石万山赞赏地说：“好！我很欣赏你的果断。就按你说的办。至于你自愿放弃的利益，我会用另外的办法补偿，这事你就甭管了。”

“谢谢石伯伯，但我们真的不需要什么补偿，有那套房子我们已经非常满意了。我答应这样做，只是想报答小芳当时的慷慨。”

石万山看看儿媳，点头说：“好的，依你。”

“择日不如撞日，那我现在就要做了。”

石万山和刘先生交换一下目光，后者点点头。石万山说：“好的，谢谢！我该怎么做？”

在吕哲的指导下，石万山离席走到空处，把巨钻放到手心里。吕哲拿出那朵紫花，也走到一个比较空旷的地方。屋里一片森然肃然的气氛。虽然此前吕哲已经成功地做过一次，但毕竟这次是枚价值连城的巨钻，这足以让此次行动具有不同的分量；而且吕哲又做了不详的预言，让大家不能不担心。

方圆忽然说：

“吕哲，我还能再随你去一次吗？”她开着玩笑，“我说过，我对时间旅行特别有瘾。”

吕哲干脆地拒绝了：“不，这次我一个人去。”

方圆平静地问：“为什么？你觉得这次有危险？”

“不是。小精怪说过，即使是过分的愿望最多只会导致死机……”

“那就不要拒绝我。”

小山听出了方圆的担心：“我陪吕哲去吧。”

方圆坚决地摇头：“不，我去。我去过一次，多少有点经验，万一……兴许还能帮吕哲出个主意。”她径直走近吕哲，轻轻揽住他的肩膀。吕哲不想让她去，但看来已经无法推托。他看看小陶，想征得小陶的同意至少是默许。但小陶此刻完全沉浸在损失两亿元的痛苦中，精神恍惚，根本没在意他们在说什么。吕哲不免有些失落，摇头轻叹一声，不再拒绝小芳。

“好，咱们闭上眼。”两人像上次那样闭上眼睛等了一会儿，然后吕哲对花瓣说：“可以出发了。花儿花儿，请回到两分钟前。”

光球出现并消失，连同里面的吕哲和小芳。在场人都不由屏住呼吸，紧张地等着。屋内一片死寂，紧张得就要爆炸。连处在恍惚中的小陶也感觉到了，困惑地想问什么——

在傻乐汇现场，小精怪指着屏幕对大伙儿说：“看，吕哲哥哥再次返回过去了。”但他的解说明显没有前次的热情。他顿了一下，有点勉强地为吕哲辩解，“吕哲哥哥答应去干这事，一点儿也不是因为贪心，只是抹不开面子罢了。”他低声咕哝着，“哼，那个石伯伯真是厚脸皮。”

场上观众也没有了前次的热情，场中涌动着不满的暗流。短发小伙子站起来问：“吕哲去复制第二枚钻石，算不算违反了‘只能实现一个愿望’的规矩？”

小精怪勉强地说：“不算吧，这次仍可算作一个钻戒，不过是超大个儿的。”

屏幕上，返回过去的吕哲和方圆出现在宴会厅的角落。手托巨钻的石万山看到了他们，目光露出惊喜，但没有说话，只轻轻地点点头。“原来”的吕哲和方圆仍然闭着眼，没有觉察到时间旅行者的到来。

“后来”的吕哲先不去取钻石，轻轻叹息一声，低声对方圆说：“小芳，谢谢你。”

“谢什么呀。”

“谢谢你甘愿陪我冒险。我知道你内心深处的想法，你是想在万一发生不幸时陪我赴难，让石家减轻道义上的责任。”

方圆没有反驳，低声说：“出发前我看出你心事很重，不过我不大相信你的预感。毕竟你已经成功过一次，这次只是钻石的个头大一些。”

吕哲摇摇头：“只是一种直觉罢了。用时间机器复制物质是技术上合理，哲理上不合理。如果仅仅复制一枚小钻戒，可以看作是打一个擦边球，上帝也许会懒得理它；但现在是复制一件稀世珍品，我觉得会惹恼上帝。”他摇摇头，“只是我的胡思乱想罢了，也许一切都顺利呢。现在我要开始干了。”

他走过去，与手托巨钻的石万山点头致意，轻轻从他手中取走钻石，然后走回小芳身边，揽住她的肩膀，对花瓣说：

“花儿花儿，带我回到现在。”

两人对面相视，平静中蕴含着极度的紧张，但光球顺利出现了。

宴会厅中，光球返回，随即隐去，吕哲手中托着一枚巨钻和小芳顺利现身，紧张转为喜悦。吕哲把巨钻放到石万山的手里，现在，两枚一模一样的巨钻熠熠发光。

长久的静场。成功来得太轻易了，众人甚至从心理上不能接受。很久才爆出兴奋的欢呼。小山把妻子揽到怀里，兴奋地说：

“哪有什么弹性极限，吕哲你真会吓人！”

石万山和刘先生外表平静，但目光深处也是同样的兴奋。石万山过来拍拍吕哲的肩膀：

“小吕，谢谢你，让我此生能拥有一对孪生巨钻。”他突然提出一个建议，

“你看，一切顺利。如果你还想再返回一次，为你自己取一枚，我很乐意提供帮助。”

小陶眼中立时闪出异光，恳求地看着吕哲。吕哲犹豫良久，苦笑着说：“面对这样的诱惑要说谁一点不动心，那是睁眼说瞎话，但我不想食言。”小陶一下子泪流满面，吕哲搂住她，继续对大家——实际主要是对小陶说，“我不是故作高尚。我这样做只是听从我的直觉。尽管这枚巨钻已经成功复制，但我的直觉中仍有一个不祥的声音在响。我决心远离它。”

他为小陶擦泪。小陶苦重地摇摇头，靠在丈夫怀里，这表示她彻底死心了，认命了。石万山说：

“人各有志，我尊重你的选择。也十分敬重你，这个世上能拒绝这样诱惑的人真的不多。”他转身向刘先生，“至于咱们，已经染上浑身铜臭，走上这条追金逐银的不归路，只能继续前行了。刘哥，请立即开始第二阶段的工作——全力为这对世上唯有的孪生巨钻在全世界造势。”

刘先生点点头，简单地说：“全都筹划好了。”

石小山夫妇带吕哲夫妇去挑房子，小山开车，吕哲坐右位，后排的方圆和小陶亲密地偎着。方圆说：

“喂，你们二位，走前我公公特意交代，不让你俩选三室两厅了，你们可以在天一公司所有楼盘中任选一套高档别墅。小吕，我劝你不要辜负了我公公的心意。”

小山回头笑着说：“对，不要白不要，老爷子不差钱。”

吕哲摇摇头：“我们不是住别墅的人，物业费都付不起。能有一套三室两厅就已经是超值享受了。”

方圆很惋惜：“小陶你劝劝他。”

小陶悻悻地说：“他能听我的？我家的门风是：小事听女人的，大事男人当家。”

吕哲笑着说：“小陶我是为你好。咱家又雇不起佣人，几百平方米的别墅你一人去打扫？我怕累坏你。”

小陶不服气："我傻呀，不会把别墅卖掉再换一套三室两厅？额外能落一千万呢。"她看看丈夫，气嘟嘟地说，"好啦好听，听你的。"

三室两厅的房间装修一新，还没摆家具。房子面积很大，客厅尤其宽敞，比起原先的蜗牛壳绝对是天上地下。小陶赤着脚在锃亮的新地板上来回奔跑，忘情地喊：

"咱们终于有房子了！三室两厅，外加 100 万的存款，咱们太幸运了！吕哲我不骂你了，虽然你白白扔掉了两个亿，但我想开了，认命了。老话说得对，平安是福，能有这套房子我已经满意了。"

吕哲同样兴奋，但比爱人要沉静一些，笑着说："功劳归于我的幸运女神。不是你整天在我耳边叨咕着钻戒钻戒，咱也不会有今天。"

小陶抱着他的脖子撒娇："不，我不贪功，完全是你的功劳。你是我的幸运阿宝，这辈子我要把你供在神龛上，可劲儿疼你。"

"搬家燎灶时一定请小芳夫妇来。咱们的幸运亏了她。"

"好的，我去请。不过我警告你，和她来往不许过于密切。"

吕哲笑问："为什么？"

"她太漂亮，心地又好。"

"咦，这就奇了怪了。怎么心地好反倒不能来往？"

"这样的女人亲和力太强，有潜在危险，我得防患于未然。"她想起前几天的"宿怨"，"哼，第一次时间旅行时我不在场，你不带我去没说的；第二次你还是只带她一人，把自己老婆撂在一边。在你心目中，她是不是摆在第一位？"

"呸，你这婆娘讲理不讲理？她是担心那趟时间旅行有危险，特意陪我一同去。视死如归，称得上女中丈夫。可你呢，只顾心疼那两个亿，根本不关心丈夫死活。"

小陶很理亏，难为情地低声说："我那时心疼得半休克了，不是不关心你……不管咋说，反正你不能对她过于亲近。"

吕哲只是摇头："难怪人说饱暖思淫欲，这不，刚有一套房子，你就开始胡思乱想了。放心吧，你男人连两个亿的诱惑都不动心，还能有什么让他动心呢。”他忽然喊道，“哟，我忘了一件大事，小精怪嘱咐过：咱们必须对时间机器说出结束语，愿望才算真正实现！”

小陶非常紧张，环视着新房：“你是说，已经实现的愿望可能还会黄？那你赶紧说结束语吧，快点说！”

吕哲取出那朵花后又犹豫了，“咱们还没乐够哩，等疯过这两天，静下心来，再来结束这件事。”

在傻乐汇现场的屏幕上，吕哲和小陶在新房里疯，观众席也洋溢着兴奋和轻松。小精怪更是骄傲，满脸放光顾盼自得的样子，比当事人还高兴。大家抛掉了不久前的不快，毕竟吕哲再次复制巨钻只是抹不开面子，并非缘自他本人的贪婪。现在他们得到了漂亮的住房，虽然昂贵但仍符合“平民性”，符合大家“好人有好报”的心理，所以都为他俩高兴。

屏幕上，吕哲抱着小陶说：“有了房子，咱们敢要孩子了。”

“对，早该要了。”

“择日不如撞日，要不，今天就播种？”

小陶看看空荡荡的地板：“就在这儿？”

吕哲吻着小陶：“嗯，就这儿！”

小陶没有明确回答，但动作上开始迎合，眼神也开始迷离。吕哲松开她，过去拉上窗帘，脱下衣服铺在地板上，开始为小陶脱衣服。衣服一件件掉落地上，观众们开始觉得难为情，不知道该不该闭上眼睛。一位大妈站起来，笑着说：

“小精怪你该换台啦……”

没等她说完，屏幕忽然黑屏。小精怪高兴地嚷了一声，自得地说：“看，我说过，绿保软件自动启动了！”

场上笑作一团，欢乐气氛达到了顶点。小精怪忽然咦了一声：

“咦，是这俩贼！他们又露面了！”

屏幕上显示出一个晦暗的房间，两个身穿黑衣的人在看报。一个是50岁左右的干瘦老头，另一人30岁左右，体形剽悍。两人面前堆着好多报纸，各报头版都有显著的通栏标题：

“世界上唯有的孪生巨钻，价值连城！”

“世纪大展！”

小精怪问大家，“大家记得不？这两个贼曾在屏幕上露过面。我那时就说，他们的出现肯定和七色花有关。”

在那个晦暗的房间里，黑豹指着报上的大照片——一幢玻璃穹顶的大展馆亢奋地说：“师傅，这可是一票空前绝后的大生意！要能得手，下辈子都不愁吃喝啦！还有，‘天下第一贼’的名头儿就非咱爷儿俩莫属了，咱俩一定青史留名！”

贼王哼了一声：“只怕是狗咬刺猬无处下嘴。这样的天价珍宝，保卫工作肯定做得滴水不漏。你去买两张参观券，咱们先踩踩点。”

黑豹：“我偷两张算了，3000 元一张哪，这些房产商真黑！”

玻璃穹顶的大展馆非常气派，阳光明亮，盆栽植物浓绿欲滴，高达穹顶。大厅中央是一个银色的圆台。台上是扁圆柱形的水晶盒。盒中躺着的，自然就是那对孪生巨钻了。刘先生领着石万山视察，一边介绍着：

“我们特意选了这样的透明穹顶作为展厅，因为欣赏钻石的最好环境是在自然光线下。装钻石的盒子由透光性最好的天然水晶制成，又经过强化处理，可以防爆防砸。”他从工作人员手中接过一个铁锤，用力砸向盒子。砰的一声，铁锤被反弹回去，水晶盒安然无恙。“钻石放入后，盒盖已经固化，水晶盒本身又固定在座座上，无法移动。要想把里面的钻石取出来，只能使用激光切割。这是最笨但是最安全的‘蛮力守护法’。至于其他的防盗手段如红外报警、声音报警等应有尽有。我可以立下军令状，除非是黑帮势力武力强攻并带着激光切割机，否则它绝对安全。”

石万山笑着拍他的肩膀：“刘哥，你办事我放心。”

水晶盒边是一个镀金托架，上边放着一个很大的金柄放大镜。刘先生取下交给石万山，石万山用它对准盒里的钻石，钻石纤毫毕现，光彩闪烁。刘先生说：

“为了控制参观人数，决定把票价定为3000元一张。这个票价是偏高一点，但购票者并不吃亏，我们规定，凡持参观券者，若在两年内购买天一公司商品房，房价在已有的优惠上再优惠两个点。那就相当于三四万元了，远远超过票价。参观者本人若不购房，也可把参观券转卖给购房者。我想，如此慷慨的优惠应该能堵住外人的批评。”

石万山笑着：“我们也不吃亏呀，这两个点的优惠相当于省了促销费，省了给售楼小姐的提成，而且效果更好。”

刘先生笑道：“对，这正是咱们公司在商战中的宗旨：追求双赢。”

“刘哥我给你通报一个好消息：国外已经有人看中这对巨钻了，近期要来参观和洽购。是一位阿拉伯富豪，迪拜世界塔的主人，艾马尔房地产集团的CEO。”

“咱们的同行啊。”

“据说他购买这对巨钻是用作世界塔的镇塔之宝，借此拉抬世界塔的行情，冲一冲这两年的晦气。你知道，那个大气泡前些时差一点就爆了。”

刘先生笑着说：“同样是一次大手笔的炒作。”

参观大厅里人数不多，所有参观者都衣冠楚楚，连贼王和黑豹今天也穿得人模狗样。他俩表面上是看钻石，实际在用机警的目光审视防盗设备。贼王用放大镜看钻石时，偷偷审视水晶盒盖有没有缝隙，还不动声色地用手推推水晶盒，试试它与基座的联结。审视后，两人失望地交换眼色。

两人离开展品，在无人处密语。黑豹担心地问：

“师傅你有没有办法？你一定有法子，没有你老人家攻不开的堡垒。”

贼王悻悻地说：“这回不行啦。这次的守方实在赖皮，竟然使用最笨的蛮力守护法，没一点儿技术含量——但这也让一切偷窃技巧失去用武之地。不行，这是一个没缝的铁蛋，没办法下手。”

黑豹不甘心：“咱就眼巴巴地放过这块肥肉？”

贼王哼了一声，平淡地说：“干吗在这棵树上吊死？”

“师傅你有主意了？”

“偷不到这对孪生巨钻，咱们去偷吕哲手里那朵花嘛。只要把它弄到手，就有办法可想，比如，返回几天前，赶在巨钻还没放入水晶盒之前下手。”

“对！吕哲那小子家里肯定不会有严密保护。我知道他住哪儿——天一老板赠的那套住房里。”

“做好准备，今晚就去。”

展馆的贵宾室里，几个阿拉伯人坐在沙发上，为首的萨利赫年纪不大，目光精明，鹰眼钩鼻，眼窝深陷。石万山和刘先生亲自接待。石万山说：

“你们都是内行，观赏钻石最好是在明亮的阳光下。可惜今天天公不作美，”他指指穹顶，空中是晦暗的浓云。“但请你们不要着急，耐下心来稍等片刻，我保证十点之后这儿是艳阳普照。”

一位显然是中国人的翻译为客人翻译。客人们对主人的夸口很感兴趣，萨利赫笑着说：

“主人要为我们表演魔法吗？我们拭目以待。”

恰在这时，穹顶上的浓云开始退去，速度很快，转眼间一轮红日高悬天顶，强烈的阳光洒进室内。几个阿拉伯客人大为亢奋，萨利赫夸张地耸耸肩，说了一段话，翻译笑着翻译：

“萨利赫先生在问，石先生是不是握有《一千零一夜》中的阿拉丁神灯，可以驱云消雨？难怪阿拉伯世界眼下流行一则新格言——先知说：有什么人力无法解决的困难，到中国去吧。”

石万山笑道：“过奖。小事一桩，只是花了几十枚驱云弹的费用，动用了一点儿社会关系，我们谨以此表明东道主对远方贵客的诚意。现在请诸位去观赏钻石吧——在如此明亮的阳光下。”

他们来到大厅中央，萨利赫先生取下放大镜，仔细观看水晶盒里的孪生巨钻，这部分画面与小精怪曾在屏幕上展示的画面相同。他看了很久，然后把放大镜传给随团的珠宝专家，这人仔细审视后向萨利赫赞赏地点头。放大镜又传给其他人，轮流观看着。馆内也有中国参观者，其中包括贼王和黑豹，但此刻都识相地避开。阿拉伯人还未看完时，萨利赫先生已经揽着石万山的肩膀返回贵宾室，翻译和刘先生跟在后边。萨利赫爽快地说了几句，翻译说：

“萨利赫先生说，他对这对孪生巨钻非常满意，决定购买。他还说，将把它们作为哈利法塔的镇塔之宝。”

石万山与刘先生相视一笑：“告诉先生，我非常佩服他的果断。这样的大手笔大气魄，不愧为艾马尔的掌舵人。”

翻译说：“萨利赫先生说他也十分敬佩石先生，用中国话说是惺惺相惜。还说，天一集团和艾马尔，应该算是傲立于世界房地产界的东西双雄吧。”翻译到这儿卡了壳，用阿拉伯语同萨利赫商量一会儿才继续，“他刚刚说的是曹操夸刘备的一句话：天下英雄，惟使君与操耳。”他佩服地咕哝道，“这个阿拉伯人，岁数不大，肚里的中国典故真不少！”

石万山在表情上稍有一顿，笑着说：“萨利赫先生太客气了。他才是真正的商界英雄。常言道惊涛骇浪方显英雄本色，在那次几乎冲溃哈利法塔的金融风暴中，先生最终能力挽狂澜，真正难得。我是不配与他并列的。”

翻译稍顿，笑着说：“石先生，你的话中好像藏有一枚小小的钉子，你要我原文翻译吗？”

石万山不动声色地说：“请翻译吧。”

翻译正要翻，萨利赫忽然直接用汉语回答了：“不，在我心目中石先生才是真英雄。你维持了中国房地产不败的神话，让一个超大的气泡近30年不破！你是现实版的东方不败。”

他的汉语有点洋腔洋调，但相当流利。石万山和刘先生一愣，翻译也有些窘迫。石万山很机敏，大笑道：“谢谢！萨利赫先生才是深藏不露的武林高手呢，我没想到你是一个中国通。”

萨利赫撇开翻译直接用汉语说：“过奖过奖。家父目光如炬，早早命我学汉语，而且我一点儿不后悔这个决定。我学了很多有用的中国格言俗语，它们对我的事业大有裨益。比如：抢挖第一桶金；天予不取反受其咎；与天斗其乐无穷；人有多大胆地有多大产——最后这句俗语我没引用错吧。”

“没错，完全正确。”

“石先生，咱们言归正传，谈价钱吧。我事先打听到，孪生钻戒中那枚母本的购入价大致是 20 亿元人民币。”

“没错，但两枚的价格可不是简单乘以二。你当然知道，它们是世界上唯有的一对孪生巨钻。”

“我知道这一点——到目前为止。”他微微一笑，“既然世界上已经有了时间机器，谁敢说，明天不会再出来一对，甚至出来个三胞胎四胞胎呢？”他事先截住石万山的辩解，“不，不，我并不是否定这一对的价值，它是第一桶金嘛。我只是想说明，尽早完成这笔交易，对我们双方都有利。”

石万山也干脆地说：“和您这样的爽快人做生意真是一种享受。请你开价吧。”

萨利赫走过来，握住石万山的手，两人像中国的牛经纪一样，在袖筒里讨价还价。最后石万山爽快地说：

“行！就以这个价钱成交。”

“条件是，双方对成交金额绝对保密。”萨利赫微微一笑，“咱们不妨放风说是 300 亿。我想这对双方的企业形象都有好处。”

石万山对他的第二句话不置可否，笑着说：“我会对成交金额绝对保密，你尽管去放风，我绝不会公开否认。”

“很好，继续进行吧，我带有协议草稿，中文和阿拉伯文各一份，请石先生过目。协议签字后我方就转账。我想在明天乘飞机离开贵国时，手提箱中就有这对巨钻。”

“好！先生真爽快。”

石万山喊过刘先生，刘先生接过协议仔细看过，说：“按照惯例，加一条不可抗力条款吧，虽然咱们肯定用不上。”

萨利赫爽快地表示同意，双方用手写方式增加了不可抗力条款。两人唰唰地签字，随后萨利赫安排手下用手提电脑转账。电脑上的阿拉伯数字急剧上升。

在大厅中央，水晶盒里躺着那对稀世巨钻。阿拉伯人都看完并离开了，放大镜没有放回托架，而是随便地平放在水晶盒上。

他们知道双方老板正在秘密商谈，所以没有去贵宾室，而是站在水晶盒不远处闲聊。中国参观者仍守在远处，耐心地等他们离开。正午的阳光透过放大镜，汇聚成白亮的光束，在水晶盒底缓缓移动，此刻落在一枚巨钻上，转化为灿烂的七彩光。

天一公司的财务人员验证货款确已到账，对石总点点头。石总满意地对客人说：

"现在请随我到大厅，向你们交付那对钻石。我安排人用激光工具割开水晶盒，以便你们对钻石作最终认定。"

工人推着切割工具车向大厅中央走去。这边的一行人跟在后边，边走边轻松友好地交谈。他们已经走近水晶盒，忽然水晶盒内爆出一道强光，一团火焰砰地炸开。所有人惊叫一声，正要上前切割的工人吓呆了。工作人员急忙护住石总和客人。

盒中一闪之后没了动静，只有若有若无的青烟。一个工作人员走上前去观看。他对看到的结果十分震惊，揉揉眼再次细看，然后回头呆瞪着老板，吃吃地说：

"石总，一枚巨钻……没了！烧光了，一定是因为……它！"

他手指抖颤着，指着水晶盒上平放的放大镜，此刻它仍把一束白光聚到石英材质的盒底，那儿应该有一枚钻石的，此刻空无一物。透过盒内青烟可以看到盒底另一侧有一枚钻石。石总和萨利赫目瞪口呆，其他阿拉伯人还不知道是怎么回事，急步跑过来，七嘴八舌地问着。翻译满头是汗地解释：

"都怪你们，用完放大镜后随手平放在盒上，它正好把阳光聚焦在一枚钻石上，把它烧没了，变成了二氧化碳！要知道，钻石的本元就是碳元素！"

萨利赫惊定之后脸色转为狂怒。一向镇静的石刘二人也呆了，看看穹顶的太阳，看看水晶盒，再痛苦尴尬地对视——他俩实在想不到，这一系列精心安排的措施：透明穹顶、水晶盒子、大尺寸放大镜、人工驱云等，最后汇总成这样一个结果。不过刘先生反应很快，立即对石万山和萨利赫说：

“没得关系。只要有这枚母本在，还能变出一个孪生兄弟。”

石万山恍然大悟，立即释然：“对！萨利赫先生不必担心，我们还会给你同样的孪生巨钻，你们只需多等一天。请你们去饭店耐心守候，或者我让手下安排一个短期的游玩。”

客人们神情不怡，用阿拉伯语低声商量一会儿，勉强地离开了，翻译随他们而去。石万山说：“刘哥咱们得马上联系吕哲！”

刘先生低声说：“但愿——吕哲还没对那朵花瓣说结束语。”

两人对视，目光中忧虑重重。石万山用手机联系吕哲，电话很快接通，吕哲的声音夹着风声：

“是石老伯？等一下，我把车停下。石老伯，我们在山区，信号不好……对，我还没有说结束语……”

电话这边的两人如释重负。

山道上，吕哲开着一辆 QQ，车顶绑着便携式帐篷、钓鱼竿等物品，小陶坐右座。吕哲停下车，一边下车一边打着手机：

“什么？把那枚巨钻再复制一次？”他从耳边取下手机，看看小陶，表情十分不快。思索一会儿，他勉强说，“好吧，我信得过石老伯，我相信复制的那枚巨钻确实意外焚毁了。那我就勉为其难，再用一次时间机器吧。”他略略盘算，“我们这就往回赶，到家肯定很晚了。我明天一早就去你那儿……不，你不用派人接我们，那样省不了时间……不用谢，也不用客气。但是石老伯，不论结果如何，这是最后一次了。”

最后一句他加重了语气。电话那边，石万山难为情地说：“当然，我肯定没脸再烦你们。小吕小陶，大恩不言谢，拜托了！”

吕哲摁断手机，对小陶解释：“那对巨钻已经卖给阿拉伯人，货款已经到账，但恰在这时发生了谁也想不到的意外——展厅配的放大镜聚焦了阳光，正好落到一枚钻戒上，把它烧毁了。”

小陶张大嘴巴：“这么巧？这么倒霉？”

“应该是真事吧，我相信石老伯的为人。”

"那……你答应再为他复制一枚？"

吕哲阴郁地说："只好再干一次。小芳和她一家都是好人，我不想让石老伯把脸丢到国外。"

小陶不情愿地咕哝："早知今天，当时就该复制两次，说不定咱们还能落一枚呢。"

吕哲苦涩地说："难说。也许这次的所谓意外，恰恰是因为咱们干的事超过了时空弹性极限。于是上帝施行了不露形迹的干涉。如果真是这样，咱们就是再干一次，恐怕照样不能成功。但不管结果如何，咱们再试一次吧，反正我已经事先把话说绝，说这绝对是最后一次。"

两人上车，在山路上艰难地倒车，向来路飞驰而去。

深夜，贼王和黑豹穿上夜行衣。黑豹从墙洞里拿出一把手枪：

"师傅，今天这票生意关系重大，把家伙带上吧。"

贼王略略踌躇后点头："行，你戴上吧。不过我要再说一遍，不到保命的时刻绝不能用它。咱们是贼，不是杀人放火的强盗。各行当有各行当的规矩，是各行当的祖师爷定下的，也是老天爷定下的。如今世道乱，根子在哪儿？就是人心乱了，各行当不讲职业道德：玩赌的出老千，贪官收钱不办事，窑子们勾着黑道敲诈嫖客，绑票的得了赎金还撕票。人心不古啊。"

黑豹对这番教诲不以为然，笑着把手枪掖到腰里："知道啦，我听师傅的。"

深夜，贼王和黑豹从楼顶沿长绳坠下，用专业工具打开玻璃窗，这是小精怪屏幕上曾展示过的画面。他们踅进屋里，手持手枪，在各屋查看。屋里静寂无人。黑豹疑惑地说：

"这会儿是凌晨两点，这小两口儿跑哪儿去了？总不成拿着那时间机器到隋唐五代旅游去了？"

正在这时，一辆汽车亮着大灯从远处开过来，停在楼下。贼王趴在窗户往下看。一男一女下了车，拎着大包小包进了楼门。贼王向黑豹示意，两人藏在沙发后偷偷看着，黑豹警惕地端着手枪。楼道上响起踢踢踏踏的脚步声，开锁声。两人进屋后开灯，把大包小包随便地撂在地上。小陶疲乏地说：

“赶紧洗洗，睡觉。”

吕哲的声音更疲惫：“今天开车跑了七八百千米，实在累坏了，我不洗了。”

“那我也不洗了。”

两人来到卧室，把那朵花放到床头柜抽屉里，匆匆脱衣睡觉。片刻工夫后两人就鼾声大作。

深夜，在石万山的卧室，电话突然响了。石万山拿起电话，不想惊动睡梦中的太太，低声说：

“刘哥？什么事？”

刘先生声音低沉地说：“老石，我这会儿感觉很不好。总觉得必须现在就去找吕哲，把那件事落实。夜长梦多，等到明天恐怕就晚了。”他苦笑道，“我的感觉没有什么理由，但非常强烈。”

石万山不大相信这种神神道道的预感，委婉地说：“现在是凌晨两点……”

刘先生打断他：“我知道你出面不合适，让我去吧，我带上钻石，让圆圆陪我去。”

“好吧，我让司机送圆圆去你家。”

“不，我直接去展厅等她。”

在那座展厅里，工人正在用激光切割水晶盒，刘先生目光阴沉，紧盯着里面剩下的那枚钻石，激光映得他面色惨白。盒子割开了，刘先生小心地躲开切茬，取出剩下那枚巨钻，又留恋地摸摸原来放着第二枚巨钻的地方。他走出大厅，小芳也来了，两人交谈着上了车。

吕哲小陶睡熟了，藏在客厅的贼王和黑豹悄悄进来，俯在两人的头顶观看。吕哲翻过身，两个贼急忙立势以待，但吕哲又沉入梦乡。

床头柜中发出微光，黑豹轻轻拉开抽屉，里面正是那朵紫花。黑豹大喜，取出紫花后向师傅做手势，两人悄悄退到阳台上。

贼王：“就是这玩意儿？”

“没错，肯定是它。师傅，今晚真风顺！祖师爷保佑啊。”

“你会用？”

“小精怪说它是傻瓜型的，好用得很。”

贼王不大相信：“那咱先试试，小心无大差。”

“那就回到一小时前吧，那阵儿这屋里没一个人。”

他说了口令，紫花短促地闪了一下，但没有后续反应。黑豹很困惑，特意踅进屋看看：“师傅，咱们还是在现在，那小两口儿在屋内睡着哩。可我说的口令不错呀，莫非——每朵花只听主人的命令？”

贼王思忖良久，咬咬牙：“既是这样，没说的，只好把这小两口儿弄走了。娘的，当贼的干绑票，咱也坏了行规。黑豹你给我听好了，不管这事干成干不成，咱们不撕票。”

黑豹嬉笑着说：“行，老爷子，咱们不撕票——吓吓总可以吧。”

吕哲和小陶仍在熟睡。梦乡里吕哲正在山道上飞驰，小陶偎着他。忽然小精怪从空中悠悠飘来，笑嘻嘻地指着前边：

“你要哪一套，快说出你的愿望！”

前边连绵不断的山岭原来都是一幢幢剖开的房子，暴露出屋内的设施和住户。密密麻麻的房子如同蚁巢，而不停蠕动着的住户就像蚁群。现在到了一幢，这是他们原来那套拥挤的蚁居，几个室友仍像往常那样来来往往，穿着很暴露的小衣服，不知道他们已经被“对外展示”。吕哲踩了刹车，想和他们打招呼，但已经来不及了，汽车径直开过去。再前边是石万山赠送的那套三室两厅，装修已毕但还没有摆家具。吕哲打算停车，小陶指着前边，央求他：

“不不，要那套别墅，石老伯应许过！”

那是一幢豪华别墅。梦中的吕哲犹豫着，但强不过小陶的央求，只好开过去。小陶跳下车，欢呼着进了门，门在她身后关上。

吕哲迟疑地拉开门，一位美女在门后等他，不是小陶而是小芳，穿着暴露的丝绸睡衣，深深的乳沟中悬挂着那枚巨钻，脸上浮着梦游般的微笑。她迎上来，搂紧吕哲，给了一个甜蜜的吻。吕哲忘情地回吻，时间在热吻中静止。过一会儿他忽然猛醒：

“不对呀，我老婆不是小芳，是小陶！”

梦境倏然变换，怀中人变成了小陶，住所也变回刚才的三室两厅。小陶仍在央求，隔窗指着前边那套别墅。忽然响起敲门声。屋门在刹那间变得透明，显出紧追而来的小芳，她仍穿着睡衣，神情幽怨，胸前的巨钻放射着强烈的光芒。小精怪也忽然现身，立在吕哲身边，面无表情地说：

“吕哲哥哥，你究竟想要哪位做妻子？请说出你的愿望。”

门外的小芳连同那枚巨钻是一个强烈的诱惑。身边的小陶又在使劲推他，指着前面的豪宅。身处夹攻中的吕哲在矛盾中煎熬，最后咬咬牙，取出紫花说：

“我要就此止步了。愿望实现，谢谢。”

贼王和黑豹从阳台返回吕哲的卧室，半俯着身体，手枪指着床上的小两口。两人睡得很熟，贼王示意黑豹取出手绢和麻醉剂。黑豹正要敲碎玻璃瓶，忽然吕哲喃喃地说：

“愿望实现，谢谢。”

贼王手中的紫花忽然放出强光，一闪之后倏然熄灭。贼王和黑豹十分吃惊，一时不知道该如何做。小陶似乎受到惊动，喃喃着翻身，把胳膊搭在吕哲身上。恰在这时响起敲门声，还有甜美的女声：

“吕哲小陶，我是方圆。请开门。”

贼王和黑豹反应敏捷，立即伏下身，蛇一样钻到床下。小陶醒了，用力推吕哲：

“醒醒，我听见是小芳的声音。咋深更半夜跑来了？多半是为了那枚钻石。”

吕哲迷迷糊糊地跳下床，穿着三角裤打开门。门外果然是小芳，手中小心地托着那枚巨钻，身后是刘先生。吕哲揉揉眼，眼前的小芳忽然变成穿睡衣的性感形象，他不由面红耳赤，窘迫地请两人到客厅，自己退回卧室。少顷，小两口儿穿好衣服来到客厅，小芳难为情地说：

“真不好意思，深更半夜打扰你们。刘伯伯等不及天明，非要这时候赶来。”

吕哲已经走出窘迫，恢复了往日的豁达，笑着说：“别客气，我家大门随时为朋友敞开。”他看看小芳手中的钻石，“是不是现在就复制？”

刘先生替小芳回答：“对，买主催得很紧，麻烦你了。”

卧室中，黑豹从床下钻出来，透过门缝偷听。那边刘先生正说着什么，黑豹听了一会儿，回头吃惊地低声说：

“师傅，他们马上就要用那朵花！”

贼王略为思索：“快，先把花放回原处！”

黑豹赶紧把花放回原处，仍缩到床下。小陶几乎同时走进来。她取出花，惊慌地咦了一声：“吕哲，这花怎么不对劲！”她小跑回客厅，声音从门外传来，“它好像死了，没有灵气了！”

两个贼赶紧回到门缝上偷听。吕哲的声音：“真的，它没有往常的光晕了！来，我赶紧试试。花儿花儿，送我回到十分钟前。”

卧室里的贼王大惊：“十分钟前？那是要回到这间卧室，咱们快躲起来！”两人连忙钻到床下。贼王这时省悟过来，“十分钟前！那他撞上的是十分钟前的咱俩，咱现在再躲也没用啊！”

“师傅那咋办？”

“没办法。只有等吧。”

客厅里，吕哲说完口令后没有任何动静。他不死心，重复一次，仍然毫无动静。旁边三人都极度紧张地看着他，吕哲苦苦思索着，忽然脸上变色：

“我知道原因了！”其他三人巴巴地看着他。“你们来时我正在做梦，梦见……”

他看看小芳，面红耳赤，一时噤口。小陶急急地追问：

“梦见啥了？梦见啥了？”

小芳和刘先生也紧盯着他，吕哲只好说下去，“梦见我在这套三室两厅里，小陶不满意，逼我换一套别墅。我只好弄出一套别墅，进了门，里面的女主人却不是小陶。”

小陶敏感地看一眼小芳，恼怒地问：“肯定比我漂亮，对不对？说不定还揣着一枚巨钻当嫁妆哩。”

吕哲此时只能破罐破摔了：“没错。比你漂亮也比你富有，胸前还悬挂着一枚巨钻。”说到这儿，吕哲恢复了平时的嬉笑自如，“试想面对如此强大的诱惑，世上有哪个男人能抵挡？但你家吕哲是何许人也？！我屏住心神，赶紧退回原来的屋子，搂住糟糠之妻。为了自断后路，我立即对花瓣说了一声：愿望实现，谢谢。”

小陶说：“没错！小芳敲门时，我好像听你在说梦话。对，说的就是这句。”

“我在梦中把结束话说出口了，而这个傻机器分不清梦话和真话，就这么结束了使命。”

小陶想了想，相信了丈夫的话：“对，应该是这样。你说完梦话时，我好像看见一道闪光，肯定是花瓣的回光返照。”

刘先生脸如死灰，同小芳面面相觑。

卧室里，黑豹气急败坏地说：“可不是真的！师傅你记得不，就是他说了那句梦话后，花瓣猛地闪亮一下，然后就死了！”

贼王示意他噤声，然后无奈地摇头。

吕哲走出了尴尬，更重要的是他的梦话歪打正着，正好让他避开了他不愿干的事，因而卸下了心灵的重负。他歉然地看着小芳和刘先生，但表情中更多是轻松。小陶相信了丈夫的话，虽然免不了吃醋，最终还是想开了，嫣然一笑，趴吕哲脸上猛亲一下：

“虽然你在梦中有过花心，好在能幡然悔悟，属于犯罪自动中止。本法官决定不予追究了。”

她紧紧挽着丈夫，颇为得意地看着小芳。小芳心中也如明镜一般——吕哲的梦中情人多半是自己。但她大度地一笑，过来挽住小陶的肩膀：

“祝贺你小陶。能有这样一个忠诚的老公，你太幸运啦。假如我是吕哲梦中那个失败的女人，也会大方地承认失败。你说是不是，吕哲？”她戏谑地看着吕哲。

吕哲虽然免不了尴尬，仍豁达地笑着点头。小芳回头对刘先生说：

“刘伯伯，你看……”

刘先生长叹一声：“时也，命也。”

他没有与主人告辞，断然离去。小芳歉然向主人点头，急急地追出去。

小两口儿送走客人，相对摇头，回屋重新睡觉。小陶爱情勃发，用力搂着丈夫：

“吕哲我好感动！虽然你有过一点儿花心，但你能自行中止犯罪，已经很难得了，我得好好犒劳你。”

两人在床上激情地折腾，小陶忽然自语道：“我真的想开了，不再想那套失去的别墅、不想那两个亿、不想那枚巨钻了。”

吕哲笑她：“真的不想？”

她实话实说，“说不想是假的，但为了得到那些，说不定就会失去你，最后落个人财两空呢。”她忽然问：“喂，你梦中情人是不是小芳？你给我坦白，我绝对保密。”她磨叽着，“好老公告诉我嘛，行不行？我保证不和你生气，也不对小芳说破。”

吕哲两眼望天：“做人要厚道。”

床下两人听着上面的翻腾和腻语，却不敢稍有响动，简直是如卧针毡。停一会儿，床上安静了，响起了鼻息声。黑豹苦笑着向贼王指指自己的小腹，示意尿憋得急。贼王示意他再忍一会儿。黑豹苦着脸又忍一会儿，等床上的鼾声平稳了，两人才悄悄从床下退出，再退出房间来到阳台。黑豹忽然停住，看着脚下，那儿正淅淅沥沥。他苦笑着，尴尬中也杂着终于一泻千里的快意。

两人来到窗外，准备向上攀登，黑豹愠怒地说：

“就这么走了？我不甘心！”

贼王瞪他一眼，低声说：“小不忍则乱大谋。紫色花死了，还有李乐那瓣红花呢。”

黑豹亢奋起来：“对，咱们找李乐那小子去！”

两人正要离开，贼王说：“慢！你在这儿等着。”他从窗户返回屋里，黑豹不知道他要干什么，疑惑地等着。很快贼王返回，手里拿着一支挠痒的老头乐，说，“老规矩，贼不空回。”

他把老头乐插到身后，攀绳而上，黑豹随后跟着。

展厅的贵宾室里，萨利赫怒气冲冲地说着，滔滔不绝，这回他不说汉语了。翻译快速翻译着：

“萨利赫先生说他非常生气，甚至说了些粗话，这些我就不翻译了，只翻主要的。他说按照合约，贵方应双倍赔偿他的损失。”

刘先生冷冷地说：“麻烦他重读一遍合约，那上面有不可抗力条款。眼下的情况当然属不可抗力。”

萨利赫又愤怒地说了一通，翻译说：“他说钻石被毁并非不可抗力，他说不要忘了，昨天的云层是你们用人力驱走的，阳光是你们用人力唤来的！”

这是公然耍赖了，但这个理由并非完全不合逻辑。刘先生为之一时气结语塞。石万山厌倦地说：

“算了，刘哥你甭和他争辩了，没意思。翻译你告诉他，造成现在的局面，都怪他的手下用完放大镜后不放回托架，而是放到水晶盒上。当然，从法律上讲，这只能怪主办方在技术上考虑不周，怨不得参观者。但我是一个很迷信的人。在我心目中，技术原因只是表面的，深层原因是某人把晦气带到了中国，带给了我们。那些晦气早就跟定他了，前些时几乎毁了哈利法塔，他如此迫切地想弄到孪生巨钻，为的就是冲走晦气。如今眼看到手的镇塔之宝又飞了，看来他的晦气一时半刻还难以驱走呢。”

这番“道理”同样近乎耍赖，也相当刻毒，不是外交场上的语言。但那位中国人翻译显然在感情上更倾向于同胞而不是他的雇主，他痛快淋漓地翻译着，频频做着有力的手势，指着大厅中央已经残破的水晶盒子。他的阐述肯定非常有说服力，萨利赫的脸色由狂怒渐渐转成气结，又转为无奈。石万山适时地说：

“请他不要闹啦，再闹对双方的公众形象都没有好处，反正那枚失去的钻石是不能复生了。我把他的货款如数归还，请他打道回府吧。”

最终萨利赫的脸色转为霁和，走过来，同石万山握手言和。双方都变回绅士，彬彬有礼地拥别。

阿拉伯人走了，石万山、刘先生、小芳三人立在基座前，黯然看着水晶盒的残片。小芳手中托着那枚巨钻，轻声问：

“爸爸，往下该怎么办？”

刘先生说：“事情并非完全绝望。还有其他六朵花瓣。”他的口吻完全是就事论事，不带一点热情。

石万山摇摇头，决然说：“天意不可违！到此为止吧。至于这枚巨钻——干脆捐给国家吧，捐给故宫珍宝馆。”

刘先生叹息一声，简单地说了一句：“我料到你会到此止步的。”

方圆目光闪动，真诚地说：“爸爸，今天我可以说，我真心敬佩你。”

石万山苦笑：“那你的敬意也太昂贵啦，尽管我很乐意听，还是希望仅听一次。”

刘先生突兀地说：“老石，我已经 60 岁，决定退出江湖了。”他黯然说，“三十年来我为公司出谋划策，屡有成功而未有大错，我也一直以此为傲。可惜……”他摇摇头，没有把话说完。

石万山不快地说：“刘哥你咋啦？追究责任也只能算到我头上。我既是决策者，主意也是我最先提的。”

刘先生挥挥手，表示那不是根本原因，简单地说了几个字："我意已决。"

石万山想了想，说："也好，你就离开这片铜臭之地，回去享清福吧。我紧赶着把后事安排一下，也打算退下来了。"他摇摇头，"可惜我那小子坚决不接我的班。人各有志，我不想勉强他。"

方圆嫣然一笑："爸爸，你是个思想开明的好爸爸。"

石万山突然说："其实我心里已经有了一个接班人的苗子，至少是当副总的苗子。"刘先生和方圆疑惑地看着他，"这人我认识不久，了解还不深，但至少可以肯定，他有足够的毅力来拒绝诱惑，可以在公司扮演踩刹车的角色。"

方圆轻声问："吕哲？"

石万山没有直接回答，对老刘说："记得不？几天前我曾说过这人的眼界和气魄稍嫌不足，没把事情做到极致。看来是我错了，他这种拒绝诱惑的眼界和气度才是处世的极致。我自叹不如。"

两年后。

吕哲夫妇开着QQ来到超市，抱着婴儿下车。对面，方圆夫妇也推着婴儿车从超市中出来。双方相遇后热情地寒暄，逗弄着对方的孩子。方圆和丈夫手上各有一枚钻戒在熠熠发光，显然就是那对单价70万的孪生钻石。吕哲夫妇也戴着婚戒，吕哲是白金戒，小陶是钻戒，质量都不错，当然比那对孪生钻石要差多了。

方圆："洋洋满周岁了吧。"

小陶："对，前天过的生日。你家格格应该是十天以后，对不对？"

"十一天后。洋洋抓周没？抓的啥？"

"抓了一把小计算器，抓住后半天都不丢手！我看长大是经商的料，比他爹强。"

小山："吕哲，别忘了咱们定下的娃娃亲！"

吕哲笑道："俺俩肯定不会忘啊，就怕洋洋长大后高攀不上石家公主。"

小山："哼，你小子是正话反说吧。格格她爸只是个落魄穷画家，洋洋他爸可是天一公司未来的副总。”

吕哲：“小山你就饶了我吧，别寒碜我了。我绝对清楚自己碗里有多少水儿，所以才不敢答应你爸的盛情相邀。”

方圆真心地说：“我和小山很佩服你。不是每个人都能像你那样拒绝诱惑。”

小山笑着说：“你要做好心理准备，我爸认准的人，可不会轻易放弃。”

双方告别。方圆夫妇开车走了，吕哲还在入神地望着那边。小陶用手在他眼前挥了挥，讥刺地说：“喂，眼珠子掉出来了！看什么，再漂亮也是人家的老婆。”

吕哲收回眼神，怅然道：“小陶，有时候想想那幢差点到手的别墅，想想那笔差点到手的两亿巨款，难免有点惋惜。”

小陶似笑非笑地说：“更惋惜没到手的别墅女主人，是不是？”

吕哲付之一笑：“心理学家说，女人时不时吃点小干醋正是爱情充沛的标志，就如青春痘是青春蓬勃的标志。所以——感谢你对我的充沛爱情。”

“哼，厚脸皮。”

他俩进入超市时，贼王和黑豹迎面过来，贼王边走边用老头乐挠背。吕哲夫妇不认识他们，但贼王很自来熟地过来搭讪：

“多漂亮的小家伙。过没过周岁？”

小陶高兴地说：“刚过周岁。”

“看这双黑眼珠虎灵灵的，多有神！”他笑着对两人说，“我能不能抱抱？我这人一向喜欢小孩子。”

贼王抱抱洋洋，然后俩人走了。小陶忽然咦了一声：“吕哲，这把老头乐不是一直找不到吗，咋在儿子手里？”

孩子胖乎乎的小手里确实攥着一把老头乐。吕哲也纳闷：

“我不知道。刚才和小芳闲聊时，洋洋还是空手啊。”

这些场景逐渐缩小，缩到屏幕内，然后定格。屏幕外，小精怪得意地说：“看，吕哲哥哥的愿望已经顺利实现了。他得到一枚钻戒，用它换来一幢三室两厅外加 100 万存款，还有可能当上天一公司的副总。我真替他高兴。”

短发小伙子笑着喊：“还差点得到一次艳遇！”

众人哄笑，小精怪不满地说：“不许胡说，吕哲哥哥和小芳姐姐之间那是健康的友情，不像你，一张嘴就没好话！”

“好，我不胡说了。往下咋进行？”

“下边还有红色花瓣的故事，你们还想不想继续看下去？”

“当然想！”

小精怪沉吟着，“我的周末作业铁定要耽误啦，就不说它了。喂，”他问工作人员，“能不能给大家发点饮料？还得事先准备夜宵，时间肯定会拖很久，说不定要熬通宵。”

自打李乐走后，傻乐汇的工作人员正闲得没事干，这时立即兴奋地说：“行！不过只能提供盒饭和饮料。”

大伙高兴地说：“盒饭就行！谢谢啦，先发饮料吧。”

饮料很快发到大伙儿手中。工作人员说：“小精怪你快点往下进行吧，我们都急着看乐哥的故事呢，也盼着他实现愿望后回来当主持。”

“好的，我这就来。”

屏幕上，红色光标游动着，逐渐放大为李乐。他正往家走，身后跟着两个诡秘的身影，那是贼王和黑豹。